DER PATRON

Günter Särchen im Jahr 2004. Foto: Matthias Wyzgol. Aus dem Familienarchiv.

Rudolf Urban
DER PATRON

Günter Särchens
Leben und Arbeit
für die deutsch-polnische
Versöhnung

Neisse
Verlag

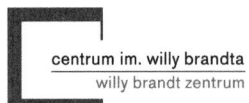

Veröffentlichung des Willy-Brandt-Zentrums für Deutschland- und Europastudien der Universität Wrocław.

Rudolf Urban
Der Patron
Günter Särchens Leben und Arbeit für die deutsch-polnische Versöhnung

Dissertation am Willy-Brandt-Zentrum für Deutschland- und Europastudien der Universität Wrocław

Neisse Verlag, Dresden 2007

ISBN 978-3-940310-03-3

Neisse Verlag, Inh.: Detlef Krell, 01097 Dresden, Neustädter Markt 10
www.neisseverlag.de

Redaktionelle Mitarbeit: Maxi Krell
Gestaltung und Satz: Detlef Krell
Einbandfoto: Bistumsarchiv Magdeburg
Günter Särchen um 1970.

Druck: Wrocławska Drukarnia Naukowa PAN

Inhalt

Zum Geleit 7
Dank 15

1. Einführung, Voraussetzungen der Arbeit 17
1.1. Das Konzept der Arbeit 22
1.2. Der Aufbau der Arbeit 25
1.3. Die Quellenlage 26

2. Von Wittichenau nach Görlitz. 1927–1953 31
2.1. Die Kinder- und Schulzeit 36
2.2. Wehrmachtsdienst 41
2.3. Kriegsgefangenschaft 44
2.4. Die ersten Nachkriegsjahre 49
2.5. Diözesanjugendhelfer in Görlitz 66
2.5.1. Görlitzer Vertrag von 1950 74
2.6. Särchen und der 17. Juni 1953 78
2.7. Zusammenfassung 90

3. Günter Särchens Anfänge der Arbeit für die
   deutsch-polnische Versöhnung. 1954–1961 91
3.1. Jugendseelsorge und Privatleben Särchens in Magdeburg 91
3.2. Die Arbeitsstelle für pastorale Hilfsmittel 96
3.3. Beginn einer intensiven Auseinandersetzung mit Polen 103
3.4. „Aktion Sühnezeichen".
   Von den Anfängen bis zum Mauerbau 113
3.5. Zusammenfassung 121

4. Günter Särchens Versöhnungsarbeit in der DDR. 1962–1983 . . 123
4.1. „Aktion Sühnezeichen Ost" und Särchens erste Aktivitäten
   in den sechziger Jahren 123
4.1.1. Glockenspende für Posen / Danzig 130
4.1.2. Särchen im Leitungskreis der ASZ 134

4.1.3.	Polenseelsorge in Magdeburg	136
4.2.	Sühnefahrten nach Polen	140
4.3.	Die Polenarbeit Särchens nach den Sühnefahrten	160
4.3.1.	Polenseminar und Pilgerfahrten	160
4.3.2.	Andere Aktivitäten	167
4.4.	Die Handreichungen des Polenseminars	171
4.4.1.	„Solidarność-Handreichung"	174
4.5.	Zusammenfassung	179
5.	**Probleme mit Staat und Kirche. 1984–1989**	**183**
5.1.	Die Auseinandersetzung mit Bischof Johannes Braun	183
5.2.	Im Fadenkreuz des Ministeriums für Staatssicherheit	198
6.	**Die Früchte der Versöhnungsarbeit. 1990–2004**	**221**
6.1.	Vom „Polenseminar" zur „Anna-Morawska-Gesellschaft"	221
6.2.	Särchens Engagement für Kreisau	231
6.3.	Günter Särchen in Wittichenau	234
6.4.	Auszeichnungen für Günter Särchen	241
7.	**Günter Särchen – ein Oppositioneller?**	**251**
8.	**Zusammenfassung. Die Rolle Günter Särchens für die deutsch-polnische Versöhnung**	**257**
9.	Quellen- und Literaturverzeichnis	269
10.	Patron. Życie i dzieło Güntera Särchena dla pojednania niemiecko-polskiego (Zusammenfassung in polnischer Sprache)	279
	Personenregister	291

Zum Geleit

Für den polnischen „Otto Normalverbraucher" war die DDR, allgemein gesehen, der schlechtere deutsche Staat. Oft nannte man sie „enerdówek" (DDRchen), worin die Geringschätzung des Nachbarn deutlich sichtbar ist. Die Bundesrepublik hingegen, von der kommunistischen Propaganda als kapitalistisches, eine Revision der Grenzen anstrebendes Land bekämpft, wurde relativ schnell als Land des Wohlstandes bekannt. Die Aufnahme von diplomatischen Beziehungen zwischen der Volksrepublik Polen und der Bundesrepublik Deutschland eröffnete auch Möglichkeiten, Kontakte auf gesellschaftlicher Ebene zu knüpfen. In den siebziger und achtziger Jahren des 20. Jahrhunderts zog die Bundesrepublik Hunderttausende von Emigranten aus Polen an.

Eine ablehnende Haltung gegenüber der DDR begünstigten zweifelsfrei die ideologischen Bedingungen ihrer Beziehungen zur Volksrepublik Polen. Die Schwierigkeiten in den Kontakten zwischen beiden Gesellschaften, die mit dem Grenzregime verbunden waren, allein können nicht die Ablehnung der Polen gegenüber dem benachbarten deutschen Staat erklären. Auch läßt sie sich nicht mit der Erinnerung an den Krieg erklären, denn sie müßte genauso auf die Relationen zur Bundesrepublik Deutschland wirken. Man betrachtete die DDR als ein sozialistisches Land, in dem die Doktrintreue sowohl bei den Regierenden als auch den Bürgern viel größer war als in Polen. Fehlende Informationen über Volkserhebungen (der Juniaufstand im Jahr 1953 gelangte nicht ins Bewußtsein breiterer Kreise der polnischen Gesellschaft), oppositionelle und unabhängige Initiativen – wogegen freilich die Propaganda und Zensur fleißig arbeitete – führten zur Ausbildung eines stereotypenhaften Bildes der Bewohner der DDR als Personen, die ausgezeichnet an die dortige politische Realität angepaßt waren. Eifersucht weckte auch ein besserer wirtschaftlicher Zustand, von dem sich die Polen in größerer Anzahl überzeugen konnten, als einige Jahre Erleichterungen im Grenzverkehr herrschten. Bessere Lebensbedingungen in der DDR wurden als „Belohnung" für den gesellschaftlichen Frieden angesehen. Ein solches Bild der DDR ist auch in den damaligen politischen Witzen zu erkennen. In einem davon trafen sich an der Grenze zwischen der Volksrepublik und der DDR zwei Hunde. Sie tauschten sich über ihre Träume aus. Der polnische Hund wollte sich einmal sattfressen, der deutsche, fett und gepflegt, träumte davon, ein einziges Mal frei bellen zu dürfen. Von einigen Ausnahmen abgesehen gelang es nicht, die Mauer der gegenseitigen Ignoranz und Abneigung zu durchbrechen, auch nicht in oppositionellen Kreisen in Polen und der DDR. Überraschen kann die geringe Zahl solcher Kontakte, ganz zu schweigen von einer ähnlichen Auffassung von Zielen und Methoden des Kampfes gegen das politische Regime. Es kann viele Gründe dafür geben. Die schon erwähnten Stereotype und die Unwissenheit über die Situation im Land des Nachbarn betraf nicht nur Polen, sondern auch Ostdeutsche. Für die DDR-Opposition und die gesamte Gesellschaft war das Land an der Weichsel vor allem katholisch, was konservativ, ja klerikal bedeutete. Die nationale Rolle des Glaubens in Polen verstand die laizisierte DDR-Gesellschaft nicht. Hinzu kamen die permanenten wirtschaftlichen Krisen, die leicht zum deutschen Stereotyp von der „polnischen Wirtschaft" paßten. Die Bindung der Polen an die Geschichte der Nation und die Tradition der Unabhängigkeitskämpfe, ungeachtet der politischen Bedingungen, waren kaum verständlich für Menschen, die sich entweder von der Geschichte der eigenen Nation abwandten oder sie als einzige Quelle des Nationalismus sahen.

Gegen Ende der siebziger Jahre des 20. Jahrhundert hatten die Polen die Etappe des Traumes von einer gelungenen Reform des Sozialismus bereits hinter sich, was jenseits der Oder immer noch ein lebendiges Postulat war. In dieser Zeit traf man sich in polnischen oppositionellen Kreisen, um Aufnahmen des DDR-Barden Wolf Biermann zu hören, der gerade durch die DDR-Regierung seine Staatsbürgerschaft verloren hatte. Seine Texte hatten auf die Hörer aber keinen Einfluß, denn sie hatten nicht den Geist der polnischen Lieder: der älteren und neueren. Nach Meinung der polnischen Zuhörer sang Biermann von Dingen, die sie nicht überzeugten, nicht berührten. Darin war die Rede von einer Reform der DDR, vom Bau eines Staates mit „menschlichem Antlitz". Man sollte sich also nicht wundern, daß die DDR in den Plänen der polnischen Opposition keine Rolle spielte, daß die negative Beziehung der DDR-Regierung zur Solidarność generalisiert wurde, daß propagandistische Aussagen von Vertretern der DDR-Bevölkerung auf alle Kreise ausgedehnt wurden, als ob man vergessen hätte, was der Druck der Propaganda und die Scheren des Zensors sind. Die Lektüre der verschiedenartigen und ergiebigen Publikationen, die in Polen im sog. „zweiten Umlauf" gedruckt wurden, beweist ein minimales Interesse an der DDR. In den achtziger Jahren verliert sie sich zudem im Schatten des anderen deutschen Staates, in dem Zentren der polnischen Opposition tätig waren, die nach der Einführung des Kriegsrechts an der Weichsel entstanden, und dessen Gesellschaft spontan Hilfsaktionen für die polnische Bevölkerung aufbaute, indem Millionen von Päckchen verschickt wurden.

Die DDR erfreute sich auch keines besonderen Interesses der polnischen Forscher. Die polnische Geschichtsschreibung vor 1989 schuf keine Geschichte dieses Landes. Geschah dies nur aus der Notwendigkeit, einem verfälschten Bild der neuesten Geschichte zu huldigen? Es erweckt den Anschein, als fänden die wissenschaftlichen Kontakte nur unter Zwang statt, ohne wirklichen Willen zur Zusammenarbeit, dafür aber nach vorher durch die regierenden Parteien abgesprochenen Schemata. Zwar existierte eine Deutsch-Polnische Historikerkommission, doch konnte sie keine größeren Erfolge verbuchen. Eine Ausnahme bildete hier vielleicht die Zusammenarbeit zwischen den Germanisten beider Länder, was gemeinsame Projekte, Konferenzen und Übersetzungen ausgewählter Werke der polnischen und DDR-Literatur beweisen.

Es hatte den Anschein, daß die historische Wende des Jahres 1989 die ungünstige Situation in der geschichtlichen Forschung ändern würde. Zum ersten Mal konnten die Historiker politisch unabhängig die Geschichte des Nachbarn erforschen. Die Archive beider Länder wurden fast ganz geöffnet. Eine Pionierarbeit auf diesem Gebiet ist zweifelsfrei das Buch von Erhard Cziomer, der als erster in der polnischen historisch-politologischen Forschung die Geschichte beider deutscher Staaten gemeinsam behandelte[1]. Bis heute folgte aber keiner dem Krakauer Wissenschaftler. Es erschienen dagegen Publikationen über die allgemeinen deutsch-polnischen Beziehungen. Man kann hier nicht nur auf Quellenauswahlen[2] und Versuche ganzheitlicher Darstellungen[3] verweisen, sondern

---

1 Erhard Cziomer, Zarys historii Niemiec powojennych 1945–1995 [Grundriss der Geschichte Nachkriegsdeutschlands 1945–1995], Warszawa 1997.
2 PRL w oczach STASI, cz. 1: dokumenty z lat 1971, 1980–1982, cz. 2: dokumenty z lat 1980–1983 [VRP im Spiegel des STASI, T. 1: Dokumente aus den Jahren 1971, 1980–1982, T. 2: Dokumente aus den Jahren 1980–1983], ausgewählt und bearbeitet von Włodziemierz Borodziej, Jerzy Kochanowski, Warszawa 1995–1996; Polityka i dyplomacja polska wobec

auch auf Teildarstellungen. Besonderen Interesses erfreuten sich dabei die Zeiten der sog. politischen Wenden in beiden Ländern. Zu den wohl am besten erforschten gehören die fünfziger Jahre[4], die Wende der siebziger und achtziger Jahre[5] sowie die Zeit der „friedlichen Revolution" in der DDR[6]. Die Autoren der oft pionierhaften Arbeiten befaßten sich in hohem Maße mit einem allgemeinen Bild, Biografien einzelner Personen verloren sich in der Masse politischer Fakten.

Die oben allgemein und teilweise vereinfacht dargestellte Situation zeigt, daß mit einem um so größeren Interesse das Buch des Oppelner Germanisten und Historikers Rudolf Urban zu betrachten ist. Er beschäftigte sich mit dem Leben und Wirken einer Person, die ungewöhnlich aktiv im Milieu der DDR-Katholiken und sehr verdient auf dem Gebiet der deutsch-polnischen Kontakte

---

Niemiec [Polnische Politik und Diplomatie gegenüber Deutschland], Einführung, Dokumentenauswahl- und Bearbeitung von Mieczysław Tomala, Bd. 1–2, Warszawa 2005–2006; Polskie Dokumenty Dyplomatyczne 1972 [Polnische Diplomatische Dokumente 1972], hrsg. von Włodzimierz Borodziej, Warszawa 2005; Polska-Niemcy Wschodnie 1945–1990, t. 1: Polska wobec Radzieckiej Strefy Okupacyjnej Niemiec maj 1945–październik 1949 [Polen – Ostdeutschland 1945–1990, Bd. 1: Polen gegenüber der Sowjetischen Besatzungszone Deutschlands Mai 1945–Oktober 1949], hrsg. von Jerzy Kochanowski, Warszawa 2006. Polskie Dokumenty Dyplomatyczne 1957 [Polnische Diplomatische Dokumente 1957], hrsg. von Krzysztof Ruchniewicz und Tadeusz Szumowski, Warszawa 2006; Przed i po 13 grudnia: państwa bloku wschodniego wobec kryzysu w PRL 1980–1982 [Vor und nach dem 13. Dezember: die Ostblockstaaten gegenüber der Krise in der Volksrepublik Polen 1980–1982], Bd. 1: August 1980–Maerz 1981, hrsg. von Lukasz Kamiński, Warszawa 2006; Polska wobec zjednoczenia Niemiec 1989–1991 [Polen gegenüber der Vereinigung Deutschlands 1989–1991], hrsg. von Włodzimierz Borodziej, Warszawa 2006.

3 Mieczysław Tomala, Deutschland – von Polen gesehen. Zu den deutsch-polnischen Beziehungen 1945–1990, Marburg 2000; Zwangsverordnete Freundschaft? Die Beziehungen zwischen der DDR und Polen 1949–1990, hrsg. von Basil Kerski, Andrzej Kotula, Kazimierz Wóycicki, Osnabrück 2003.

4 Krzysztof Ruchniewicz, Warszawa-Berlin-Bonn. Stosunki polityczne 1949–1958 [Warszawa-Berlin-Bonn. Die politischen Beziehungen 1949–1958], Wrocław 2003.

5 Anna Górajek, Wydarzenia społeczno-polityczne w Polsce w niemieckiej literaturze i publicystyce lat osiemdziesiątych (1980–1989) [Die gesellschaftlich-politischen Ereignisse in Polen in der deutschen Literatur und Publizistik der achtziger Jahre (1980–1989)], Wrocław 2006; Dariusz Wojtaszyn, Obraz Polski i Polaków w prasie i literaturze NRD w okresie powstania „Solidarności" i stanu wojennego [Das Bild Polens und der Polen in der DDR-Presse- und Literatur während der Geburt von Solidarność und des Kriegszustandes], Wrocław 2007 (im Druck).

6 Tytus Jaskułowski, Pokojowa rewolucja w Niemieckiej Republice Demokratycznej w latach 1989–1990 [Friedliche Revolution in der DDR in den Jahren 1989–1990], Wrocław 2007.

war. Günter Särchen (1927–2004) war Mitbegründer der „Aktion Sühnezeichen" und der sog. Polenseminare. Bis vor kurzem war es eine Person, die nur denjenigen bekannt war, die sich mit den deutsch-polnischen Beziehungen beschäftigen. Auch Historiker, die die Entwicklung der DDR-Opposition erforschen, wußten wenig über Särchen. Rudolf Urbans Buch entdeckt die Verdienste der Person, deren Tätigkeit zweifelsfrei vor allem darin bestand, ein alternatives Milieu zur Regierung aufzubauen, in dem man Gedanken und Anschauungen austauschen konnte, in dem die Bürde der Geschichte aufgearbeitet und nach wirklichen Wegen der Versöhnung gesucht wurde. Eine Zusammenfassung des Inhalts des Buches findet der Leser in der Einführung des Autors, die ich nicht wiederholen werde. Ich erlaube mir lediglich persönliche Erinnerungen an Särchen zu präsentieren. Anfang der neunziger Jahre nahmen wir gemeinsam an der Mai-Konferenz der Stiftung Kreisau für Europäische Verständigung in Breslau teil. Nach deren Ende sollte ich nach Braunschweig fahren. Als Särchen dies erfuhr, schlug er mir vor, einen Teil der Fahrt in seinem Wartburg zurückzulegen sowie in seiner Magdeburger Wohnung zu übernachten. Vom Autor dieses Vorschlages, der für einen finanziell knappen Studenten sehr erfreulich war, wußte ich wenig. Mich interessierten die von ihm veröffentlichten Handreichungen, von denen ich hörte, daß sie außerhalb der Zensur herausgegeben wurden. Im Hause der Särchens wurde ich sehr freundlich empfangen. Das mehrstündige Gespräch drehte sich aber nur in einem geringen Maße um den Hausherrn selbst. Die Einladung zu einem weiteren Besuch konnte ich leider nicht wahrnehmen, doch ich stieß immer öfter bei Arbeiten in Archiven und Bibliotheken sowie bei Gesprächen mit verschiedenen Menschen auf die Person des Magdeburgers. Nach Jahren schrieb ich auch ein Biogramm über ihn, das ich mit der festen Überzeugung verfaßte, daß diese Person eine größere Publikation verdient[7].

Dies geschieht dank der Arbeit Rudolf Urbans, der neben Archivunterlagen auch Interviews mit Särchens Mitarbeitern und Kontaktpersonen verwendete. Urban, der nicht nur Historiker, sondern auch Germanist ist, beschäftigte sich ebenfalls eingehend mit Texten Särchens, zu denen auch Gedichte zählen. Es ist charak-

---

7 Krzysztof Ruchniewicz, Günter Särchen (1927–2004) – Unser Gogatha liegt im Osten, in: „Mein Polen ...". Deutsche Polenfreunde in Porträts, hrsg. von Krzysztof Ruchniewicz und Marek Zybura, Dresden 2005, S. 259–289.

teristisch, daß Särchen in seinen persönlichen Wendepunkten oft zur Lyrik griff, um seinen Gefühlen Ausdruck zu verleihen. Man könnte meinen, daß er immer da, wo traditionelle Erzählformen fehlten, die Lyrik gebrauchte, und dies tat er – davon kann sich der Leser überzeugen – in einer Art, die sein dichterisches Talent verrät.

Das Buch von Rudolf Urban ist die überarbeitete Fassung seiner Dissertation, deren Doktorvater der erfahrene Kenner der Literatur und der kulturellen Beziehungen zwischen der Volksrepublik Polen und der DDR, Marek Zybura, war. Die Dissertation entstand im Doktorandenseminar, das seit einigen Jahren am Willy-Brandt-Zentrum für Deutschland- und Europastudien der Universität Wrocław besteht. Man muß hier hinzufügen, daß Rudolf Urban nicht nur ein aktiver Teilnehmer des Seminars, sondern auch sein erster Absolvent ist. Das Thema der Dissertation Rudolf Urbans sowie die Verbindung von Geschichte und Germanistik in seiner Forschungsarbeit paßt vorzüglich in die Aufgaben des 2002 gegründeten Zentrums. Übereinstimmend mit dem Projekt, das den Wettbewerb des DAAD gewonnen hatte, ist diese Einrichtung interdisziplinär. Sie bemüht sich nicht nur, ein Forum des Gedankenaustausches zur Geschichte und Gegenwart der deutsch-polnischen Beziehungen, der wissenschaftlichen Zusammenarbeit beider Länder, sondern auch der Kontakte zwischen einzelnen wissenschaftlichen Disziplinen zu sein. Eine besondere Rolle spielt das Doktorandenseminar im Zentrum, dessen Absolventen in Zukunft aktive Teilnehmer eines verschiedenartig verstandenen deutsch-polnischen und innereuropäischen Dialogs sein sollen.

Seit seinen Anfängen versucht das Zentrum, eine Deutschlandforschung nach 1945 zu initiieren oder an deren Popularisierung teilzunehmen. Dabei vergißt man auch nicht die Problematik der DDR, deren sich weitere Doktoranden und Mitarbeiter annehmen. Die Einrichtung veröffentlicht auch für den polnischen Leser Übersetzungen einzelner deutscher Arbeiten. Im Kontext der von Rudolf Urban aufgegriffenen Problematik sollte an die Übersetzungen der Bücher von Ulrich Mählert („Kleine Geschichte der DDR")[8] und Heinrich August Winkler („Der lange Weg nach Westen")[9] erinnert werden. Im Willy-Brandt-Zentrum wur-

---

8 Ulrich Mählert, Krótka historia NRD, Wrocław 2007.
9 Heinrich August Winkler, Długa droga na Zachód: T. 1, 1806–1933, T. 2, 1933–1990, Wrocław 2007.

de darüber hinaus eine Arbeit über die Aktion Sühnezeichen in der DDR von Claudia Schneider herausgegeben[10].

Anfang der neunziger Jahre, also kurz nach der Wiedervereinigung Deutschlands, begann ein Teil der westdeutschen Historiker die DDR-Geschichte als Randerscheinung der nationalen Geschichtsschreibung zu betrachten. Nicht anders war es in Polen. Es scheint aber, daß diese Tendenz sich verändert hat. Die DDR wurde als Forschungsfeld entdeckt, auch durch die polnischen Forscher. Das Interesse ist insbesondere bei der jungen Generation der polnischen Wissenschaftler zu sehen. Hoffen wir, daß dieser Trend beibehalten wird. Das Buch Rudolf Urbans ist ein sehr gutes Ergebnis dieses Interesses.

Wrocław, Frühjahr 2007   Dr. habil. Krzysztof Ruchniewicz
                              Direktor des Willy Brandt Zentrums
                              für Deutschland- und Europastudien
                              der Universität Wrocław

---

10 Claudia Schneider, Konkurrenz der Konzepte?: die „Aktion Sühnezeichen" in der DDR zwischen christlichem Schuldverständnis und offiziellem Antifaschismus, Wrocław 2007.

Dank

Obwohl Dissertationen als Einzelleistungen beurteilt werden, wäre diese Arbeit ohne die wissenschaftliche, finanzielle und persönliche Hilfe mehrere Personen und Institutionen nicht entstanden.

An dieser Stelle möchte ich mich bei allen bedanken, die zur Entstehung der vorliegenden Arbeit beigetragen haben. Eine namentliche Erwähnung aller ist hier aus Platzgründen unmöglich. Trotzdem sollen einige Personen und Institutionen erwähnt werden.

Zuallererst bedanke ich mich bei meinen Interviewpartnern, die mir in den Gesprächen ihre Geschichten und die eigene Sichtweise präsentierten. Ich danke vor allem den Töchtern Günter Särchens, Elisabeth Here und Claudia Wyzgol, seinen langjährigen Wegbegleitern, Dr. Theo Mechtenberg und Ludwig Mehlhorn, aber auch den Freunden aus der Görlitzer Zeit, Heribert Wenzel und Christa Gnatzy. Nicht zu vergessen sind Särchens polnische Freunde: Pfarrer Wolfgang Globisch, das Ehepaar Wanda und Prof. Kazimierz Czapliński und Dr. Ewa Unger.

Mein besonderer Dank gilt meinem Doktorvater Prof. Marek Zybura, der mich mit seinen kritischen und kreativen Ratschlägen und Ideen während der gesamten Promotionszeit unterstützt hat. Sein Beistand bei der Lösung verschiedenster Fragen war für mich sehr hilfreich.

Auch meinem „informellen Doktorvater", Dr. habil. Krzysztof Ruchniewicz, gilt mein Dank. Er war es, der mich inspirierte dieses Thema zu wählen, und er stand mir bei allen Fragen mit Rat zur Seite. Dr. habil. Krzysztof Ruchniewicz verdanke ich auch wichtige Kontakte, die mir bei der Forschungsarbeit sehr geholfen haben.

Die Arbeit wäre ohne eine finanzielle Unterstützung nicht entstanden. Zur allererst danke ich dem Willy-Brandt-Zentrum für Deutschland- und Europastudien der Universität Wrocław, an dem ich drei Jahre Stipendiat war. Ein großer Dank geht auch an die Zeit-Stiftung Ebelin und Gerd Bucerius, durch deren Unterstützung ich in Magdeburg, Görlitz und Wittichenau forschen konnte. Ich bedanke mich ebenfalls bei den Mitarbeitern des Sorbischen Instituts und persönlich dem Leiter Prof. Dietrich Scholze, die mich während des Aufenthaltes in Bautzen bei meinen Forschungen zur sorbischen Herkunft Särchens unterstützten. Ein Dank gilt auch Dr. habil. Izabela Surynt vom Lehrstuhl für Germanistik des Willy-Brandt-Zentrums sowie allen Mitdoktoranden für ihre Bereitschaft zur Diskussion, für viele Denkanstöße sowie für den Rückhalt.

Zum Schluß bedanke ich mich bei meiner Familie und meinen Freunden für ihre Geduld, Hilfe, Aufmunterung und den stetigen Beistand, den ich von ihnen erfahren habe.

1. Einführung. Voraussetzungen der Arbeit

Die offiziellen Beziehungen zwischen der Deutschen Demokratischen Republik (DDR) und der Volksrepublik Polen (VRP) waren die gesamte Zeit über, also von der Gründung der DDR im Jahr 1949 bis zur 1990 vollzogenen deutschen Einheit, eine Berg- und Talfahrt, womit sowohl gute Kontakte als auch häufig auftretende Spannungen zwischen den Regierungen und Staatsparteien – der Sozialistischen Einheitspartei Deutschlands (SED) in Ostdeutschland und der Polnischen Vereinigten Arbeiterpartei (PVAP) in Polen – gemeint sind.

In den ersten Nachkriegsjahren kann von engeren zwischenstaatlichen Beziehungen nicht gesprochen werden, da bis 1949 die spätere DDR lediglich Sowjetische Besatzungszone (SBZ) war. Zwar wurden erste Schritte zur Staatsgründung unternommen, doch konnte das Land keine noch so geringe Selbständigkeit vorweisen. Dies ist jedoch nur einer der Gründe; viel schwerwiegender waren andere: der Zweite Weltkrieg und die deutsche Besatzungszeit in Polen, die Flucht und Aussiedlung bzw. Vertreibung von Millionen Deutschen aus den nun ehemaligen deutschen Ostgebieten sowie die Nichtanerkennung der neuen Westgrenze Polens an der Oder und Lausitzer Neiße durch die SED, die sich dadurch zunächst einen großen Stimmenanteil bei den Vertriebenen sichern wollte, die rund 20 Prozent der Bevölkerung der SBZ und späteren DDR ausmachten (in einigen Gebieten der SBZ/DDR lag der Bevölkerungsanteil der Vertriebenen sogar bei 50 Prozent).[11]

Erst in den Jahren 1947/1948 kam es schrittweise zu einer polnisch-ostdeutschen Annäherung, nachdem die SED erste Signale ausgesendet hatte, die Oder-Neiße-Linie als Staatsgrenze anzuerkennen. Diese Änderung des bisherigen Standpunktes war zweifellos beeinflußt von der Auseinandersetzung zwischen den Siegermächten sowie der Notwendigkeit einer größeren Konsolidierung im Rah-

---

11 Vgl. Kowalczuk, Ilko-Sascha: Das bewegte Jahrzehnt. Geschichte der DDR von 1949 bis 1961, Bundeszentrale für politische Bildung, Bonn 2003, S. 45.

men der entstehenden Blöcke[12] – des kommunistischen im Osten und des demokratischen im Westen. Die polnische Seite nahm dieses Angebot gern an, da die Grenzfrage die wichtigste dieser Jahre war. Doch wie Golo Mann es treffend charakterisierte, war es keine freie Entscheidung Polens, sondern seine einzige Möglichkeit:

> Das geistlose und muffige Ostberliner Regime scheint auch bei den intelligenteren Kommunisten Osteuropas sich keiner herzlichen Achtung erfreut zu haben. Im Lichte früherer Erfahrungen aber ist für Polen die Sicherheit seiner neuen Ostgrenzen [sic!] die vitalste aller Fragen. So sphinxisch, wie die Bundesrepublik sich dieser Frage gegenüber verhielt, indem sie einerseits der Gewalt abschwor, andererseits zu verändern versprach, was ohne Gewalt sich offenbar nicht mehr verändern ließ, blieb Polen nichts anderes übrig, als das heimlich auch von ihm verachtete Ostberliner Regime herzlich zu umarmen.[13]

Zur Unterzeichnung des Grenzvertrages kam es aber erst am 6. Juli 1950 in Görlitz. Die neue Westgrenze Polens schien nun gesichert, zumindest so lange, wie die DDR und der gesamte Ostblock bestand.[14]

Seit dem Jahr 1949 konnte man zum ersten Mal von einer wirklichen Zusammenarbeit sprechen, die am 18. Oktober dieses Jahres mit einer diplomatischen Anerkennung der DDR durch Polen begann. Zur Eröffnung von diplomatischen Vertretungen in den beiden Ländern kam es erst ein Jahr später. In dieser Zeit lieferte Polen viele wichtige Rohstoffe und Lebensmittel in die DDR. Deutsche Kriegsgefangene wurden aus dem schlesischen Industriegebiet entlassen, und es kam zur einer Art Amnestie für sog. Volks- und Reichsdeutsche, was nicht auf große Zustimmung in der Bevölkerung Polens stieß:

---

12 Vgl. Ruchniewicz, Krzysztof: NRD, in: Lawaty, Andreas; Orłowski, Hubert (Red.): Polacy i Niemcy. Historia – Kultura – Polityka, Wydawnictwo Poznańskie, Poznań 2003, S. 222. Weitere Ausführungen zu diesem Thema u. a. bei: Ruchniewicz, Krzysztof: Warszawa – Berlin – Bonn. Stosunki polityczne 1949–1958, Wydawnictwo Uniwersytetu Wrocławskiego, Wrocław 2003, S. 42ff.

13 Mann, Golo: Deutsche Geschichte des 19. und 20. Jahrhunderts, Fischer Taschenbuchverlag, Frankfurt am Main 1992, S. 1011.

14 Die Unterzeichnung des Görlitzer Grenzvertrages aus der Sicht Günter Särchens wird im Kap. 2.4.1. näher beschrieben.

In einer Zeit, in der zehntausende Polen, die für die Unabhängigkeit des Landes gekämpft haben, im Gefängnis saßen, wurden die Tore für Kollaborateure und Agenten des Hitlerregimes geöffnet.[15]

Schließlich kam es in der ersten Hälfte der fünfziger Jahre auch zum Verzicht Polens auf Reparationen von der DDR, was ein Vertrag vom 23. August 1953 besiegelte. Doch bereits 1953 veränderte sich das Verhältnis der DDR zu ihren Partnern in den Ostblockstaaten infolge des Volksaufstandes, der der Partei zeigte, daß der Sozialismus in Ostdeutschland nur mit Hilfe der Sowjetarmee erhalten werden kann. Daher sah die SED jeden Versuch einer Reform in anderen Ostblockstaaten als Gefahr an und diffamierte ihn als Konterrevolution.[16]

So dauerte es nicht lange, bis es auch auf der Linie Warschau – Ostberlin zu Spannungen kam, die vor allem durch den „polnischen Weg zum Sozialismus" begründet waren. Auch die Oktoberereignisse 1956 in Polen galten der Staatspartei in Ostdeutschland als Konterrevolution, weshalb es in den Medien der DDR zu einer antipolnischen Propaganda kam sowie zu einer programmatischen Auseinandersetzung zwischen den Regierenden in Polen und Ostdeutschland.[17]

Diese Spannungen dauerten lediglich bis Ende 1957, da der DDR schnell klar wurde, daß sie auf eine Zusammenarbeit mit Polen und vor allem auf Lieferungen von dort angewiesen war. So kam es ab dem folgenden Jahr wieder regelmäßig zu bilateralen Treffen auf Staats- und Parteiebene. Es ist dabei aber zu bemerken, daß diese Zeit nicht gänzlich ohne Spannungen verlief, da Polen seit Anfang der sechziger Jahre zwei Befürchtungen gegen die DDR hegte. Zum einen war es der Versuch des deutschen „Arbeiter- und Bauernstaates", der beste „Schüler" der Sowjetunion zu werden, was für Polen schädigend gewesen wäre. Zum anderen befürchtete Polen, daß die DDR ihre wirtschaftlichen Kontakte zur Bundesrepublik ausweiten würde.[18]

---

15 Roszkowski, Wojciech: Najnowsza historia Polski 1945 – 1980, Świat książki, Warszawa 2003, S. 204–205.
16 Vgl. Ruchniewicz, Krzysztof: NRD, a. a. O., S. 219f.
17 Vgl. Cziomer, Erhard: Brüder oder Rivalen? Die Außenpolitik der DDR gegenüber Polen 1949 – 1989, in: Haus der Geschichte der Bundesrepublik Deutschland (Hrsg.): Deutsche und Polen 1945 – 1995. Annäherungen – Zbliżenia, Droste-Verlag, Düsseldorf 1996, S. 101f.
18 Vgl. Zariczny, Piotr: Oppositionelle Intellektuelle in der DDR und der Volksrepublik Polen. Ihre gegenseitige Perzeption und Kontakte, Wydawnictwo Adam Marszałek, Toruń 2004, S. 43.

Trotz dieser kleinen Mißstimmungen verlief die erste Hälfte der 60er Jahre relativ ruhig – bis ins Jahr 1967, als es zu einem weiteren bedeutenden Eklat zwischen beiden Parteiführungen kam. Am 8. November dieses Jahres verweigerte Walter Ulbricht die Unterzeichnung eines weiteren Kooperationsvorhabens, zwei Jahre später stellte sich die DDR-Führung gegen die polnische Idee, eine Währungsunion innerhalb des Rates für gegenseitige Wirtschaftshilfe (RGW) einzuführen. Beides trieb den damaligen polnischen Parteichef Władysław Gomułka zu einer Annäherung an die Bundesrepublik, ohne diesen Schritt mit der Sowjetunion und der DDR abzusprechen. Diese eigenmächtige Annäherung, deren Ziel es war, auch mit der Bundesrepublik Deutschland einen Grenzanerkennungsvertrag zu schließen, sollte am 6. Dezember 1970 zum Erfolg führen. Diese Tatsache brachte beide Ostblockstaaten auseinander und führte dazu, daß der bis dahin einzige Garant Polens für die Unantastbarkeit der Westgrenze, der Görlitzer Vertrag von 1950, an Bedeutung verlor. Dies ist einerseits damit zu begründen, daß die Bundesrepublik Deutschland nicht nur die Grenze anerkannte, sondern sich, allgemein gesehen, zwei Staaten aus verschiedenen politischen Systemen näherkamen; andererseits war der seither berühmte Kniefall Willy Brandts vor dem Warschauer Ghettodenkmal ein deutliches Versöhnungszeichen an die Polen.[19]

Die siebziger Jahre galten in den Beziehungen zwischen der DDR und der VRP wiederum als eine Zeit der Freundschaft der Bruderländer. In Polen kam 1970 Edward Gierek an die Macht, in der DDR löste Erich Honecker Walter Ulbricht ab. Die beiden neuen Generalsekretäre wollten einen neuen Kurs in den gegenseitigen Beziehungen einschlagen, der nicht nur die Parteien, sondern auch die Völker verbinden sollte. Diesem Ziel diente ein Abkommen vom 25. November 1971, das den visafreien Verkehr zwischen der Volkrepublik Polen und der DDR garantierte. Das Abkommen trat Anfang 1972 in Kraft und wurde von den Bevölkerungen beider Länder schnell angenommen. Die Reisen in das jeweilige Nachbarland hatten jedoch nicht immer positive Folgen. So schreibt Krzysztof Ruchniewicz über die Fahrten der Vertriebenen in ihre alte Heimat:

---

19 Vgl. Kerski, Basil: Die Beziehungen zwischen der DDR und Polen – Versuch einer Bilanz, in: Kerski, Basil; Kotula, Andrzej; Wóycicki, Wojciech: Zwangsverordnete Freundschaft? Die Beziehungen zwischen der DDR und Polen 1949–1990, Fibre Verlag, Osnabrück 2003, S. 17.

Die Zerstörung einer großen Anzahl von Denkmälern der deutschen Vergangenheit, vor allem der Friedhöfe, löste in dieser Gruppe nicht verheimlichtes Bedauern aus, bestärkte sie in ihrer antipolnischen Einstellung.[20]

Eine andere Folge der Grenzöffnung war ein Ansturm polnischer Touristen auf deutsche Geschäfte, die z. T. leergekauft wurden. Dies löste bei den DDR-Bürgern antipolnische Ressentiments aus, die seitdem, stärker oder schwächer, bestehenbleiben sollten. Ein Jahr später wurde der visa- und paßfreie Verkehr zwischen Ostdeutschland und Polen eingeschränkt, da sich wirtschaftliche Engpässe in beiden Ländern bemerkbar machten, für die in der DDR vor allem die Polen verantwortlich gemacht wurden. Diese Einschränkungen wurden nicht direkt vorgenommen, man führte Restriktionen beim Geldwechsel ein, die jedoch praktisch den „Konsumtourismus" deutlich verringerten.

Die Phase relativer Entspannung endete in den Jahren 1980/1981, als in Polen die Solidarność-Bewegung immer mehr an Bedeutung gewann und so das Ende des Sozialismus in Polen eingeläutet wurde. Die DDR-Führung schottete die Grenzen hermetisch ab, um die „konterrevolutionären" Ideen aus dem „krisengeplagten" Polen nicht nach Ostdeutschland hineinzulassen. Die Bildung von Oppositions- und Widerstandsgruppen in der DDR konnte freilich nicht verhindert werden, was spätestens die Ereignisse von 1989 zeigen sollten.

Diese gespannte Lage wegen der Ereignisse in Polen blieb noch bis 1982 bestehen. Erst dann trafen sich die Staats- und Parteichefs beider Länder, um die Grenzen der jeweiligen Hoheitsgebiete auf der Ostsee zu klären, was jedoch nicht geschehen ist. Dieser Konflikt dominierte die Verhältnisse zwischen der DDR und der VR Polen bis Ende der achtziger Jahre.

Ein letztes Treffen zwischen den Generalsekretären der SED und PVAP gab es 1989 nach den ersten halbfreien Wahlen zum Parlament, als die Demokratisierung in Polen längst nicht mehr aufzuhalten war. Dieses Treffen zwischen Erich Honecker und Mieczysław Rakowski hatte zu dieser Zeit keine politische Bedeutung mehr, doch wollte die SED-Führung das Ende des Sozialismus in Polen nicht wahrhaben und ermahnte den polnischen Gast sowie Polen als Ganzes zu einem verstärkten Aufbau des Sozialismus.

---

20 Ruchniewicz, Krzysztof: NRD, a. a. O., S. 226.

Bis zu den einzigen freien Wahlen in der DDR im März 1990 wurden noch einmal Restriktionen gegen Polen durchgeführt, die deren Einkaufsmöglichkeiten hemmen sollten. Mancherorts wurde in den Läden eine Tafel mit dem Aufdruck „Nur für Deutsche" angebracht, was die Polen verständlicherweise schmerzlich an den Nationalsozialismus und die Besatzungszeit während des Zweiten Weltkrieges erinnerte.[21]

Nach den letzten Wahlen zur Volkskammer und der Ernennung einer wirklich demokratischen Regierung unter Lothar de Maizière kam es zu einer letzten Hinwendung der DDR zu Polen: Am 12. April 1990 unterzeichneten alle Fraktionen des Parlaments eine Erklärung über die Unverletzbarkeit der polnischen Westgrenze, was als erste polenbezogene Entscheidung einer souveränen DDR zu werten war, da ja der Grenzvertrag von 1950 nicht vom Volk, sondern lediglich von der SED getragen wurde und auf Anordnung der Kommunistischen Partei der Sowjetunion (KPdSU) geschehen war.

1.1. Das Konzept der Arbeit

Die in aller Kürze dargestellte Beziehungsgeschichte zwischen der DDR und der VRP beschreibt das offizielle Verhältnis zwischen beiden Staaten, das in der öffentlichen Meinung sowohl der Deutschen als auch der Polen oft bis heute als das einzige bekannt ist. Doch gab es neben den offiziellen Beziehungen zwischen den beiden sozialistischen Bruderstaaten auch solche, die einen inoffiziellen, teilweise sogar illegalen Charakter hatten. Ihr Ziel war es zunächst, von Deutschland aus (in diesem Fall von der DDR aus) Sühne für die nationalsozialistischen Verbrechen zu leisten, dann zwischen beiden Nationen Versöhnung zu schaffen, aus der schließlich „normale" Beziehungen erwachsen sollten und es auch taten. Diese Kontakte zwischen DDR- und VRP-Bürgern treten seit einigen Jahren immer mehr in den Mittelpunkt geschichtlicher Forschung, was dazu beiträgt, die Beziehungsgeschichte zwischen (Ost)Deutschland und Polen in all ihren Facetten darzustellen. So entstehen Monographien zu allgemeinen Relationen zwischen der DDR und der VRP, darüber hinaus werden Auszüge aus der

---

21 Vgl. Ebenda, S. 228.

Beziehungsgeschichte näher beleuchtet, wie z. B. die gegenseitigen Kontakte von Oppositionellen, nichtstaatlichen oder kirchennahen Organisationen.[22]

Einen derartigen Auszug aus der Gesamtheit der Beziehungen zwischen den beiden sozialistischen Staaten bietet auch die vorliegende Dissertation, die sich mit der Person Günter Särchens auseinandersetzt und seine jahrzehntelange Arbeit für die deutsch-polnische Versöhnung darstellt. Da er die ersten Kontakte nach Polen bereits in den fünfziger Jahren knüpfte, kommt ihm die Rolle des Pioniers auf diesem Gebiet zu, mehr noch: er ist der Patron dieser deutsch-polnischen Kontakte innerhalb des Ostblocks, weshalb so auch der Titel dieser Arbeit lautet. Doch wurde das Wort „Patron" nicht erst jetzt für Günter Särchen benutzt. Es war bereits der Deckname für die Operative Personenkontrolle (OPK) des MfS, der Särchen unterzogen wurde. Es ist anzunehmen, daß der zuständige Stasi-Offizier diesen Namen nicht bewußt wählte. Er ist aber auf jeden Fall für die Person Günter Särchens zutreffend, was diese Dissertation belegen wird.

Da sich die Arbeit mit einer Person auseinandersetzt, hat sie einen biographischen Charakter. Dabei konzentriert sie sich auf die Kontakte Günter Särchens zu Polen und den Polen. Zunächst soll geklärt werden, was dem Engagement Günter Särchens für die Versöhnung mit Polen zugrundeliegt. Zum einen ist es die sorbische Herkunft. Die Unterdrückung dieser slawischen Minderheit durch die Nationalsozialisten hatte zwar nicht das Ausmaß der Verbrechen gegen die Polen erreicht, ließ Särchen wohl aber Parallelen erkennen. Zum anderen sind es seine Erfahrungen als Wehrmachtssoldat und Kriegsgefangener, also Erkenntnisse über die Verbrechen der Nazis im allgemeinen und die Ermordung von Millionen Menschen in Mittelosteuropa im speziellen. Eine etwas untergeordnete Rolle spielen Hilfsmaßnahmen von Sorben für polnische Zwangsarbeiter, die in der Lausitz beschäftigt wurden. Möglicherweise hat Günter Särchen davon gewußt (einige Beispiele wurden dokumentiert). Das könnte ihn in der Nachkriegszeit dazu bewogen haben, sich weiterhin für Polen einzusetzen. Auch die Görlitzer Zeit Särchens spielt eine bedeutende Rolle, da er in der Grenzstadt den Nachkriegskonflikt hautnah erlebte, das heißt die Lage der Flüchtlinge und Vertriebenen aus dem nun polnischen Schlesien sowie die Ungewißheit der Polen über die neue Grenze an der Oder und Lausitzer Neiße. Dort erkannte er wohl die Notwendigkeit einer Aussöhnung zwischen beiden Völkern.

---

22 Eine Auswahl der Publikationen befindet sich in der Bibliographie dieser Dissertation.

Ein Aspekt dieser Dissertation bezieht sich auf Aktivitäten Günter Särchens, die eine Versöhnung zwischen Polen und Deutschen herbeiführen sollten. Dazu sind die Sühnefahrten nach Polen, die Polenseminare und die Handreichungen zu zählen. Darüber hinaus beschreibe ich auch weniger bekannte Aktionen, so die Spendenaufrufe und den Aufbau der Seelsorge für Polen in der DDR.

Weiter soll geklärt werden, ob Günter Särchen ein Oppositioneller war. Er selbst sah sich – so scheint es – nicht als solcher, da seine Arbeit nicht gegen den DDR-Staat gerichtet war, sondern der deutsch-polnischen Versöhnung galt. Doch gerade dies kann als Opposition gewertet werden, denn die Arbeit für die Versöhnung mit Polen von der DDR aus implizierte eine Mitverantwortung des Arbeiter- und Bauernstaates für die Verbrechen der Nationalsozialisten, wovon sich der SED-Staat distanzierte. Särchen stellte sich gegen die offizielle Propaganda der Staatspartei, könnte somit als Oppositioneller angesehen werden.

Abschließend bleibt zu klären, ob die Arbeit Günter Särchens als Erfolg gewertet werden kann. Hierbei soll ihr Pioniercharakter hervorgehoben werden. Ich versuche zu beweisen, daß die Versöhnungsbemühungen Günter Särchens bei Vertretern beider Nationen ein Umdenken angeregt haben, also ein stärkeres Interesse einiger DDR-Bürger am östlichen Nachbarn und die Erkenntnis bei Polen, daß auch die Bewohner der DDR an einer Versöhnung interessiert waren.

Aus diesen Fragen wird ersichtlich, daß diese Arbeit auf zwei Ebenen angesiedelt ist: der deskriptiven und analytischen. Die notwendige Beschreibung nimmt dabei den quantitativ größeren Teil ein, in dem sowohl die einzelnen Lebensphasen Särchens dargestellt, aber auch die Versöhnungsaktivitäten einzeln beschrieben werden. Die Beschreibung der verschiedenen Tätigkeiten Günter Särchens ist insofern bedeutend, als es bis heute keine zusammenfassende Publikation gibt, welche die jeweiligen Aktivitäten Särchens dargestellt hätte.

Auf der analytischen Ebene ist das Ziel, die Thesen zu beweisen, die vorher im Zusammenhang mit der Fragestellung formuliert wurden. Es gilt also zu analysieren, wie es zum Engagement Särchens für die Versöhnung zwischen Deutschen und Polen gekommen ist, ob die Tätigkeit Särchens oppositionell war und welche Folgen die Arbeit hatte.

1.2. Der Aufbau der Arbeit

Die abgesteckten Ziele sollen innerhalb von acht Kapiteln erreicht werden, die in weitestgehend chronologischer Reihenfolge das Leben und die Arbeit Günter Särchens behandeln. Brüche in der Chronologie sind an einigen Stellen unvermeidbar, denn gewisse längerfristige Probleme müssen gesondert behandelt werden.

Nach der Einführung folgt das Kapitel, das die Kinder-, Jugend- und ersten Erwachsenenjahre Günter Särchens behandelt. Darin geht es vor allem um seine Zeit als Wehrmachtssoldat und Kriegsgefangener sowie um die ersten Jahre in der damaligen Sowjetischen Besatzungszone und späteren DDR. Höhepunkt und Abschluß dieses Lebensabschnitts ist der Aufstand in der DDR vom 17. Juni 1953, an dem Särchen in Görlitz aktiv teilnahm. In diesem Kapitel soll die Frage nach den Gründen für das spätere Interesse Särchens an Polen geklärt und die These bewiesen werden, daß die spätere Polenarbeit durch die Erziehung und die Sozialisation in der sorbischen Kultur beeinflußt war sowie von seinen Erfahrungen im Kriegsgefangenenlager und in der Grenzstadt Görlitz bestimmt wurde.

Das dritte Kapitel beschreibt eine Art Übergangszeit sowohl im privaten als auch beruflichen Leben Günter Särchens. Es sind die Jahre 1954 bis 1961, also bis zum Mauerbau und somit einer vermeintlich endgültigen und sichtbaren Teilung Deutschlands. Das Kapitel konzentriert sich auf die ersten Berufsjahre Särchens in Magdeburg. Thematisiert werden die ersten Kontakte nach Polen, aus denen in späterer Zeit die Versöhnungsarbeit sowie private Freundschaften erwachsen sind. Als Verbindung zwischen diesem und dem folgenden Kapitel fungiert das Thema „Aktion Sühnezeichen", an deren Gründung und Arbeit Särchen maßgeblich beteiligt war. Dabei geht es zunächst um die Gründung und die ersten Aktivitäten (nicht unbedingt polenbezogen) der „Aktion Sühnezeichen", bevor sie nach dem Mauerbau aufgeteilt wurde.

Im vierten Kapitel, dem quantitativ umfangreichsten, wird die Versöhnungsarbeit Särchens dargestellt sowie die „Aktion Sühnezeichen" der DDR (ASZ) kurz charakterisiert. Dies ist insofern wichtig, als die „ASZ" die meisten Aktivitäten Günter Särchens organisatorisch mitgetragen hat. Die Sühne- und Pilgerfahrten nach Polen werden näher beschrieben sowie das von Särchen gegründete „Polenseminar", welche die sichtbaren und effektivsten Zeichen seiner Versöhnungsarbeit waren. Abschließend wird die Publikationsreihe „Handreichungen" behandelt, von denen die „Solidarność-Handreichung" die politisch brisanteste war.

Das fünfte Kapitel behandelt die für Särchen wohl schwerste Zeit, in der er mit gesundheitlichen Problemen zu kämpfen hatte, gleichzeitig aber vor allem mit seinem katholischen Oberhaupt, dem Magdeburger Bischof Johannes Braun, sowie mit dem Ministerium für Staatssicherheit. Särchen wurde aus dem kirchlichen Dienst entlassen und galt seitdem für die Stasi als „Freiwild", was aus seinen Akten hervorgeht. Trotz dieser Probleme ließ Särchen nicht von seiner Arbeit ab, mußte sich jedoch einschränken, da er von Seiten der Kirche keine Protektion erwarten konnte.

Die Kapitel drei bis fünf sollen auf die zweite Grundfrage des Dissertationsplanes eine Antwort liefern, d. h. sie sollen die Versöhnungsbemühungen Günter Särchens darstellen und sie einzeln kurz charakterisieren.

Im sechsten Kapitel werden die letzten Lebensjahre Günter Särchens dargestellt, sein schrittweiser Abschied von einer aktiven Versöhnungsarbeit, da sich sein Gesundheitszustand stetig verschlechterte. Dieser Teil der Arbeit wird auch auf die Preise und Ehrungen verwiesen sowie den schwere Weg vom „Polenseminar" zur „Anna-Morawska-Gesellschaft" aufzeigen.

Das siebente Kapitel ist der Frage nach dem oppositionellen Charakter der Arbeit Särchens gewidmet. Dabei versuche ich zu bestimmen, wie Günter Särchen selbst seine Tätigkeit gesehen hat und wie diese von anderen dargestellt wurde.

Abschließend bietet dieser Dissertationsplan eine Zusammenfassung des Lebens und der Arbeit Günter Särchens. Im Mittelpunkt steht die Frage, welche Rolle die jahrzehntelange Tätigkeit Särchens für die deutsch-polnische Versöhnung spielte. Dabei soll auf den Pioniercharakter der Arbeit hingewiesen werden. Außerdem gilt es zu beweisen, inwiefern er das Bild des jeweiligen Nachbarn positiv verändert hat. Hierbei werde ich mich vor allem auf die Aussagen der Weggefährten Särchens stützen, die seine Arbeit über mehrere Jahre begleitet haben und teilweise von seiner Person und seinen Ansichten geprägt wurden.

1.3. Die Quellenlage

Dieses Dissertationsprojekt stützt sich auf eine Vielzahl von Quellen, die dabei helfen sollen, die Person Günter Särchens und seine Polenarbeit möglichst vollständig darzustellen. Zu ihnen gehören Publikationen über das Verhältnis zwischen der DDR und der Volksrepublik Polen sowie die Lage der Kirchen in Ostdeutschland und die Opposition. Daneben werden Texte genutzt, die sich mit der Person Günter Särchens auseinandersetzen, wozu auch Presseberichte gehören, die zwar keinen wissenschaftlichen Charakter haben, wohl aber zeigen, wie die Medien die Arbeit Särchens bewerteten. Dabei handelt es sich vorwiegend um Berichte aus der Zeit nach 1990, denn erst ab diesem Zeitpunkt konnte die Arbeit Günter Särchens öffentlich thematisiert werden.

Als zweite und wohl wichtigste Quelle ist der Nachlaß Günter Särchens anzusehen, der sich im Zentralarchiv des Bischöflichen Ordinariates Magdeburg (ZBOM) befindet und an dem ich durch ein viermonatiges Stipendium der „Zeit-Stiftung Ebelin und Gerd Bucerius" arbeiten konnte. Darin ist eine Vielzahl von Texten (Vorträge, Briefe, Tagebücher etc.) zu finden, von denen einige bis heute noch nicht veröffentlicht wurden, wohl aber helfen, ein detailliertes Bild Särchens zu zeichnen. Außerdem befindet sich in diesem Nachlaß eine Fotografiensammlung, aus der einige Exemplare in dieser Arbeit abgebildet sind. Diese Quelle ist insofern als objektiv anzusehen, als sie nicht bearbeitet und somit keiner möglichen Verfälschung unterworfen wurde. Keiner der darin enthaltenen Texte ist für eine Veröffentlichung gesperrt, die teilweise private Korrespondenz kann damit als Quelle in diese Arbeit einfließen.

Neben den Unterlagen des ZBOM bilden größere Texte Günter Särchens eine gute Informationsbasis. Damit sind Publikationen gemeint, die im Eigenverlag für private Zwecke angefertigt wurden und mit einigen Ausnahmen nicht offiziell erschienen sind. Diese Texte sind von Särchen selbst zusammengetragen worden, können also auch ein leicht verzerrtes Bild liefern, das deswegen zunächst mit anderen Quellen verglichen wird. Trotzdem bieten diese Texte eine gute Möglichkeit, Särchens persönliche Sichtweise auf das Geschehen zu erkennen. Dies ist besonders wichtig, wenn es um die Probleme mit Vertretern der Kirche und des Staates geht, die schließlich dazu geführt haben, daß seit Mitte der achtziger Jahre Günter Särchen seine Versöhnungsarbeit nicht mehr in dem vorherigen Umfang und mit Hilfe der katholischen Kirche leisten konnte.

Außer dem Bestand des ZBOM wurden auch andere Archive eingesehen. Relevante Informationen waren vor allem in Privatarchiven (Prof. Kazimierz Czaplińskis, Pfr. Wolfgang Globischs, Christian Schenkers und Unterlagen Günter Särchens, die sich nicht im ZBOM befinden) nachzuweisen. Diese Quellen bieten zwar nur einen relativ engen Blick auf die Arbeit Särchens, dienen aber zur Vervollständigung des Gesamtbildes, obwohl an dieser Stelle auch angemerkt werden muß, daß einige Personen ihre Privatarchive in den vergangenen Jahren verkleinert haben, wobei interessante Dokumente verlorengegangen sein können. Zu den wichtigen Informationsquellen sind Unterlagen des Ministeriums für Staatssicherheit (MfS) zu zählen, da sie aufzeigen, wie Särchen vom sozialistischen deutschen Staat gesehen wurde. Dabei sei allerdings nachdrücklich festgestellt, daß die dort enthaltenen Informationen keineswegs von vornherein als zutreffend anzusehen sind. Diese Unterlagen bieten auch nicht die Grundlage der Arbeit, da sonst eine Verfälschung regelrecht provoziert wäre. Die Informationen aus der Stasi-Akte Särchens (OPK „Patron") sind deshalb mit größter Vorsicht und Distanz zu behandeln. Wir müssen ihren offensichtlich spezifischen Hintergrund berücksichtigen. Jedoch sind sie für das Gesamtbild der Arbeit Särchens bedeutend, da dadurch aufgezeigt werden kann, welchen Stellenwert Günter Särchen aus Sicht des MfS hatte.

Für diese Dissertation wurden auch das Archiwum Jerzego Turowicza (AJT) in Krakau, die Breslauer Niederlassung des Institutes des Nationalen Gedenkens (Instytut Pamięci Narodowej, IPN), das Bischöfliche Archiv Görlitz (BAG), das Ratsarchiv der Stadt Görlitz (RSG) und das Sorbische Institut in Bautzen aufgesucht. Die Forschungen in diesen Einrichtungen ergaben jedoch nichts Wesentliches, soweit es um die Person Günter Särchens geht, abgesehen vom AJT, in dem eine Reihe von Briefen zu finden war, die Särchen an die Redaktion des „Tygodnik Powszechny" gerichtet hat. Im Sorbischen Instituts waren Informationen über die sorbische Minderheit während der Zeit des Nationalsozialismus zu finden; also Dokumente, die dabei helfen sollen, die These zu beweisen, daß Särchens Polenengagement auch von seiner sorbischen Herkunft herrühren könnte. Es konnte herausgefunden werden, daß es im katholisch-sorbischen Milieu öfter dazu kam, daß osteuropäischen Zwangsarbeitern und Kriegsgefangenen aktiv geholfen wurde.[23] Obwohl klare Bezüge auf Günter Särchen in den genannten Archiven fehlten, konnte doch eine Reihe von Informationen gewonnen werden, die den historischen Kontext näher beleuchten.

Nicht zu vergessen sind auch Informationen aus den Archiven der Museen der ehemaligen Konzentrationslager in Auschwitz und Majdanek. Nach Anfragen im Museum in Auschwitz erhielt ich lediglich drei Fotografien, die die Arbeit der

---

23 Die einzelnen Beispiele werden im Kapitel 2. näher beschrieben, wobei klar ist, daß man diese nicht als repräsentativ ansehen kann.

Jugendlichen im Jahr 1965 dokumentieren; alle wurden gleich betitelt: „Odkrywanie fundamentów pierwszej komory gazowej, tzw. ‚białego domku' przez uczestników akcji ‚Znak Pokuty' z NRD" (Ausgrabung der Fundamente der ersten Gaskammer, des sog. „weißen Häuschens" durch die Teilnehmer der Aktion „Sühnezeichen" aus der DDR). Dafür konnte in Majdanek auf ein umfangreicheres Archivmaterial zurückgegriffen werden. Dieses besteht aus zwölf Aktenmappen zum Thema „Aktion Sühnezeichen". Die umfangreichsten Informationen behandeln dabei die Jahre 1979–1994, konzentrieren sich vor allem auf die Tätigkeit der westdeutschen Aktion Sühnezeichen/Friedensdienste und beinhalten einige Informationen über einzelne Aufenthalte von Schulklassen aus der Bundesrepublik Deutschland im ehemaligen Konzentrationslager. Doch gibt es auch einige Unterlagen zu den 60er Jahren, in denen Särchen zwei Sühnefahrten nach Majdanek organisieren konnte. Diese Unterlagen gleichen jedoch zum größten Teil denen im ZBOM, womit der Aktenbestand des Museums in Majdanek als zweitrangig für diese Arbeit anzusehen ist.

Für diese Dissertation war es ebenfalls bedeutend, Informationen von Zeitzeugen zu erhalten, die in verschiedenen Zeitabschnitten mit Günter Särchen zusammengearbeitet haben. Die befragten Personen, die nach vorheriger Sichtung der bis dahin zugänglichen Quellen ausgewählt wurden, sind: auf deutscher Seite Elisabeth Here und Claudia Wyzgol (Töchter Särchens), Heribert Wenzel, Christa Gnatzy, Theo Mechtenberg, Ludwig Mehlhorn; auf polnischer Seite: Ewa Unger, Kazimierz und Wanda Czaplińscy, Pfr. Wolfgang Globisch.[24] Ziel war es nicht, eine größtmögliche Anzahl von Interviewpartnern zu gewinnen, sondern Personen ausfindig zu machen, die zu bestimmten Abschnitten des Lebens von Günter Särchen Informationen weitergeben könnten, die bis dahin in keiner Publikation verwendet wurden. Daher wurde für die Gespräche die Technik des Leitfadeninterviews gewählt, weil diese durch die aktive Rolle des Fragenden erlaubt, Informationsdefizite zu beheben. Die Fragen wurden für jede Person anders konzipiert und ergaben sich teilweise aus dem Gespräch selbst, da es sich um verschiedene Informationen handelte und nicht selten um unterschiedliche Zeitabschnitte. Diese Technik wurde auch deshalb gewählt, weil hier nicht die Person des Erzählers im Vordergrund steht und durch die Fragen eine geordnete Struktur erreicht werden konnte.

---

24 Alle Interviews sind nicht autorisiert.

2. Von Wittichenau nach Görlitz. 1927–1953

Um zu erfahren, wie es dazu kam, daß Günter Särchen sich für Polen und die Polen interessierte und eine Versöhnung zwischen beiden Völkern anstrebte, genügt es nicht, nur darzustellen, wie seine Kinder-, Jugend- und Erwachsenenjahre verliefen. Es ist auch wichtig, auf die nationale/ethnische Herkunft Särchens hinzuweisen.

Die Heimat Särchens ist die Oberlausitz[25] im heutigen Bundesland Sachsen, wo bis zur Gegenwart die sorbische Minderheit wohnt, zu der auch Särchen gehörte (beide Elternteile entstammten deutsch-sorbischen Familien, die Bindung an das Sorbische war bei der Mutter ausgeprägter, so gebrauchte sie häufiger die sorbische Sprache). Zu dieser nationalen Minderheit gehören heute weniger als 50.000 Einwohner Deutschlands, „aber noch heute begegnet man in einem Streifen beiderseits der Spree, in etwa markiert durch die Städte Bautzen, Kamenz, Hoyerswerda, Weißwasser, Bad Muskau und Niesky dem Phänomen der Zweisprachigkeit, sei es in Form von Ortsschildern, Straßennamen, Beschriftungen an Betrieben, Institutionen, Geschäften, kommunalen Einrichtungen oder aber in Gesprächen".[26] Dieses Selbstverständnis bewahrt sich die slawische Minderheit seit etwa dem 6. Jahrhundert, als die Sorben im Zuge der Völkerwanderung von den östlichen Weichselgebieten in die Lausitz zogen. Die Andersartigkeit, aus der im 18. und 19. Jahrhundert ein eigenständiges National-

---

25 Zur Geschichte der Region Oberlausitz siehe z. B.: Bahlke, Joachim (Hrsg.): Geschichte der Oberlausitz, Leipziger Universitätsverlag, Leipzig 2001. Zur neueren Geschichte der Sorben siehe: Kaspar, Martin: Geschichte der Sorben. Von 1917 bis 1945, Bd. 3, Domowina-Verlag, Bautzen 1975; Cygański, Mirosław; Leszczyński, Rafał: Zarys dziejów narodowościowych Łużyczan. Do roku 1919, Bd. 1, Wydawnictwo Instytut Śląski, Opole 2002; Cygański, Mirosław; Leszczyński, Rafał: Zarys dziejów narodowościowych Łużyczan. Lata 1919 – 1995, Bd. 2, Wydawnictwo Instytut Śląski, Opole 1997.
26 Kunze, Peter: Geschichte und Kultur der Sorben in der Oberlausitz. Ein kulturhistorischer Abriß, in: Bahlke, Joachim (Hrsg.): Geschichte der Oberlausitz, a. a. O., S. 267.

bewußtsein erwuchs, geriet über die Jahrhunderte immer wieder ins Fadenkreuz der Herrscher des Landes. Doch trotz Unterdrückung im Mittelalter, der Germanisierungspolitik im Bismarckschen Preußen und Versuchen im Dritten Reich, aus den slawischen Sorben einen urgermanischen Stamm zu machen[27], hielt diese Minderheit an ihrer Kultur, Geschichte und Sprache fest. Dies half den Sorben, als Gemeinschaft erhalten zu bleiben. Eine sichtliche Entspannung kam erst in der DDR, obwohl die Institutionen der Sorben (Vereine, Zeitschriften) von den SED-Machthabern für eigene partei-politische Zwecke mißbraucht wurden, um sich so die Loyalität der Sorben zu sichern, was aber von vielen Angehörigen der Minderheit negativ beurteilt wurde, so daß sie sich zum Teil von den offiziellen sorbischen Vereinen distanzierten.[28] Als Minderheit ohne staatliche Beeinflussung wurden sie erst nach der Wiedervereinigung völlig anerkannt, was eine wirklich freie Pflege ihrer Kultur ermöglichte.

Obwohl die Sorben mitten im von Deutschen bewohnten Gebiet leben, haben sie ihre Bindung zu anderen slawischen Nationen nicht verloren. Dies kam vor allem in der jüngeren Geschichte, der Zeit des Zweiten Weltkriegs, deutlich zum Ausdruck: „Weit verbreitet war die Hilfe für Kriegsgefangene und ‚Ostarbeiter', die zumeist aus einem der slawischen Nachbarländer kamen. Unterstützung mit Lebensmitteln und Kleidung, Verbreitung von Rundfunkmeldungen, gemeinsame Essenseinnahme, Unterstützung bei Fluchtvorbereitung und Warnung bei bevorstehenden Kontrollen waren häufig anzutreffende Formen der Solidarität."[29] Bis heute wurden diese Hilfsaktionen der Sorben nicht im einzelnen untersucht, doch finden sich an einigen Stellen (wissenschaftliche bzw. quasi-wissenschaftliche Publikationen, Literatur und Film) Beispiele dafür. Um den Grad der Unterstützung für die osteuropäischen Zwangsarbeiter und Kriegsgefangene zu unterstreichen, sollen nun einige Fälle genannt werden. Die Begebenheiten können nicht als repräsentativ angesehen werden. Auch ist nicht mit voller Bestimmtheit anzunehmen, daß die einzelnen Beispiele wirklich gesche-

---

27 Vgl. Ebenda, S. 301.
28 Eine dieser sorbischen Organisationen war die Domowina, die zwar vom Staat großzügig finanziert wurde, aber somit auch eine Instrumentalisierung durch die SED in Kauf nehmen mußte. Zu dem Verhältnis der Sorben zum Staat und den eigenen Organisationen siehe: Kunze, Peter: Geschichte und Kultur der Sorben in der Oberlausitz. Ein kulturhistorischer Abriss, in: Bahlke, Joachim (Hrsg.): Geschichte der Oberlausitz, a. a. O., S. 305ff.
29 Ebenda, S. 302.

hen sind, da sie aus Publikationen von vor 1989 stammen und somit die Gefahr besteht, daß die einzelnen Begebenheiten zu Propagandazwecken (polnisch-sorbische Freundschaft) konstruiert wurden.[30]
Martin Kaspar schreibt in seiner „Geschichte der Sorben" folgendes:

> Den Bauern, die Fremdarbeiter beschäftigten, war es bei Strafe untersagt, mit ihnen an einem Tisch zu essen. An diese Bestimmung hielten sich zwar diejenigen Großbauern, bei denen schon vor dem Kriege das landwirtschaftliche Gesinde in besonderen Räumen beköstigt worden war. In der überwiegenden Mehrzahl der landwirtschaftlichen Betriebe, die keine ständigen Landarbeiter beschäftigten, wurde dieses Verbot trotz aller Anordnungen und Strafdrohungen immer wieder übertreten.[31]

Ob es in Wirklichkeit die Mehrzahl der Betriebe war, in denen die osteuropäischen Zwangsarbeiter und Kriegsgefangene so behandelt wurden, kann nicht mit Sicherheit bezeugt werden; sollten jedoch Kaspars Informationen der Wahrheit entsprechen, dann beweist es eine starke Bindung der Sorben an ihre slawischen Brüder.

Ein anderer Autor versucht zu beweisen, wieso sich die Sorben in einer solchen Art für die osteuropäischen Arbeiter einsetzten:

> Die Sorben, selbst von den Nazis unterdrückt, wußten, daß ihnen ein ähnliches Schicksal [...] drohte, deshalb fühlten sich viele mit den völlig entrechteten Zwangsarbeitern und Kriegsgefangenen verbunden. [...] Schließlich wirkte sich auf die Haltung vieler Sorben zu den Kriegsgefangenen und Zwangsarbeitern, besonders aus den slawischen Ländern, ihr Bewußtsein, selbst den Slawen anzugehören, aus. Viele sahen deshalb in den sowjetischen und polnischen Kriegsgefangenen und Zwangsarbeitern, mit denen sie sich auf Grund der sprachlichen Verwandtschaft gut verständigen konnten, ihre noch mehr entrechteten Brüder und Schwestern.[32]

---

30 Diejenigen Beispiele, die aus der DDR-Zeit stammten werden von mir nicht besonders unterstrichen, doch sind sie an dem Erscheinungsdatum der Quelle erkennbar.
31 Kaspar, Martin: Geschichte der Sorben, a. a. O., S. 193f.
32 Hartstock, Erhard: Beziehungen zwischen der sorbischen Bevölkerung und den Kriegsgefangenen und Zwangsarbeitern im Zweiten Weltkrieg, in: Beiträge zur sozialistischen Erziehung und Bildung im deutsch-sorbischen Gebiet, 7. Jahrgang, 26.02.1965, S. 4.

Es wird auch ein ehemaliger polnischer Zwangsarbeiter zitiert, Jan Filoda aus Gorzów Wielkopolski, der sich sehr positiv über seinen sorbischen Chef, Otto Schliebitz, äußert, weil dieser ihm oft Lebensmittel gegeben habe, obwohl das verboten war.[33] Damit wird unterstrichen, daß nicht nur Sorben nach dem Krieg ein positives Bild ihres Volkes zeichnen, sondern dafür auch von Überlebenden aus Osteuropa Beweise erhalten sind.

Wie vorher gesagt, gibt es auch in der sorbischen Literatur Beispiele dafür, daß Zwangsarbeitern aus dem Osten geholfen wurde. So schreibt Maria Kubasch in einigen ihrer Erzählungen davon, wie die Sorben polnischen und sowjetischen Zwangsarbeitern mit Lebensmitteln ausgeholfen haben,[34] oder zwischen jungen Menschen eine damals verbotene Liebe entbrannte, die oft tragisch endete:

> Mit neunzehn Jahren war das [sorbische – R.U.] Mädchen ins Konzentrationslager gekommen, als Einundzwanzigjährige bezahlte sie ihre Liebe zu einem Angehörigen eines „unwürdigen" slawischen Volkes mit dem Leben.[35]

Hierbei stellt sich die Frage, inwiefern literarische Texte als Quelle dienen können. Doch ist es in diesem Fall nicht von Bedeutung, ob die einzelnen Begebenheiten wahrheitsgetreu wiedergegeben wurden, sondern allein die Tatsache ist wichtig, daß in den Erzählungen Kubaschs literarisch die nationalsozialistische Geschichte aufgearbeitet wurde, die Autorin sich also an historischen Tatsachen orientierte. Somit kann man hier wohl annehmen, daß es zu solchen Begebenheiten, wie sie Kubasch beschreibt, gekommen ist.

Als letztes Beispiel für die polnisch-sorbischen Beziehungen in der Zeit des Nationalsozialismus dient ein Film[36] von Petr Skala, der Viktor Belkot beschreibt. Dieser Mann, der aus Ostpolen stammte, wurde als Kriegsgefangener in die Lausitz gebracht, wo er sich in eine Sorbin verliebte. Nach dem Krieg wollte er zwar

---

33 Hartstock, Erhard: Beziehungen zwischen der sorbischen Bevölkerung und den Kriegsgefangenen und Zwangsarbeitern im Zweiten Weltkrieg, in: Beiträge zur sozialistischen Erziehung und Bildung im deutsch-sorbischen Gebiet, 6. Jahrgang, 25.12.1964, S. 4.

34 Kubasch, Maria: Mit zwiefachem Maß, in: Kubasch, Maria: Das Grab in der Heide. Erzählungen, Union-Verlag, Berlin 1990, S. 14ff

35 Kubasch, Maria: Ein Vater sucht seine Tochter, in: Ebenda, S. 77. Siehe auch die Erzählung Kubaschs „Das Grab in der Heide", das eine ähnliche Thematik behandelt.

36 Skala, Petr: Heimat zu zweit, Sorabia-Film-Studio, Bautzen 1993.

in seine Heimat zurückkehren, die nun allerdings zur Sowjetunion gehörte. Deshalb kehrte er zu den Sorben zurück, heiratete und lebte von nun an mit ihnen zusammen. Die Geschichte Viktor Belkots zeigt beispielhaft, daß die Beziehungen zwischen Sorben und Osteuropäern während des Zweiten Weltkrieges auch darüber hinaus Bestand hatten.

Die genannten Beispiele beweisen keineswegs, daß die Mehrheit der Sorben osteuropäischen Kriegsgefangenen und Zwangsarbeitern aktiv geholfen habe, doch zeigen sie, daß dies vorgekommen ist und daß es möglicherweise keine Ausnahmen waren. Es ist also festzuhalten, daß es sorbische Hilfe gab für andere Slawen, die nach Deutschland gekommen waren, und daß dies wohl im Bewußtsein dieses Volkes einen eigenen Platz hat.

Durch diese kurze Darstellung der sorbischen Geschichte, und vor allem der Zeit des Nationalsozialismus, kann man erste mögliche Ansätze herausfinden, die Günter Särchen dazu bewogen haben, sich mit Polen auseinanderzusetzen. Es erscheint plausibel, daß Särchen Parallelen zwischen Polen und Sorben sah, nachdem er die polnische Geschichte kennengelernt hatte, die ja ähnlich wie die sorbische von einem Kampf um Identität und Selbstbestimmung geprägt ist. Ein anderer möglicher Grund für Särchens späteren Einsatz für Polen liegt, meiner Meinung nach, in der vorher genannten „natürlichen" Bindung der Sorben zu anderen slawischen Nationen, in diesem Fall zur polnischen. Dazu gehören vor allem die Beispiele für eine aktive Hilfe für osteuropäische Kriegsgefangene und Zwangsarbeiter. Günter Särchen könnte davon gewußt haben, da er die Kriegsgefangenen in seiner Heimatstadt Wittichenau gesehen hat, ihm also auch ihr Schicksal nicht ganz unbekannt gewesen sein konnte. Wenn dies der Fall war, kann die Kenntnis dieses Teils der sorbischen Geschichte ihn darin bestärkt haben, eine Versöhnung zwischen Deutschen und Polen als eine besonders wichtige Aufgabe anzusehen, denn die Sorben hatten gute Beziehungen bereits in der Zeit des Nationalsozialismus vorgelebt. Trotzdem muß hier eine Einschränkung gelten, denn man kann hier nur vermuten, daß Särchen über Kenntnisse im Hinblick auf die Hilfe für polnische Zwangsarbeiter und Kriegsgefangene verfügte. Er selbst äußerte sich an keiner Stelle dazu. Es liegt jedoch nahe, daß er sich mit der Geschichte der Sorben im Nationalsozialismus auseinandergesetzt hat, also auch auf diese Hilfsmaßnahmen gestoßen sein kann. Dies wiederum würde bedeuten, daß die Kenntnisse über die Beziehungen (auch historische Parallelen) zwischen Sorben und Polen in der jüngsten Vergangenheit ein erster

Grundstein der späteren Arbeit Särchens für die deutsch-polnische Versöhnung waren. Unmittelbare Ursache für die Auseinandersetzung mit der deutschen Geschichte und die daraus folgende Idee der Versöhnung mit Polen waren wohl die Erfahrungen mit dem Dritten Reich und seinen Greueltaten im Osten Europas.

2.1. Die Kinder- und Schulzeit

Günter Särchen kam am 14. Dezember 1927 in Wittichenau[37] als Sohn des Schneiders Alwin Särchen und seiner Frau Maria, geb. Pollack[38], zur Welt. Er wuchs im deutsch-sorbischen Kulturkreis auf, der stark mit dem in diesem kleinen Teil der Lausitz traditionellen katholischen Glauben verwurzelt war[39], welcher Särchens Leben entscheidend mitgeprägt hat. In Särchens Familie gab es persönliche Beziehungen zum Kaschubenland auf dem Gebiet des heutigen Polen. Seine Großmutter Auguste Särchen, geb. Franke, wurde 1870 in Konitz (Chojnice) geboren. Dies könnte die polnische Richtung der Arbeit Särchens teilweise noch weiter geprägt haben. Beweise dafür konnten jedoch nicht gefunden werden; die kaschubische Abstammung der Großmutter wird nur an einer Stelle erwähnt. Es heißt dort:

> Uns Enkelkindern erzählte Großmutter [...] oft aus ihrer Kinderzeit. Dann hörten wir gelegentlich, „ich komme aus dem Kaschubischen". Ihr Dialekt verriet es auch, trotz späteren jahrzehntelangen Wohnens in Wittichenau. Für uns Kinder lag diese Gegend weit entfernt irgendwo im Osten.[40]

---

37 Zur Geschichte und Lage der Stadt Wittichenau siehe: Stadtverwaltung Wittichenau (Hrsg.): Wittichenau – Kulow. Altes und neues über eine lebenswerte Stadt in der Oberlausitz, Verlag „Wittichenauer Wochenblatt", Wittichenau 1998. Darin auch ein Text von Günter Särchen (Standortbestimmung, S. 18–21).

38 Der Nachname der Mutter läßt eine polnische Abstammung vermuten, die jedoch nicht bewiesen werden konnte. Günter Särchen nennt dies an keiner Stelle als Grund für sein Interesse an Polen und das spätere Engagement für die Versöhnung.

39 Die Stadt Wittichenau liegt in einer Art „katholischen Enklave" mitten unter Deutschen auf der einen Seite und evangelischen Sorben auf der anderen. Diese konfessionelle Insel besteht bereits seit dem Mittelalter und umfaßt das Gebiet des Dreiecks um die Städte Hoyerswerda, Bautzen und Kamenz.

40 Särchen, Günter: Memento mori. Laienbrevier für den Nach(t)tisch, Manuskript o.J., S. 66.

Särchen selbst maß dieser Tatsache eine größere Bedeutung bei, denn durch die kaschubische/slawische Abstammung der Großmutter spiegelte sich die sorbisch-slawische Kultur- und Erlebniswelt naturgegeben in seiner Familie wider.[41]

Im Jahr 1934 wurde Särchen in die Katholische Volksschule in Wittichenau eingeschult. Ab 1939 besuchte er die Lessing-Oberschule in Hoyerswerda. Doch mußte er kriegsbedingt die Schule wechseln und kam 1942 nach Senftenberg in die dortige Handelsschule, die eine Berufsfachschule war. Diese beendete Särchen im Jahr 1944 und begann dann eine Lehrausbildung zum Textilverkäufer. Die Ausbildung konnte er aber erst im Jahr 1946 abschließen, nachdem er aus der Kriegsgefangenschaft[42] zurückgekehrt war.

Durch eine starke Einbindung in die katholische Kirche nahm Günter Särchen in seiner Heimatstadt am Leben der dortigen katholischen Gemeinde teil. Er war Mitglied der Kolping-Familie[43], die bereits seit der Machtergreifung Adolf Hitlers mit zunehmenden Behinderungen zu kämpfen hatte. Dazu gehörten Auflösungen einzelner Gruppen und ganzer Diözesanverbände, Enteignungen, Behinderungen von Veröffentlichungen der Kolping-Familie. Zudem erschwerte man potentiellen Mitgliedern den Zugang zum Verband, so daß vor allem nach Kriegsbeginn 1939 die Arbeit des Verbandes weitestgehend zum Erliegen kam und nur vereinzelte kleine, fast illegale Gruppen der Kolping-Familie weiterhin tätig waren.

Zu dieser Zeit fehlten in der Erzdiözese Breslau viele Kapläne, also gab es in Wittichenau nur einen Pfarrer, dem lediglich zwei Rentnerpriester und eine Ordensschwester zur Seite standen. Einen starken Einfluß auf den jungen Särchen hatte eben diese Ordensschwester Michaelis,[44] die Jugendliche aus der Stadt um

---

41 Brücken der Versöhnung 5. Vergessene Schritte der Völkerverständigung? Ein Gespräch einer Abiturklasse mit Günter Särchen, Manuskript 1999, S. 8.

42 Die Wehrmachts- und Kriegsgefangenenzeit Särchens wird im weiteren Verlauf dieses Kapitels besprochen.

43 Zur Person Adolph Kolpings und des Kolping-Werkes siehe u. a.: Göbels, Hubert: Adolph Kolping gestern – heute – morgen. Kurzgefaßte Lebensgeschichte des Schustergesellen, Priesters, Gesellenvaters und Volkserziehers Adolph Kolping aus Kerpen bei Köln, Köln 1977; Hanke, Michael: Sozialer Wandel durch Veränderung des Menschen. Leben, Wirken und Werk des Sozialreformers Adolph Kolping, Mülheim 1974; Rempe, Theo: Kolpings Grundsätze zur Pädagogik und Organisation seines Werkes, Köln 1975; Steinke, Paul: Leitbild für die Kirche: Adolph Kolping. Sendung und Zeugnis seines Werkes heute, Paderborn 1992.

44 Särchen charakterisierte die Ordensschwester folgendermaßen: „Sie hatte eine phantastische, weltoffene Art, junge Menschen für den Glauben und die Kirche zu begeistern. Sie

sich versammelte und zum Dienst am Nächsten bewog. Sie schickte Gruppen von Jugendlichen, zu denen auch Särchen gehörte, zu einsamen und alten Menschen, damit die Jungen und Mädchen diesen Personen Gesellschaft leisten konnten. Zum anderen lud diese Ordensschwester die Wittichenauer Jugendlichen zu Einzelgesprächen ein, um sie trotz ihrer obligatorischen Mitgliedschaft in der Hitlerjugend (HJ) bzw. dem Bund Deutscher Mädel (BDM) an die Kirche und die Tradition der katholischen Jugendbewegung zu binden, die mit der nationalsozialistischen Ideologie nicht in Einklang gebracht werden konnte. Durch seine aktive Teilnahme an den Unternehmungen von Schwester Michaelis und der Mitgliedschaft in der de facto illegalen Kolping-Familie wurde Günter Särchen sehr früh darauf vorbereitet, Jugendhelfer zu sein. Eine Art Bewährungsprobe waren Wallfahrten aus Wittichenau nach Philipsdorf/Sudetenland, Rosenthal oder zum Kloster Marienstern, an denen auch immer eine große Gruppe von Kindern teilnahm. Diese mußte von den älteren Jugendlichen, also auch von Günter Särchen, betreut werden. Dazu diente den Jugendhelfern ein Helferschulungsbuch aus der Vorkriegszeit unter dem Titel „Christophorus", das Schwester Michaelis aufbewahrt hatte. Diesen Helferdienst nahm Särchen nach seiner Rückkehr aus dem Krieg wieder auf, zunächst in Wittichenau und später beruflich in Görlitz und Magdeburg.

Doch die Kinder- und Jugendzeit Särchens spielte sich nicht nur in kirchlichen Kreisen ab. Wie jeder junge Deutsche mußte er der HJ beitreten[45]. In dieser Organisation stieg Särchen die „Karriereleiter" bis zum HJ-Führer hoch und kommandierte somit eine Gruppe von 30 Jungen. Ein Grund für seine kindliche Begeisterung für die HJ mag wohl darin liegen, daß sich Särchen seiner sorbischen Abstammung wegen benachteiligt fühlte. Die katholischen Sorben wurden als „die Juden von Wittichenau"[46] bezeichnet. Dieser Spruch stammt nicht

---

war begnadet – nicht anders als ein besonderes Geschenk Gottes kann man ihre Art bezeichnen – inmitten des nationalsozialistischen Gewaltsystems, das so manchen von uns Jugendlichen – und auch mich – täuschte und verwirrte, immer wieder für die Mädchen und Jungen unserer Gemeinde einen gewißen Freiraum für zwar kirchlich gebundene, jedoch jugendgemäße Aktivitäten zu entwickeln." (Särchen, Günter: Mein Leben in dieser Zeit (1940 – 1958), Manuskript o. J., S. 68).

45 Zur nationalsozialistischen Erziehung von Kindern im Dritten Reich siehe u.a.: Zieleński, Zygmunt: Niemcy. Zarys dziejów, Wydawnictwo Unia, Katowice 1998, S. 236–237.

46 Brücken der Versöhnung 5, a. a. O., S. 7.

von den Nazis selbst, sondern von Särchens protestantischen Mitschülern. Diese Erniedrigungen brachten den jungen Särchen dazu, daß er sich als Deutscher fühlen und sich auch so benehmen wollte, wodurch eine seiner Erinnerungen kaum verwunderlich erscheint: „Ich erinnere [...] mich, wie ich bei den Vorführungen dieses satanischen Films ‚Jud Süß' zusammen mit den anderen zum Schluß schrie: Hängt ihn!"[47] Im Sinn der NS-Propaganda wurde ihm in der Schule im Fach „Ahnenforschung" beigebracht, daß der Name Särchen urdeutscher Herkunft sei, was er als Lüge aber erst nach dem Zweiten Weltkrieg begriff. Im Rückblick erkannte Günter Särchen, wie er sich von der Propaganda in der HJ, der Schule und den ihm zugänglichen Medien dieser Zeit hatte beeinflussen lassen, was er in einem Interview für eine Abiturklasse folgendermaßen beschrieb:

> Sie schafften es, daß dieser Krieg [der Zweite Weltkrieg – R.U.] und alle damit verbundenen „Maßnahmen" auch von mir als reiner Verteidigungskrieg empfunden wurde. Die anderen brachen das Recht. Die anderen bedrohten unsere Kultur, unsere Volkswirtschaft, vor allem unsere Freiheit. [...] Das „Feindbild" zeigte also im Denken und Handeln des einzelnen Menschen Wirksamkeit.[48]

So nahm Günter Särchen die nationalsozialistischen Ideen mit nach Hause, doch wurde er dort mit einer anderen Meinung konfrontiert. Im Elternhaus war Antisemitismus, „Euthanasie" von Geisteskranken, also auch der vermeintlich biologische Beweis für die Macht der „arischen Rasse", kein Thema, denn die katholische Familie konnte solche Aussagen nicht mit ihrem Glauben in Einklang bringen. Die gegensätzliche Meinung zur gängigen Staatsideologie des Dritten Reiches bedeutete für die Eltern Särchens aber keinen Mangel an Patriotismus. Als Patrioten haben sich die Särchens immer gesehen, obwohl ihre Einstellung gewiß Anfeindungen von Seiten des Regimes ausgesetzt gewesen wäre, wenn sie an die Öffentlichkeit gedrungen wäre. In einem Interview sagte Särchen über die Einstellung der Eltern zum Nationalsozialismus:

---

47 Ein Hofnarr war ich bis zum Schluß. Mit Günter Särchen, dem Begründer des Anna-Morawska-Seminars, spricht Adam Krzemiński, in: Dialog, Nr. 2/97, S. 44.
48 Brücken der Versöhnung 5, a. a. O., S. 7.

Sie [die Mutter – R.U.] sagte „Jeder Mensch ist genauso ein Mensch wie jeder andere. Jeder hat Fehler, jeder ist gut. Niemand hat ein Recht, einen anderen zu verstoßen. – Schluß!" So formte sie auch meine Einstellung zum jüdischen Menschen und den ausländischen Kriegsgefangenen, die in unserem Ort stationiert waren. Eines Tages korrigierte mein Vater meine Formulierung, diese ausländischen Soldaten seien doch „unsere Feinde". Er sagte mir kurz und bündig, sie seien „im Krieg zwar unsere Gegner", dennoch haben wir sie zu respektieren als Menschen.[49]

Möglicherweise steht diese Einstellung des Vaters in Verbindung zu den vorher genannten Hilfsaktionen der Sorben für die osteuropäischen Zwangsarbeiter und Kriegsgefangenen. Zwar konnte nicht herausgefunden werden, ob die Familie Särchen unmittelbar mit Zwangsarbeitern zusammengekommen war, doch beweist eine solche Aussage des Vaters, daß die Familie keineswegs den Nationalsozialismus befürwortete.

Diese klare antinazistische Einstellung der Eltern bewog sie, Günter Särchen nicht zu erlauben, weiterhin aktiv in der Hitlerjugend mitzuarbeiten, also die nächsten „Karrierestufen" zu erklimmen: Eine solche Ideologie, wie sie in dieser Organisation gepflegt wurde, sei einer gläubigen, den Nächsten liebenden Familie nicht gemäß. Doch trotz dieser Erziehung war der Krieg für den jungen Günter Särchen anziehend. Begeistert freute er sich über den am 25. September 1944 gegründeten „Volkssturm", der für die Jugendlichen, die bis dahin das Kriegsgeschehen nicht persönlich miterlebt hatten, ein ‚spannender' Ersatz werden könnte. Das erscheint verständlich, wenn man bedenkt, daß gegen Ende 1944 zwar der Krieg schon verloren war, doch seine Auswirkungen noch nicht bis ins „Reichsinnere" durchgedrungen waren. Die Propaganda verkündete weiterhin den „Endsieg", und den Kindern und Jugendlichen fehlte ein genaues Bild des Kriegsgeschehens. Die Begeisterung für den Krieg, die bei Särchen und seinen Altersgenossen zu sehen war, wurde aber von den Eltern sowie dem Priester aus Wittichenau (Pfarrer Fuchs) zu mildern versucht, und der jugendliche Eifer konnte gedämpft werden.

Eine solche gelebte Einstellung der Eltern gegen den Krieg und für andere Menschen prägte Särchen mit, woran er sich auch später erinnerte:

---

49 Ebenda, S.9.

Ein Schlüsselerlebnis war für mich ein Vorfall in der Berliner U-Bahn – zu Beginn des Krieges. Ich hatte einen Sitzplatz, als sich ein älterer Herr neben uns stellte, der mit seiner Tasche den auf der Brust aufgenähten Davidsstern verdeckte. Automatisch wollte ich ihm den Platz überlassen, doch er schüttelte den Kopf, weil er nicht durfte. Da sagte meine Mutter: Neben mich dürfen Sie sich setzen, ich bitte Sie darum. Daraufhin setzte er sich für einen Augenblick hin, um meine Mutter nicht zu beleidigen, stand dann aber wieder auf ...[50]

Man kann wohl davon ausgehen, daß Günter Särchen zu dieser Zeit nicht wirklich gespürt hat, welch verhängnisvollen Weg Deutschland ging, und so ließ er sich durch seine kindliche und jugendliche Naivität sowie einen kritiklosen Patriotismus teilweise in einen nationalsozialistischen Bann drängen. Andererseits gab es eine völlig entgegengesetzte Einstellung der Eltern sowie den katholischen Glauben. Vermutlich war Särchen innerlich zerrissen. Er konnte nicht wirklich einschätzen, welcher Weg für ihn der richtige sein sollte, als er im Alter von 17 Jahren in die Wehrmacht berufen wurde.

2.2. Wehrmachtsdienst

Die Zeit als Wehrmachtssoldat war zwar kurz, doch konfrontierte sie Günter Särchen mit unerwarteten Erlebnissen. Verständlicherweise kam er wie viele andere auch verändert aus dem Krieg und der darauffolgenden Gefangenschaft. Bevor er aber Soldat wurde, hatte man ihn zunächst einmal als nicht kriegsverwendungsfähig eingestuft, weshalb er nicht wie viele seiner Altersgenossen im Sommer oder Herbst eingezogen wurde. Seine Einberufung kam erst nach Weihnachten 1944, bis zur Vereidigung vergingen dann noch einmal knapp drei Monate.

Trotz der inneren Zerrissenheit Särchens zwischen dem katholischen Glauben und der nationalsozialistischen Propaganda reifte in ihm die trügerische Überzeugung, daß er für sein Vaterland in den Krieg ziehe.[51] Dabei ist zu beto-

---

50 Ein Hofnarr war ich bis zum Schluß, a. a. O., S. 44.
51 Vgl. dazu: Pięciak, Wojciech: Na grobie moim „Patron" napiszcie, in: Tygodnik Powszechny, 8.08.2004; Ein Hofnarr war ich bis zum Schluß, a. a. O.

Günter Särchen als Wehrmachtssoldat im Januar 1945.
Foto: Bistumsarchiv Magdeburg.

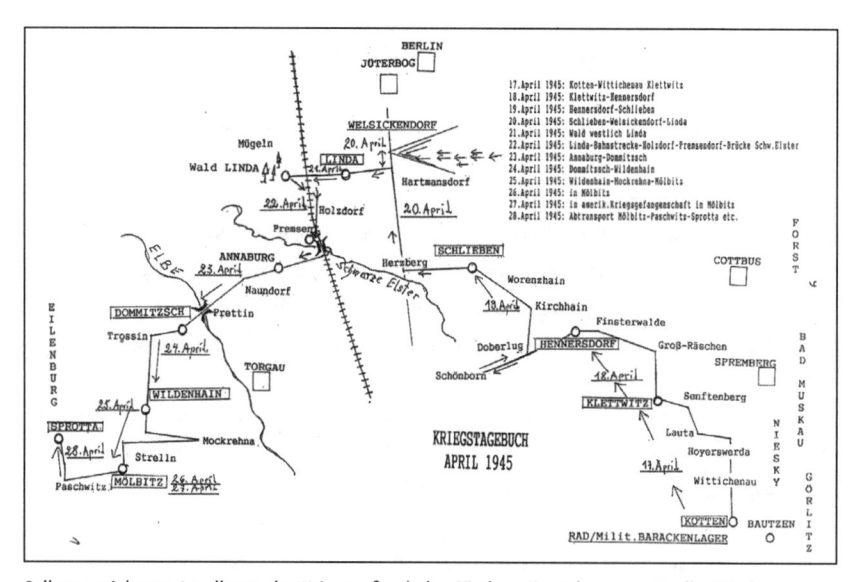

Selbstgezeichnete Landkarte der Kriegsaufenthalte Särchens im Jahr 1945. Quelle: Särchen, Günter: Ende mit Schrecken ... für die Zukunft lernen. Kriegstagebuch, Manuskript o. J., S. 9.

nen, daß es bei Särchen nur um Deutschland ging und nicht um Hitler als Führer des Reiches. Trotz dieser klaren Unterscheidung, die Särchen von Haus aus angenommen hatte, war es in diesen Kriegsjahren ein naiver Patriotismus, der Günter Särchen die Aussichtslosigkeit nicht erkennen ließ. So ist auch zu erklären, wie es zu der folgenden Begebenheit vom Sommer 1944 kommen konnte, die Särchen später in einem Interview schilderte:

> Damals [1944 – R. U.] bin ich einer Ordensschwester aus Breslau begegnet, von der ich im Zusammenhang mit dem Attentat auf Hitler auch zum ersten Mal vom Grafen aus Kreisau [Helmuth James von Moltke – R. U.] gehört habe. Ich war empört über die Attentäter, weil ich meinte, sie dürften unseren Soldaten doch keinen Dolch in den Rücken stoßen. Worauf sie unzweideutig sagte: „Diese Offiziere haben sich viel dabei gedacht für Deutschland." Sie hat viel riskiert, ich hätte sie ja denunzieren können. Damals konnte ich mir den Untergang des Dritten Reiches einfach nicht vorstellen [...], also sagte ich zu ihr: „Wir können doch das Hakenkreuz nicht wegrollen." Darauf sie: „Das muß eines Tages schmerzlich in sich zusammenbrechen."[52]

Während des kurzen Kriegseinsatzes für Särchen wurde er bei Bautzen verwundet, er wäre beinahe in ein Gefecht mit einer polnischen Einheit geraten, wie er selbst meinte.[53] Nach dem Aufenthalt im Lazarett kam er in eine Einheit, deren Feldwebel sich als Retter der jungen Soldaten erweisen sollte. Zuvor erkannte Särchen den Schrecken des Krieges, die Angst vor dem Tod, die größer wurde, je mehr tote deutsche Soldaten er auf seinem Marsch sah. Deshalb war er bereit, einen schwierigen Weg zusammen mit seinem Feldwebel zu gehen:

> Unser Feldwebel hatte schließlich den Mut, in der von ihm erkannten Aussichtslosigkeit der Situation unseren Zug, wir waren 15 Siebzehnjährige, unter großer Gefahr für ihn und uns, aus der Hauptkampflinie herauszumanövrieren.[54]

---

52 Ein Hofnarr war ich bis zum Schluß, a. a. O., S. 44.
53 Vgl. ebenda.
54 Särchen, Günter: Angst im Krieg! – Angst im Frieden? Reflexionen zur 50. Wiederkehr des Kriegsendes 1995, Manuskript 1995.

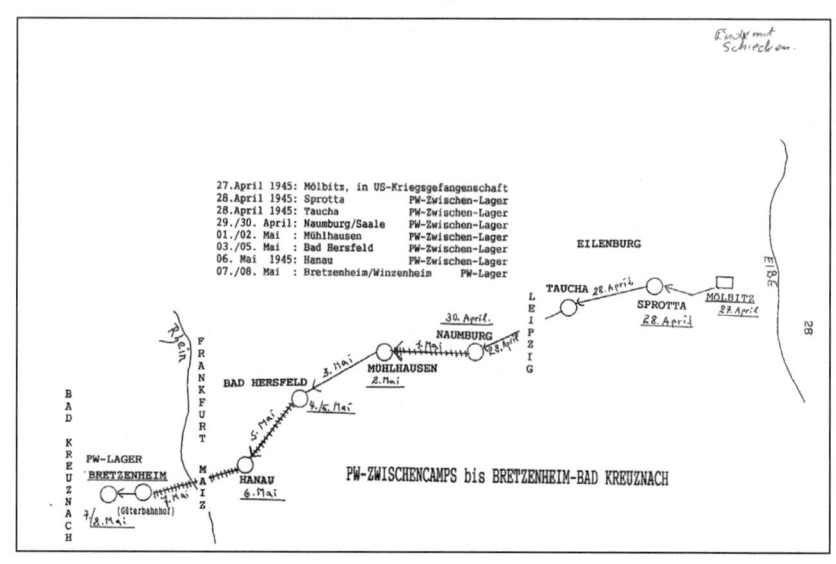

Selbstgezeichnete Landkarte von Kriegsgefangenenlagern, in denen Günter Särchen 1945 inhaftiert war. Quelle: Särchen, Günter: Ende mit Schrecken ... für die Zukunft lernen. Kriegstagebuch, Manuskript o.J., S. 28.

Der Weg des Zugs führte die jungen Soldaten in Richtung Westen. Das Ziel war, in amerikanische Kriegsgefangenschaft zu kommen, um sich auch vor der Sowjetarmee in Sicherheit zu bringen. Am 17. April 1945 brachen die Soldaten aus Koten bei Bautzen auf und gelangten am 27. April nach Mölbitz, wo sie am darauffolgenden Tag von amerikanischen Soldaten gefangengenommen wurden.

2.3. Kriegsgefangenschaft

Im Kriegstagebuch Günter Särchens findet sich ein Eintrag über die Gefangennahme durch die Amerikaner; es heißt da unter dem Datum des 28. April 1945:

> Ohne Kampf in Gefangenschaft! 20.30 Uhr Ami-Auto vorgefahren, 3 Soldaten, 1 Offizier, aufgebautes MG. Dahinter in Kette ca. 40 Soldaten rechts und links entlang der Dorfstraße [...] Wir mit erhobenen Händen raustreten. Am Hof antreten [...] Alle zu

Fuß von Mölbitz durch Paschwitz nach Sprotta. Hier in Scheune auf Bauernhof eingesperrt.[55]

Von Mölbitz aus ging es für die gefangenen deutschen Soldaten durch mehrere Zwischenlager, bis sie am 7. Mai im Lager Bretzenheim bei Kreuznach, dem sog. Todeslager, angekommen waren. Dort erlebten sie das Ende des Krieges. Der Tagebucheintrag Särchens lautet am 7. Mai:

> Früh 5 Uhr noch mal Bekanntmachung: FRIEDEN. Aufjubeln in allen Camps! In einem Camp Gesang. Ich bin froh, hoffentlich hier bald raus, zurück zur Jugend nach Wittichenau, zu Kolping.[56]

Dieser Wunsch Särchens sollte sich aber erst Anfang 1946 erfüllen.

Im Lager Bretzenheim wie auch in den Lagern davor erkannte Särchen stetig die Realität, die sich zum einen in der Brutalität unter den einstigen Kameraden äußerte, die sich z. B. gegenseitig bestahlen (Kriegstagebuch: 30. April 1945 – Taucha: Aufpassen, nicht[s] klauen lassen. Es gibt keine Kameraden mehr!). Zum anderen wurde der junge Särchen auf die Verbrechen des Staates und dessen Machthaber aufmerksam gemacht, für die er ins Feld gezogen war. So hörte er von einem alten Soldaten bei einer Unterhaltung: „Wenn das rauskommt, was wir im Osten gesehen haben, kommen wir hier nicht mehr lebend raus."[57]

Schockierend für Särchen waren auch die vielen Toten, die im Todeslager Bretzenheim zu beklagen waren: An manchen Tagen waren es zwischen 100 und 200 Tote. Das mußte in Günter Särchen Angst auslösen, doch war dies nicht allein Angst vor der Zukunft. Diese Erlebnisse im Lager waren immer noch Bestandteil des Krieges. Was er im Lager erlebt und von anderen Soldaten erfahren hat, konnte für den damals siebzehnjährigen Särchen einen Richtungswechsel bedeuten, der in späteren Jahren in seiner Arbeit für die deutsch-polnische Versöhnung zum Ausdruck kam. Zu dieser Zeit war es aber eher ein allgemeines Bild des Schreckens, in dem noch kein „Plan für die Versöhnung" steckte. An-

---

55 Särchen, Günter: Ende mit Schrecken ... für die Zukunft lernen. Kriegstagebuch, Manuskript o.J.
56 Ebenda.
57 Ein Hofnarr war ich bis zum Schluß, a. a. O., S. 44.

zunehmen ist auch, daß etwa in dieser Zeit, als Särchen sich mit der eigenen, der deutschen und europäischen Geschichte befaßte, um das Vergangene richtig deuten zu können, ihm bewußt wurde, daß ein falsches Bild von Deutschland und Polen längst in der Familie bestand. So erinnerte er sich später an die Geschichten seines Vaters:

> [...] als unser Vater im 1. Weltkrieg, am 14. November 1916 zum Militär eingezogen wurde nach Posen, war er überzeugt, Posen wäre schon immer eine deutsche Stadt gewesen. Er wunderte sich lediglich, daß die Hälfte der Kameraden seiner Kompanie ein gebrochenes Deutsch, d. h. besser Polnisch als deutsch sprach![58]

Damit war wohl für Särchen klar, daß es in der gemeinsamen deutsch-polnischen Geschichte einiges aufzuholen galt, das weit über die dreißiger und vierziger Jahre des 20. Jahrhundert hinausging. So setzte er sich später von Magdeburg aus für die Versöhnung mit Polen ein und versuchte, interessierten Bürgern der DDR die Geschichte des östlichen Nachbarn näherzubringen.[59]

Bei der Bewältigung des eigenen Soldatenschicksals und der Informationen über die Naziverbrechen sowie bei einer neuen, noch ziemlich allgemein gehaltenen Bestimmung seiner zukünftigen Aufgaben half Särchen sein katholischer Glauben. Dies ist seinem Gedicht „Kreuznach 1945"[60] zu entnehmen:

---

58 Särchen, Günter: Memento mori. Laienbrevier für den Nach(t)tisch, Manuskript o. J., S. 65.
59 Die Aufgabe erfüllten u.a. die sog. Polenseminare", von denen im Kapitel 4.4. die Rede sein wird.
60 Särchen, Günter: Ende mit Schrecken ... für die Zukunft lernen. Kriegstagebuch, a. a. O.

Dein Himmel war das Zelt,
und unser Bett die kalte Erde,
nur Deine Sterne grüßten aus der Welt,
und tausend Gesten schrieen uns zu „Verderbe!"

Groß war das Heer,
daß abgekämpft, zermürbt lag auf dem Boden.
Nur Murren, Fluchen, Gottesläst'rung wart umher.
Auswerfen sollte Satan seine Netze in die Wogen
Und ernten in dem hilfelosen, aufgewühlten Meer.

Doch standen unter diesen tapfere Recken,
die Christus sahen in dem Elend, in der Not,
und auch in Herzen anderer Menschen wollten wecken,
den wahren Geist, den Ruf: „Für Gott".

Es ragte hoch ein Kreuz aus ihrer Mitte,
grob zugehauen war es, schlicht und einfach nur,
doch zu ihm hoch stieg aus den jungen Herzen jene Bitte:
„Herr, stärke uns auf dieser Elend- und doch Gottesflur!"

Und ER erhörte dieses Bitten, dieses Flehen,
selbst kam ER nieder auf den Opfertisch so schlicht.
ER gab sich selbst, zu tilgen jeden Herzens Wehen,
und jeder Seele tat er spenden Trost und Licht.

Gestärkt durch IHN zu neuem gläub'gen Leben,
so ging die Reckenschar zu ihren Kameraden hin,
um weiter auszubreiten sein Segen,
auch denen, die noch nicht erkannten Gottes tiefen Sinn.

Sie trugen dieses Licht zu jenen Jungen,
die mit ihnen unter freiem Himmel lagen,
gemeinsam in den Löchern mit dem Elend grungen,
doch nur eines kannten, murren, klagen.

Ihr Wahlspruch war: zu retten jeden jungen Bruder,
der mit ihnen litt, doch dieses Leiden nichts verstand.
Sie selbst im Elend, waren dazu Gottes heiliges Ruder,
das Satans Wellen brach, das Schiff doch führte zu dem sich'ren Strand.

Und dieses Suchen, dieses Tragen sollt nicht scheitern,
für viele Jungen war es wie ein Wink.
Um's Kreuz versammelt stieg die Zahl der Streiter,
wo wieder jeder Trost und Kraft empfing.

Ihr Schlachtruf war: „Dem Stärksten nur zu dienen!"
Zu kämpfen für sein recht, mit seinen Waffen, seiner Gnad,
und hier in „Kreuznach" alles das zu sühnen,
was bei uns abseits ging vom geraden Pfad.

Doch dieser Schlachtruf darf nach Kreuznach nicht verhallen,
der Sieg gekrönt, die erste Schlacht der Recken.
Jetzt gilt es aufzurütteln die vor allem,
die Christus kennen, doch noch in den Stuben stecken.

Geändert. Brüder, hat für uns sich nur die Lage,
geblieben für uns alle ist die Pflicht.
Drum über das vergangene keine Klage,
jetzt gilt es in der „Freiheit" anzufachen
Christi Licht!

Trotz miserabler und meist überhaupt fehlender Verpflegung, trotz Kälte und Krankheiten, die viele deutsche Soldaten das Leben im Lager gekostet haben, war Särchen einer der Überlebenden und wurde am 2. Juli 1945 entlassen.

2.4. Die ersten Nachkriegsjahre

Günter Särchen wollte nach der Entlassung aus dem Kriegsgefangenenlager sofort zurück nach Hause fahren, nach Wittichenau, obwohl er eigentlich in einer der westlichen Besatzungszonen hätte bleiben können. Vor den Sowjets war er ja zusammen mit seinen Kameraden geflohen. Doch ist diese Entscheidung leicht zu erklären: Särchen war zum Zeitpunkt seiner Entlassung knapp 18 Jahre alt und noch stark an das Elternhaus gebunden (die Eltern blieben in Wittichenau). Ein zweiter Grund für seinen Rückkehrwunsch in die nun Sowjetische Besatzungszone (SBZ) war gewiß eine Bindung an die Heimat, die verlassenen Freunde und die Organisationen (z. B. Kolping-Familie), in denen er vor der Einberufung in den Wehrdienst aktiv mitgearbeitet hatte.

Särchens Wunsch nach Rückkehr wurde nicht sofort erfüllt. Noch bis Ende 1945 lebte er zusammen mit zwei anderen ehemaligen Wehrmachtssoldaten bei der Bauernfamilie Rüttinger in dem unterfränkischen Dorf Rossbrunn, wo er sich als Helfer in der täglich anfallenden Arbeit auf dem Hof nützlich machte. So verging ein knappes halbes Jahr, bis zum 27. Dezember, an dem er in sein Tagebuch schreiben konnte: „Um 7.30 Uhr wir drei aus Rossbrunn abgereist Richtung Heimat! Zuerst Auffanglager Schweinfurt, Ankunft 19 Uhr."[61] In diesem Auffanglager blieb Günter Särchen bis 10. Januar 1946, dann ging es nach Hoyerswerda und von dort zu Fuß bzw. mit ausgeliehenem Fahrrad bis nach Wittichenau.

In dieser ersten Nachkriegszeit erkannte Särchen von Schritt zu Schritt die jüngste Vergangenheit mit ihren leidvollen Ergebnissen. So bedachte er aufs neue die antislawische, antimenschliche Politik des NS-Systems, die ihn als Deutsch-Sorben persönlich getroffen hatte. Er konnte nun wirklich die Informationen über die Verbrechen der Nationalsozialisten verarbeiten, mit denen er erstmals im Kriegsgefangenenlager und dann nach seiner Rückkehr nach Wittichenau konfrontiert worden war. Freilich war nicht an eine umfangreiche Aufarbeitung zu denken, und doch erhielt er Informationen über die Verbrechen der Nationalsozialisten u.a. von einem sowjetischen Politoffizier, der bei einigen Schulungen für Betriebsräte, an denen auch Särchen teilnahm, da er Betriebsrat im Modehaus E. Böhme in Hoyerswerda war, von der Arbeit des „Komitees Freies Deutschland" in deutschen Kriegsgefangenenlagern und auch Einzelheiten über die KZs

---

61 Särchen, Günter: Ende mit Schrecken ... für die Zukunft lernen. Kriegstagebuch, a. a. O.

in Oranienburg und Ravensbrück erzählte.[62] Dies waren Erlebnisse, die ihn, wie Särchen selbst sagte, ernsthaft beschäftigt haben, und die, so könnte man meinen, einen weiteren Anstoß zu seiner späteren Arbeit gaben. Dabei konzentrierte er sich aber nicht nur auf das Leid der ausländischen oder „andersrassigen" Opfer der Nazis, sondern sah auch das Nachkriegsdeutschland:

> Zur gleichen Zeit erlebte ich überall im deutschen Lande das Leid der deutschen Flüchtlinge und derer, die die Heimat verlassen mußten. Es kam mir niemals in den Sinn, das Leid gegeneinander aufzuwiegen. Aber es wurde mir bald bewußt, daß Lösungen, geschweige denn Heilungen allein durch politische Aktivitäten und Entscheidungen nicht erreicht werden können.[63]

Daß die Vertriebenen ein Problem für die SBZ und die spätere Deutsche Demokratische Republik darstellten, beweisen Zahlen: In den Jahren 1949/1950 hielten sich auf dem Gebiet der DDR 4,5 Millionen Vertriebene auf, während es im viel größeren Westdeutschland (Bundesrepublik Deutschland) knapp 8 Millionen waren. Die Bezeichnung „Vertriebene" implizierte, daß es Unrecht war und die Menschen auf eine Rückkehr hoffen könnten. Deshalb wurden die Vertriebenen „Umsiedler", später sogar „Neubürger" genannt, womit aber nicht das Problem der Integration in der Restbevölkerung gelöst werden konnte. Eine gewisse Endgültigkeit entstand nach dem Görlitzer Vertrag 1950, der Bodenreform, nach der vielen Vertriebenen eigenes Land zugewiesen wurde, und dem niedergeschlagenen Aufstand vom 17. Juni 1953, der ja auch die Revision der Oder-Neiße-Grenze thematisiert hatte.[64]

---

62 Vgl. Notizen von G. Särchen im Privatarchiv Christian Schenkers, Wittichenau.
63 Brücken der Versöhnung 5, a. a. O., S. 9.
64 Der Görlitzer Vertrag und der Aufstand 1953 werden im weiteren Verlauf der Arbeit näher besprochen. Zur genaueren Geschichte der Vertriebenen in der SBZ/DDR siehe u. a.: Ther, Philipp: Deutsche und polnische Vertriebene. Gesellschaft und Vertriebenenpolitik in der SBZ/DDR und in Polen 1945–1956, Vandenhoeck & Ruprecht, Göttingen 1998; Schwartz, Michael: Vertriebene und „Umsiedlungspolitik". Integrationskonflikte in den deutschen Nachkriegs-Gesellschaften und die Assimilationsstrategien in der SBZ/DDR 1945–1961, Oldenbourg Wissenschaftsverlag, München 2004; Kowalczuk, Ilko-Sascha: Das bewegte Jahrzehnt. Geschichte der DDR von 1949 bis 1961, Bundeszentrale für politische Bildung, Bonn 2003; Hoffmann, Dierk; Krauss Marita; Schwartz, Michael (Hrsg.): Vertriebene in Deutschland. Interdisziplinäre Ergebnisse und Forschungsperspektiven, München 2000;

Für Günter Särchen war also das Thema Vertreibung kein Tabu, doch sah er auch das Leid der anderen Völker, so auch der Polen. Bevor er sich aber persönlich für eine Versöhnung zwischen den Deutschen und Polen engagieren konnte, sollten noch einige Jahre vergehen. Zwar ist das Thema bis in die fünfziger Jahre nicht in Vergessenheit geraten, es mußte aber zunächst persönlichen Anliegen Särchens und seinen „deutschlandbezogenen" Aktivitäten weichen.

Aus dem Krieg und der Gefangenschaft zurückgekehrt, nahm der nun Neunzehnjährige seine Berufsausbildung zum Textilverkäufer wieder auf, absolvierte ein Praktikum im Modehaus E. Böhme in Hoyerswerda, wo er dann ab 1947 fest angestellt wurde und einige Zeit damit beauftragt war, neue junge Mitarbeiter in das Fach einzuweisen.

Nachdem Särchen in Wittichenau angekommen war, beteiligte er sich wieder an der Kolping-Familie, die bereits 1945 reanimiert wurde, und wurde auch erneut Pfarrjugendhelfer. Da begann er zusammen mit anderen aktiven Katholiken seine Jugendarbeit, wie sie vor Särchens Kriegseinsatz stattfand: Treffen mit Jugendlichen sowie die Organisation von Jugendmessen und Andachten aller Art. Dabei erkannte er früh, daß im vermeintlich „neuen Deutschland" die Kirche genauso wie in der NS-Zeit den Regierenden „ein Dorn im Auge war". Für eine Jugendandacht im Jahr 1947 wollte Särchen Textblätter vorbereiten, doch gestaltete sich dies schwierig, da jeder Druck erst von den Sowjets genehmigt werden mußte. So benutzte er alte Gebetbücher, die noch aus der Zeit des Dritten Reiches stammten. Er zensierte die Texte und überklebte heikle Passagen[65], doch war dies nicht genug, denn unters Licht gehalten konnte man die überklebten Zeilen lesen. So wurden diese Blätter gleich an die Sowjetische Kommandantur in Bautzen und die deutschen sozialistischen Behörden weitergeleitet als „Beweis kirchlicher Untergrundarbeit in der katholischen Jugend von Wittichenau mit eindeutig faschistischen Texten!"[66] Diese Aktion hätte Särchen zum Verhängnis werden können, aber er wurde von einem ihm bereits bekannten

---

Wille, Manfred (Hrsg.): 50 Jahre Flucht und Vertreibung. Gemeinsamkeiten und Unterschiede bei der Aufnahme und Integration der Vertriebenen in die Gesellschaften der Westzonen/Bundesrepublik und der SBZ/DDR, Magdeburg 1997.

65 Zu diesen Passagen gehörten Zeilen wie: Lasset uns beten für unser deutsches Volk und Vaterland, für den Führer und für alle Führenden in Staat und Wehrmacht, auf daß der Herr, unser Gott, unserem Volke Frieden schenke und Freiheit, Leben und Heil.

66 Notizen G. Särchens im Privatarchiv Christian Schenkers, Wittichenau.

sowjetischen Offizier verhört und konnte dann wieder gehen. Dieses Beispiel zeigt deutlich, wie bereits in den ersten Nachkriegsjahren ein Kampf gegen die Kirche stattfand. Abgesehen davon, daß solche und ähnliche Aktionen von einer jugendlichen Naivität Särchens und seiner Freunde zeugen. Ähnlich brisant war eine kurze Geschichte, die Günter Särchen im Jahr 1947 aufgeschrieben hat und die sich gegen die neuen sowjetischen Machthaber richtete:

> Wenige Stunden, nachdem die Rote Armee meine Heimatstadt besetzt hatte und die Menschen sich vereinzelt schon wieder auf die Straße trauten, stand unser alter Friseur, ein guter Bekannter meines Vaters und Großvaters, bei ihnen in der Schneiderstube: „Nachbarn, sie sein da!" Sprach's und verschwand wieder. Einige Tage später, man wußte inzwischen, welche erschreckenden Nebenerscheinungen die sehnlichst erwartete Befreiung von dem alles zerstörenden NS-System für die Bevölkerung – vor allem für die Frauen und Mädchen – brachte, stand er wieder in unserer Schneiderstube. Auch diesmal verschwand er so schnell, wie er gekommen war. Zurück blieb nur ein Satz: „Nachbarn, als Freunde sein 'se nee gekommen!"[67]

Günter Särchen war sich dessen bewußt, daß ein solcher Text ihm eine hohe Gefängnisstrafe einbringen könnte, weshalb er ihn versteckte.

Ein Jahr später entdeckte den jungen engagierten Günter Särchen der damalige Jugendseelsorger in Görlitz, Heinrich Theissing[68], der den Einundzwanzigjährigen zum Dekanatsjugendhelfer für die männlichen Jugendlichen einsetzte. Damit begann für Särchen seine enge Verbindung zur Stadt Görlitz und dem dortigen Bischöflichen Amt. So war er daran beteiligt, neue Wallfahrtsorte zu etablieren, da die traditionellen Orte wie der Annaberg in Oberschlesien oder Warta und Albendorf in Niederschlesien nun nicht mehr zu erreichen waren. Die neue Wallfahrtsstätte hieß seit 1947 Neuzelle, zu der nun Jugendwallfahrten stattfanden. Auch Günter Särchen nahm daran teil, zunächst als einfacher Wallfahrer, dann als Pfarr- und Dekanatsjugendhelfer und endlich auch als Diözesanjugend-

---

67 Särchen, Günter: Deutschland nach 1945. Der Teil Deutschlands, aus dessen „Sowjetischer Besatzungszone" die DDR entstanden ist, Manuskript 1997, S. 6.
68 Heinrich Theissing (1917–1988), geweiht 1940, 1941–1945 Kaplan in Glogau, 1945 Kaplan in Görlitz, 1946 Diözesanjugendseelsorger, 1953 Ordinariatsrat, 1955 Diözesanmännerseelsorger, 1959 Leiter des Seelsorgeamtes, 1960 Domkapitular des Breslauer Domkapitels, 1963 Weihbischof in Berlin, 1970 Bischöflicher Kommissar in Mecklenburg.

helfer, somit auch als Mitorganisator. An der ersten Jugendwallfahrt nach Neuzelle am 29. Juni 1947 nahmen 1100 Gläubige teil, ein Jahr später kamen allein aus Wittichenau fünf Lastkraftwagen mit Jugendlichen zum Wallfahrtsort.[69] In dieser Tätigkeit war er auch Zeuge einer Umstrukturierung der ehemaligen Erzdiözese Breslau[70].

Faktisch hatte das Erzbistum Breslau aufgehört zu existieren, als 1945 tausende Schlesier vor der anrückenden Sowjetarmee nach Mittel- und Westdeutschland geflohen waren und nach dem Ende des Krieges die Westverschiebung der polnischen Grenzen auf Forderung Stalins hin von den Alliierten beschlossen wurde. Damit schrumpfte die Erzdiözese Breslau drastisch auf lediglich die wenigen Gebiete, die westlich der Oder-Neiße-Grenze lagen. Dies war für den neuen Kapitelsvikar Ferdinand Piontek[71], der sein Amt nach dem Tod des Erzbischofs Adolf Bertram[72] übernommen hatte, eine schwierige Situation. Auf der anderen Seite sah der spätere Bischof von Görlitz eine Chance, die Lausitz wieder fester mit dem katholischen Glauben zu verbinden, nicht zuletzt durch die vertriebenen Katholiken, von denen sich der Kapitelsvikar eine religiöse Belebung der Region versprach. Diese positiven Zukunftsaussichten konnten aber die schwierige

---

69 Vgl. BAG, Chronik der Diözese Görlitz-Cottbus (17.03.1947–17.10.1951), S. 4 und 33.

70 Zur Geschichte des Bistums Breslau siehe u. a.: Marschall, Werner: Geschichte des Bistums Breslau, Konrad Theiss Verlag, Stuttgart 1980; Marschall, Werner: Breslau. Von 1945 bis zur Jahrtausendwende, Echo-Buchverlags-GmbH, Kehl 1999; König, Winfried (Hrsg.): Erbe und Auftrag der schlesischen Kirche. 1000 Jahre Bistum Breslau, Laumann-Verlag, Dülmen 2001; Bahlcke, Joachim: Schlesien und die Schlesier, Langen Müller, München 2006, S. 190–192. Interessant für die Geschichte der Stadt Breslau in der Zeit der Vertreibungen und der (Zwangs)ansiedlung von Polen aus dem Osten des Landes ist die Publikation von Gregor Thum unter dem Titel „Die Fremde Stadt Breslau 1945" (Siedler Verlag, München 2003, S. 60–247).

71 Ferdinand Piontek (1878–1963), geweiht 1903, 1903–1905 und 1906–1910 Kaplan in Berlin, 1910–1921 Pfarrer in Köslin, 1921 Domkapitular, Domprediger und Vorsitzender des schlesischen Bonifatiusvereins, 1936 Verwaltungsdirektor im Generalvikariat, 1939 Domdechant, 1945 Kapitelsvikar, 1946 erhielt Rechte eines residierenden Bischofs, 1947 Vorrechte der Apostolischen Protonotare, 1959 Titularbischof von Barca. Zum Werdegang Pionteks vom Kapitelsvikar in Breslau zum Erzbischöflichen Amt Görlitz siehe: Müller, Wolfgang: Der deutsche Restteil des Erzbistums Breslau – die Diözese Görlitz, in: König, Winfried (Hrsg.): Erbe und Auftrag der schlesischen Kirche, a. a. O., S. 320ff.

72 Adolf Kardinal Bertram (1859–1945), geweiht 1881, 1905 Bischof von Hildesheim, 1914 Fürstbischof von Breslau, 1916 Kardinal, 1920–1945 Vorsitzender der Fuldaer Bischofskonferenz.

Ausgangslage der katholischen Kirche im Jurisdiktionsbezirk des Bischöflichen Amtes Görlitz nicht bessern. Es mußten neue Seelsorgestellen samt Gottesdiensträumen aufgebaut werden, um die höhere Zahl der gläubigen Katholiken betreuen zu können. Einige von ihnen mußten dann in den fünfziger Jahren wieder geschlossen werden, weil viele Katholiken in den Westen abgewandert waren. Zu den Schwierigkeiten muß auch ein fehlendes Priesterseminar gezählt werden, das erst von Piontek 1948 in den Räumen des Stifts Neuzelle errichtet wurde, wohlgemerkt gegen den Willen des Berliner Bischofs Konrad Graf von Preysing. Hinzu kommt noch, daß die vertriebenen Schlesier in der Anfangszeit nur schwer in die katholische Kirche westlich der Oder und Neiße integriert werden konnten, da ihre Religiosität noch stark von österreichisch-barockem Erbe geprägt war, genauso wie von einer polnischen Volksfrömmigkeit.[73]

Neben Schwierigkeiten innerhalb der Kirche hatten der Bischof und seine Untergebenen auch Probleme mit staatlichen Behörden. Diese beliefen sich zumeist auf den Religionsunterricht in den Schulen, die nun sozialistische Einrichtungen waren. Dieser sollte nur nach dem regulären Unterricht stattfinden, und es lag im Ermessen des Schulleiters, ob er den Religionslehrer anerkannte und somit der Unterricht in den Klassenräumen stattfinden konnte. Ähnliche Probleme gab es für gläubige Schüler und Lehrer, die an hohen kirchlichen Feiertagen vom Unterricht wegbleiben wollten, um an den Gottesdiensten teilnehmen zu können, denn sie mußten Anträge stellen, die nicht unbedingt positiv beurteilt wurden.[74]

Trotz einer einigermaßen gelungenen Umstrukturierung der ehemaligen Erzdiözese Breslau ging der Streit um sie bis 1972 weiter, denn erst in diesem Jahr, am 28. Juni, gliederte der Heilige Stuhl die östlichen Gebiete, die seit 1945 zu Polen gehörten, ab, wodurch das deutsche Bistum rechtlich erloschen war. Bis zu diesem Zeitpunkt galt die Erzdiözese als Ganzes und unterstand dem Kapitel

---

73 Vgl. Gönner, Johannes: Die Stunde der Wahrheit, Peter Lang Verlag, Frankfurt am Main-Berlin-Bern-New York-Paris-Wien 1995, S. 35.

74 Diese und ähnliche Schwierigkeiten betrafen natürlich nicht nur die katholische Kirche, sondern auch die evangelische sowie andere Religionsgemeinschaften. Eine Übersicht von Dokumenten zu diesem Thema aus der Stadt Görlitz befindet sich im dortigen Ratsarchiv. Unter der Nummer 969 sind Akten des Rates der Stadt Görlitz und deren Abteilung Volksbildung, die von der Zusammenarbeit und Klärung von auftretenden Problemen zwischen Schule und Kirche in den Jahren 1945–1953 berichten.

in Görlitz, obwohl der polnische Primas August Hlond[75] schon 1945 die unter polnischer Verwaltung stehenden ehemaligen deutschen Gebiete aufteilte und kirchliche Administratoren einsetzte. So sehr Kardinal Hlond die östlichen Gebiete „polonisierte", so sehr hielt die katholische Kirche in Görlitz an der deutschen Diözese fest, indem z. B. das Domkapitel in Görlitz bis zur Auflösung des Erzbistums weiterhin Breslauer Domkapitel hieß, was aber eigentlich rechtlich gesehen völlig richtig war. Die jahrzehntelangen Streitigkeiten um das ehemalige deutsche Bistum waren u. a. auch Grund dafür, daß es seitens der führenden Personen im Bischöflichen Amt Görlitz keine wirklichen Bemühungen um Versöhnung zwischen den Nationen gegeben hat.

Die Zeit in der SBZ war aber nicht nur für die ehemalige Erzdiözese Breslau schwierig, sondern für die gesamte katholische Kirche im dortigen Raum. Charakteristisch für die katholische Kirche in der SBZ und späteren DDR ist die Diaspora, in der sie sich befand. Die wenigen Gläubigen waren im gesamten Raum der „Zone" verstreut. Eine sehr zutreffende Charakteristik der Diaspora in der DDR gab Bischof Bernhard Huhn:

> In der Diaspora hört man auf zu zählen. Qualität geht vor Quantität. Der einzelne muß durchstehen: die einzige katholische Familie im Dorf, das einzige katholische Kind in der Klasse. ... Manche ältere Leute kommen zu Fuß, Sonntag für Sonntag, in die Kirche. [...] Sie sind diasporareif geworden.[76]

Jedoch muß festgestellt werden, daß die geringe Zahl von Kirchenmitgliedern nicht allein Konsequenz einer antikirchlichen Politik der SED war, sondern geschichtlich begründet ist durch eine starke Präsenz des Protestantismus, der zu einer Art „Staatsreligion" in Preußen geworden war. Dies belegt zum Beispiel die Tatsache, daß im preußischen Staatsapparat die obere Beamtenschaft zu 100 Prozent aus Protestanten bestand. Zu erwähnen wäre auch der Kulturkampf

---

75 Augustin Hlond (1881–1948), 1896 Salesianer, geweiht 1905, 1922 Apostolischer Administrator für die polnisch gewordenen Gebiete Oberschlesien nach der Entscheidung des Botschafterrates vom Oktober 1921, 1925 Bischof von Kattowitz, 1926 Erzbischof von Posen und Gnesen, 1944–1945 Internierung, 1945 Primas von Polen.

76 Zitiert nach: Müller, Wolfgang: Der deutsche Restteil des Erzbistums Breslau – die Diözese Görlitz, in: König, Winfried (Hrsg.): Erbe und Auftrag der schlesischen Kirche. 1000 Jahre Bistum Breslau, Laumann-Verlag, Dülmen 2001, S. 310.

Otto von Bismarcks, der innerhalb Deutschlands vor allem gegen die katholische Kirche geführt wurde. So gab es in diesem Gebiet Deutschlands um das Jahr 1900 lediglich 6 Prozent Katholiken gegenüber 93 Prozent Angehörigen der evangelischen Kirche.[77] Damit war der Katholizismus stets eine Minderheit und sollte eine solche auch in Zukunft bleiben.

Die geringe Anzahl von Katholiken veränderte sich erst gegen Ende des Zweiten Weltkrieges und danach, als in das Gebiet der Sowjetischen Besatzungszone Flüchtlinge und Vertriebene aus den ehemaligen deutschen Ostgebieten kamen. Bis 1949 erhöhte sich die Zahl der Angehörigen des katholischen Glaubens auf etwa 2,8 Millionen, was knapp 14 Prozent[78] der Gesamtbevölkerung ergab.[79] Im Jahr 1953 gab die BOK auf ihrer Konferenz vom 21. bis 22. April 1953 folgende Zahlen der Kirchenmitglieder bekannt:

Magdeburg:	494.769
Meißen:	554.000
Berlin-Ost und Zone:	377.870
Erfurt:	331.138
Schwerin:	175.000
Görlitz:	96.686
Meiningen:	40.015[80]

Damit lag die Gesamtzahl der Katholiken in diesem Jahr bei 2.069.478. Dies war die höchste Zahl der gläubigen Katholiken in der DDR. Bis 1954 emigrierten jedoch bereits 868.000 Katholiken aufgrund der kirchenfeindlichen Politik des Staates und als Folge des nicht gelungenen Aufstands vom 17. Juni 1953. Ein wichtiger Grund für die drastische Verkleinerung der Katholikenzahl waren die Vertriebenen, von denen eine gewisse Anzahl nach einigen Jahren in der SBZ

---

77 Vgl. Gönner, Johannes: Die Stunde der Wahrheit, a. a. O., S. 32. Eine Ausnahme bildete die Oberlausitz, in der die Zahl der Mitglieder der katholischen Kirche bei etwa 10 Prozent lag.

78 Aus der Volkszählung im Jahr 1946 ging hervor, daß es 11,9 Prozent Katholiken in der SBZ gab (Vgl. Hanns-Seidel-Stiftung (Hrsg.): Die Lage der Kirchen in der DDR, Akademie für Politik und Zeitgeschehen, 1985, S. 13).

79 Zu genauen Angaben über die Anzahl der Katholiken in einzelnen Gebieten der SBZ/DDR siehe: Pilvousek, Josef: Die katholische Kirche in der DDR, in: Dähn, Horst (Hg.): Die Rolle der Kirchen in der DDR, Olzog Verlag, München 1993, S. 56f.

80 Angaben nach: BAG: Chronik der Diözese Görlitz-Cottbus (1.01.1952–31.12.1954), S. 43.

weiter in eine der westlichen Zonen zog, also letztlich in die Bundesrepublik Deutschland. Bis 1961 nahm die Zahl der Katholiken in der DDR nochmals ab, so daß in einem Zeitraum von gerade 13 Jahren bereits 1.103.400 Kirchenangehörige den sozialistischen Staat verlassen haben.

In den darauffolgenden Jahrzehnten blieb der Abwärtstrend bei den Katholikenzahlen erhalten. Die Volkszählung von 1964, die letzte, bei der nach der Religion gefragt wurde, ergab, daß es in der DDR 8,9 Prozent Katholiken gab und 59,35 Prozent Protestanten. Und die Verkleinerung der Zahl der Kirchenmitglieder hielt weiter an, denn auch die allgemeine „Republikflucht" nahm nicht ab. Damit konnte 1983 mit 1,2 Millionen Katholiken gerechnet werden und 7,7 Millionen Protestanten bei einer Gesamtbevölkerung von 16,7 Millionen.

Eine letzte Fluchtwelle ist in den Umbruchjahren 1988/1989 zu verzeichnen, bei der knapp 140.000 Katholiken das Land verließen. Dies bedeutet, daß bei der Wiedervereinigung Deutschlands, die faktisch den Beitritt der DDR zur Bundesrepublik Deutschland bedeutete, die Zahl der Katholiken im östlichen Teil der Bundesrepublik bei weniger als einer Million lag.

Die sich bereits 1945 abzeichnende Aufteilung Deutschlands und die zunächst wohl ungewollt unternommenen Schritte zur späteren Gründung einer sozialistischen Republik im östlichen Deutschland verlangte von der deutschen Kirche Handlungen, die eine seelsorgliche Betreuung garantierten, auch wenn der Zugang zu diesen Gebieten beschränkt, bzw. unmöglich gemacht wurde. Die katholische Kirche in der SBZ mußte neu strukturiert werden, da es auf ihrem Gebiet nur zwei Bistümer gab, und zwar Berlin und Meißen. Die restlichen Gebiete gehörten vor 1945 westdeutschen Bistümern an, oder waren Teil des Erzbistums Breslau. Damit ergab sich ein schwieriges Problem für die deutsche Kirche wie für den Vatikan, denn man wollte nicht den Eindruck erwecken, daß die politische Teilung des Landes auch auf kirchenstruktureller Seite vollzogen werde. Für die Deutsche bzw. Fuldaer Bischofskonferenz wie für den Heiligen Stuhl sollte Deutschland weiterhin als ein Land gelten. Aus diesem Grund wurde eine Lösung gefunden, die die Einheit Deutschlands nicht anzweifelt, gleichzeitig aber klare Strukturen in die Kirche der „Zone" brachte:

• Für den Westteil der Breslauer Erzdiözese, die mehrheitlich nun an Polen gefallen ist, wurde das Erzbischöfliche Kommissariat Görlitz (EKG) gegründet;

• Für den östlichen Teil der Erzdiözese Paderborn erstellte man das Erzbischöfliche Kommissariat Magdeburg;

- In Mecklenburg entstand ein Bischöfliches Kommissariat, das für den Ostteil des Bistums Osnabrück zuständig war;
- Für den Ostteil der Diözese Fulda gründete man in Erfurt ein Generalvikariat für Thüringen;
- Und schließlich entstand das Bischöfliche Kommissariat Meinigen, um die östlichen Teile der Diözese Würzburg zu verwalten.

Diese Verwaltungseinheiten waren als Übergangslösung konzipiert und wurden deshalb nicht von Bischöfen geleitet, sondern von Generalvikaren. Trotz dieses Provisoriums hatten die Kommissariate eine wichtige Aufgabe, denn das kirchliche Leben, die Betreuung der Flüchtlinge und Vertriebenen sowie der Aufbau einer funktionierenden Kirchenstruktur innerhalb der Grenzen der SBZ und späteren DDR mußte gewährleistet sein.

So kam es sehr früh, bereits Ende 1945, zu ersten Treffen der Kommissare/Generalvikare. Bei diesen Konferenzen wurden Strukturen des Deutschen Caritasverbandes (DCV) als institutionelle Grundlage genutzt, da sie von der Gründung der Zonen in Deutschland fast vollständig unabhängig blieben. Neben den vorher genannten Bereichen, die bei den Konferenzen zur Sprache kamen, wurde im Jahr 1947 erwogen, ein gemeinsames kirchenpolitisches Vorgehen gegenüber staatlichen Behörden, wie der SMAD und der SED erörtert.

Von Bedeutung war [...] die Rolle von Bischof Heinrich Wienken in Berlin, der als Leiter der Hauptvertretung des DCV und seit 1937 des Commissariates der Fuldaer Bischofskonferenz, mit diversen Stellen des NS-Staates verhandelt hatte und ab 1945 fast bruchlos in intensive Verhandlungskontakte mit den Stellen der SMAD und den entstehenden deutschen Regierungsbehörden eintrat.[81]

Zunächst waren seine Aufgaben auf ganz Deutschland ausgerichtet, da er Verhandlungspartner des Alliierten Kontrolrates war, doch bald beschränkte sich seine Arbeit auf die Sowjetische Besatzungszone.

Neben den Treffen der Generalvikare und Kommissare in Berlin gab es in der Anfangszeit die Möglichkeit, an den Sitzungen der Fuldaer Bischofskonferenz teilzunehmen, doch bedurfte dies einer besonderen Genehmigung, eines Interzo-

---

81 Schäfer, Bernd: Staat und katholische Kirche in der DDR, Böhlau Verlag, Köln-Weimar-Wien 1999, S. 60.

nenpasses, den die sowjetische Militärbehörde ausstellen mußte. Dies gestaltete sich oftmals schwierig, weshalb andere Lösungen gefunden werden mußten, wie aus der Chronik der Diözese Görlitz-Cottbus zu ersehen ist:

> Vom 19. bis 21. August [1947 – R. U.] nahm der Kapitelsvikar [F. Piontek – R. U.] an der Konferenz der Bischöfe in Fulda teil. [...] Die Reise nach Fulda war nur dadurch möglich, daß der britische Militärzug den Kapitelsvikar von Berlin nach Bielefeld und auf der Rückfahrt von Hannover nach Berlin mitnahm. Die Bemühungen um einen Interzonenpaß waren vergeblich geblieben: die sowjetische Kommandantur in Bautzen verschob von einem Termin zum anderem.[82]

Nach und nach wurde es für die Leiter der einzelnen Jurisdiktionsbezirke in der SBZ immer schwieriger, in die westlichen Sektoren zu kommen, und diese Praktiken wurden eingestellt.

Die Konferenzen der Generalvikare bzw. Kommissare erfolgten seit 1947 sehr regelmäßig[83] und fanden immer in Berliner kirchlichen Krankenhäusern statt. Dies war Grundlage für eine offizielle Berufung einer Berliner Ordinarienkonferenz (BOK) am 12. Juli 1950 mit der Begründung seitens des Heiligen Stuhls, daß damit die Kirchenführung auf dem Gebiet der DDR noch wirksamer und straffer erfolgen könne. Vorsitzender der BOK wurde der Berliner Bischof Konrad Graf von Preysing, sein Stellvertreter Weihbischof Wilhelm Weskamm.

Mit der Gründung der BOK nahm die Kirche die Teilung Deutschlands nicht offiziell hin, was natürlich bei der SED auf wenig Verständnis stieß. Die Berliner Bischofskonferenz hatte ähnliche Rechte wie die regionalen Bischofskonferenzen in Bayern und Westdeutschland, womit sie einiges selbst regeln konnte, faktisch aber weiterhin der Fuldaer als der gesamtdeutschen Bischofskonferenz unterstand.

Im Jahr 1959 kam es zu einer Veränderung in der Organisationsstruktur der östlichen Ordinarien, die damit zusammenhing, daß eine ordentliche Verwaltung der Gebiete, die in der DDR lagen, aus dem Westen nicht mehr gewährleistet werden konnte. Aus diesem Grund entschied man sich, die bisherigen Ge-

---

82 BAG, Chronik der Diözese Görlitz-Cottbus (17.03.1947–17.10.1951), S. 7.
83 Bis 1950 fanden etwa 18 Konferenzen statt. Vgl. Pilvousek, Josef: Die katholische Kirche in der DDR, a. a. O., S. 61.

neralvikare und Kommissare zu Titular- und Weihbischöfen ihrer jeweiligen Diözesanbischöfe zu machen, um somit diesen die Möglichkeit zu geben, so weit es rechtlich vertretbar war, eigenständig die ostdeutschen Ordinarien zu verwalten. Dies war aber, ähnlich den vorherigen Bestimmungen der katholischen Kirche, keine Abkoppelung der DDR-Gebiete von der Zuständigkeit der Fuldaer Bischofskonferenz, sondern es waren „kirchenrechtlich klare und praktikable Verhältnisse für eine geordnete Verwaltung und Seelsorge in der DDR".[84]

Die bestehende Verbindung der katholischen Kirche in der DDR zu ihren „Mutterdiözesen" in Westdeutschland stieß bei den Machthabern auf immer größere Abneigung, weshalb die SED eine völlige Loslösung forderte und 1969 verlangte, daß bei einer Neubestellung eines Weihbischofs dieser nicht mehr einem westdeutschen Diözesanbischof unterstellt bleiben sollte. In diesem Fall griff der Papst ein, der die Ernennung selbst vornahm, indem er den bisherigen Weihbischöfen Koadjutoren zur Seite stellte, die ihrerseits ein Nachfolgerecht erhielten. Mit diesem Eingriff des Papstes im Jahr 1970 wurde aber die Jurisdiktion der Diözesanbischöfe in Westdeutschland nicht außer Kraft gesetzt; es war lediglich ein Zeichen „guten Willens" seitens des Heiligen Stuhls.

Diese Regelung fand keine Zustimmung bei der SED-Führung. Sie forderte schon im Jahr 1972 vom Vatikan, daß in den Jurisdiktionsbezirken Schwerin, Magdeburg, Erfurt und Meiningen eigenständige Residenzialbischöfe eingesetzt würden. Dies hätte eine faktische Loslösung der DDR-Gebiete von den westdeutschen Ordinarien bedeutet, was für die katholische Kirche weiterhin nicht zur Debatte stand. Aus diesem Grund entschied sich der Papst, die bisherigen Weihbischöfe/Kommissare in Magdeburg, Schwerin und Erfurt zu Apostolischen Administratoren auf Dauer zu ernennen. Dem letzteren unterstand seitdem auch das Meininger Gebiet. Das erzbischöfliche Amt Görlitz wurde in die Apostolische Administratur Görlitz umbenannt. Damit waren die westdeutschen Diözesanbischöfe nicht mehr zuständig für die östlich gelegenen Gebiete.

Ein letzter Schritt zur Verselbständigung der ostdeutschen Ordinarien geschah im Jahr 1976. Die bis dato regionale Berliner Ordinarienkonferenz wurde in eine eingeständige Bischofskonferenz umgewandelt, was nicht aus politischen Gründen geschah, sondern aus rein pastoralen.[85] Seitdem hieß sie: Berliner Bischofs-

---

84 Ebenda, S. 63.
85 Vgl. Ebenda, S. 64.

konferenz (BBK). Dennoch blieb der Berliner Bischof weiterhin vollwertiges Mitglied der Fuldaer Bischofskonferenz, obwohl er selbst nicht daran teilnehmen konnte und von seinem Westberliner Generalvikar vertreten wurde. Damit entstand eine Art Klammer zwischen den beiden Bischofskonferenzen, die nunmehr gleichrangig waren.

Die Bischofskonferenzen in der DDR und der Bundesrepublik Deutschland vereinten sich erst wieder nach dem Beitritt der DDR zur Bundesrepublik, am 24. November 1990. Durch den Zusammenschluß hörte das Provisorium in der DDR – das es, gleich welche Entscheidungen in den Jahrzehnten gefällt wurden, immer war – auf zu existieren. Aus den Apostolischen Administratoren wurden nach der Wiedervereinigung Deutschlands eigenständige Bischöfe, und die Kommissariate wurden zu Bistümern erhoben. Dabei ist aber zu bemerken, daß die Bischöfe aus Ostdeutschland nicht völlig in der Fuldaer Bischofskonferenz aufgingen, sondern als „Arbeitsgemeinschaft der Bischöfe – Region Ost" weiter gemeinsam für Ostdeutschland arbeiten.

Günter Särchen erkannte die Verbrechen des Dritten Reiches, doch änderte dies nichts an seinen patriotischen Gefühlen für Deutschland, die ihn nun dazu brachten, das neue Land mitgestalten zu wollen. In seinem Fall war es die SBZ, aus der im Jahr 1949 die Deutsche Demokratische Republik werden sollte. Günter Särchen war Katholik und Gegner des Sozialismus, weswegen er nie in die SED eingetreten ist. Doch neben seiner kirchlichen Arbeit als Jugendhelfer in Wittichenau, die er kurz nach seiner Rückkehr 1946 wieder aufgenommen hatte, nahm er an der Gründung der Freien Deutschen Jugend (FDJ) in seinem Ort teil. In dieser Organisation wurde er sofort zum Jugendrat gewählt, doch muß man hier deutlich sagen, daß in dieser Anfangsphase die FDJ keineswegs eine rein sozialistische Jugendvereinigung war:

> Unsere FDJ im Ort war zunächst völlig katholisch. Übrigens erschienen in der Weihnachtsnummer der „Jungen Welt", die immerhin von Erich Honecker herausgegeben wurde, eine Zeichnung von Maria und Josef an der Krippe und der Text des Weihnachtsevangeliums.[86]

---

86 Ein Hofnarr war ich bis zum Schluß, a. a. O., S. 45.

Eben dieser frühe kirchliche Charakter des Wittichenauer Ortsverbandes der FDJ war es, der Särchen einige Zeit hindurch in seinen Strukturen hielt. Dabei war es in der Anfangsphase der späteren DDR sowie ihrer Organisationen wie der FDJ und ihrem Vorgänger, dem Zentraljugendausschuß, eigentlich nichts Außergewöhnliches, daß sich die Kirche daran beteiligte. Erich Honecker selbst zeigte sich in den Anfängen erfreut von der Zusammenarbeit mit der katholischen Kirche und der Tatsache, daß die Kirchen, sowohl die katholische wie auch die evangelische, an der Gründung der FDJ beteiligt waren[87], da so eine noch breitere Gruppe von Jugendlichen erreicht werden konnte.

Diese hochumworbene Überparteilichkeit und Offenheit der FDJ hielt aber nicht lange an. Bereits beim Ersten Parlament der Freien Deutschen Jugend (8.–10. Juni 1946 in Brandenburg/Havel) wurde eine zunehmende Politisierung der FDJ angestrebt, die darin bestand, daß man versuchte, die Kirche aus dem Verband zu drängen. Dieser Konflikt konnte nur auf Anweisung „von höherer Stelle" entschärft werden, aber die Richtung war klar vorgegeben. Eine völlige Loslösung von kirchlichen Kontakten und der alleinige Anspruch der SED auf Jugenderziehung ist spätestens seit der Mitte der fünfziger Jahre zu beobachten. Im vierten Statut der FDJ von 1955 heißt es, die Freie Deutsche Jugend erkenne

> die führende Rolle der Arbeiterklasse und ihrer Partei, der Sozialistischen Einheitspartei Deutschlands, an. Mit der Sozialistischen Einheitspartei Deutschlands fühlt sich die Freie Deutsche Jugend eng [Hervorhebung – R. U.] verbunden, weil sie der Jugend den richtigen Weg in eine lichte Zukunft weist. Die Freie Deutsche Jugend hilft der Sozialistischen Einheitspartei Deutschlands, das Bündnis der Arbeiterklasse mit den werktätigen Bauern als Grundpfeiler der Arbeiter-und-Bauern-Macht [zu] festigen und hilft dabei besonders, die Entwicklung des neuen Lebens der Jugend auf dem Lande zu fördern.[88]

---

87 Vgl. Höllen, Martin: Loyale Distanz? Katholizismus und Kirchenpolitik in SBZ und DDR. Ein historischer Überblick in Dokumenten, Bd. 1, Selbstverlag, Berlin 1994–1999, S. 74, 85ff.

88 Freiburg, A.; Mahrad, C.: FDJ – Der sozialistische Jugendverband der DDR, Opladen 1982, S. 287, zitiert nach: Hanns-Seidel-Stiftung (Hrsg.): Die Lage der Kirchen in der DDR, Akademie für Politik und Zeitgeschehen 1995, S. 37.

Daraus ist ersichtlich, daß aus einem vermeintlich „freien" Jugendverband eine regelrechte „Abteilung" der SED wurde, in der nicht staats- und ideologietreue Menschen keinen Platz finden konnten und sozialismusferne Organisationen – zu denen ist auch die Kirche zu zählen – aus den Reihen ausgewiesen wurden, obwohl anfangs die Kirche an der Gründung der FDJ mitbeteiligt war.

So kam es auch in Wittichenau ab 1947 zu einer immer größeren Politisierung und kommunistischen Durchdringung der FDJ. Särchen ist dagegen aufgetreten, weshalb er verhaftet und für drei Tage in das Gefängnis Bautzen gebracht wurde. Es gibt wohl zwei Gründe für die nur kurze Zeit der Inhaftierung: Wahrscheinlich war Särchens Tätigkeit als nicht besonders gefährlich eingestuft worden und die Gefängnisstrafe eher eine Warnung. Zudem wurde er deshalb so schnell entlassen, weil sich der bereits erwähnte sowjetische Politoffizier für ihn einsetzte, da dieser in Särchen einen möglichen Parteiaktivisten sah.[89] Dabei erkannte Särchen bereits Anfang 1947 Probleme für eine Mitwirkung der Katholiken am Aufbau einer Jugendorganisation in der SBZ/DDR. Er notierte:

> Wenn ich in das zurückliegende Jahr schaue, da hat sich vieles in die falsche Richtung bewegt. Wenn ich nur daran denke, was uns die Leitungsgruppe da geboten hat um Pfingsten herum, als es um die Thematik und Verfassungssatzung der FDJ ging, die auf einem eigenen Jugendkongreß beschlossen werden soll. Da ist nicht mehr viel übrig geblieben von der gewünschten Mitarbeit von uns Katholiken, von uns Christen. [...] Die Kirche ist nur für die Gottesdienste da, sagen sie. Und weiter nichts. [...] Wenn die Kirche kein Partner sein kann für unseren Neuaufbau in der sowjetischen Zone, einem Teil Deutschlands, wie sollen wir einzelnen Katholiken es dann sein? Was wird das Jahr 1947 bringen? Wenn ich hier schon einigen nicht mehr trauen und vertrauen kann, wenn es schon wieder Spitzel unter uns gibt, die uns in der Pfarrjugend belauern![90]

Diese politische Entwicklung in der SBZ sowie die persönliche Erfahrung brachten Särchen dazu, die Freie Deutsche Jugend zu verlassen.

---

89 Pięciak, Wojciech: Na grobie moim „Patron" napiszcie, a. a. O., Ein Hofnarr war ich bis zum Schluß, a. a. O., S. 45.
90 Särchen Günter: Mein Leben in dieser Zeit (1940–1958), Bd. 1, Manuskript o. J., S. 98ff.

Ähnlich sah es bei anderen Organisationen aus, in denen Särchen Mitglied war. Er trat am 12. März 1946 in die Ost-CDU ein, doch gab er seinen Mitgliedsausweis im Juli 1948 zurück, da er erkannte, daß die SED einen immer größeren Druck auf die CDU ausübte und die Eigenständigkeit der Partei verlorenging. Auch als Mitglied des Freien Deutschen Gewerkschaftsbundes (FDGB), dem er am 25. Juli 1946 beitrat, hielt er es nicht lange aus. Ähnlich wie in der Ost-CDU und in der FDJ, wollte auch beim Gewerkschaftsbund die Staatspartei vorherrschen, was für den jungen, freiheitsliebenden und engagierten Särchen nicht annehmbar war. Trotzdem wirkte Särchen in der Gewerkschaft einige Zeit mit und wurde Betriebsrat im Modehaus E. Böhme in Hoyerswerda, was ihm die Möglichkeit gab, die neuen Verhältnisse in Deutschland und die Arbeitsweise der Sozialisten besser kennenzulernen. Günter Särchen nahm an Schulungen teil, wurde Stellvertreter des Vorsitzenden des Betriebsrates in seiner Firma. An jedem Ort versuchte er das Christliche zur Sprache zu bringen, was ihm einerseits Probleme einbrachte, andererseits aber auch Sympathien, die jedoch eher der Aktivität Särchens an sich, weniger seiner christlichen Weltanschauung galten.

Nach diesen herben Rückschlägen versuchte Günter Särchen in der Hellmut-von-Gerlach-Gesellschaft[91] mitzuarbeiten. Diese am 19. August 1948 in Berlin gegründete Organisation hatte die deutsch-polnische Verständigung zum Ziel, die für Särchen nach den Erfahrungen der letzten Jahre immer wichtiger wurde. So war vor allem in der Anfangszeit die Gesellschaft sehr aktiv, indem sie eine Reihe von Kunstausstellungen und Filmvorführungen organisierte, darüber hin-

---

91 Zur Geschichte der Hellmut-von-Gerlach-Gesellschaft siehe: Ruchniewicz, Krzysztof: Warszawa – Berlin – Bonn, a. a. O., S. 129ff. Zur Person: Hellmut von Gerlach, geb. am 22.02.1866 in Mönchmotschelnitz/Schlesien, gest. am 01.08.1935 in Paris. Von Gerlach war deutscher Politiker und Publizist. Bis 1892 im preußischen Staatsdienst, dann politische und journalistische Arbeit. Chefredakteur der Wochenzeitung „Die Welt am Montag". Im Ersten Weltkrieg nimmt v. Gerlach eine pazifistische Haltung ein. Er gehört 1918 mit Friedrich Naumann zu den Gründern der linksliberalen Deutschen Demokratischen Partei (DDP) und der Deutschen Friedensgesellschaft. 1918/1919 ist v. Gerlach Unterstaatssekretär im preußischen Innenministerium. In diesem Amt setzt er sich für die deutsch-polnische Aussöhnung ein und ist infolgedessen heftigen Anfeindungen ausgesetzt. 1926 wird er Vorsitzender der deutschen Liga für Menschenrechte. In dieser Funktion nimmt er an mehreren internationalen Friedenskongressen teil. Nach der Machtübernahme der Nationalsozialisten geht v. Gerlach ins Exil. Auf Einladung der französischen Liga für Menschenrechte siedelt er nach Paris über. Er setzt dort sein journalistisches und pazifistisches Engagement fort und warnt eindringlich vor dem nationalsozialistischen Regime.

aus war sie Herausgeber der Zeitschrift „Blick nach Polen". Doch auch in diesem Verein, dem Särchen in Görlitz beigetreten war, erhielt die SED eine immer größere Macht – die Gesellschaft wurde nicht „von unten" aufgebaut, sondern war eine Institution, die bestimmte politische Aufgaben zu erfüllen hatte und im Grunde von der SED gegründet wurde –, womit Eigeninitiativen und vor allem eigenständiges Denken in Bezug auf die Versöhnung der beiden Völker auf den Null-Punkt sinken mußten. Im Jahr 1951 trat Günter Särchen wieder aus der Hellmut-von-Gerlach-Gesellschaft aus. Er hatte etwas Wichtiges für seine eigene Zukunft gelernt:

> [...] mir wurden die Augen geöffnet, daß dieses System uns nicht die Freiheit gibt, die wir brauchen, um das gutzumachen, was wir vorher im Namen Deutschlands angerichtet haben.[92]

Mitten in dieser frühen Arbeit in den staatlichen sowie kirchlichen Organisationen und seinem Berufsleben holten Günter Särchen noch einmal die Folgen des Kriegsgefangenenlagers und der dort herrschenden Bedingungen ein. Im April erlitt er einen physischen Zusammenbruch: Särchen erkrankte an einer doppelseitigen Lungen-Tuberkulose, an Rheuma und chronischer Beckenentzündung, die sowohl Folge des Militärdienstes als auch der Gefangenschaft waren. Er wurde er zunächst krankgeschrieben, doch als sich keine Besserung einstellte, invalidisiert.[93] Särchen konnte somit seinem Beruf nicht mehr nachgehen.

Hilfestellung für das zukünftige Leben Särchens leistete ihm die katholische Kirche und besonders der Jugendseelsorger in Görlitz, Heinrich Theissing, der ihn 1948, kurz nach seiner Invalidisierung, nach Westberlin schickte, wo er das Sozialpädagogische Sonderstudium für Männer im kirchlichen Dienst antrat, das von Caritasdirektor Johannes Zinke[94] organisiert wurde. Er erhielt eine Ausreisegenehmigung, nachdem er sich bereiterklärt hatte, nach dem Studium zurück in die Lausitz zu kommen.

---

92 Ein Hofnarr war ich bis zum Schluß, a. a. O., S. 45.
93 Särchen wurde als Kriegsinvalidenrentner eingestuft und unter der Nummer K/15/06/9445 geführt.
94 Johannes Zinke (1903–1968), geweiht 1928, 1938 Caritasdirektor für das Erzbistum Breslau, 1945 Leiter der Hauptstelle des Deutschen Caritasverbandes in Berlin, Leiter des Büros des Kommissariates der Fuldaer Bischofskonferenz mit Sitz in Ostberlin.

An dem ersten Studium nahmen 17 Personen teil, die teils in Westberlin, teils im östlichen Teil der Stadt unterrichtet wurden[95]. Ziel dieses Sonderstudiums war es, einerseits männliche Laien für den seelsorglichen Dienst zu gewinnen, andererseits ging es aber auch darum, daß durch gut ausgebildete Laien die Position der Kirche in der SBZ/DDR gestärkt wurde, da Zinke erkannte, daß die Zonengrenzen noch lange bestehenbleiben sollten.

Die Teilnehmer des Studiums, bzw. Lehrgangs, wie es offiziell hieß, wurden in Theologie unterrichtet, lernten aber auch Aspekte des Rechts kennen. Dies erwies sich bald als nutzlos, wie aus dem Interview mit Heribert Wenzel hervorgeht, der bestätigte, daß der Unterricht nicht dem damals geltenden Recht in der DDR entsprach und somit für die Männer im Berufsleben nicht anwendbar war. Daneben erwies sich das Studium in West-Berlin eher als Sprungbrett für eine Arbeit in Westdeutschland, da der Abschluß in der DDR nicht voll anerkannt wurde[96] und sich deshalb für einige Teilnehmer keine Perspektiven in Ostdeutschland eröffneten.

Trotz aller Unstimmigkeiten bot dieses Studium für diejenigen, die in die DDR zurückkehrten, eine Existenzgrundlage. Es ermöglichte den Männern, den seelsorglichen Dienst zu leisten, wie der Berufsweg Särchens bestätigt. 1952 beendete er das Sonderstudium in Westberlin mit einem Staatsexamen.[97]

2.5. Diözesanjugendhelfer in Görlitz

Bereits während des Studiums in Berlin erhielt Günter Särchen eine Anstellung im Erzbischöflichen Amt Görlitz (EAG), wo er Diözesanjugendhelfer für die männliche Jugend wurde. Er reiste also aus Westberlin zurück in die nun neuentstan-

---

95 Vgl. Interview mit Heribert Wenzel am 27.10.2005 – Aufzeichnung des Gesprächs im Besitz des Autors. Wenzel (geb. 1931) war zusammen mit G. Särchen Teilnehmer des Studiums, hat dieses aber abgebrochen.

96 Nach Erhalt des Diploms sollten die Teilnehmer zu einem späteren Zeitpunkt noch ein dreijähriges Praktikum absolvieren, um das Studium zu vervollständigen und in der DDR anerkannt zu werden. Ein genauer Termin wurde aber nicht genannt, was eine gewisse Unsicherheit in den Teilnehmern weckte.

97 Eine offizielle westdeutsche Anerkennung des Studium und des Titels Diplom-Sozialpädagoge erhielt er aber erst im Jahr 1955.

dene Deutsche Demokratische Republik, die für ihn aber trotzdem weiterhin die Sowjetische Besatzungszone geblieben war, wie er zu Anfang des Gedichtes „Land der Deutschen – Volk der Deutschen"[98] schrieb. Darin setzt er sich mit dem geteilten Land auseinander. Die recht offene Sprache läßt vermuten, daß der Text nicht zur Publikation bestimmt war. Auszugsweise soll daraus zitiert werden:

> Geteilt
> aufgeteilt
> Nicht zerrissen
> durch fremde Schuld
> Erbe der Vergangenheit
> Hauch besserer Zukunft
> […]
> Hier
> ideologisches Gewäsch
> eingeschäumt
> in roter Diktatur
> mehr außen als innen
> im Augenblick noch
> übergestülpt
> […]
> Im Westen Chance
> durch Hilfe von außen
> ob genutzt, missbraucht,
> aber Hilfe
> Im Osten
> fast totale Demontage
> dafür Ideologie
> Aus eigener Kraft
> Diktatur in neuem Gewand
> […]
> Der Alltag brachte
> zurück mein Erwachen

---

98 Särchen, Günter: Mein Leben in dieser Zeit (1940–1958), Manuskript o. J., S. 145ff.

> Geteiltes Land
> getrennt das Volk
> Ich werde bleiben
> und arbeiten
> und mit den Menschen leben
> – und träumen!

Diesem Grundsatz blieb Günter Särchen treu, was auch die Tatsache beweist, daß er keinen Antrag auf Ausreise stellte und nicht versuchte, illegal nach Westdeutschland zu gelangen. Seine Aufgaben sah er in der DDR. Zunächst fand er eine Arbeit in der katholischen Kirche in Görlitz fand.

Die Anstellung als Diözesanjugendhelfer hatte Särchen dem späteren Bischof Heinrich Theissing zu verdanken, der zu dieser Zeit in Görlitz Jugendseelsorger war. Die Arbeit begann für Särchen am 1. Mai 1950, seine Mitarbeiterin war Christa Gnatzy, die ihrerseits für die weibliche Jugend zuständig war.

Zwar war Günter Särchen offiziell angestellt im EAG, doch wurde ihm nicht ein normales Monatsgehalt gezahlt, sondern eine Art Taschengeld zu seiner Kriegsrente, die er als Invalide bezog. Dies änderte sich erst nach 1953, als in der DDR die Kriegsrenten ersatzfrei abgeschafft wurden.

Die Arbeit der Diözesanjugendhelfer war zu dieser Zeit sehr schwierig, da immer noch das „Problem" der Flüchtlinge und Vertriebenen bestand, die seelsorglich betreut werden mußten. So waren die Jugendhelfer in vielen neuentstandenen Pfarreien bzw. Seelsorgestellen, um dort sog. Einkehrtage für die Jugendlichen zu veranstalten. Diese Tage wurden manchmal getrennt für Mädchen und Jungen durchgeführt. Jedoch waren sie alle durchgeplant und folgten einem von Theissing erstellten Jahresplan. Auf Antrag einzelner Pfarreien konnten außerordentliche Einkehrtage bzw. Treffen mit Jugendlichen veranstaltet werden.[99]

---

99 Vgl. Interview mit Christa Gnatzy am 27.10.2005 – Aufzeichnung des Gesprächs im Besitz des Autors. Christa Gnatzy (geb. 1915), bis 1939 im Schuldienst tätig, 1947 Diözesanjugendhelferin in Görlitz, 1952 Mitarbeiterin und Lehrerin im Katechetenseminar und in der Pfarrei St. Jakobus in Görlitz, 1960 Lehrerin und Internatsleiterin im Seelsorgehelferinnenseminar in Magdeburg, 1975 Regionaloberin für die Region Ost des Säkularinstitutes „Ancillae apostolatus iuventis", nun emeritiert.

Die Einkehrtage waren genau durchstrukturiert: Am Samstagnachmittag fand ein Treffen mit den Ministranten statt, abends folgte ein Treffen mit Jugendlichen aus dem jeweiligen Ort, aber auch aus Nachbardörfern, am Sonntag eine Gemeinschaftsmesse, danach zwei Vorträge, die aus einem Themenplan hervorgingen, nachmittags gab es eine lockere Singrunde, in der auch Mitteilungen aus dem kirchlichen Leben an die Jugendlichen weitergegeben wurden. Die Einkehrtage endeten am Sonntagnachmittag mit einer Andacht.

Neben den Auswärtsfahrten der beiden Diözesanjugendhelfer wurden die Jugendlichen auch nach Görlitz eingeladen. Hierbei handelte es sich aber vorwiegend um Schulungen für die Helfer in den einzelnen Pfarreien und Dekanaten. Nichtsdestotrotz bedurften auch diese Veranstaltungen einer gründlichen Vorbereitung seitens Särchens und Gnatzys.

Zu den Aufgaben beider gehörte die Organisation der Jugendwallfahrten nach Neuzelle. Sie dauerten immer von Samstag bis Sonntag: Samstagnachmittag kamen die Jugendlichen an und wurden auf dem Gelände des Klosters einquartiert, am Abend fand eine erste Andacht statt, wie z. B. eine Lichterprozession, am Sonntag wurde eine feierliche Wallfahrtsmesse gehalten, zu der in den fünfziger Jahren fast immer Kapitelsvikar Piontek kam; am Nachmittag fuhren die Jugendlichen ab.[100] Zu den Wallfahrten nach Neuzelle gehörten einige Male außergewöhnliche Momente, wie im Jahr 1951, als auf dem Wallfahrtsberg ein Kreuzweg errichtet wurde. Dies veranlaßte Särchen zu einigen Überlegungen bezüglich der jüngsten Vergangenheit, also des Krieges und seiner Folgen, woraus wiederum ersichtlich ist, daß der Versöhnungsgedanke Särchen begleitete und in ihm immer weiter reifte:

> Und unsere Pastoral an der Jugend, die vor nur wenigen Jahren mit ihren Eltern im Flüchtlings-Treck, im Güterzug der Vertriebenen, mit nur wenig geretteter Habe die angestammte Heimat verlassen mußte und jetzt hier in der kalten Diasporasituation für das eigene Leben Neuland baut? Wir errichten mit ihr am neuen Wallfahrtsort Neuzelle auf dem „Wallfahrtsberg" ein alles überragendes Kreuz. [...] Nur an ihr Leid wird erinnert, nur ihr Leid wird unter das Kreuz [...] gepackt. Und das Leid jenseits der weiten Oderwiesen, das dort in Polen unserem Leid vorangegangen ist. Wie wer-

---

100 Vgl. Interview mit Christa Gnatzy.

den diese heut Fünfzehnjährigen in zwanzig Jahren unser Land gestalten und was werden sie von uns in den Kirchlichen Gemeinden über diese Zeit gehört haben?[101]

Eine grundsätzliche Frage also, aber auch ein klarer Auftrag, den sich Günter Särchen stellte. Mag wohl gesagt werden, daß es eine Aussage eines jungen Erwachsenen – Särchen war zu dieser Zeit gerade 24 Jahre alt – war, doch muß hier festgestellt werden, daß er zwar nicht genau wissen konnte, wie sich sein späteres Leben entwickeln werde, seiner Aufgabe, der Geschichtsaufarbeitung und der Versöhnung zwischen Polen und Deutschen, war er sich bereits in diesen Jahren bewußt.

Neben dem Organisieren der Wallfahrten war das Team der Jugendhelfer um Heinrich Theissing am Katholikentag im Jahr 1952 beteiligt, der in der geteilten Stadt Berlin stattfand. Dabei waren Theissing und Günter Särchen für die Unterbringung der ost- und westdeutschen männlichen Jugendlichen verantwortlich, was in Wahrheit die Aufsicht über eine Zeltstadt am Pichelsberg bedeutete. Christa Gnatzy übernahm eine ähnliche Zeltanlage für Mädchen in Charlottenburg. Dies war eine große Unternehmung, an deren freie Durchführung nicht wirklich gedacht werden konnte, weshalb sich Särchen auch fragte:

> [...] werden wir aus der DDR tatsächlich frei nach Berlin fahren können? Werden tatsächlich die Veranstaltungen unkontrolliert in Ost- und Westberlin stattfinden können? Werden wir aus der DDR tatsächlich unbehindert an allen Veranstaltungen in Westberlin teilnehmen können? [...] werden die Westdeutschen Veranstaltungsverantwortlichen im Komitee die Themen so gestalten, daß wir danach auch wieder ungehindert in die DDR zurück können?[102]

Diese Fragen waren berechtigt, da ja der Konflikt zwischen Ost und West weiter zunahm, doch zeigte sich, daß die Katholiken aus der DDR keine Probleme hatten zurückzukehren, nachdem sie sich seelisch während der Katholikentage gestärkt hatten.

Der Sitz der Diözesanjugendhelfer befand sich im Klemens-Neumann-Heim, der aber auch Treffpunkt der Pfarrjugend von St. Jakobus war. Daraus ergaben

---

101 Särchen Günter: Mein Leben in dieser Zeit (1940–1958), a. a. O., S. 174.
102 Ebenda, S. 171.

sich einige Spannungen, da die Jugend aus Görlitz sich bedroht fühlte in ihrem Recht auf das Klemens-Neumann-Heim, in dem auf Anordnung Theissings immer häufiger Diözesantreffen veranstaltet wurden und die Pfarrjugend so zum Teil verdrängt wurde. Die Entscheidungen Theissings wurden hingenommen, doch blieb man skeptisch, u. a. deswegen, weil Kaplan Theissing Günter Särchen die Leitung der älteren Jungengruppe in Görlitz übertrug und Särchen als ‚Spion' des Kaplans angesehen wurde. Dies ließ man Günter Särchen auch spüren, was eine Begebenheit aus der Faschingszeit 1952 beweist:

> Theissing wollte, daß ich [G. Särchen – R. U.] diesen „Faschingsabend" als Prinz mit einer zünftigen Büttenrede eröffne. [...] Ich besorgte mir im Görlitzer Kostümverleih die entsprechenden Utensilien und ging zur Veranstaltung. Sehr schnell wurde ich mit dem ausgehandelten „Kriegsplan" der Jakobiner [eine Bezeichnung für die Pfarrjugend St. Jakobus, Görlitz – R. U.] konfrontiert. Es war nicht einmal ein Tischplatz für mich frei. Ich stand nicht lange herum, ging zur Toilette und verschwand aus dem Haus, so wie ich gekommen bin! Damit hatten allerdings die jungen Hitzköpfe nicht gerechnet. Sie wollten sich nämlich in ihrer eigenen Büttenrede mit mir anlegen. Nun fiel auch das ohne Widerhall ins Wasser![103]

Damit wurde Särchen in eine schwierige Situation gebracht. Er sollte zwar mit den Jugendlichen zusammenarbeiten, wurde jedoch nicht angenommen. Dies war Folge der Arbeit von Theissing, die in den Jahren zuvor wie auch später nicht immer von Särchen gutgeheißen wurde. Zwar war Theissing so etwas wie der Entdecker Särchens und sein Mentor, von dem er viel gelernt hat. So schrieb Särchen: „Die Systematik war die Hauptleitlinie seiner Planungen. Er war über die Grenzen unseres Gebietes hinaus ausgezeichnet in der Jugendpastoral."[104] Doch Särchen erkannte auch, daß Theissing im Umgang mit den Jugendlichen kein geborener Pädagoge war. Trotzdem blieb Günter Särchen an der Seite des späteren Bischofs, durch den er viel über die Gründung einer pastoralen Jugendliteratur erfuhr. Dies waren im Jahr 1951 die „Lesehefte zum Kirchenjahr", deren Schriftleitung eben in den Händen von H. Theissing und G. Särchen lag und die

---

103 Särchen, Günter: Mein Weg von Görlitz nach Magdeburg, Manuskript, in: Nachlaß Günter Särchen, ZBOM.
104 Ebenda.

als eine Art Materialhilfe für Helfer in der Jugendseelsorger dienen sollten, in Wirklichkeit aber auch von der Erwachsenenpastoral genutzt wurden. Diese geplante Reihe – eine solche wurde es dann doch nicht, da nur die erste Ausgabe erschienen ist – begann mit einem Erzählband, der den Titel „Erzählungen und Legenden zum Advent" trug. Die weiteren nicht veröffentlichten Texte Theissings wurden später vom St. Benno Verlag in Leipzig herausgegeben. Im Jahr 1957 folgte ein Buch von Christa Särchen „Aus Gottes bunter Welt", das einen ähnlichen erzählerisch-seelsorglichen Charakter hatte. Günter Särchen war auch maßgeblich an der Entstehung einer katholischen Jugendzeitschrift beteiligt, die den Titel „Christophorus" trug und im Jahr 1952 erstmals erschien. Die Zeitschrift hatte für damalige Zeiten eine beachtliche Auflage von 25.000 Exemplaren, doch konnte sie ihren Erfolg nicht weiter ausbauen, da bereits ein Jahr nach dem ersten Erscheinen das Blatt offiziell verboten wurde.[105] Es folgte eine andere Publikationsreihe, die nicht mehr als Periodikum erkennbar war, aber trotzdem einen jugendlichen Charakter hatte. Auch sie, unter dem Titel „Schriften zur christlichen Lebensgestaltung", wurde redaktionell mitbetreut von G. Särchen, da das gesamte Team des „Christophorus" diese neue Aufgabe angenommen hatte. Das Blatt erschien erstmals 1953, was bedeutet, daß Särchen nur bis zu seinem Wechsel nach Magdeburg daran mitgearbeitet hat. Insgesamt erschienen sieben Schriften, die jedesmal ein anderes Motto hatten.[106] Interessant an den „Schriften zur christlichen Lebensgestaltung" ist auch der Aufwand, der nötig war, um die Schrift herausgeben zu können:

> Im Gegensatz zum „Christophorus" mußte jetzt der Berliner Zensurbehörde das Bearbeiterteam jedes Heftes namentlich (mit kurz. Lebenslauf!) genannt werden, jedoch durfte der Verdacht nicht aufkommen, daß es sich im Grunde genommen bei jedem Heft um die gleiche Schriftleitung handelte. So wurden Namen aus den anderen Diözesen genannt, die oft an der praktischen Arbeit keinen Anteil hatten [...].[107]

---

105 Vgl. auch: Höllen, Martin: Loyale Distanz?, a. a. O., Bd.1, S. 323ff.
106 1953 – Es lohnt sich zu leben, 1954 – An allen Straßen wartet unser Gott, 1954 – Macht euch die Erde untertan, 1955 – Alles ist euer, ihr aber seid Christi, 1956 – Wir sind zur Freude geboren, 1957 – Du kommst an IHM nicht vorbei, 1958 – Gehet hin in alle Welt.
107 Aus den Notizen G. Särchens. Diese sind im Besitz den Autors.

Die gemeinsame Arbeit Särchens und Theissings an den christlichen Schriften konnte jedoch nicht darüber hinwegtäuschen, daß es bald zwischen den beiden unweigerlich zu einem Bruch kommen mußte, der sowohl auf der privaten als auch der beruflichen Ebene stattfand. 1951 gründete Günter Särchen einen „Sozialen Arbeitskreis", der sich mit den Sozialenzykliken der Päpste auseinandersetzte im Zusammenhang mit aktuellen politischen und wirtschaftlichen Ereignissen in der DDR. So waren einige Titel der Treffen mit den Jugendlichen: „Oder-Neiße-Grenzmarkierung. Ende oder Anfang von Leid ... oder?" sowie „Anderssein im Sozialismus".[108] Ein geplanter Vortrag zum Thema „Die Lösung der sozialen Frage in katholischer Sicht" oder eine Diskussion zum Thema Vertreibung wurde von Theissing abgelehnt. Doch ließ Särchen trotzdem einige Gedanken aus dem „Sozialen Arbeitskreis" in seine Helferarbeit in den Pfarreien einfließen, was zu Reibungen mit dem Jugendseelsorger führen mußte, da Särchen gegen Anweisungen handelte und so eine Art Widerstand leistete.

Im privaten Bereich kam es zu einem Bruch aus zweierlei Gründen. Zum einen war es der Versuch Theissings, Günter Särchen zu beeinflussen, ihn zu erziehen.[109] Darauf wollte sich Särchen nicht einlassen: „Gegen befehlsartige Weisungen war ich allergisch, d. h. mich auf Anordnung unterzuordnen, mich zu fügen, nur weil die Anweisung von einem Kleriker kommt."[110] Gravierender war der Versuch Theissings, das private Leben Särchens und dessen späteren Ehefrau Christa Schäfer zu beeinflussen. Beide trafen sich Anfang der fünfziger Jahre, als Christa Schäfer Religionslehrerin und ehrenamtliche Pfarrjugendhelferin in St. Jakobus war. Zunächst war es ein freundschaftliches sowie Arbeitsverhältnis, da Christa Schäfer Nachfolgerin von Christa Gnatzy wurde. Doch empfanden beide mehr und mehr eine gegenseitige Zuneigung, aus der sich Liebe entwickelte. Dies hätte jedoch von Kaplan Theissing torpediert werden können, da er sowohl für Schäfer als auch für Särchen andere Heiratspläne geschmiedet hatte. So mußten sich die Mitarbeiter Theissings verstecken und waren gezwungen, ihre Liebe im Verborgenen zu halten. Dies war ein Grund für den Weggang Särchens

---

108 Vgl.: Särchen Günter: Brücken der Versöhnung 3. Schritte zur Versöhnung zwischen Deutschen aus der DDR und Polen. Chronik Magdeburger deutsch-polnischer Aktivitäten, Manuskript 1998, S. 2.

109 Dies bestätigen Günter Särchen in seinen Notizen und Heribert Wenzel im Interview.

110 Särchen, Günter: Mein Weg von Görlitz nach Magdeburg, a. a. O.

aus Görlitz, da andernfalls Christa Schäfer ihren Posten verloren hätte. Särchen erhielt ein Angebot aus Magdeburg, das er annahm. Erst am 5. September 1953 wurde ihre Verlobung bekanntgegeben, als Günter Särchen nicht mehr im Dienst des EAG stand. Die Trauung folgte zwei Jahre später, am 10. November 1955, in der Kirche St. Jakobus in Görlitz.

2.5.1. Görlitzer Vertrag von 1950

Zu einschneidenden Erlebnissen Günter Särchens in seiner Görlitzer Zeit gehörte die Unterzeichnung des „Görlitzer Vertrages" am 6. Juli 1950 zwischen Otto Grotewohl, dem DDR-Ministerpräsidenten, und Józef Cyrankiewicz, seinem polnischen Amtskollegen. Dieses Abkommen zwischen der DDR und der VR Polen hatte zum Ziel die Festlegung einer Grenze zwischen beiden Staaten. Im Art. 1 des Vertrages heißt es:

> Die Hohen Vertragsschließenden Parteien stellen übereinstimmend fest, daß die festgelegte und bestehende Grenze, die von der Ostsee entlang die Linie westlich von der Ortschaft Swinoujscie und von dort entlang den Fluß Oder bis zur Einmündung der Lausitzer Neiße und die Lausitzer Neiße entlang bis zur tschechoslowakischen Grenze verläuft, die Staatsgrenze zwischen Deutschland und Polen bildet.[111]

Günter Särchen war an diesem Tag in Görlitz und stand auf der deutschen Seite der geteilten Stadt zwischen vielen Flüchtlingen und vertriebenen Schlesiern. In einem Interview mit Adam Krzemiński sagte er später über diesen Tag:

> Ich hatte [...] Otto Grotewohl gesehen, wie er mutterseelenallein auf die andere Seite des Flusses fuhr, um mit Cyrankiewicz die Anerkennung der Grenze zu unterzeichnen. Ich stand in der schweigenden Menge von Deutschen, die sich von ihm abwandten.[112]

---

[111] Zitiert nach: Benz, Wolfgang: Deutschland seit 1945, Bundeszentrale für politische Bildung, München 1990, S. 212.
[112] Ein Hofnarr war ich bis zum Schluß. a. a. O., S. 45.

Da sich Särchen in seinem „Sozialen Arbeitskreis" auch mit der Vertreibungsfrage beschäftigte und als Diözesanjugendhelfer mit Flüchtlingen und Vertriebenen zu tun hatte, konnte er deren Unverständnis für die Unterzeichnung des Grenzvertrages verstehen. Für diese Menschen, aber auch für viele Nicht-Schlesier in der DDR, war die Unterzeichnung des Abkommens ein diktatorisches Werk, das nicht auf das Leid der Menschen achtete und so die ohnehin schon alleingelassenen Vertriebenen und Flüchtlinge noch weiter unterdrückte. Särchen erkannte aber auch, daß es für die andere, polnische Seite wichtig war, klare Verhältnisse zu schaffen, und die Grenzziehung, auch wenn der Westen Deutschlands und die Menschen in der DDR damit nicht einverstanden waren, eine notwendige Ruhe brachte, sowohl in das aufgewühlte Polen als auch in die staatlichen Beziehungen zwischen VRP und DDR.

Von Anfang an hatte sich G. Särchen mit der neuen Grenzziehung abgefunden, da er selbst nicht davon betroffen war. Jedoch war ihm klar, daß diese neue Grenze, die bald als „Friedensgrenze" bezeichnet wurde, nicht den Frieden verstärkt hatte. Im nachhinein sagte er:

> Damals habe ich, der ich zu den Vertriebenen sagte, wenn sie sich mit sich selbst versöhnen wollten, müßten sie ihr verlorenes Hab und Gut auf die Patene legen, begriffen, daß das keine Friedensgrenze ist, sondern daß diese Grenze unser Opfer ist.[113]

Die Ereignisse von 1950 sowie die beobachteten Reaktionen der Deutschen und Polen bewegten Günter Särchen zu einem Gedicht, das all seine Gedanken um den Grenzvertrag beinhaltet. Der Titel lautet „Oder-Neiße ... Friedensgrenze?" und soll hier in Auszügen zitiert werden:

---

113 Ebenda.

Drüben Zgorzelec
Hier Görlitz
Wieder ein Schritt
Ein weiteres Abkommen
Festschreibung
Von lange Bekanntem
Markierung der Grenze
Antwort
Auf zuvor Geschehenes
Schafft klare Verhältnisse
Für die Menschen
Auf dem Rücken von Menschen
In einer Zeit
Mit vielen Unklarheiten
[...]
Genugtuung
Den Geschändeten
Den Geschädigten
Den Leidgeprüften
Neues Leid
Wieder
Geschädigten
Unschuldigen
[...]
Hier
Befohlene Kundgebung
Delegierte
Zur Masse erklärt
„Wille des Volkes"
Viele Worte
Nichts erklärend
Nicht helfend zu verstehen
Autokolonne durch
Menschenleere Straßen
Über die Brücke

Die Trennung bringt
Und Frieden
Schaffen soll
In den Häusern die Menschen
Schweigen
[...]
Wird hier das Leid
Zur Brutstätte
Für neue Feindschaft
Missbraucht
Von Unverbesserlichen
Unbelehrbaren
Zu eigenem Nutzen
Wird hier das Leid
Verdrängt
Verschwiegen
Als wäre alles gelöst
Durch Unterschriften
[...][114]

Im letztzitierten Abschnitt des Gedichtes wurde die Angst geäußert, daß aus der sog. Friedensgrenze neue Feindschaft entstehen würde, was nicht ganz unbegründet war, wenn man die Haltungen der Bundesregierung in Bonn und der katholischen Kirche in Westdeutschland und der DDR bedenkt. So kann man davon ausgehen, daß die relative Gefahr einer Zuspitzung des deutsch-polnischen Konfliktes um die neue Grenze ein weiterer Anstoß für Särchen war, sich für eine Verständigung und Versöhnung zwischen beiden Völkern einzusetzen.

---

114 Särchen, Günter: Mein Leben in dieser Zeit (1940–1958), Band 1, Manuskript o. J., S. 150–156.

2.6. Särchen und der 17. Juni 1953

Für den Aufstand in der DDR im Jahr 1953 gab es mehrere Gründe, wozu vor allem die Diktatur der Sozialistischen Einheitspartei Deutschlands (SED) zu zählen ist. Es gab offiziell ein Mehr-Parteien-System, doch war in Wirklichkeit die SED die einzige, die wirklich regierte, auch über die Köpfe der Staatsbürger hinweg. Und so war es kein Wunder, daß das Volk während des Aufstandes freie Wahlen forderte, denn es war sich dieses Defizits sehr bewußt. Dieser Aufstand sollte also die elementaren Rechte der Bürger zurückgewinnen und der Demokratie eine wichtige Stütze, die Pluralität der Parteien, zurückgeben.

Die weiteren Gründe für den Ausbruch des Aufstandes waren auch eng mit der Diktatur der SED verbunden. So setzten sich die Demonstranten gegen die Instrumentalisierung der Justiz ein, die von dem Regime nicht nur dazu mißbraucht wurde, sich lästiger politischer Gegner zu entledigen, sondern auch oft zu Propagandazwecken genutzt wurde. Die Gründung des Ministeriums für Staatssicherheit (MfS, Stasi) war ebenfalls ein Grund für die Bürger der DDR, auf die Straßen zu gehen, denn durch diese Institution hatte die SED ihre Machtposition sehr verstärkt. Bereits in den ersten zwei Jahren seit der Gründung der Stasi wurde sie zum meistgehaßten Überwachungs- und Unterdrückungsapparat, der die Diktatur im zweiten deutschen Staat sichern sollte.

> Was war vor diesem [...] Hintergrund erklärlicher, als daß sich am 17. Juni der Zorn der Aufständischen in einigen Brennpunkten des Geschehens im Sturm auf die Gefängnisse und auf Dienststellen der Staatssicherheit entlud?[115]

Obwohl sich die ehemalige sowjetische Besatzungszone nun der erste deutsche Arbeiter- und Bauernstaat nannte, waren die Rechte der Arbeiter wie auch aller anderen Bürger nicht existent. Die Gewerkschaften in der DDR wurden zu einer Organisation, dem Freien Deutschen Gewerkschaftsbund (FDGB) zusammengeschaltet und die Betriebsräte abgeschafft. Hinzu kam dann nach dem 17. Juni 1953 die Tatsache, daß die demonstrierenden Arbeiter gemaßregelt oder gar

---

[115] Fricke, Karl Wilhelm: Zur Geschichte und historischen Deutung des Aufstandes vom 17. Juni 1953, in: Roth, Heidi: Der 17. Juni 1953 in Sachsen, Böhlau Verlag, Köln-Weimar-Wien 1999, S. 19.

strafrechtlich verfolgt wurden, als sie von ihrem Streikrecht, der in der Verfassung der DDR zugesichert wurde, Gebrauch machten.

Viele der Teilnehmer des Aufstandes demonstrierten, weil sie die Erhöhung des Lebensstandards forderten. Die Arbeiter sahen in Polikliniken, Kulturhäusern, Erholungsheimen, Feriendienst des FDGB, Kindergärten und Kinderhorten, Krankenversicherung ohne Karenzzeit, gleichem Lohn für Frauen, Studienmöglichkeiten usw. sehr wohl echte Fortschritte, die aber die Misere der Lebenshaltung nicht aufwiegen konnten.[116] Der Schwerpunkt in der DDR lag auf der Schwerindustrie und nicht auf der Leicht- und Lebensmittelindustrie, weshalb es zu Lebensmittelknappheit kam. Lebensmittelkarten, die den Erhalt eines Minimums gewährleisteten, wurden nicht an alle vergeben.

Ausschlaggebend für den Ausbruch des Aufstandes war jedoch die Arbeitsnormerhöhung. Bereits die 13. Tagung des ZK der SED am 13. und 14. Mai 1953 sah eine Normerhöhung um 10 Prozent vor, ohne Lohneinbußen. Diese Entscheidung hatte die Regierung der SED in einer Bekanntmachung vom 2. Juni 1953 übernommen, doch wurde ein wichtiger Punkt ausgelassen, die Unzulässigkeit von Lohnkürzungen, die mit einer Normerhöhung zusammenhingen. Damit hatte die Partei die ohnehin schon unzufriedene Bevölkerung vollends gegen sich aufgebracht. Die Arbeiter begannen am 16. Juni 1953 einen Streik, um die Regierung zur Rücknahme der Normerhöhungen zu bewegen. Seinen Anfang nahm er in Berlin, um spätestens am nächsten Tag alle größeren Städte und Produktionsstandorte der DDR zu erfassen. Aus der einen Forderung wurden bald mehr, die u.a. freie Wahlen, die Wiedervereinigung Deutschlands und die Absetzung Ulbrichts beinhalteten.

Die SED konnte die Streiks, bzw. den Aufstand, zu dem die Demonstrationen der Bevölkerung wurden, nicht allein unterdrücken, weshalb sowjetische Truppen zur Hilfe gerufen wurden. Während der Niederschlagung des Aufstandes gab es mehrere Tote und eine Vielzahl von Verletzten. Im gesamten DDR-Gebiet wurden nach dem Aufstand standrechtliche Erschießungen vorgenommen; offizielle Angaben sprechen von sieben Hinrichtungen, doch in Wirklichkeit waren es mindestens 40 Opfer. Die Justiz veranstaltete eine Reihe von Schauprozessen gegen mutmaßliche Rädelsführer des Aufstandes. Oft traf es Unschuldige. „Fieberhaft begannen sowohl die SED wie auch die Staatssicherheit, ihr Überwachungsnetz

---

116 Weber, Hermann: Geschichte der DDR, area-Verlag, München 1999, S. 216f.

dichter zu knüpfen. Zwischen 1952 und 1954 verdoppelte sich allein die Zahl der Inoffiziellen Mitarbeiter des Geheimdienstes auf 30000."[117]

Der Juniaufstand des Jahres 1953 in der DDR sollte bis in die achtziger Jahre hinein die einzige Erhebung des Volkes gegen die Machthaber bleiben, nicht zuletzt, weil der Sicherheitsapparat von nun an jede mögliche Bildung von einflußreicher Opposition unterband.

Wie für viele DDR-Bürger war auch für Günter Särchen der Aufstand in der DDR, an dem er aktiv teilgenommen hat, ein einschneidendes Erlebnis, womit sowohl der Verlauf als auch die Folgen gemeint sind, da das Ende der Streiks und Demonstrationen den Beginn eines neuen Abschnitts im Leben Särchens bedeuteten.[118]

Die Gründe für den Ausbruch des Aufstandes in Görlitz waren vielseitiger als es in den anderen Städten der DDR der Fall war. Neben den allgemeinen Gründen und Forderungen, zu denen anfangs die Rücknahme der Normerhöhungen und später freie Wahlen sowie die Abschaffung der SED zählten, kamen in dieser schlesischen Stadt neue hinzu, die nicht mit den aktuellen Problemen der anderen DDR-Bürger zusammenhingen. Im Vordergrund stand die Teilung der Stadt nach dem Zweiten Weltkrieg, in der nun viele Vertriebene lebten.

Bis zum 6. Juli 1950 hatte die Görlitzer Bevölkerung noch gehofft, daß die Teilung ihrer Stadt nicht andauern würde. Als Otto Grotewohl seine Unterschrift unter die „Deklaration über die Markierung der Oder-Neiße-Friedensgrenze" setzte, waren diese Hoffnungen zerstoben. [...] Die scharfen Grenzziehungsmaßnahmen gegenüber dem „polnischen Brudervolk" trugen auch dazu bei, daß die Görlitzer den Versprechungen der SED-Führung und der DDR-Regierung auf Wiedervereinigung der beiden deutschen Staaten noch weniger glaubten als die übrige DDR-Bevölkerung. Im Juni 1953 keimte im Zusammenhang mit dem Neuen Kurs dann wieder Hoffnung auf, daß die Teilung der Stadt aufgehoben und die Rückkehr der Vertriebenen in ihre Heimat möglich würde.[119]

---

117 Mählert, Ulrich: Kleine Geschichte der DDR, Verlag C. H. Beck, München 2001, S. 79.
118 Dieser neue Abschnitt, der mit Magdeburg verbunden war, ist auch derjenige, der vom Engagement Särchens für die deutsch-polnische Aussöhnung dominiert war. Dem sind die nächsten Kapitel dieser Arbeit gewidmet.
119 Roth, Heidi: Der 17. Juni 1953 in Sachsen, a. a. O., S. 246 f.

Durch die Vertriebenen, zu denen vor allem Frauen mit Kindern, Jugendliche und Schwerbeschädigte gehörten, gab es in Görlitz auch eine hohe Arbeitslosigkeit. Es wurde zwar den Görlitzern von der SED versprochen, neue Arbeitsplätze zu schaffen, doch wurde dies nicht erfüllt, was die vertriebenen Schlesier noch mehr dazu trieb, sich an dem Aufstand zu beteiligen.

In der Nacht vom 16. auf den 17. Juni 1953 wurden die SED-Machthaber in Görlitz vorsorglich in Alarmbereitschaft versetzt, obwohl noch nicht daran gedacht wurde, daß die Demonstrationen in Berlin sich auf das gesamte Land ausbreiten könnten. Dieser falschen Einschätzung der Situation erlagen auch die SED-Vertreter in der Neißestadt sowie die Polizei und die Dienststelle des MfS, die keine besonderen Sicherheitsmaßnahmen vornahmen.

Doch schon am Abend des 16. Juni war die Information von den Ausschreitungen in Berlin bis nach Görlitz gelangt. Dies ist in den Erinnerungen von Günter Särchen belegt, in denen er schreibt:

> Wir trafen uns am ersten Abend mit einigen Freunden unseres „sozialen Kreises" (in Richtung CAJ denkend) bei H. G. [Hannes Glaubitz – Dekanatsjugendhelfer Görlitz]. Er war auch sofort bei uns im Heim [Klemens-Neumann-Heim, Sitz des Erzbischöflichen Jugendseelsorgeamtes Görlitz], als in seinem und anderen Betrieben die Unruhen in Berlin lebhaft diskutiert wurden.[120]

Es war also auch in Görlitz nur noch eine Frage der Zeit, bis ein ähnlicher Streik wie in Berlin begann.

Am Morgen des 17. Juni 1953 legten die meisten Arbeiter zweier Betriebe in Görlitz die Arbeit nieder, und zwar der LOWA[121] und des VEB EKM (Volkseigener Betrieb Energie- und Kraftmaschinenbau). Sowohl der angereiste Oberbürgermeister als auch der SED-Kreissekretär versuchten durch Zureden, die Menschen in den Betrieben von einem Streik abzubringen, doch war dies unmöglich, denn die Arbeiter machten sich bereits auf den Weg in die Stadt, um dort weiter zu demonstrieren.

---

120 Särchen, Günter: Ich freue mich, daß ich dabei war, Manuskript o. J. Alle weiteren nicht speziell gekennzeichneten Textpassagen beziehen sich auf diese Erinnerungen Särchens.
121 LOWA ist das Kürzel für die Vereinigung volkseigener Betriebe (VVB) des Lokomotiv- und Waggonbaus in der DDR. Hierbei geht es um den VEB Waggonbau Görlitz.

Um den Arbeitern Mut zuzusprechen, wollte Günter Särchen, daß sich der Kapitelvikar Ferdinand Piontek den Vorbeigehenden zeigte. Ihn zu dieser Tat zu überzeugen wurde der Diözesanjugendseelsorger Heinrich Theissing ausgewählt.

Im „Überzeugungsgespräch" sagte KV (Kapitelvikar), eine Einmischung wäre nicht Sache der Kirche, auch nicht in diesem Falle. Auch zweifle er, der für seine Sachlichkeit, Korrektheit und Weisheit bekannte Mann der Kirche, am erfolgreichen Ausgang dieses Aufstandes. „Sie vergessen, in welchem System wir leben!"

So gut die zunächst reservierte Haltung Pionteks zu verstehen ist, muß angemerkt werden, daß wohl die Haltung des Jugendseelsorgers und Mentors Särchens, Pfarrer Theissing, zum Aufstand zu einer weiteren Verschärfung des Konfliktes mit Särchen geführt hat: Anfangs zeigte sich der Jugendseelsorger spontan und engagiert, er interessierte sich für die Ereignisse auf den Straßen von Görlitz, doch gleich, nachdem das Scheitern des Aufstandes klar wurde, war bei ihm das Feuer des Engagements erloschen.[122] Schließlich erklärte sich Piontek bereit, an das Fenster zu treten. Diese Situation beschrieb Särchen später folgendermaßen:

Der Kapitelvikar stand danach am geöffneten Fenster zur Biesnitzer Straße hin, steif in seiner Art. Hinter ihm Th[eissing] und eine Ordensschwester. Kap.Vik. wurde bald von Arbeitern aus dem Zug unten von der Zittauer Straße her entdeckt. Sie riefen ihm etwas zu. Er rührte sich nicht, hob nicht die Hand, um ihnen zuzuwinken. Aber er war sichtbar „bei ihnen". Das wurde verstanden. Das genügte.[123]

---

122 Särchen, Günter: Mein Weg von Görlitz nach Magdeburg, a. a. O.
123 Zwar ließ sich Kapitelsvikar Piontek zu dieser Tat überzeugen, doch ist aus der Chronik der Diözese Görlitz-Cottbus (1.01.1952–31.12.1954) nichts dergleichen notiert. Mehr noch: unter dem Datum des 17. Juni 1953 findet sich nur eine kurze Notiz über Ausschreitungen in Halle, wo sich wohl eine Delegation des EAG befand, und eine Anspielung auf Görlitz, was vermuten läßt, daß die katholische Kirche in Görlitz diesem Aufstand keinen großen Wert beigemessen hat. In der Chronik heißt es: Erst bei Frühstück erfuhren wir von den gestrigen [16. Juni – R.U.] großen Unruhen in Berlin. Heut war auch Halle erfaßt. Als wir nach dem Mittagessen abfuhren, kamen wir durch eine Straße, an deren Rand eine Kette von etwa 50 Volkspolizisten mit schussbereiten Maschinenpistolen stand, hinter ihnen sowjetische Soldaten. Auf der anderen Seite standen schweigend die Volksmassen. [...] Als wir um 18 Uhr in Görlitz eintrafen, hörten wir, wie stürmisch es in unserer Stadt heut zugegangen war (S. 49–50).

Der Zug der Arbeiter ging weiter in Richtung Stadtmitte, ohne von Ordnungskräften aufgehalten zu werden. Es war deutlich zu sehen, daß die Verantwortlichen der SED noch immer nicht genau begriffen, was in ihrer Stadt geschah. Sie zeigten sich zwar besorgt, doch galt das wohl der eigenen Sicherheit, weniger der Tatsache, daß sich der Streik auf die ganze Bevölkerung ausbreiten könnte. Die marschierenden Arbeiter waren nicht die einzigen, die in den Streik traten. Zu ihnen stießen andere Görlitzer, und in die weiteren Betriebe wurden Kuriere ausgesandt. Einer von ihnen war auch Günter Särchen. Dafür benutzte er den Kleinbus der Jugendseelsorge:

[...] immer mit unserem VW, dem Auto „der Katholischen". Als solcher ist unser VW bekannt. Durch Zuruf aus dem Zug übernahm ich schnell einen Kurierdienst zu einem anderen Betrieb in einem anderen Stadtteil. Die mich aus dem Zug heraus um die Überbringung dieser Nachricht baten, kannten mich nicht, ich kannte sie nicht. Der „katholische VW" genügte.

Durch Kuriere aktiviert oder aus eigenem Antrieb gelangten immer mehr Arbeiter in die Stadtmitte. Der zentrale Platz, auf dem dann auch die Hauptkundgebung der Demonstrierenden stattfand, war der Lenin-Platz (heute Obermarkt). Dort sprachen aber nicht nur Vertreter der Arbeiterschaft, sondern auch die Görlitzer SED-Politiker, was so in anderen Städten nicht der Fall war, wie Heidi Roth in ihrem Buch „Der 17. Juni 1953 in Sachsen" bemerkt:

Der Oberbürgermeister Ehrlich und der 1. SED-Kreissekretär Weichold brachten tatsächlich mehr Mut auf als viele ihrer Amtskollegen in anderen Städten der DDR: Sie suchten den Dialog mit den Demonstranten.[124]

Die gedrängt zusammenstehenden Menschen hörten Reden zu, die sowohl Arbeiter hielten als auch Vertreter anderer Schichten, z.B. der Intelligenz und der Rentner. Während dieser Kundgebung auf dem Obermarkt wurde die bisherige SED-Stadtverwaltung abgelöst und durch eine überbetriebliche Streikleitung ersetzt, die auch die nötigen Arbeiten tat, um eine gewisse Normalität in die Verwaltung der Neißestadt zu bringen. Es wurde auch beschlossen, eine große

---

124 Roth, Heidi: Der 17. Juni 1953 in Sachsen, a. a. O., S. 258.

Demonstration am Nachmittag, um 15 Uhr, durchzuführen, weshalb die Vormittagskundgebung beendet wurde, damit die Menschen sich auf den Nachmittag vorbereiten konnten. Die Streikenden jedoch hatten sich nicht nach Hause begeben, sondern steuerten auf verhaßte Institutionen in der Stadt zu.

Eine dieser Institutionen war die SED-Kreisleitung, die ohne viel Mühe von den Demonstranten gestürmt wurde, weil die Eigensicherung des Gebäudes nur spärlich war und die angeforderten Volkspolizeikräfte nicht eingetroffen waren. Die Görlitzer Aufständischen nahmen den SED-Kreissekretär Weichold, der sich in dem Gebäude notdürftig verschanzt hatte, als Geisel und zogen mit ihm weiter zu der Institution, die in der gesamten DDR Ziel vieler Anschläge am 17. Juni 1953 war – der Dienststelle des Ministeriums für Staatssicherheit.

Hauptziel war die Befreiung von politischen Gefangenen, die im Keller der Stasi inhaftiert gewesen sein sollen. Es wurde aber nur ein Gefangener befreit, ein Volkspolizist, der in einer der Zellen saß. Die Mitarbeiter des MfS hatten sich im Gegensatz zu den Angestellten in der SED-Kreisleitung stärker gegen die Demonstranten gewehrt, und so fielen Schüsse aus dem Gebäude. Weichold wurde zu diesem Zeitpunkt ein Vermittler zwischen den Demonstrierenden und den MfS-Mitarbeitern, indem er forderte, das Feuer einzustellen und eine Delegation ins Innere der Dienststelle hineinzulassen, die sich davon überzeugen sollte, daß es darin keine Gefangenen gab. Dies wurde ihm zum Verhängnis: Er verlor seinen Posten in der SED, da er den Demonstrierenden entgegengekommen war und sie nicht „bekämpft" hatte. Man verständigte sich darauf, eine Delegation in das Gebäude des MfS hineinzulassen, doch stürmte auch der Rest der aufgebrachten Menge in die Dienststelle. Es wurden Akten vernichtet oder aus den Fenstern geworfen, in der Werkstatt des Hausmeisters wurde ein Brand gelegt. An diese Bilder erinnerte sich Günter Särchen, der am Ort des Geschehens gewesen sein muß. Er schrieb in dem Text „Ich freue mich, daß ich dabei war"[125]:

> Wir sahen selbst am Tage, wie aus einem der Häuser der Staatssicherheit Akten aus den Fenstern flogen. Die Feuerwehr rückte an. Ein Arbeiter zog den Zündschlüssel vom

---

[125] Särchen, Günter: Ich freue mich, daß ich dabei war, Mauskript, a. a. O. Eine geänderte Fassung des Textes erschien später bei: Börger, Bernd, Krösel, Michael (Hrsg.): Die Kraft wuchs im verborgenen. Katholische Jugend zwischen Elbe und Oder 1945–1990. Verlag Haus Altenberg, Düsseldorf 1993, S. 289–293.

Löschfahrzeug. Heftige Diskussion, sie müßten löschen, wenn etwas in Brand geraten sollte. Ein Arbeiter in so richtigem schlesischen Dialekt: „Wenn die Bude brennen tut, soll'se doch brennen!"

Die hinausgeworfenen Akten lagen dann in losen Blättern in der ganzen Stadt herum, und so erinnerte sich Särchen im gleichen Text daran, wie er an einem ungewöhnlichen Ort einige Informationen fand, die das MfS über kirchliche Organisationen und ihn selbst gesammelt hatte:

> Unten an den Stufen im Hausflur des Otto-Stifts (Sitz des Erzbischöflichen Amtes Görlitz und des Kapitelvikars) und drüben in der Seydewitzstraße im Türbriefschlitz der Wohnung von Th. bei Frau K. (Frau Kluge, Haushälterin von Th.) waren von Unbekannten lose, gelochte Aktenblätter abgelegt worden mit Angaben über kirchliche Personen. Die Blätter waren herausgerissen aus Akten des Hauses der Staatssicherheit. Auf den Blättern ein Durcheinander von falschen, halbwahren und wahren Angaben, Namen falsch geschrieben, Tätigkeitsmerkmale durcheinander. [...] Also: sie wissen doch nicht so viel über uns, wie wir manchmal befürchten. Aber sie haben ihre Informanten! [...] Die Angaben über Th. und mich stimmen haargenau: „Sährchen (mit „h") versucht gezielt mit pseudo-christlichen Sozialinformationen in Kreise der werktätigen Bevölkerung einzudringen". Den Satz habe ich mir abgeschrieben, obwohl Th. verlangte, alles zu verbrennen, ohne zu notieren.

Die Besetzung der MfS-Dienststelle durch die Demonstranten dauerte bis etwa 14.30 Uhr, als herbeigerufene sowjetische Soldaten die Arbeiter aus dem Gebäude hinausdrängten. Zu dieser Zeit war bereits der Bezirk Dresden, zu dem Görlitz gehörte, in Ausnahmezustand versetzt worden und unterlag dem Kriegsrecht.

Die dritte Institution, die von den Demonstranten nach der Kundgebung am Obermarkt gestürmt wurde, waren beide Haftanstalten in Görlitz, in denen sich an diesem Tag insgesamt 416 Gefangene befanden. Sie alle gelangten am 17. Juni 1953 in Freiheit, obwohl es den Aufständischen nur darum ging, die politischen Häftlinge zu befreien. „Sicher ist, daß in keiner anderen Stadt der DDR so viele Häftlinge vorübergehend die Freiheit erlangten wie in Görlitz."[126] Die beiden Haft-

---

126 Roth, Heidi: Der 17. Juni 1953 in Sachsen, a. a. O., S. 273.

anstalten waren: das Untersuchungsgefängnis in der Nähe des Rathauses, in dem sich 52 Häftlinge befanden und die Strafvollzugsanstalt für Frauen, in der 364 Personen inhaftiert waren.

In beide Gefängnisse wurden, wie es die Demonstrierenden forderten, Delegationen von Arbeitern hineingelassen, die untersuchen sollten, ob es unter den Inhaftierten politische Gefangene gab. Doch wartete die Menge vor den Toren nicht auf die Entscheidung der Delegation, sondern stürmte, ohne von den Strafvollzugsbeamten gehindert zu werden, die Gefängnisse und befreite alle Gefangenen. Dabei waren sich nicht alle Teilnehmer des Aufstandes sicher, ob man die Gefängnisse stürmen sollte. So erinnerte sich später Günter Särchen: „Noch am Tag zuvor auf den Straßen große Diskussion, ob die Häftlinge aus dem Gefängnis befreit werden sollten, schließlich wären auch und vor allem Kriminelle dort, die nicht raus dürften." Und weiter erinnert sich Särchen an die Flucht der befreiten Gefangenen aus der Stadt: „Einige wurden oben am Bahnhof – sehr verschüchtert – im Hotel Stadt Dresden einquartiert. Einige hauten gleich ab. Sicherlich in Richtung Westberlin. Alles ungeplant, alles richtungslos."

Diese Flucht war für die meisten der Gefangenen nicht von Erfolg gekrönt, denn nach dem Ende des Aufstandes wurden die Flüchtigen eingefangen, und bereits einige Tage nach dem 17. Juni saß die Hälfte der Inhaftierten wieder in ihren Gefängnissen.

Um 15 Uhr wurde dann auch über die Stadt Görlitz der Ausnahmezustand verhängt. Dazu wurde der entsprechende Befehl des Chefs der Garnison Görlitz, Generalmajor Schmyrew, und des Militärkommandanten der Stadt Görlitz, Gardeoberst Klepikow, über den Stadtfunk verlesen:

> Ab 15.00 Uhr des 17. Juni 1953 wird in der Stadt Görlitz der Belagerungszustand bis zu einem besonderen Befehl verhängt. Kategorisch verboten sind: Demonstrationen, Versammlungen und Kundgebungen sowie andere Ansammlungen. Die Tätigkeit der Kinos, Theater und Gaststätten wird ab 21 Uhr eingestellt. Der Straßenverkehr ist der Bevölkerung nur in der Zeit von 6.00 bis 21.00 Uhr gestattet. Nach dieser Zeit ist das Betreten der Straßen verboten. Die Übertreter dieses Befehls und der Verordnungen werden nach den Gesetzen des Ausnahmezustands streng bestraft.[127]

---

127 BV für Staatssicherheit Dresden, Abschrift Betr.: Sichergestellte Magnetophonbänder (Görlitz) vom 22.6.1953, zitiert nach: Roth, Heidi: Der 17. Juni 1953 in Sachsen, a. a. O., S. 286f.

Dieser Befehl machte aber auf die Görlitzer zunächst keinen großen Eindruck, wie sich Hartmut Jatzko erinnert:

> Als [...] der Ausnahme- und später der Belagerungszustand verhängt wurden, störte dies zunächst niemand, bis plötzlich sowjetische Panzerspähwagen in die Menge fuhren. Aber niemand wich zurück; die Panzerwagen wurden angegriffen, zum Teil unschädlich gemacht, oder sie zogen von selbst wieder ab[128].

Über die sowjetischen Soldaten berichtete Särchen: „Die armen Kerle wußten überhaupt nicht, was ihnen geschah, als sie aus den Manöverwäldern herausgeholt und nun hier eingesetzt wurden. So sahen sie auch aus." Von der Tätigkeit der Roten Armee unbeeindruckt, begannen die Aufständischen zunächst die geplante Nachmittagskundgebung, und erst gegen 18 Uhr konnte die Menschenmenge auf dem Obermarkt zerstreut werden. Daneben wurde die Bewachung der deutsch-polnischen Grenze verstärkt, weil man gemeinsame Aktionen von Polen und Deutschen befürchtete und sich das Gerücht verbreitete, daß polnische Partisanen gegen sowjetische Soldaten kämpften.[129] Gegen 20 Uhr beruhigte sich dann die Lage in der Stadt, und so kann gesagt werden, daß der Aufstand zu dieser Zeit beendet war.

Die Streiks dauerten aber noch einige Tage an, was die Zahl der Streikenden am 18. Juni bestätigt. In Görlitz und Umgebung nahmen 11.850 Personen ihre Arbeit nicht auf, und auf den Straßen versammelten sich Gruppen von Menschen, die aber von Kräften der Roten Armee und der Volkpolizei zerstreut wurden. Schließlich beendeten auch die hartnäckigsten Streikenden ihren Protest und kehrten zu ihrer Arbeit zurück.

Günter Särchen verließ nach dem 17. Juni 1953 Görlitz und kehrte zunächst für einige Tage in seine Heimatstadt Wittichenau zurück:

> Jetzt sitze ich erst einmal für vierzehn Tage hier bei meinen Eltern in W. (Wittichenau) und bin weg vom Fenster. So klein ist die Welt: Als ich hier ankam, war man schon genauestens über die Vorgänge in G. (Görlitz) informiert. Winters Willi (Dach-

---

128 Jatzko, Hartmut: Es war am 17. Juni 1953 in Görlitz ..., in: http://www.17juni53.de, 23.12.2004.
129 Vgl.: Roth, Heidi: Der 17. Juni 1953 in Sachsen, a. a. O., S. 289.

decker) war zufällig an einem dieser Tage in G., wir trafen uns und sprachen über alles, und er berichtete sofort hier in W. darüber. Macht nichts, auf die Witt'chenauer ist Verlaß, vor allem in solchen Dingen.

Sein Weggang aus der Neißestadt wurde damit begründet, daß Särchen vor einer Verhaftung geschützt werden sollte, da er aktiv an den Unruhen teilgenommen hatte. Dies scheint jedoch eher ein Vorwand gewesen zu sein, da sich Günter Särchen seitdem nicht versteckte, sondern offiziell in Magdeburg arbeitete. Die Stasi, damals bereits gut organisiert, hätte ihn also leicht finden können, um ihn im Zusammenhang mit dem 17. Juni zu verhaften. Plausibler erscheint, daß die Meinungsverschiedenheiten zwischen ihm und Kaplan Theissing der wahre Grund waren, wieso Särchen sich eine neue Arbeitsstelle gesucht hat. Bei der Suche nach einer neuen Anstellung war ihm behilflich, daß der Magdeburger Diözesanjugendseelsorger Josef Brinkmann einen Jugendhelfer mit Erfahrung suchte und sich so für Särchen ein Wohnsitzwechsel mit garantierter Arbeitsstelle ergab. Damit entging er sowohl den Konflikten mit Theissing[130] und der sich zuspitzenden politischen Lage in der Stadt nach dem Aufstand, bewahrte aber auch Christa Schäfer davor, den Dienst in der Jugendseelsorge in Görlitz aufgeben zu müssen.

Nach dem mißglückten Aufstand machte sich in der Bevölkerung eine allgemeine Resignation bemerkbar, da die vorrangigen Ziele nicht erreicht wurden und sich die politische Lage noch verschlechterte. „Auch das ist die Tragik des 17. Juni: durch den Arbeiteraufstand ist Ulbricht nicht gestürzt worden, sondern vor dem Sturz gerettet worden. Die Herrschaftsverhältnisse, die der Aufstand überwinden wollte, waren im Gegenteil zementiert worden."[131] Zur Resignation trug auch die ausgebliebene Hilfe aus Westdeutschland bei, die sich die Arbeiter während ihres Aufstandes erhofft hatten. Dies sagte auch Günter Särchen deutlich: „Keine Unterstützung aus dem Westen, der freien Bundesrepublikaner, für

---

130 Das Verhältnis zwischen Theissing und Särchen blieb weiterhin gespannt. Günter Särchen erhielt keine Einladung zur Bischofsweihe Theissings in Berlin (1963) und erst im Laufe der nächsten Jahre löste sich die Spannung auf, die Folge einer gemeinsamen Einsicht über die Politik der BOK war.

131 Weber, Hermann: Geschichte der DDR, a. a. O., S. 223.

uns Deutsche im Osten, die wir nun schon acht Jahre lang in dieser Diktatur arbeiten und leben müssen."[132]

Und doch gab es keine völlige Resignation, denn der Gedanke an den Aufstand lebte in den Menschen weiter, und viele sahen es als Aufgabe an, der jungen Generation diesen Gedanken zu vermitteln. Günter Särchen:

> Trotz der großen Verängstigung, die durch die vielen Verhaftungen über uns alle gekommen ist, müssen wir mit den Jugendlichen bei jeder sich bietenden Gelegenheit sprechen. Worüber? Zum Beispiel, worum es bei diesem Volksaufstand in Wirklichkeit ging. Um mehr Lohn, um Senkung der Preise, um Abschaffung der HO-Betriebe und der vormilitärischen Einrichtungen, um die Aufgabenbesinnung der Gewerkschaft, die Senkung der Arbeitsnorm, die Verbesserung der Arbeitsbedingungen. Alles berechtigte Forderungen der Werktätigen, von denen jeder bei uns weiß, wie berechtigt sie sind! Gewissermaßen erst im Sog der Ereignisse entwickelten sich ebenso spontan allgemeine politische Forderungen: Weg mit der Allmacht der Einheitspartei, Freilassung der politischen Häftlinge, Abhaltung freier Wahlen in freier Selbstbestimmung und öffentliche Kontrolle der Wahlauszählung. Und für uns selbst muß in unseren Jugendkreisen die Forderung bleiben: Eine wirklich freie Arbeit der Freien Deutschen Jugend ohne Parteiideologie, Abschaffung der Diskriminierung der evangelischen Jungen Gemeinde und der katholischen Pfarrjugendgruppen. Wir haben ein Recht auf christliche Jugendzeitschriften und eine öffentliche Schaukastenarbeit an unseren Pfarrkirchen. Das alles müssen wir unter unseren Jungen und Mädchen wach halten.
> – Warum also abhauen nach drüben, es gibt für uns alle genug zu tun. Und niemand wird uns dafür umbringen![133]

---

132 Särchen, Günter: Danach, Manuskript o. J., Privatarchiv Günter Särchen.
133 Ebenda.

2.7. Zusammenfassung

Der Grundstein für die spätere Arbeit Särchens lag nicht nur in der Familie, die ihn im Geist eines friedlichen Zusammenlebens mit anderen Völkern erzogen hatte. Bedeutend ist auch die sorbische Herkunft und die Tatsache, daß er deshalb von einigen seiner Mitschüler diskriminiert wurde. Die nationalsozialistischen Machthaber versuchten, den Sorben ihre slawische Herkunft zu nehmen und sie zu einem urgermanischen Stamm zu erklären. Diese Diskriminierung ist keinesfalls mit den Verbrechen an Polen zu vergleichen, doch liegt es im Bereich des Möglichen, daß Särchen einige Parallelen zwischen den Sorben und Polen gesehen hat. Zu erwähnen sind die Hilfen der Sorben für die Zwangsarbeiter aus dem Osten, auf die möglicherweise auch Särchen gestoßen war und weshalb er ein anderes Verhältnis zu den östlichen Nachbarn der DDR hatte. Dies eben half wohl Särchen bei seinen späteren Kontakten zu Polen, obwohl ein eindeutiger Zusammenhang nicht hergestellt, wohl aber angenommen werden darf.

Die Auseinandersetzung mit der jüngsten Vergangenheit, den Greueltaten des nationalsozialistischen Systems in Mittel- und Osteuropa, bestärkte Günter Särchen in dem Vorhaben, für die Verbrechen, die im Namen Deutschlands begangen wurden, Buße zu tun. Dies jedoch wurde in dieser ersten Nachkriegszeit nicht so genau formuliert.

Schließlich muß noch auf die Vertreibung und Flucht der Deutschen und die Westverschiebung der polnischen Grenzen hingewiesen werden. Daß Särchen mit den vertriebenen Schlesiern in Görlitz mitfühlte und ihre Bestürzung über die Unterzeichnung des Grenzvertrages zwischen der DDR und VRP sah, kann auf den ersten Blick vermuten lassen, daß dies mit Versöhnung nichts zu tun hatte. Und doch waren die Ereignisse in Görlitz für ihn ein Impuls, daß zwischen den verfeindeten Nationen Versöhnungsarbeit geleistet werden müsse, der aber die Sühne von Seiten Deutschlands voranzugehen habe.

Es kann an dieser Stelle nicht beantwortet werden, inwiefern diese „kleinen", ersten Impulse für eine gezielte Auseinandersetzung mit Polen ausreichten. Es ist zu vermuten, daß erst die Kontakte mit Polen in der DDR sowie briefliche Verbindungen das Interesse am östlichen Nachbarn weckten. Diese ersten Begegnungen mit Polen sollen im folgenden Kapitel näher beschrieben werden.

3. Günter Särchens Anfänge der Arbeit für die deutsch-polnische Versöhnung. 1954–1961

In diesem Kapitel werden die ersten Schritte Särchens in Magdeburg nachgezeichnet. Der Schilderung seiner privaten Situation folgen Ausführungen zu den ersten „kleinen" deutsch-polnischen Aktivitäten.

3.1. Jugendseelsorge und Privatleben Särchens in Magdeburg

Der Dienst im Erzbischöflichen Kommissariat (EBK) Magdeburg begann für Günter Särchen mit dem 1. Oktober 1953 und sollte bis zum 31. März 1957 dauern.[134] In dieser Zeit war er, ähnlich wie in Görlitz, Helfer des Jugendseelsorgers in Magdeburg, Josef Brinkmann; in dieser Funktion wurde er auch „angefordert", da dem EBK ein erfahrener Jugendhelfer fehlte und Särchen einen Arbeitsplatz suchte.

Als Jugendhelfer in Magdeburg erfüllte Särchen während seines Arbeitsverhältnisses die gleichen Aufgaben wie zuvor: Er organisierte in den Gemeinden und Dekanaten des Jurisdiktionsbezirkes Magdeburg Schulungen für die Helfer, traf sich mit Jugendlichen zu einer Art von Seminaren und half dem Jugendseelsorger in der administrativen Arbeit. Da kurz nach seinem Eintreffen ein Grundstück mit zwei Wohnhäusern in Naumburg/Saale gekauft wurde, konnte dort ein zunächst provisorisches Jugendhaus, das St. Michaelshaus, aufgebaut werden, das dem Clemens-Neumann-Heim in Görlitz nahekam. So fand Günter

---

134 G. Särchen konnte sich jedoch nicht von Anfang an in seine Arbeit vertiefen, da er zunächst eine Wohnung für sich und seine Verlobte Christa Schäfer suchen mußte. Särchens neuer Vorgesetzter, Jugendseelsorger Josef Brinkmann, hatte zwar für ein Zimmer als vorläufige Wohnung für Särchen gesorgt, doch war dies nicht offiziell geregelt, d. h. Särchen erhielt keine Zuweisung für eine Wohnung, die zu dieser Zeit, ähnlich wie die bei Särchen vorhandene „Arbeitsbescheinigung für Magdeburg" notwendig war, um in Magdeburg leben und arbeiten zu können.

Särchen in Magdeburg ein ähnliches Haus vor, das der Jugendarbeit der Seelsorger und der Laien dienen konnte, und beteiligte sich zeitweise an den Ausbauarbeiten. Zu den Aufgaben des Jugendhelfers Särchen gehörte auch die Organisation von Wallfahrten zur Huysburg[135]. Außerdem war er für den Kontakt zu Jugendseelsorgern und -helfern in anderen Jurisdiktionsbezirken zuständig, was über die Arbeitsgemeinschaft der Jugendseelsorger[136] geschah, deren gewählter „Obmann" er bis 1957 war, d. h. bis seine Zeit als Jugendhelfer in Magdeburg zu Ende ging.

Solange Günter Särchen die einfachen Voraussetzungen, u. a. eine eigene Wohnung, nicht geregelt hatte, konnte er seine Verlobte Christa Schäfer nicht nach Magdeburg bitten. Dies ging auch deshalb nicht, weil sie über zwei Jahre keine „Zuzugsgenehmigung" erhielt, was damals notwendig war, denn Magdeburg war noch stark vom Krieg beschädigt, und es fehlten Wohnungen. Erst im Jahr 1955 erhielt Särchen eine Wohnung und die „Zuzugsgenehmigung" für Christa Schäfer[137], womit einer Heirat und einer endgültigen Lebensmittelpunktverlagerung nach Magdeburg nichts mehr im Weg stand.

Die Trauung von Günter Särchen und Christa Schäfer fand am 10. November 1955 in der Kirche St. Jakobus in Görlitz statt, der sich Christa Schäfer seit Kindertagen verbunden fühlte. Särchen erinnert sich:

---

135 Die Huysburg liegt nordöstlich von Halberstadt. Seit dem 11. Jahrhundert befindet sich dort ein Männerkloster, das heute von einer benediktinischen Gemeinschaft bewohnt wird, die 1972 mit Unterstützung der polnischen Benediktinerabtei in Tyniec bei Krakau gegründet wurde. Es ist ein Wallfahrtsort zur Mutter Gottes auf den Huy.

136 Bereits nach Kriegsende entstand eine Arbeitsgemeinschaft (AG) der Seelsorgeämter aller Jurisdiktionsbezirke der SBZ/DDR, die gemeinsame Leitlinien der Pastoral erarbeitet hat und bis zum Ende der DDR bestand. Parallel dazu entstand die Arbeitsgemeinschaft der Jugendseelsorger, die gemeinsame Aktivitäten und die Jugendseelsorge abstimmen sollte.

137 In seinen Notizen „Mein Weg von Görlitz nach Magdeburg" (Manuskript, in: Nachlaß Günter Särchen, ZBOM) schrieb Särchen, daß er eine eigene Wohnung sowie die „Zuzugsgenehmigung" für seine Verlobte dadurch erhielt, daß er nach mehreren Anträgen bei der Wohnraumlenkung endlich den Referatsleiter sprechen konnte und, nachdem er ihm bei seiner Arbeit geholfen hatte, somit beide Dokumente erhielt.

In großer Zahl waren die Mädchen und Jungen „ihrer" [Christa Schäfers – R. U.] Pfarrjugend mit Bannern vertreten. Getraut wurden wir von „ihrem" Pfarrer Buchalli. Heinrich Theissing und andere blieben der Trauung fern, sie gratulierten kurz und bündig schriftlich.[138]

Bereits am 1. Dezember zog Christa Schäfer nach Magdeburg, wo sie, wie schon vorher, an einem Buch für die Kinderpastoral weiterarbeitete. Dieses erschien im St. Benno-Verlag im Jahr 1957 unter dem Titel „Aus Gottes bunter Welt" in einer Auflage von 3000 Exemplaren.[139]

Ebenfalls im Jahr 1957 kam das erste Kind der Särchens zur Welt, der Sohn Nikolaus. Zwei Jahre später folgte der zweite Sohn, Norbert, jedoch kam es bei dieser Geburt zu Komplikationen. Christa Särchen erhielt eine Blutübertragung, die sie nicht vertrug, was eine Blutvergiftung zur Folge hatte. Diese konnte damals nicht behandelt werden, da es in Magdeburg kein Dialysegerät gab. Es war also klar, daß Christa Särchen nicht geholfen werden kann und sie sterben werde. Günter Särchen schrieb in seinen Notizen über die letzten Tage:

Zu diesem Zeitpunkt ahnte auch Christa bereits ihre Unheilbarkeit. Ruhig sprach sie mit mir und mit Vikar Eduard Quiter über die Zukunft [...]. Er [Vikar Quiter – R. U.], Pfarrer Josef Brinkmann und Vikar Claus Herold standen mir vor allem in den letzten beiden, schweren Tagen bei. Wir wechselten uns Tag und Nacht stündlich an Christas Bett ab. [...] Sie starb am 26. Februar 1959 um 21.15 Uhr in meinen Armen. In unserer Wohnung saßen ihre beiden Eltern und brannten still Christas Kommunion- und Brautkerze. Nachdem die Kerzen gegen 21 Uhr abgebrannt waren, sagte Schäfer-Opa: „Jetzt ist sie im Himmel angekommen." [...] Ich wollte noch allein sein und irrte durch die Straßen der dunklen Stadt.[140]

Christa Särchens Leichnam wurde nach Wittichenau überführt, wo sie auf dem Friedhof unter großer Anteilnahme der Bewohner der Stadt beigesetzt wurde.

---

138 Särchen, Günter: Mein Weg von Görlitz nach Magdeburg, a. a. O. Der letzte Satz zeigt deutlich den Konflikt zwischen Särchen und Theissing, der im vorherigen Kapitel (2.5.) näher beschrieben wurde.
139 Nachauflagen von jeweils 3000 Exemplaren gab es dann noch in den Jahren 1958 und 1961.
140 Särchen, Günter: Mein Weg von Görlitz nach Magdeburg, a. a. O.

Durch den Tod seiner ersten Ehefrau war Günter Särchen zunächst allein mit den beiden Söhnen, weshalb er kurzzeitig an eine Auswanderung in die Bundesrepublik Deutschland dachte.[141] Dieser schmerzhafte und einsame Lebensabschnitt – auch wenn er seine beiden Söhne um sich hatte – sollte sich jedoch schnell ändern, da er bereits kurz nach dem Tod Christa Särchens seine zukünftige Ehefrau Brigitte Lawiak kennenlernte, mit der er sich am 5. April 1960 verlobte und sie einen knappen Monat später, am 5. Mai 1960, heiratete.

Brigitte Lawiak war, wie die erste Ehefrau Särchens, stark mit der katholischen Kirche verbunden. Bis nach der Hochzeit mit G. Särchen war sie als Diözesanjugendhelferin in Berlin tätig. Bereits in den fünfziger Jahren begann sie eine Ausbildung zur medizinisch-technischen Assistentin. Ein Medizinstudium blieb ihr verwehrt, was damit begründet wurde, sie sei „politisch untragbar".[142] Bis 1990 arbeitete sie als leitende medizinische Assistentin in Magdeburg, obgleich sie kein Mitglied der SED war. Dies wirkte sich auf die Beziehungen zur Kaderleitung der Magdeburger Medizinischen Akademie aus, die sie lediglich duldete. „Doch trotz eifrigen Suchens fand die Kaderleitung keine geeignet befähigte Fachkraft."[143]

Brigitte und Günter Särchen hatten zusammen zwei Kinder: Elisabeth (1961) und Claudia (1968).[144] Für die Töchter und die Söhne aus erster Ehe war es kein einfaches Familienleben, da das Thema Versöhnung mit Polen für Särchen an erster Stelle stand, erst dann kam die Familie. Und da die Arbeitsstelle für pastorale Hilfsmittel und seine Versöhnungsarbeit einen Großteil der Zeit Särchens in Anspruch nahmen, erlebten ihn die Kinder nicht als wirklichen Familienvater, mehr noch, er war für sie etwas autoritär, was die Töchter aber nicht wirklich als unangenehm empfanden. Trotzdem versuchte er, den Kindern zur Seite zu stehen, indem er ihnen bei den Hausaufgaben half und ihnen den Unterschied zwischen dem Lehrmaterial und der Wirklichkeit erklärte.[145] Die Familie Särchen

---

141 „Ein Hofnarr war ich bis zum Schluß". Mit Günter Särchen, dem Begründer des Anna-Morawska-Seminars, spricht Adam Krzemiński, Dialog 2/97, S. 45.
142 Vgl. Särchen, Günter: Mein Weg von Görlitz nach Magdeburg, a. a. O.
143 Ebenda.
144 Der Werdegang der Kinder sowie eine detaillierte Arbeitsgeschichte Brigitte Särchens ist für diese Arbeit unerheblich, weshalb sie auch ausgelassen wurden.
145 Vgl. Interview des Autors mit Claudia Wyzgol und Elisabeth Here am 27.08.2005 [Aufnahme im Besitz des Autors].

hatte auch wichtige Ankerpunkte, die den Zusammenhalt festigten. So erinnert sich Claudia Wyzgol:

> Auch die Gespräche, die wir sonntags in der Familie geführt haben, waren uns in der Familie auch sehr wichtig, weil wir da wirklich miteinander gesprochen haben, ob mit Gästen oder nur wir unter uns. Es wurde darüber gesprochen, was wir in der Woche erlebt haben, die Probleme wurden geklärt, natürlich manchmal etwas lauter, manchmal etwas ruhiger, aber sehr intensiv. Dadurch dauerte es auch immer etwas länger, bis der Tisch abgeräumt wurde, aber es war für uns auch wirklich sehr intensiv und wichtig.[146]

Die gesamte Familie war in die väterliche Versöhnungsarbeit involviert. Selbst die Kinder hatten Aufgaben zu erfüllen, die ihnen damals zwar nicht bewußt sein konnten, aber für Günter Särchen von Bedeutung waren. Elisabeth Here erinnert sich:

> Wenn ich da z. B. an die Grenze denke, wie er viele Sachen geschmuggelt hatte und das Auto war voll. Es sah wirklich nach einem Familienausflug an die Ostsee aus, aber darunter waren Blindenschreibmaschinen, oder -uhren, die doch irgendwie über die Grenze gebracht werden mußten. Die Kinder sollten halt Quatsch machen, um die Zöllner abzulenken und da waren wir ein bißchen gefordert. Wir wußten natürlich nicht, was im Ernst für ihn dahinter steckte, auch an wirklicher Angst, die er natürlich hatte, die er aber sehr überspielt hat und das konnte er.[147]

Auch später waren die Kinder G. Särchens an seinen Fahrten und den Lagern beteiligt. Den Töchtern blieb vor allem das Blindenheim in Laski bei Warschau in Erinnerung. Diese Einrichtung und der jährliche Besuch dort, war für sie Urlaub, auch wenn dort für die Blinden und mit ihnen gearbeitet wurde. Elisabeth Here:

> Wir haben uns darauf gefreut, wir waren in einer Gemeinschaft und wir kannten es auch nicht anders. Man hat uns erst dann darauf gebracht, daß es auch anderen Urlaub gab. Die Leute (bei einem Sühnezeichen-Lager) haben uns dann gefragt: Wohin

---

146 Ebenda.
147 Ebenda.

fahrt ihr dann noch? Fahrt ihr nicht weiter weg? Und da war ich ganz traurig und fragte: Wieso? Ich konnte mir nicht vorstellen, daß sie uns noch bedauern. Sie sind dann später noch nach Bulgarien gefahren, um wirklich Badeurlaub zu machen. Für mich war es aber toll einige Wochen bei Warschau zu sein.[148]

So war die Familie nicht von der Versöhnungsarbeit G. Särchens abgekoppelt. Sie half ihm bei der Erfüllung seiner „Mission", was ihn wohl auch stärkte, wenn er von kirchenoffizieller Seite keine Unterstützung erhielt. Durch die Einbeziehung der Kinder in die Polenaktivitäten prägte er sie auch mit, da zumindest die Töchter heute noch für die Anna-Morawska-Gesellschaft tätig sind und regen Kontakt zu Polen unterhalten.

3.2. Die Arbeitsstelle für pastorale Hilfsmittel

Nach knapp vier Jahren in der Jugendseelsorge in Magdeburg fühlte sich Günter Särchen zu alt für diese Aufgabe, er wollte eine andere Beschäftigung finden.[149] Als gelernter Textilverkäufer erhielt er das Angebot, die Leitung einer Magdeburger HO-Verkaufsstelle zu übernehmen. Die fehlende Parteizugehörigkeit spielte in diesem Moment keine große Rolle, da Särchen in dem scheidenden Leiter dieses Geschäfts „oben' in der Kaderleitung einen guten Fürsprecher"[150] hatte. Die Leiter des Seelsorgeamtes und der Jugendseelsorge im EBK Magdeburg hatten aber bereits andere, kirchliche Aufgaben für Särchen erarbeitet. Er sollte eine Bildstelle der katholischen Kirche in Magdeburg aufbauen und sie leiten. Diesen Auftrag übernahm er, was sich auf seine zukünftige polenbezogene Arbeit sehr positiv auswirken sollte. Er war weiterhin bei der Kirche beschäftigt und konnte auch auf ihren Schutz hoffen. Im Grunde kam dieser Schutz allein von Weihbischof Rintelen. Die Mehrheit der Bischöfe blieb gegenüber der Polenarbeit Särchens zumindest zurückhaltend.

---

148 Ebenda.
149 Vgl. Särchen Günter: Halme – Balken – Brücken, Manuskript, o. J., S. 7.
150 Särchen, Günter: Mein Weg von Görlitz nach Magdeburg, a. a. O.

Eine eigenständige Medienarbeit in der DDR entwickelte sich bereits im Jahr 1954, als in Erfurt die Kirchliche Hauptstelle für Film und Laienspiel gegründet wurde, deren Initiator die Arbeitsgemeinschaft der Jugendseelsorger war.

Grund für die Kombination von Film und Laienspiel war, daß Laienspieltheater in den Gemeinden der DDR große Verbreitung gefunden hatten, und als ein wichtiges Mittel der Glaubensverkündigung angesehen wurden.[151]

Diese Aktivitäten konnten aber nicht die gesamte Pastoral abdecken, weshalb sich die Seelsorgeamtsleiter in der DDR auf einer Konferenz im Jahr 1956 auf die Gründung einer diözesanübergreifenden Einrichtung verständigten, die sowohl Film-, Ton- als auch Druckmaterialien herausgeben sollte, um die Glaubensverkündigung in der DDR-Diaspora ganzheitlich zu betreiben. Diese Einrichtung wurde „Katholische Bildstelle Magdeburg" genannt und war dem dortigen Seelsorgeamt zu-, nicht aber untergeordnet. Ziel der Stelle war es, mehr und mehr eigene Hilfsmittel für die Pastoral zu erstellen und sich von den Hilfen aus dem Westen Deutschlands zu lösen. Seit den fünfziger Jahren war deren Einfuhr erschwert worden. Schmuggel konnte auf Dauer keine Lösung sein. Der kirchennahe St. Benno-Verlag brauchte für jede Publikation eine Lizenz, auch wenn es nur um Hilfsmittel ging, die nicht in den Handel kamen. Deshalb erhielten die pastoralen Hilfsmittel, die von der Bildstelle in Magdeburg erstellt wurden, den Eintrag „nur für den innerkirchlichen Dienstgebrauch". Damit war es der Bildstelle und ihrem Leiter Günter Särchen möglich, ohne Genehmigung und Zensur Drucksachen zu erstellen. Zusätzlich übernahm Särchen den Gebrauch einer fingierten Genehmigungsnummer von Hugo Aufderbeck[152], der bereits seit 1945 in einer solchen Weise Druckerzeugnisse numerierte und so staatlichen Stellen eine offizielle Genehmigung vorspiegeln konnte.[153] Auch Günter Särchen konnte

---

151 Seibold, Alexander: Katholische Filmarbeit in der DDR, LIT-Verlag, Münster 2003, S. 55.

152 Hugo Aufderbeck (1909–1981), geweiht 1936, 1938–1948 Religionslehrer, Vikar und Jugendpfarrer in Halle, 1948–1962 Seelsorgeamtsleiter in Magdeburg, seit 1962 Weihbischof von Fulda mit Sitz in Erfurt, seit 1964 Generalvikar des östlichen Teils des Bistums Fulda, seit 1967 Bischöflicher Kommissar in Erfurt, seit 1973 Apostolischer Administrator für das Bischöfliche Amt Erfurt-Meinigen.

153 Zur Geschichte der fingierten Genehmigungsnummer siehe: Seibold, Alexander: Katholische Filmarbeit in der DDR, a. a. O., S. 62–63,

durch eine frei erfundene Nummer, die aber einer offiziellen sehr ähnelte, normale Kontrollen problemlos überstehen.

Eine der wichtigsten Auflagen für die Katholische Bildstelle Magdeburg war die finanzielle Eigenabsicherung. Sie sollte nicht von der Arbeitsgemeinschaft der Seelsorgeämter finanziert werden. Außerdem ergab sich für Günter Särchen das Problem eines fehlenden Arbeitsvertrages, da sich der Magdeburger Kommissar, Weihbischof Friedrich Maria Rintelen[154], weigerte, finanzielle Mittel für eine Stelle für Särchen zu Verfügung zu stellen. Zwar sprach sich Rintelen nicht gegen die Idee einer eigenständigen Bildstelle aus, aber er hatte Bedenken, ob diese Bildstelle sich wirklich selbst tragen oder letztlich doch den Haushalt des Magdeburger EBK belasten würde. Die Bedenken des Bischofs sollten sich nicht bewahrheiten, mehr noch:

> Das uns [Särchen und seinen Mitarbeitern – R.U.] bekannte und mit uns intern verbundene Jugendhaus Düsseldorf übernahm zunächst die Anschubfinanzierung [...]. Ich selbst sorgte durch meine kaufmännischen Erfahrungen für die eigene Rentabilität, außerdem durch meine Jahre im kirchlichen Dienst sah ich gleichfalls die pastoralen Notwendigkeiten und Möglichkeiten. [...] Im Windschatten von Rat Hugo Aufderbeck (Leiter des Seelsorgeamtes) konnte ich sehr bedacht Schritt für Schritt in Haus, Keller und Dachboden [des EBK in Magdeburg – R.U.] brach liegende „Elendsbuden" für meine Arbeit ausbauen und natürlich auch selbst finanzieren.[155]

Diese finanzielle Eigenständigkeit Särchens und der Bildstelle überzeugte Bischof Rintelen jedoch immer noch nicht, weshalb eine andere Lösung gefunden werden mußte.

Günter Särchen wurde also zum 1. April 1957 im St. Benno-Verlag in Leipzig eingestellt, gleichzeitig erhielt er eine Freistellung, um in Magdeburg für die Bildstelle arbeiten zu können. Das Gehalt Särchens wurde vom Leipziger Verlag getragen, doch mußte die Katholische Bildstelle diese Mittel aus ihrem eigenen

---

154 Friedrich Maria Rintelen (1899–1988), geweiht 1924, 1934 Promotion unter dem Titel „Wege zu Gott", 1941 Generalvikar des Erzbistums Paderborn, 1952–1970 Weihbischof von Paderborn mit Sitz in Magdeburg, 1970 Rücktritt aus Altersgründen und Rückkehr nach Paderborn.
155 Särchen, Günter: Mein Weg von Görlitz nach Magdeburg, a. a. O.

Betriebsumsatz an den Verlag zurückzahlen. Damit war zunächst die finanzielle Sicherheit G. Särchens sowie der gesamten Bildstelle gewährleistet, und man kann den 1. April 1957 als faktischen Betriebsbeginn der Katholischen Bildstelle Magdeburg ansehen.

Die finanzielle Lösung mit dem St. Benno-Verlag bestand bis Ende 1958, als sich der Verlag von staatlicher Seite gezwungen sah, betriebsbedingt Stellen abzubauen. Somit war Günter Särchen wieder ohne einen festen Arbeitsvertrag. Auf Bischof Rintelen konnte er nicht hoffen, da sich dieser weiterhin weigerte, obwohl die Bildstelle in der kurzen Zeit ein gewisses Renommee bei den Seelsorgeämtern in der DDR erlangt hatte. Zusätzlich mußte der Name der Katholischen Bildstelle geändert werden, um möglichen Schwierigkeiten seitens des Staates zu entgehen. So wurde ein neuer Name gewählt, und zwar Arbeitsstelle für pastorale Hilfsmittel Magdeburg (APH); „ich [G. Särchen – R. U.] konnte sogar beim ‚Statistischen Amt' die Erteilung einer ‚Betriebsnummer' erreichen. Das machte sich immer gut auf dem Firmenbogen".[156] Am 1. April 1960 konnte ein geregeltes Arbeitsverhältnis für Günter Särchen erreicht werden. Er wurde offiziell, mit Zustimmung des Weihbischofs, im Erzbischöflichen Kommissariat Magdeburg eingestellt, obwohl es eine ähnliche Regelung wie vorher mit dem St. Benno-Verlag gab, die besagte, daß jegliche Personalkosten sowie Miete und Strom von der APH an das EBK zurückgezahlt werden müßten. Somit bestand zu keiner Zeit Gefahr, daß die Arbeitsstelle aus dem Haushalt des Erzbischöflichen Kommissariates finanziert werden müßte.

Ein knappes Jahr später, am 1. Januar 1961, wurde in Erfurt eine Außenstelle der APH gegründet, der im Jahr 1966 die bisherige Kirchliche Hauptstelle für Film und Laienspiel in Erfurt angegliedert wurde, unter Beibehaltung ihrer bisherigen Hauptaufgaben, also des Films und der Laienspiele.

Eine solche Organisationsstruktur blieb bis zum Jahr 1984, also bis zur Auflösung der Magdeburger APH durch Bischof Johannes Braun,[157] erhalten. Danach wurden zwei getrennte Arbeitsstellen errichtet: eine für Handreichungen in Berlin und eine für pastorale Medien in Erfurt. Die zentrale Rolle der Arbeitsstelle für pastorale Medien wurde schließlich im Jahr 1991 von der AG der Bischöfe der

---

156 Ebenda.
157 Das Verhältnis zwischen G. Särchen und Bischof Johannes Braun wird im Kapitel 5.1. näher beschrieben.

Deutschen Bischofskonferenz, Region Ost, aufgehoben, und in den folgenden Jahren wurden in unterschiedlicher Weise in den verschiedenen Jurisdiktionsbezirken der ehemaligen DDR eigenständige Medienstellen aufgebaut.[158]

Eine ihrer Aufgaben der Außenstelle in Erfurt war der Film. Dabei ging es nicht um die Produktion oder wenigstens Ausleihe von Filmen, sondern um die Erstellung von Filmbesprechungen. Diese wurden an Pfarreien und andere kirchliche Institutionen verschickt. Zeitweise druckten die kirchlichen Zeitungen „Tag des Herrn" und „Hedwigsblatt" diese Rezensionen ab, was jedoch bereits in den sechziger Jahren eingestellt wurde. Im Laufe der Jahre bildete sich unter den Abnehmern der Filmbesprechungen ein fester Kundenstamm aus: durchschnittlich wurden 275 Filmbesprechungen in Normalfassung (DIN A4) bestellt und 150 Kurzfassungen (DIN A6).

Eine andere Aufgabe der Erfurter Außenstelle der APH waren Laienspiele, die in Erfurt eine relativ lange Tradition hatten, denn dort arbeitete die katholische Spielschar, die durch einige Aufführungen in der gesamten DDR bekannt wurde. Aufgabe war es jedoch nicht, sich ausschließlich um die Spielschar zu kümmern, sondern allgemein das Laienspiel in den Pfarreien zu betreuen und es weiterzuentwickeln. So wurden Interessierten Spieltexte zur Verfügung gestellt, außerdem wurden Laienspielgruppen betreut und Kurse durchgeführt. Bereits 1955 wurde ein Laienspiel-Ratgeber herausgegeben, der im Jahr 1969 als Schwarzdruck in Westdeutschland erneut erschien. Im Lauf der Jahre konnte die Erfurter Außenstelle der APH ein großes Archiv der Laienspiele aufbauen, da nach und nach die einzelnen katholischen Jurisdiktionsbezirke in der DDR ihre Spieltexte an Erfurt abgaben. Diese Aufgabe sowie die vorherige wurde aufgegeben, als nach der Wende in Deutschland die zentrale Rolle der Arbeitsstelle für pastorale Medien nicht mehr bestand.

Im Gegensatz zur Außenstelle in Erfurt waren die Aufgaben der APH in Magdeburg vielfältiger. Zu diesen gehörte die Arbeit mit Dias, die einerseits von Särchen und seinen Mitarbeitern selbst produziert, andererseits, vor allem in der Anfangszeit, aus Westdeutschland bezogen wurden, um sie an interessierte Pfarreien auszuleihen, selbst in den Gemeinden vorzuführen oder deren Kopien

---

158 Eine genaue chronologische Darstellung der Geschichte der APH gibt es im Nachlaß Günter Särchens: Medienarbeit im Osten Deutschlands, in: Nachlaß Günter Särchen, ZBOM, und bei Alexander Seibold: Katholische Filmarbeit in der DDR, a. a. O., S. 128–130.

zu verkaufen. Insgesamt standen der APH 243 Titel zur Verfügung – diese bezogen sich ausschließlich auf kirchliche, pastorale Themen –, deren Auflagenhöhe aber nicht ermittelt werden konnte, da diese Angaben aus finanztechnischen und politischen Gründen nicht erstellt wurden.[159] Heute befinden sich einige der Dia-Reihen der APH in der Bibliothek der Fachakademie für Gemeindepastoral im Bistum Magdeburg und sind dort einzusehen.

Neben den Dias gab es in der Magdeburger APH Pläne, kirchliche Schallplatten zu produzieren. Dies scheiterte aus politischen Gründen, weil eine Genehmigung für die Produktion von Tonmaterial verweigert wurde. Zwar wurde in den 60er Jahren ein Studio in Erfurt aufgebaut, das alle erforderlichen technischen Vorraussetzungen hatte, um eigenständige Produktionen durchführen zu können – die Ausrüstung wurde Dank Hilfen aus Westdeutschland immer wieder aktualisiert –, doch lag die Hauptaufgabe im Verleih und Verkauf von Tonmaterialien, die aus der Bundesrepublik Deutschland bezogen wurden.

> Mit diesen Tonträgern, den Diareihen und anderen Materialien entstand in den Pfarreien im Laufe der Jahre eine kleine Mediothek. Nach der Wende mußte übrigens die ganze Arbeit umstrukturiert werden, weil nun Raubkopien u. ä. nicht mehr tragbar waren.[160]

Diese Tätigkeiten waren für die Pastoral von großer Bedeutung, doch für Günter Särchen waren wohl zwei andere Medien wichtiger, da er durch sie auch sein Anliegen, die deutsch-polnische Versöhnung, besser vermitteln konnte. Es waren die Handreichungen und Filme. Die Handreichungen waren für die pastorale Arbeit in der DDR insofern wichtig, als es auf offiziellen Wegen nur bedingt möglich war, seelsorgliche Hilfsmittel zu erhalten. Jedes Druckerzeugnis bedurfte einer Genehmigung. Särchen übernahm die bewährte Formulierung „nur für den innerkirchlichen Dienstgebrauch" und konnte so die DDR-Zensur umgehen.[161] Damit wurde seine Arbeit erleichtert – solange er unter dem Schutz der Kirche stand und diese, in Person des jeweiligen Bischofs, ihr Einverständnis gab. Das war ab 1984 nicht mehr der Fall.

---

159 Vgl. Medienarbeit im Osten Deutschland, a. a. O., S. 5.
160 Ebenda, S. 7.
161 Die polenbezogenen Handreichungen werden im Kapitel 4.4. ausführlicher besprochen.

Auch die Filmarbeit der APH half Günter Särchen dabei, Polen unter der DDR-Bevölkerung populärer zu machen. Zunächst jedoch stand der seelsorgliche Auftrag im Vordergrund, der dadurch erfüllt werden konnte, daß Günter Särchen in Westdeutschland, in den Katholischen Filmwerken in Köln und Rottenburg, Filme erhielt, deren Thema die Seelsorge war. So konnten Filme in die DDR gebracht werden, die sich mit der Seelsorge in verschiedenen Lebenslagen beschäftigten. Ein Problem dabei war, daß die in Westdeutschland vorhandenen Produktionen 16mm-Filme waren, die so in der DDR nicht gezeigt werden konnten, da es zu dieser Zeit keine Projektoren gab, weshalb Särchen zunächst bei seinen Fahrten in den Jahren 1957 und 1958 nach Köln und Rottenburg die Filme in das in Ostdeutschland gängige 8mm-Format umkopieren mußte. Die westdeutschen Vorspänne der Filme wurden durch andere ersetzt, die den Eintrag „nur für den innerkirchlichen Dienstgebrauch" beinhalteten. Später wurde die Filmarbeit, also die Ausleihe und die Vorführung in den Pfarrgemeinden der DDR, durch nichtkirchliche Filme ergänzt, wie z. B. die Komödie „Don Camillo und Peppone" oder Filme über das Leben auf verschiedenen Kontinenten.

Das Thema Polen hingegen war für Günter Särchen von Anfang an präsent, er setzte sich bereits in den ersten Jahren der Tätigkeit der Arbeitsstelle für pastorale Hilfsmittel mit dem polnischen Kultur- und Informationszentrum in Berlin in Verbindung. Das trug in den Folgejahren Früchte in Form von Filmen aus Polen und über Polen. Diese Filme waren eigentlich nur für Vorführungen in staatlichen Kultureinrichtungen der DDR gedacht, doch konnte er einige Titel, unter ihnen einen Film über den Domschatz von Tschenstochau, das Leben einer polnischen Familie oder die Persönlichkeiten Nikolaus Kopernikus und Veit Stoß, für seine Arbeit ausleihen und so Interessierten, später auch den Teilnehmern des Polenseminars, zeigen. Unter den Filmen aus Polen waren Diplomarbeiten einiger Studenten der Filmhochschule in Lodsch, die eigentlich nicht für öffentliche Vorführungen gedacht waren und doch von Särchen gezeigt wurden.[162]

All diese Aktivitäten, gleichgültig ob mit Seelsorge oder Polen verbunden, endeten für Günter Särchen im Jahr 1984, als die APH aufgelöst wurde. Einiges übernahm die kurze Zeit später gegründete Arbeitsstelle für pastorale Medien, die sich dann aber ausschließlich auf die Seelsorge konzentrierte und die Polenthematik nicht mit aufnahm.

---

162 Vgl. Seibold, Alexander: Katholische Filmarbeit in der DDR, a. a. O., S. 98.

3.3. Beginn einer intensiven Auseinandersetzung mit Polen

Die in Görlitz durch die Begegnung mit Flüchtlingen und Vertriebenen begonnene Auseinandersetzung Günter Särchens mit Polen war zwar für die weitere Arbeit wichtig, doch war sie lediglich der Anfang. Eine Intensivierung und vor allem Konkretisierung der Kontakte nach Polen erfolgte erst von Magdeburg aus, einer Stadt, die sich weiter weg vom Görlitzer Grenzland, also auch von möglichen und realen Spannungen befand, zu denen der Streit um die deutsch-polnische Grenze sowie die Vertreibungsgeschichte deutscher Schlesier zu zählen sind. In Magdeburg fand er Personen, die an einer deutsch-polnischen Versöhnung interessiert waren. „Für die Verbesserung der Beziehungen zu Polen engagierten sich besonders die beiden Leipziger Oratoren Josef Gulden und Wolfgang Trilling, welche in den dreißiger Jahren in pazifistischen katholischen Jugendgruppen aktiv gewesen waren."[163] Durch Trilling traf Särchen in späteren Jahren auf eine Gruppe von polnischen Studenten, unter denen der spätere Publizist der Zeitschrift „Polityka" Adam Krzemiński war. In einem Interview erinnerten sich beide an diese Begegnung:

> Ich [G. Särchen – R.U.] war auf eurem Abend, auf dem ihr kichernd Zettel mit Fragen verteilt habt: Wer hat als erster den Mont Blanc bestiegen – Słowacki oder Mickiewicz? Wir wußten nicht, worum es euch ging: Welcher Mickiewicz, welcher Słowacki, warum auf den Mont Blanc? [A. Krzemiński:] es ging um Słowackis „Kordian". [...] wir befürchteten, Sie würden einschlafen, und überfielen Sie dann mit Aphorismen von Lec, deren westliche Übersetzung ich für einige Stunden aus der Deutschen Bücherei entwendet hatte. [G. Särchen:] Und das war ein Schock. Ähnlich wie später eure Mrożek-Inszenierung. Wir kannten das alles nicht. Euer Auftauchen hat eine ganze Generation Leipziger Studenten aufgerüttelt.[164]

Dies betraf aber nicht nur Studenten, auch Särchen selbst wurde durch diese Begegnung mit jungen Polen in Leipzig dazu angeregt, sich mit der polnischen

---

163 Ruchniewicz, Krzysztof: Günter Särchen (1927–2004) – Unser Golgotha liegt im Osten, in: Ruchniewicz, Krzysztof; Zybura, Marek (Hrsg.): „Mein Polen ...". Deutsche Polenfreunde in Porträts, Thelem, Dresden 2005, S. 269.
164 „Ein Hofnarr war ich bis zum Schluß" ..., a. a. O., S. 46.

Geschichte näher zu beschäftigen. Es sollte sich herausstellen, daß sein neuer Wohn- und Arbeitsplatz Magdeburg einiges mit der polnischen Vergangenheit zu tun hatte, wozu aus der jüngsten Vergangenheit die Inhaftierung Józef Piłsudskis eben in Magdeburg zu zählen ist.

Die Auseinandersetzung mit Polen sowie der Beginn einer Versöhnungsarbeit ging jedoch nicht nur von dem Leipziger „Oratorium" aus, Särchen lernte in den sechziger Jahren in Magdeburg auch den ehemaligen DDR-Außenminister Georg Dertinger[165] kennen und Oskar von Soden, der bereits in der Weimarer Republik mit jungen Polen darüber nachgedacht hatte, wie man den Nationalsozialismus verdrängen und eine europäische Integration verstärkt lancieren könnte.[166] Über diese Verbindung kam G. Särchen auf das Blindenheim in Laski, das nach dem Zweiten Weltkrieg nicht nur eines der Zentren der antikommunistischen Bewegung in Polen war, sondern auch eine große Rolle in den deutsch-polnischen Beziehungen hatte.[167] Diese Bekanntschaften gaben Günter Särchen eine klare Richtung vor und festigten ihn in seinem Vorhaben, innerhalb der katholischen Kirche Versöhnungsarbeit mit Polen zu leisten.

Es ist ebenfalls anzunehmen, daß Särchen von den Ereignissen in Polen (die Ausschreitungen in Posen) im Jahr 1956 dazu bewogen wurde, sich intensiver mit dem Land und der dortigen Bevölkerung auseinanderzusetzen, was jedoch nicht bewiesen werden kann, da in den Unterlagen aus diesem Zeitraum keine Einträge zu finden sind, die bestimmen könnten, inwiefern die Geschehnisse auf Särchen einen Einfluß hatten. Auszuschließen ist es aber von vornherein nicht,

---

165 Georg Dertinger war maßgeblich an der Aushandlung des Görlitzer Grenzvertrages von 1950 beteiligt, wofür er 1953 den Orden Polonia restituta von der polnischen Regierung erhielt. Kurz danach wurde er wegen Hochverrats verhaftet und saß bis 1964 im Gefängnis in Bautzen ein. Nach der Entlassung arbeitete er in der Leipziger Redaktion der Zeitung „Tag des Herrn", wo Günter Särchen auf ihn traf. Dertinger starb 1968.

166 Diese pazifistische und paneuropäische Bewegung trug den heute eher negativ konnotierten Namen „Neudeutschland" (Weiß, Konrad: Aktion Sühnezeichen in Polen. Erste Schritte zur Aussöhnung und Verständigung, in: Kerski, Basil; Kotula, Andrzej, Wóycicki, Kazimierz: Zwangsverordnete Freundschaft?, Fibre Verlag, Osnabrück 2003, S. 244). Carl Oskar von Soden, ein katholischer Pfarrer, hatte in Polen studiert und war so in der Lage, eine grenzüberschreitende Initiative (nicht nur mit Polen) ins Leben zu rufen.

167 Vgl. Ruchniewicz, Krzysztof: Günter Särchen ..., a. a. O., S. 270 sowie: Särchen Günter: Brücken der Versöhnung 3. Schritte zur Versöhnung zwischen Deutschen aus der DDR und Polen. Chronik Magdeburger deutsch-polnischer Aktivitäten, Manuskript o. J., S. 3.

wenn man bedenkt, daß Särchen sich bereits in den fünfziger Jahren relativ stark für Polen interessierte, wohl also auch auf die Ereignisse des Jahres 1956 aufmerksam geworden ist.

In die gleiche Zeit, also die fünfziger Jahre, fallen auch erste konkrete Verbindungen nach Polen, die zunächst nur einen brieflichen Charakter hatten. Dabei ist hier anzumerken, daß Särchen nur in einem geringen Maß die polnische Sprache beherrschte, was sich auch später nicht änderte: Er verstand zwar einiges, konnte aber selbst nur wenig sprechen und war der Schriftsprache überhaupt nicht mächtig. Daher verfaßte er alle Briefe auf Deutsch, die teilweise übersetzt wurden, wenn der Empfänger kein Deutsch verstand. Somit sind polnischsprachige Schreiben G. Särchens immer Übersetzungen, die zunächst seine Mitarbeiter und Freunde verfaßten, später auch seine Tochter Elisabeth Here.

Ein erster Kontakt entstand im Jahr 1956/57 zwischen Günter Särchen und dem oberschlesischen Priester Wolfgang Globisch. Dieser erinnerte sich an die Entstehung dieser Verbindung:

> Eines Tages brachte jemand einen Diafilm und auf der Beschreibung war ein Stempel mit der Aufschrift: Arbeitsstelle für pastorale Hilfsmittel Magdeburg. Das waren interessante Materialien für den Religionsunterricht, vor allem für Jugendliche. Ich habe daraufhin die Arbeitsstelle in Magdeburg angeschrieben und in der Antwort, gezeichnet von Herrn Särchen, wurde mir mitgeteilt, daß man bereit sei, uns zu helfen. Ich solle nur sagen, was benötigt wird. Und so kamen wir ins Gespräch ...[168]

Wenig später traf Särchen auf einen anderen Priester aus Schlesien, Piotr Patalong, einen ehemaligen KZ-Häftling, der aus Lemberg stammte, nun aber im niederschlesischen Neiße arbeitete. Jedoch blieb auch dieser Kontakt zunächst nur auf einer brieflichen Ebene. Das sollte sich im Jahr 1957 ändern, als Särchen in Magdeburg einen Polen aus Danzig kennenlernte.

---

[168] Interview des Autors mit Pf. W. Globisch am 3.02.2005 [Aufnahme im Besitz des Autors]. Pf. Globisch gebraucht da zwar die Bezeichnung Arbeitsstelle für pastorale Hilfsmittel doch handelte es sich zu dieser Zeit noch um die Katholische Bildstelle Magdeburg.

In Magdeburg wurden Kutter gebaut, auch für Polen. Zur Abnahme reiste ein Ingenieur aus Danzig an. Bei der Gelegenheit bekam er von seinem Probst einen „Parteiauftrag": „in Magdeburg gibt es die katholische Medienstelle, bring Dias und katechetisches Material mit."[169]

Dieser Danziger Ingenieur hieß Władysław Gomuła und muß Särchen sehr imponiert haben. Gomuła hatte bei Kriegsende einigen deutschen Mädchen geholfen, indem er sie in seinem Keller vor sowjetischen Soldaten versteckte, obwohl er selbst die Greueltaten der Nationalsozialisten erlebt hatte. Später sagte Särchen über die Begegnungen mit dem Danziger Ingenieur: „Durch ihn habe ich verstanden, obwohl das pathetisch klingen mag, daß unser Golgotha im Osten liegt".[170] Diese Einstellung sollte bestimmend sein für das Leben und die Arbeit G. Särchens, obwohl für ihn schon anfangs klar war, daß das Engagement nicht von allen, vielleicht sogar nur von wenigen anerkannt werden würde. Bis es jedoch zur ersten Reise nach Polen kam, sollte noch einige Zeit vergehen.

Diese erste Reise kann auf das Jahr 1960 datiert werden.[171] In diesem Zusammenhang erscheint es also unwahrscheinlich, daß er sich bereits 1958 hätte in Warschau mit Stanisław Stomma[172] treffen können, obwohl dieses Datum sowohl in Stommas Memoiren[173] als auch in seiner Biografie[174] angeführt wird. Dabei soll nicht bestritten werden, daß Stomma eine der ersten Kontaktpersonen Günter Särchens war, ein Treffen mit ihm kann aber erst während seiner ersten Fahrt 1960 oder bei einer der nächsten Reisen nach Polen stattgefunden haben. Wichtig ist, daß Stomma auf Särchen zu einer Zeit einwirkte, als sich beide noch nicht persönlich kennengelernt hatten. Man könnte sogar vermuten,

---

169 „Ein Hofnarr war ich bis zum Schluß" ..., a. a. O., S. 46.
170 Ebenda.
171 Dieses Datum erwähnt G. Särchen sowohl im Interview mit Adam Krzemiński (Ebenda, S. 46), wie auch in seiner Chronik der Magdeburger deutsch-polnischen Aktivitäten (Brücken der Versöhnung 3, S. 4).
172 Stanisław Stomma (1908–2005), Prof. der Rechtswissenschaften, seit 1966 Redaktionsmitglied des „Tygodnik Powszechny", seit 1957 Sejmabgeordneter und Mitglied der parlamentarischen ZNAK-Gruppe, Teilnehmer der Gespräche des sog. Runden Tisches, Auszeichnungen u. a. Bundesverdienstkreuz der Bundesrepublik Deutschland.
173 Stomma, Stanisław: Pościg za nadzieją, Editiones du dialogue, Paris 1991, S. 181.
174 Pailer, Wolfgang: Na przekór fatalizmowi. Stanisław Stomma i stosunki polsko-niemieckie, Wydawnictwo Polsko-Niemieckie, Warszawa 1998, S. 86.

daß einige Zeilen aus einem 1958 von Stomma in Westdeutschland veröffentlichten Text Särchen unmittelbar anregten, nach Polen zu fahren. Diese Sätze konnten ihm eingegeben haben, in Polen freundlich aufgenommen zu werden, was denn auch bei seiner ersten Reise nach Polen im Jahr 1960 der Fall war:

> Jeder, der wie wir das deutsch-polnische Verhältnis neu gestalten und auf einer moralischen Grundlage aufbauen möchte, ist unser Bundesgenosse. Die Erneuerung des deutsch-polnischen Verhältnisses und die Überwindung der schrecklichen Gespenster der Vergangenheit sind eine Aufgabe aller Menschen guten Willens bei uns in Polen wie in Deutschland. Es ist eine gemeinsame Aufgabe.[175]

Im Zusammenhang mit der ersten Fahrt ergibt sich aber ein Problem: zwei Quellen berichten über einen anderen Beginn der Polenreise im Jahr 1960. In dem bereits zitierten Interview Adam Krzemińskis mit Särchen wird berichtet, daß der oben erwähnte Danziger Ingenieur Särchen als angeblich ehemaligen Kameraden und Antifaschisten eingeladen habe.[176] Die zweite, plausibler erscheinende Variante stammte aus einem Interview mit Pfarrer Wolfgang Globisch:

> Eines Tages habe ich Herrn Särchen geschrieben, daß es schön wäre, wenn er einmal zu uns käme, um zu sehen, wie es bei uns zugeht. Diese Einladung hat er sehr gern angenommen, aber er schrieb, daß er eine offizielle Einladung braucht, um eine Ausreisebewilligung zu bekommen. Diese Einladung sollte möglichst von einem ehemaligen KZ-Häftling kommen. Ich hatte einen Bekannten, der im KZ war, bin zu ihm hingefahren nach Wilkau bei Neustadt, wir sind beide zu einem Notar gefahren und er hat „seinen bekannten Mithäftling", Günter Särchen, zu einem Besuch nach Polen eingeladen.[177]

---

175 Zitiert nach: Särchen, Günter: Brücken der Versöhnung 2. Schritte zur Versöhnung zwischen Deutschen aus der DDR und Polen unter den Bedingungen staatlicher und kirchlicher Begrenzungen, Manuskript 1995, S. 28f.
176 „Ein Hofnarr war ich bis zum Schluß" ..., a. a. O., S. 46.
177 Interview des Autors mit Pf. Wolfgang Globisch am 3.02.2005.

Es ist deshalb plausibler, weil Globisch der erste Begleiter Särchens durch Polen war, was dieser auch selbst bestätigte, so daß somit wohl nicht erst eine Reise nach Danzig anstand, um dann durch ganz Polen nach Oberschlesien zu fahren, zumal Särchen selbst als Startort der Reise Oberschlesien angab.[178]

Die erste Polenfahrt Günter Särchens dauerte etwa fünf Wochen, und in dieser Zeit traf er verschiedene Persönlichkeiten. Zunächst war es der Oppelner Bischof Franciszek Jop, der Globisch als Führer für Särchen delegierte, dann besuchten beide den Posener „Przewodnik Katolicki".

> Ich [G. Särchen – R.U.] lernte Bischof Kominek[179] kennen, der mir wiederum sagte, wenn ich in Krakau sei, müßte ich Bischof Wojtyła aufsuchen, außerdem den Krakauer Klub der Katholischen Intelligenz (KIK) und die Redaktion des „Tygodnik Powszechny". Ich fragte ihn, ob das unbedingt notwendig sei, denn von unserer DDR-CDU hatte ich die Nase voll. „Nein, nein, besuchen Sie sie, das sind gute katholische Laien, nur manchmal etwas verrückt", drängte er.[180]

So lernte Günter Särchen bei seiner ersten Fahrt auch Jerzy Turowicz[181] und Anna Morawska[182] kennen, die für ihn nicht nur Gesprächspartner wurden, sondern auch seine Versöhnungsaktivitäten stark befürworteten.

Bereits bei der ersten Fahrt nahm Särchen eine größere Anzahl von Büchern mit, die er an die einzelnen Personen oder Institutionen verteilte. Seitdem nahm er bei fast allen Fahrten kirchliche Publikationen mit, die Einrichtungen in ganz

---

178 Vgl. „Ein Hofnarr war ich bis zum Schluß" ..., a. a. O., S. 46; Särchen Günter: Brücken der Versöhnung 3. a. a. O., S. 4.

179 Bolesław Kominek (1903–1974), geweiht 1927, 1945 Apostolischer Administrator in Oppeln, 1951 Administrator des polnischen Teils der Erzdiözese Breslau, 1956 offiziell in dieses Amt eingeführt, 1962 Erzbischof mit Sitz in Breslau, 1972 Erzbischof von Breslau, Initiator und Autor des Briefes der polnischen Bischöfe an die deutschen Bischöfe aus dem Jahr 1965.

180 „Ein Hofnarr war ich bis zum Schluß" ..., a. a. O., S. 46.

181 Jerzy Turowicz (1912–1999), 1945 Gründung der Redaktion des „Tygodnik Powszechny", Leiter der Redaktion bis 1999 mit einer Unterbrechung zwischen 1953 und 1956, in der die Redaktion von staatlicher Seite geschlossen wurde.

182 Anna Morawska (1922–1972), zunächst Sekretärin und Bibliothekarin, ab 1958 ausschließlich für ZNAK, Więź und Tygodnik Powszechny journalistisch tätig, 1966 Teilnahme an der Konferenz des Weltrates der Kirche in Uppsala, 1970 einziges Mitglied des Präsidiums des Weltrates aus einem sozialistischen Staat. Rahner- und Bonhoefferübersetzerin.

Abdruck des Stempels,
der benutzt wurde, um aus der
APH in Magdeburg deutsch-
sprachige Literatur nach Polen
zu verschicken.
Reproduktion:
Bistumsarchiv Magdeburg.

Polen zu Verfügung gestellt wurden. Er selbst notierte, daß einige der Publikationen, die meistens vom St. Benno Verlag stammten, an die deutsche Minderheit in Oberschlesien gehen sollten,[183] was jedoch so nicht der Realität entsprechen kann. Zu dieser Zeit, also in den sechziger Jahren und später, durfte eine deutsche Minderheit in Oberschlesien offiziell nicht existieren, auch wenn dort immer noch Menschen deutscher Abstammung lebten und bis heute leben. Diese Menschen waren aber bis Mitte der achtziger Jahre nicht organisiert, und so gab es für sie auch keine eigene Bibliothek, die Särchen hätte beliefern können. Wohl aber konnten die Bücher aus Magdeburg dem Priesterseminar in Neiße zugute kommen, wie auch einzelnen Privatpersonen.

Neben den persönlich mitgebrachten Büchern verschickte Günter Särchen auch Publikationen per Post, die immer als „Internationales Besprechungsexemplar. Nur für den Gebrauch der Redaktion bzw. des Verlages" deklariert waren. Diese gingen sowohl nach Polen als auch in andere Länder und hatten eine Größenordnung von jährlich bis zu 20 Päckchen. 1972 mußte aber diese Initiative auf Anordnung der DDR-Zollbehörde eingestellt werden, und seitdem waren lediglich kleinere Sendungen möglich. Särchen versuchte noch über Prälat Jäger eine „Globalgenehmigung" beim Zoll zu beantragen, doch weigerte sich der Geistliche, diese Aufgabe zu übernehmen. Auch der damalige Magdeburger Bischof Johannes Braun wollte sich im Bezug auf die Buchversendung nicht engagieren. Somit ging diese Initiative Günter Särchens zu Ende, bei der einige Insti-

---

183 Vgl. Särchen, Günter: Brücken der Versöhnung 2, a. a. O., S. 12.

tutionen in Polen fast regelmäßig mit Neuerscheinungen aus der DDR beliefert worden waren.

Zum zentralen Ziel dieser ersten Polenfahrt wurde das ehemalige Konzentrationslager in Auschwitz. Nach Särchens Meinung sollte es nicht allein als ehemaliges Vernichtungslager für Juden wahrgenommen werden. Den Deutschen sollte bewußt werden, daß in diesem KZ ebenfalls Menschen anderer Nationen, unter ihnen Polen, umgekommen sind. Der Besuch des KZs war ein weiteres Argument für Günter Särchen, sich für die Versöhnung zwischen Deutschen und Polen einzusetzen, auch wenn ihm klar war, daß er seitens der Deutschen in der DDR nicht wirklich eine breite Unterstützung finden konnte. Dies ist aus einer Notiz zu ersehen, die Särchen während seines ersten Besuches in Auschwitz, am 20. November 1960, erstellte:

> Worauf soll ich warten? Auf den Auftrag meiner kirchlichen Behörde? Da kann ich lange warten [...] Was haben wir uns 1945 in amerikanischer Kriegsgefangenschaft Bad Kreuznach vorgenommen, wir, die damals Siebzehnjährigen? Wenn wir aus diesem „Todeslager" herauskommen: keine Zeit verlieren und anfangen, ganz konkret ein jeder an seinem Platz. Nicht auf den Aufruf warten, nicht auf die öffentliche oder kirchenamtliche Meinung warten, bis die soweit ist. Einfach anfangen.[184]

Seit dieser ersten Fahrt nach Polen ist Günter Särchen wenigstens einmal jährlich nach Polen gefahren, um sich privat mit Freunden und Bekannten zu treffen und auszutauschen, deren er immer mehr kennenlernte. Bei den Fahrten nach 1960 intensivierte er die bereits bestehenden Kontakte und brachte bislang nur brieflich stattfindende Kommunikationen auf eine persönliche Ebene. So stieß er Anfang der sechziger Jahre auf den Klub der katholischen Intelligenz in Breslau, auf das Ehepaar Czapliński und auf Ewa Unger, mit denen er seitdem einen ähnlich intensiven Kontakt pflegte und sie in seine Polenarbeit in der DDR[185] einbezog.

---

184 Särchen, Günter: „... wo ist Dein Bruder ...?", in: Nachlaß Günter Särchen, ZBOM.
185 Hierbei handelt es sich vor allem um die sog. Polenseminare, über die im weiteren Verlauf dieser Arbeit gesprochen wird.

Bedenkt man die Intensität der Kontaktbildung Särchens in den ersten Jahren nach 1960, kann man auf jeden Fall Theo Mechtenberg zustimmen, der sagte:

> Für den äußeren Beobachter ist es höchst erstaunlich, welches Netz an Kontakten der Laie Günter Särchen mit polnischen Bischöfen, einschließlich des Primas, mit Priesterseminaren und Redaktionen kirchlicher Zeitschriften sowie mit zahlreichen und namhaften katholischen Intellektuellen in der relativ kurzen Zeitspanne von 1960 bis 1963 knüpfen konnte. Dieses von Magdeburg ausgehende Netzwerk war für die Entwicklung und Dauerhaftigkeit kirchlicher Polenkontakte in der DDR von grundlegender Bedeutung.[186]

Diese Bedeutung erkannten aber nicht viele kirchliche Würdenträger in der DDR, denn einen wirklichen Halt hatte Särchen in seiner Magdeburger Zeit nur u. a. von Weihbischof Friedrich Maria Rintelen, Rat Eduard Quiter, Rat Alfons Schäfer oder dem späteren Weihbischof Theodor Hubrich[187]. Als Gegensatz dazu sei hier Kardinal Bengsch[188] anzuführen, der Särchen wegen seiner Aktivität im Bezug auf Polen als Idiot bezeichnete[189] und kurz nach seiner Ernennung zum Bischof von Berlin sagte:

> [...] ein heißes Eisen, an dem Sie [G. Särchen – R. U.] sich die Finger verbrennen werden. Aber ohne mich! Erwarten Sie für diese windige Sache [die Versöhnungsarbeit mit Polen – R. U.] keine Unterstützung von uns [der Berliner Ordinarienkonferenz, später Bischofskonferenz – R. U.].[190]

---

186 Mechtenberg, Theo: Engagement gegen Widerstände. Der Beitrag der katholischen Kirche in der DDR zur Versöhnung mit Polen, St. Benno Verlag, Leipzig 1998, S. 50.

187 Theodor Hubrich (1919–1992), geweiht 1948, 1958 Caritasdirektor des Erzbischöflichen Kommissariates Magdeburg, 1964 Caritasdirektor im Deutschencaritasverband Berlin, 1968 Leiter der Zentralstelle der Caritas, 1972 1. Generalvikar des Erzbischöflichen Kommissariates Magdeburg, 1973 Päpstlicher Ehrenprälat, 1976 Weihbischof in Magdeburg, 1987 Apostolischer Administrator des Bischöflichen Amtes Schwerin.

188 Alfred Bengsch (1921–1979), geweiht 1950, 1959 Weihbischof von Berlin, 1961 Bischof von Berlin, 1962 Erzbischof, 1967 Kardinalspriester.

189 „Ein Hofnarr war ich bis zum Schluß" ..., a. a. O., S. 45.

190 Särchen, Günter: Brücken der Versöhnung 2, a. a. O., S. 32.

Burkhard Olschowsky erklärt die Abneigung Kardinal Bengschs gegen die Aktivitäten Särchens folgendermaßen:

> Einerseits wollte er die katholische Kirche aus allen gesellschaftlichen Konflikten heraushalten, andererseits verhielt sich Bengsch gegenüber der ökumenisch ausgerichteten Aktion Sühnezeichen, in der Särchen später ein äußerst aktives Mitglied war, reserviert.[191]

Beide Gründe klingen plausibel, da die Ökumene zu dieser Zeit noch keine bedeutende Rolle spielte. Eine enge Zusammenarbeit mit der Aktion Sühnezeichen, die ja protestantischer Herkunft war, wurde nicht gern gesehen. Auch die Scheu vor Konflikten in der Gesellschaft war berechtigt, wenn man die schwierige Lage der katholischen Kirche in der DDR bedenkt, die sich in einem ständigen Konflikt mit dem Staat befand.[192]

Eine solche Einstellung der DDR-Bischöfe schüchterte aber Günter Särchen nicht ein. Vielleicht wurde er durch diese Ablehnung noch überzeugter in seinem Handeln, was sich nach den ersten Kontakten mit Polen in den sechziger Jahren verstärken sollte.

---

[191] Olschowsky, Burkhard: Einvernehmen und Konflikt. Das Verhältnis zwischen der DDR und der Volksrepublik Polen 1980–1989, Fibre Verlag, Osnabrück 2005, S. 268.

[192] Fundierte Informationen dazu liefert Bernd Schäfer in seiner Publikation „Staat und katholische Kirche in der DDR" (Böhlau Verlag, Köln – Weimar – Wien 1999). Interessant in diesem Zusammenhang ist auch die von der Hanns-Seidel-Stiftung herausgegebene Publikation unter dem Titel „Die Lage der Kirchen in der DDR" (1985).

3.4. „Aktion Sühnezeichen". Von den Anfängen bis zum Mauerbau

Günter Särchen engagierte sich für die Versöhnung zwischen Deutschen aus der DDR und Polen nicht im Alleingang, sondern war auf Unterstützung angewiesen, die er vor allem in den Reihen der katholischen Kirche suchte und in der Person Weihbischofs Friedrich Maria Rintelens fand. Nicht minder bedeutend war aber Dr. Lothar Kreyssig[193] und seine Aktion Sühnezeichen (ASZ)[194]. Mit ihr fühlte sich Särchen bis zum Ende der achtziger Jahre eng verbunden. Deshalb soll nun auf die Anfänge der ASZ und den Beginn der Zusammenarbeit zwischen Särchen und Kreyssig eingegangen werden. Dieser Abschnitt behandelt nur die Jahre bis zum Mauerbau 1961, als die ASZ in zwei Organisationen aufgeteilt wurde.

> Für ihn [L. Kreyssig – R.U.] war die Entwicklung nach 1945 – daß also die Deutschen sehr schnell zu Tagesordnung übergegangen sind, daß sie sich nicht wirklich auseinandergesetzt haben mit dem, was in ihrem Namen in der Zeit des Nationalsozialismus

---

193 Lothar Kreyssig (1898–1986), Dr. jur., Richter, Konsistorialpräsident und Präses, zeitweise Landwirt, im September 1935 Präsident der 1. Sächsischen Bekenntnissynode, 1942 auf Erlass Hitlers als Richter in den Ruhestand versetzt (Grund dafür war u. a. Kreyssigs öffentlich formulierte Aussagen gegen Morde, die im Namen des deutschen Volkes begangen wurden), 27.06.1947 Präses der Sächsischen Kirchenprovinz, seit 1950 Präses der Generalsynode der Evangelischen Kirche der altpreußischen Union, 1949–1961 Mitglied des Rates der Evangelischen Kirche in Deutschland. 1971 Übersiedlung nach Westberlin, dann in die Bundesrepublik Deutschland, seitdem in Altersheim in Bergisch-Gladbach. Zum Leben Lothar Kreyssigs siehe u. a.: Weiß, Konrad: Lothar Kreyssig. Prophet der Versöhnung, Bleicher Verlag, Gerlingen 1998.

194 Der Name „Aktion Sühnezeichen" geht auf einen der Mitbegründer, Erich Müller-Gangloff, zurück. Zunächst war Kreyssigs Vorschlag die Organisation „Aktion Versöhnungszeichen" zu benennen, was jedoch verworfen wurde, da es bei der Tätigkeit nicht um Versöhnungs-, sondern vor allem um Sühnearbeit gehen sollte. Versöhnung konnte auch nicht von der Täternation ausgehen, die Deutschen konnten nur eine Bitte um Vergebung und Versöhnung äußern, deren Symbol ein Sühnedienst sein sollte. Somit wurde der Name Aktion Sühnezeichen gewählt (Vgl. u. a.: Weiß, Konrad: Lothar Kreyssig, a. a. O., S. 336; Köbsch, Tabea: Aktion Sühnezeichen in der DDR. Eine inhaltliche Analyse der Sommerlager der ASZ im Zeitraum 1981–1989, in: http://tabea.koebsch.net/dok/AktionS_1983–1989.html, 02.05.2006). Diesen Namen und das Kürzel ASZ behielt die ostdeutsche Organisation auch nach der Teilung Deutschlands, also auch der Aktion, bis zur erneuten Zusammenschließung mit der westlichen bei, die westdeutsche Aktion Sühnezeichen erweiterte dagegen ihren Namen um den Zusatz „Friedensdienste", weshalb ihr Kürzel seit 1968 auch ASF lautet.

geschehen war – ein so bedrückendes, ein so gravierendes Geschehen, daß er versuchte, eine Form zu finden, wie man dem entgegenwirken könnte.[195]

Das war es, was Kreyssig und Särchen einige Jahre später verbinden sollte, da auch Särchen sich für die Aufarbeitung der deutschen Geschichte engagierte und so zur Versöhnung zwischen den Polen und Deutschen beitragen wollte. Eine solche Arbeit erwies sich aber als sehr schwer, sowohl für Särchen als auch für Kreyssig, da Polen „vom institutionalisierte[n] Leid der Heimatvertreibung umgeben war, und deshalb ein erklärtes Tabu"[196] darstellte. Daher verwundert es kaum, daß Günter Särchen später so von den Anfängen der Versöhnungsarbeit schrieb, die zunächst Särchen und Kreyssig unabhängig voneinander leisteten:

„Nestbeschmutzer" nennen uns auch heut noch die einen, „Anachronisten" andere, weil sie nach ihrer Ideologie davon ausgehen, die ungezählten Leiden, die deutsche Frauen und Männer in der NS-Zeit ertragen haben, hätten bereits die endgültige Aussöhnung unter den Völkern geschaffen. [...] Es ist unsere Überzeugung, daß diese Opfer erst fruchtbar werden können, wenn wir alle, die Überlebenden und auch noch die nächsten Generationen durch eine neue Bewußtseinshaltung uns dieser Opfer würdig erweisen. Die gleiche Gesinnung läßt uns bis heut denen, denen im Krieg und nach dem Krieg große Opfer abverlangt wurden, auch den Flüchtlingen, heimatvertriebenen und ausgesiedelten, die Bitte antragen, ihr Kreuz und die Patene zu vereinen und dem alles versöhnenden Gott für unser Volk als Sühnegabe anzubieten.[197]

Eine Zusammenarbeit zwischen Lothar Kreyssig und Vertretern der katholischen Kirche begann bereits Anfang der fünfziger Jahre, als er in Magdeburg lebte und dort einen regen Austausch mit den Weihbischöfen Weskamm und Rintelen pflegte, der seinerseits später Särchens Versöhnungsbemühungen för-

---

195 Weiß, Konrad: Aktion Sühnezeichen in Polen – Erste Schritte zur Aussöhnung und Verständigung, in: Kerski, Basil; Kotula, Andrzej; Wóycicki, Kazimierz (Hrsg.): Zwangsverordnete Freundschaft? Die Beziehungen zwischen der DDR und Polen 1949–1990, Fibre Verlag, Osnabrück 2003, S. 243.
196 Särchen Günter: „Für uns liegt Gogotha im Osten". Persönliche Reflexionen nach 25 Jahren eines „offenkundigen Durcheinanders" zur Konstellation Lothar Kreyssig – Günter Särchen Aktion Sühnezeichen/DDR-Polenseminar/Seelsorgeamt Magdeburg, Manuskript 1983, S. 3.
197 Ebenda, S. 3f.

dern oder zumindest vor dem Staat schützen sollte. Rintelen war anfangs vor allem von der tiefen Frömmigkeit Lothar Kreyssigs beeindruckt, die wohl eine Annäherung der beiden erleichterte. Der Magdeburger Kommissar erinnerte sich später an die ersten Begegnungen mit Kreyssig folgendermaßen:

> Präses Kreyssig ist ein Mann von beispielhafter Frömmigkeit. Wenn ich morgens um halb sieben Uhr in die Sebastiankirche kam, um mich auf die Feier der heiligen Messe vorzubereiten, kam er Tag für Tag zur selben Zeit in unser Gotteshaus, ein Neues Testament in der Hand, um dann eine halbe Stunde lang über die Worte der Heiligen Schrift zu meditieren.[198]

So war die spätere ASZ für Kreyssig von Anfang an eine „ökumenische Sache", für die er eine breite Unterstützung der katholischen Kirche in ganz Deutschland suchte. Bedeutender war jedoch, daß Kreyssig Kontakte mit der polnischen Seite anstrebte, d. h. mit der Botschaft der Volksrepublik Polen in Ost-Berlin und der Polnischen Militärmission in Westberlin, durch die er nach Polen weitergeleitet werden könnte, um das Versöhnungswerk zu realisieren. In diesen ersten Jahren waren diese Versuche nicht erfolgreich,[199] Kreyssig konnte keine Kontakte nach Polen aufbauen, weshalb seine Arbeit zunächst schleppend voranging.

Dies entmutigte ihn jedoch nicht, bereits im Jahr 1954 erstmals eine offizielle Aktion ins Leben rufen zu wollen, die auf dem Leipziger Kirchentag gegründet werden sollte. Diese Idee wurde aber nicht verwirklicht. Das lag nicht am fehlenden Interesse, sondern daran, daß dieses Vorhaben Kreyssigs als zu spontan angesehen wurde und man Bedenken anmeldete, was ihm auch während der Sitzung einer der Arbeitsgruppen des Kirchentages gesagt wurde.

> Aber Kreyssig hat das ganz anders wahrgenommen. Er hat mehrfach berichtet, es so auch in seiner Autobiographie geschrieben, die Idee für die Aktion Sühnezeichen sei auf dem Leipziger Kirchentag in der Arbeitsgruppe Politik „total durchgefallen". [...] Wie war es wirklich? Es mag durchaus sein, daß Kreyssig, ungestüm, wie er sein

---

198 Rintelen, Friedrich Maria: Fremdheit wird überwunden, in: Kirche gestern und heute, Leipzig, 1985, S. 186. Zitiert nach: Weiß, Konrad: Lothar Kreyssig, a. a. O., S. 244.
199 Vgl. Särchen Günter: „Für uns liegt Gogotha im Osten", a. a. O., S. 4.

konnte, und erfüllt von der Idee, jedes Zögern und die geringsten Bedenken als Absage genommen hat. Und daß er so selbst ihre Verwirklichung verhindert hat, jedenfalls für einige Zeit.[200]

So mußten weitere vier Jahre vergehen, in denen die Idee einer Aktion Sühnezeichen auf einen Nebengleis geriet, da sich Kreyssig anderen Aufgaben widmete. Einen nächsten Versuch der Gründung der Aktion Sühnezeichen startete er während der Synode der Evangelischen Kirche Deutschlands in Berlin.[201] Da formulierte er am 30. April 1958 einen Aufruf zur Gründung einer Aktion Sühnezeichen, in dem er das Ziel einer solchen Organisation klar vorgab:

> Zum Zeichen [der Versöhnung – R. U.] bitten wir die Völker, die Gewalt von uns erlitten haben, daß sie uns erlauben, mit unseren Händen und mit unseren Mitteln in ihrem Lande etwas Gutes zu tun; [...] Laßt uns mit Polen, Rußland und Israel beginnen, denen wir wohl am meisten wehgetan haben.[202]

Gleichwohl jedoch sagte Kreyssig in demselben Aufruf, daß diese Organisation keine Wiedergutmachung oder beträchtliche finanzielle Hilfe für die Opfernationen leisten könne und werde, sondern durch Arbeit um Vergebung und Frieden bitten wolle. Nun, vier Jahre nach dem ersten Aufruf, wurde die Idee Kreyssigs aufgegriffen und in die Tat umgesetzt, womit zumindest ein kleiner Teil der Deutschen beginnen konnte, den Nationalsozialismus zu überwinden. Die ASZ traf aber nicht nur auf freundliche Aufnahme, die Gründer und Mitglieder mußten sich einigen Angriffen entgegenstellen. Diese gingen bei der ASZ ein; einer von ihnen, der anonym blieb, besagte:

> An die übertölpelten Mitglieder der Aktion „Sühnezeichen": Die Pastoren Hammerstein und Konsorten haben mit der Aktion Sühnezeichen ihren Verrat an der Geschichte des deutschen Volkes und dem Deutschen Volk dokumentiert. Wenn Sie zwanzig Jahre älter geworden sind und wenn die deutsche Geschichte und Politik nicht mehr

---

200 Weiß, Konrad: Lothar Kreyssig, a. a. O., S. 297.
201 Zum Verlauf der Synode siehe u. a.: Ebenda, S. 333ff.
202 Zitiert nach: Ebenda, S. 455.

von Landesverrätern interpretiert wird, werden Sie dem Autor dieser Zeilen Recht geben.[203]

Damit war für Kreyssig und seine Gefährten klar, daß es nicht selbstverständlich war, sich mit der jüngsten Vergangenheit auseinanderzusetzen, weshalb die Gründung der „Aktion Sühnezeichen" ein beispielhaftes Ereignis im Vergleich zur offiziellen Politik beider deutscher Staaten und der Einstellung einiger Deutscher darstellte, wie Krzysztof Ruchniewicz treffend bemerkt:

> Die Problematisierung der deutschen Schuld und die Verantwortung für den Zweiten Weltkrieg wurden weiterhin tabuisiert, Kanzler Adenauer stellte seine Regierung vor andere Aufgaben. In der DDR war dies nicht anders, auch hier fühlte man keine Verantwortung für die Verbrechen des Nationalsozialismus. Diese Frage wurde vielmehr bewußt auf die Bundesrepublik-Deutschland-Regierung abgeschoben.[204]

Daß die Aktion Sühnezeichen vier Jahre nach dem gescheiterten Gründungsversuch nun Erfolg haben würde, bezeugte die Tatsache, daß noch am Abend, nachdem Kreyssig seinen Appell vorgebracht hatte, 79 Personen den Aufruf unterzeichneten, unter ihnen in der Mehrzahl Kreyssigs Weggefährten und Freunde.

Die Aktion Sühnezeichen war als gesamtdeutsche Organisation konzipiert, und so funktionierte sie auch bis zum Mauerbau 1961, der Deutschland für Jahrzehnte teilte. Bereits im Mai 1958 wurden die UdSSR, Polen, Israel sowie die DDR und die Bundesrepublik Deutschland von der neuen Initiative informiert, doch lehnten sie, wenn überhaupt eine offizielle Antwort gegeben wurde, eine Förderung jeglicher Art zunächst ab. Die polnische Seite zeigte jedoch Interesse an der ASZ und ihrer beabsichtigten Tätigkeit, weshalb die DDR-Regierung mit einer offiziellen Verlautbarung antwortete:

> Die als „AV" deklarierte Bewegung wurde von bestimmten Kreisen der Evangelischen Kirche Deutschlands ins Leben gerufen. Sie kann nur als ein Versuch gewertet werden, die imperialistische Infiltration in der VR Polen und in der Sowjetunion zu verstärken. Der scheinheilige Charakter dieser Aktion kommt in der Tatsache zum Aus-

---

203 Zitiert nach: http://www.asf-ev.de/about/index.shtml, 29.10.2004.
204 Ruchniewicz, Krzysztof: Günter Särchen, a. a. O., S. 271.

druck, daß gegen die Sowjetunion und die VR Polen erhobene Verleumdungen und gegen sie eingeleitete Hetzkampagnen von der Evangelischen Kirche Deutschlands weder zurückgewiesen noch bekämpf werden.[205]

Damit wurde die ASZ klassifiziert und die zukünftige Politik gegenüber dieser Organisation vorgegeben.

Die Ablehnungen der Regierungen – auch wenn es die waren, die im Aufruf explizit genannt wurden – entmutigten Kreyssig und seine Mitarbeiter jedoch nicht. Bereits ein Jahr nach der Gründung der ASZ, also 1959, kam es zur ersten Tagung der Mitglieder in Wittenberg, zu der 60 Vertreter der Aktion anreisten. Freiwillige der ASZ begannen ebenfalls in diesem Jahr ihren Sühnedienst in den Niederlanden und in Norwegen, wo mehrere Bauinitiativen unterstützt wurden, wie der Bau einer Feriensiedlung für Arbeiter, einer Sozialakademie in Rotterdam, oder Hilfe beim Bau einer Kirche und eines Blindenheims in Norwegen. An diesen ersten Maßnahmen der Aktion Sühnezeichen sollten auch Freiwillige aus der DDR teilnehmen, doch wurde ihnen die Ausreise verweigert. Dies hatte mehrere Gründe: die Aktionen der ASZ fanden im westlichen Ausland statt, also in NATO-Staaten, die bis dahin die DDR diplomatisch nicht anerkannt hatten, ein weiterer Grund war die Politik in der „Zone", die sich seit 1957 gegen jegliche gesamtdeutsche Aktivitäten verschloß.[206]

Bald folgten weitere Projekte in anderen Ländern. Freiwillige halfen beim Bau einer Synagoge in Villeurbanne und der Versöhnungskirche von Taizé in Frankreich, bei der Errichtung eines Kindergartens in Skopje/Jugoslawien, bei der Installation einer Bewässerungsanlage auf Kreta, beim Bau einer internationalen Begegnungsstätte in der zerstörten Kathedrale von Coventry/Großbritannien oder bei der Errichtung einer Blindenschule in Jerusalem.[207]

---

205 MdAA der DDR, Botschaft Warschau, Politische Abt., A 3920. Zitiert nach: Ruchniewicz, Krzysztof: Günter Särchen, a. a. O., S. 272.
206 Vgl.: Köbsch, Tabea: Aktion Sühnezeichen in der DDR, a. a. O.; Schneider, Claudia: Konkurrenz der Konzepte? Die Arbeit der Aktion Sühnezeichen in der DDR zwischen christlichem Schuldverständnis und offiziellem Antifaschismus, Warsztaty Centrum im. Willy Brandta Nr 7, Oficyna Wydawnicza Atut, Wrocław 2007, S. 33ff.
207 http://www.asf-ev.de/about/index.shtml, 29.10.2004. Vgl. auch: Weiß, Konrad: Lothar Kreyssig, a. a. O., S. 346ff.

In diese erste Zeit der Tätigkeit der ASZ fällt auch die Begegnung Lothar Kreyssigs mit Günter Särchen. Dieser erinnerte sich in einem seiner Manuskripte an den Auslöser des ersten Treffens mit Präses Kreyssig:

> 1959 las ich im katholischen Bildungshaus Bad Kösen auf einem schlecht hektographierten Faltblatt von der Existenz und dem Programm dieser Aktion Sühnezeichen. Unsere Anliegen und unsere Gedankenansätze waren hier so gut formuliert, daß sich bald eine Begegnung zwischen Kreyssig und mir in Magdeburg ergab.[208]

Dieses erste Treffen fand durch die Vermittlung des damaligen Leiters des Seelsorgeamtes in Magdeburg, Rat Hugo Aufderbeck, statt, der sich aber wenig später aus der Förderung der Sühnearbeit Särchens zurückzog. Dagegen behinderte Weihbischof Rintelen die ökumenische und versöhnende Idee keinesfalls, gab sogar seinen Segen dazu,[209] was wohl damit zu erklären ist, daß sich sowohl der Bischof als auch Präses Kreyssig zu diesem Zeitpunkt bereits kannten und das Anliegen des Protestanten dem katholischen Bischof förderungswürdig erschien. Särchen schrieb zwar, daß sich bald eine Begegnung ergab, doch fand sie erst ein Jahr später, also 1960, statt. Beide Männer trafen sich im Magdeburger Dom, und vor dieser Szenerie sprach Kreyssig über den Krieg sowie ein vernünftiges Zusammenleben der Menschen. Er sprach auch über die Geschichte der Stadt Magdeburg und über seinen Wunsch, daß aus dieser Stadt Versöhnung nach Osten ausgehe.[210] Ein solches Treffen machte wohl Särchen bewußt, daß es auch für seine Poleninitiativen von Vorteil wäre, mit Lothar Kreyssig und der ASZ zusammenzuarbeiten. Schnell sollte sich herausstellen, daß beide Männer sich gut ergänzten, und zwar nicht nur deswegen, weil der eine Katholik und der andere Protestant war, was die Ökumene unterstrich. „Der eine war ein hervorragender Theologe, der andere ein vortrefflicher Organisator: beide gaben ein tolles Paar ab", sagte der spätere polnische Ministerpräsident Tadeusz Mazowiecki.[211]

---

208 Särchen, Günter: Brücken der Versöhnung 2, a. a. O., S. 4.
209 Vgl. Ebenda.
210 Särchen, Günter: Mahnmal – Klagemauer – Ort der Sendung, Manuskript o.J., S. 2ff.
211 Kalicki, Włodzimierz: Ostatni jeniec wielkiej wojny. Polacy i Niemcy po 1945 roku, Wydawnictwo W.A.B., Warszawa 2002, S. 230. Zur Person: Tadeusz Mazowiecki (1927), Publizist und Politiker, 1953–1955 Chefredakteur des „Wrocławski Tygodnik Katolicki", 1957 Mitbegründer des Warschauer Klubs der katholischen Intelligenz (KIK), 1958 Begründer und Chef-

Auch Günter Särchen selbst sah die Zusammenarbeit sehr positiv und beschrieb sie mit Hilfe eines Bildes:

> Auf zwei getrennten Gleisen je eine Lokomotive von einem Laien gesteuert. Beide Laien waren auf ihrer Lok Heizer und Lokführer zugleich. Nach einer Weichenstellung (war es Zufall, war es Fügung – auf keinen Fall Berechnung!) fuhren beide Loks auf einem Gleis weiter, mal zog die eine Lok während die andere schob, mal umgekehrt. Immer in der gleichen Richtung. In der Fahrtrichtung deutsch-polnischer Aussöhnung zog die Magdeburger Lok (und sorgte auch für das „Heizmaterial"). Kreyssig hing seine Wagen an. Ging es um Aktion Sühnezeichen, war die Kreyssig-Lok aktiv. Särchen war berufen im Fahrerhaus – zusammen mit anderen und doch etwas in eigener Funktion – mitzuarbeiten.[212]

Dabei war nicht nur die Zusammenarbeit mit Lothar Kreyssig bedeutend für Günter Särchen, er selbst sah die Bekanntschaft und spätere Freundschaft mit dem Präses als Lehrjahre an:

> Sie haben mein Denken entscheidend beeinflußt und mein Handeln in eine gezielte Richtung gebracht. Was mich in den ersten Nachkriegsjahren sowie den Berliner Studienjahren – und schon zuvor in der Kriegsgefangenschaft – zwar sehr beunruhigt hatte und noch sehr schwache Konturen zeigte, nahm jetzt durch diese Begegnung mit Kreyssig Formen an.[213]

Man kann also davon ausgehen, daß Kreyssigs Versöhnungsbestreben erst wirklich Särchens eigene Polenarbeit förderte und er dadurch auch bei Widerständen in der eigenen, katholischen Kirche nicht von seinem Weg abwich.

Wie bereits erwähnt, hatte Kreyssigs Versöhnungsbestreben ein großes Problem zu bewältigen. Es fehlten Kontakte nach Polen, um dort die Aktion Sühnezeichen vorzustellen und Hilfe anzubieten. Auch Särchen konnte im Begeg-

---

redakteur der Monatszeitschrift „Wiez", 1961–1972 Abgeordneter des Sejm, Seit 1976 eng mit der polnischen Oppositionsbewegung verbunden, 1981 Chefredakteur der Wochenschrift „Solidarność", im Kriegszustand inhaftiert, Teilnehmer der Gespräche des „Runden Tisches", 1989–1991 erster frei gewählte polnischer Ministerpräsident.

212 Särchen, Günter: „Für uns liegt Golgotha im Osten", a. a. O., S.12.
213 Ebenda, S. 7.

nungsjahr 1960 noch nicht mit einer großen Anzahl an Partnern aufwarten, da er erst gegen Ende des Jahres seine erste Polenreise antreten sollte. Danach wurden die Kontakte nach Polen, vor allem zu regimekritischen Organisationen und Privatpersonen, immer weiter ausgebaut. Der gemeinsame Weg von Günter Särchen und Lothar Kreyssig war aber genau vorgegeben, und der Erstgenannte konnte sich durch den bedeutenden Polenbezug gut in die ASZ einbinden.

3.5. Zusammenfassung

Die ersten Magdeburger Jahre waren ähnlich wichtig für die zukünftige Arbeit Särchens wie schon die Kinderjahre und die Zeit in Görlitz, in denen die Grundsteine für seine Versöhnungsarbeit gelegt wurden. In Magdeburg wurden diese Ideen und Wünsche vertieft und konkretisiert, was einerseits durch Särchen selbst geschah, da er von sich aus nach Kontakten in Polen suchte und sie fand. Andererseits trug zu der Vertiefung des Versöhnungsgedankens auch Lothar Kreyssig bei, der durch die von ihm gegründete Aktion Sühnezeichen Särchen zeigte, daß auch andere Deutsche in der DDR sich mit der Aufarbeitung der jüngsten Geschichte auseinandersetzten und nicht der offiziellen Politik verfallen waren, die besagte, daß die Deutsche Demokratische Republik nichts mit den Verbrechen des Nazi-Regimes zu tun hätte. Dadurch verband beide Männer, einen Katholiken und einen Protestanten, ein enges freundschaftliches Band, und beide konnten in den sechziger Jahren einige der Ziele erreichen.

Zu bedeutenden Ereignissen in den fünfziger Jahren ist zu zählen, daß Särchen die Bildung und Leitung der Katholischen Bildstelle Magdeburg (später Arbeitsstelle für pastorale Hilfsmittel) übernahm. Dadurch konnte er einen Freiraum für seine persönlichen Anliegen innerhalb der Kirchenstruktur gewinnen. Bis zu einem gewissen Grad war er von der Kirche geschützt und durch seine Arbeit mit und in Polen nicht vollständig dem sozialistischen Staat ausgeliefert. Die Arbeitsstelle, in der auch seelsorgliche Arbeit für die katholische Kirche im Erzbischöflichen Kommissariat Magdeburg geleistet wurde, weil dies doch das Ziel der APH war, sollte ihm bis in die achtziger Jahre als Plattform für seine Polenaktivitäten dienen.

Zudem war die Familie eine Stütze für ihn und seine Versöhnungsarbeit mit Polen. Nach dem schweren Schicksalsschlag, dem Tod seiner ersten Ehefrau, konnte er sich eine neue Familie aufbauen, die ihn in seiner Arbeit unterstützte und teilweise sein Werk bis heute fortführt.

Mit dem Mauerbau endete zwar für Deutschland ein Kapitel der Nachkriegsgeschichte, und die beiden deutschen Staaten funktionierten seitdem getrennt. Für Särchen begann damit der wichtigste Abschnitt seines Lebens, eine intensive Arbeit für Polen und die Versöhnung zwischen beiden Nationen.

4. Günter Särchens Versöhnungsarbeit in der DDR. 1962–1983

Nach den ersten Kontakten mit Polen Ende der fünfziger, Anfang der sechziger Jahre (Kap. 3.3.) und dem Zusammentreffen mit Lothar Kreyssig (Kap. 3.4.) konnte Günter Särchen spätestens seit 1962 eine intensive Versöhnungsarbeit beginnen, die sowohl an Polen als auch an DDR-Bürger gerichtet war. In diesen umfangreichen Lebensabschnitt, von 1962 bis 1983, fallen die bedeutendsten Aktivitäten Günter Särchens, also die Sühnelager in Polen, die Polenseminare und die damit verbundenen Pilgerfahrten nach Polen, die Handreichungen, wobei die „Solidarność-Handreichung" eine besondere Rolle spielte. Daneben gab es andere Aktivitäten, die teilweise zeitlich begrenzt waren, wohl aber eindeutig den Versöhnungscharakter trugen. Diese Felder sollen in diesem Kapitel dargestellt werden, um die eingangs formulierte Fragen zu beantworten, wie die Versöhnungsarbeit Günter Särchens konkret aussah.

4.1. „Aktion Sühnezeichen Ost" und Särchens erste Aktivitäten in den sechziger Jahren

Zwischen September 1949 und August 1961 flüchteten aus der SBZ/DDR mehr als 2,6 Millionen Menschen[214], die vornehmlich im arbeitsfähigen Alter waren. Allein im Juli 1961 waren es 30.415, und in den ersten zwei Wochen des Augusts stieg die Zahl sogar auf 47.433 „Republikflüchtlinge".[215] Dieser große Flüchtlingsstrom wirkte sich auf die Lage der Kirchen aus, die eine immer kleinere Gläubigenzahl registrieren mußten, aber auch auf die Wirtschaft der DDR. Aus diesem Grund entschied sich die Staats- und Parteiführung, dem entgegenzu-

---
214 Weber, Hermann: Geschichte der DDR, area Verlag, Erftstadt 2004, S. 295.
215 Mählert, Ulrich: Kleine Geschichte der DDR, Verlag C.H. Beck, München 2001, S. 97.

wirken. In der Nacht vom 12. auf den 13. August 1961 versperrten Volkspolizei, Betriebskampfgruppen und NVA die Sektorengrenze. In den darauffolgenden Tagen wurde um Westberlin eine 45 Kilometer lange Mauer gezogen. Von diesem Zeitpunkt an konnten DDR-Bürger nicht mehr frei von Ost nach West gelangen. Damit wurde die Teilung Deutschlands vollzogen, die mit der Gründung der beiden deutschen Staaten im Jahr 1949 begonnen hatte. Die Mauer war bis November 1989 das Symbol der Teilung des Landes, aber auch Europas und der Welt.

Mit dem Bau der Berliner Mauer und der damit zusammenhängenden Teilung Deutschlands kam es auch zu einer Trennung in der Aktion Sühnezeichen. Seitdem funktionierten beide Organisationen nebeneinander, ohne eine weitere grenzübergreifende Zusammenarbeit anzustreben. In der Anfangszeit gab es zwar noch einen relativ regen Austausch zwischen den Aktionen, der darin bestand, daß Vertreter der östlichen Organisation an den Leitungssitzungen in Westberlin teilnahmen und umgekehrt. Dies wurde im Lauf der Jahre aber immer weiter vermindert, da sich beide Organisationen unterschiedlich entwickelten.

> So reduzierte sich der Kontakt [der westdeutschen Aktion mit der ASZ in der DDR – R. U.] bald auf das Heranschaffen von Material, zum Beispiel von Benzingutscheinen oder Matrizen für das Drucken der Monatsbriefe – für das Überleben der Aktion Sühnezeichen (Ost) freilich unerläßlich – und auf die Teilnahme eine größeren Abordnung an den Jahrestreffen, die jeweils am Jahresende für alle Freiwilligen und Spender der Aktion in Ost-Berlin stattfanden.[216]

Die Unterschiede zwischen beiden Schwesterorganisationen wurden auf mehreren Ebenen deutlich, von denen die organisatorische wohl die erste und entscheidende war. Die ASZ in der DDR war stark an die Kirche gebunden und blieb diesem Grundsatz treu, dagegen trennte sich die Aktion in der Bundesrepublik Deutschland von diesem rein spirituellen Weg, was dadurch sichtbar wurde, daß sie ab 1968 nicht mehr nur Aktion Sühnezeichen hieß, sondern den Zusatz „Friedensdienste" annahm. Im Gegensatz dazu behielt die Organisation in der DDR ihren ursprünglichen Namen bei.[217] Später löste man sich in der Bundesrepublik Deutschland von den kirchlichen Traditionen (Gebete und Gottes-

---

216 Weiß, Konrad: Lothar Kreyssig. Prophet der Versöhnung, Bleicher Verlag, Gerlingen 1998, S. 395.
217 Ebenda, S. 396.

dienste in den Sommerlagern). Dies ist damit zu erklären, daß die westdeutsche Aktion in ihrem Teil Deutschlands anerkannt war und so nicht nur auf den kirchlichen Rahmen begrenzt war. Das unterschied sie maßgeblich von der ASZ in der DDR, die nur innerhalb der Kirche tätig sein konnte, dort auch ihre Teilnehmer suchte, also auch die Kirchenverbundenheit durch Gebete und Gottesdienste bei den einzelnen Aktivitäten unterstrich.

Die wesentliche Arbeitsform der Aktion Sühnezeichen / Friedensdienste war der Freiwilligendienst, der als eine längerfristige Tätigkeit der Teilnehmer konzipiert war und einen sozialen und bildungspolitischen Charakter hatte. Diese Freiwilligendienste wurden vor allem in Westeuropa und den Vereinigten Staaten geleistet. Nach 1961 konnten erstmals Mitglieder der ASF zu Arbeiten nach Israel reisen, schließlich gab es Aktivitäten in Polen und Jugoslawien. Darüber hinaus beteiligte sich die ASF an erinnerungspolitischen Kampagnen in Westdeutschland.[218]

Die Tätigkeit der ASF veränderte sich in den darauffolgenden Jahren stetig. Neben den Freiwilligendiensten in ehemaligen Konzentrationslagern in Deutschland und dem Ausland sowie anderen Orten, die mit der jüngsten Vergangenheit zusammenhingen und wo Bauarbeiten mit Hilfe der ASF-Mitglieder geleistet wurden, legte man einen größeren Akzent auf soziale Dienste. Dies bedeutete eine direkte Arbeit mit Menschen in sozialen Einrichtungen, mit Überlebenden des Holocausts sowie Minderheiten und Randgruppen,[219] wodurch der Friedensdienst der ASF stark ausgeweitet wurde.

Die Aktion Sühnezeichen / Friedensdienst war auch in Polen tätig, wo sie Arbeitseinsätze sowie Studienfahrten organisierte. Dort bauten Freiwillige die Internationale Jugendbegegnungsstätte Auschwitz mit auf. Dabei sei hier aber unterstrichen, daß zwar die ASF wie die ASZ in Polen tätig waren, was beide Organisationen aber einander nicht näherbrachte, mehr noch: Dadurch entfernten sich die Aktionen nur noch weiter voneinander. Der Grund dafür ist eine grundlegend verschiedene Auffassung von Zusammenarbeit mit polnischen Organisa-

---

218 Vgl. Heldt, Thomas: Aktion Sühnezeichen Friedensdienste, in: Riechers, Albrecht; Schröter, Christian; Kerski, Basil (Hrsg.): Dialog der Brüder. Die gesellschaftliche Ebene der deutsch-polnischen Nachbarschaft, Fibre Verlag, Osnabrück 2005, S. 389.
219 Vgl. Köbsch, Tabea: Aktion Sühnezeichen in der DDR. Eine inhaltliche Analyse der Sommerlagerarbeit der ASZ im Zeitraum 1981–1989, http://tabea.koebsch.net/dok/AktionS_1983-1989.html, 2.05.2006.

tionen: Die westdeutsche ASF nahm Kontakt zu staatsnahen Institutionen auf, wie der PAX und später dem Związek Bojowników o Wolność i Demokrację (ZBOWiD), knüpfte mit ihnen auch eine Zusammenarbeit an, weshalb die ASF geringere Probleme bei der Organisation ihrer Dienste in Polen hatte. Die ASZ aus der DDR dagegen war genau anders orientiert, also ohne Kontakte zu regimetreuen Gruppen, sondern eher zu kritischen Kreisen. Kontakte und eine Zusammenarbeit gab es mit Partnern von der Znak-Gruppe, verschiedenen Klubs der katholischen Intelligenz (KIK) sowie mit Vertretern der Redaktion des Tygodnik Powszechny aus Krakau und dem Blindenheim in Laski bei Warschau. All diese Kontakte entstanden vornehmlich durch Vermittlung von Günter Särchen, der sich ja bereits seit Mitte der fünfziger Jahren in Richtung Polen gewandt hatte und spätestens seit seiner ersten Reise in dieses Land im Jahr 1960 über eine große Anzahl von Kontaktpersonen und späteren Freunden verfügte, die er an die ASZ weitergeben konnte.

Im Gegensatz zur Arbeit der Aktion Sühnezeichen / Friedensdienste in Westdeutschland hatte die ASZ in der DDR andere Aufgaben und nur geringe Möglichkeiten, das eigene Anliegen einem möglichst breiten Publikum zu präsentieren. Die ASZ war vom Staat nicht offiziell anerkannt. Sie konnte also keine offiziellen Mitglieder aufweisen, mußte ihre Arbeit lediglich auf den innerkirchlichen Raum beschränken, weshalb auch die Finanzierung der Aktion schwierig war. Ihre Geldquellen stützten sich im wesentlichen auf Spenden der Gläubigen, was keine großen Projekte der ASZ zuließ, da die Zahl der Kirchenmitglieder in der DDR stetig abnahm und somit auch die allgemeinen Einnahmen der Kirchen in der ehemaligen SBZ von Jahr zu Jahr geringer ausfielen.

Trotzdem war die Aktion Sühnezeichen aktiv tätig und fand für ihre Einsätze immer mehr freiwillige Teilnehmer. Ähnlich wie in der Bundesrepublik Deutschland waren auch in der DDR Arbeitsmaßnahmen ein wichtiges Tätigkeitsfeld. Jedoch konnte es sich in Ostdeutschland nicht um langfristige Einsätze handeln, da diese von staatlicher Seite untersagt wurden. So entstanden bei der ASZ die Sommerlager, die lediglich vierzehn Tage dauerten, was dadurch begründet war, daß der gesetzliche Urlaub in der DDR 17 Tage umfaßte.[220]

---

220 Vgl. Ebenda.

Eine der Kirchen (St. Petri), die beim ersten Sommerlager der ASZ und des Seelsorgeamtes Magdeburg im Jahr 1962 enttrümmert wurde. Foto: Rudolf Urban

Zur Wahl des Namens Sommerlager schreibt Klaus Dapp:

> Das Wort „Lager" erinnert an Konzentrationslager, Arbeitslager oder Straflager: Orte des Todes und der Verzweiflung, an denen Menschen gegen ihren Willen zusammengepfercht werden und gemeinsam Elend und Not ausgesetzt sind. [...] Mit dem Wort „Lager" statt „Workcamp" oder ähnlichem soll an diese Orte und die damit verbundenen Greuel erinnert werden.[221]

Dies würde stimmen, wenn die Organisatoren, also die ASZ, allein das Wort „Lager" als Titel dieser Aktivität genutzt hätten, aber in Zusammensetzung mit dem Wort „Sommer" kann man nicht mehr von einer eindeutigen Verbindung mit den Lagern im Dritten Reich sprechen. So ist wohl anzunehmen, daß die

---

[221] Dapp, Klaus: Sommerlager – das Fundament der Sühnezeichenarbeit in der DDR, http://www.asf-ev.de/zeichen/98-1-08.shtml, 02.05.2006.

Namenswahl pragmatischer Natur war und lediglich das Sommerlager als eine solche Maßnahme beschrieb, die sie auch in Wirklichkeit war.

Ziel der Sommerlager war es, Sühne zu leisten für die Verbrechen der Nationalsozialisten, und zwar nicht nur aus der evangelischen Kirche heraus, sondern gemeinsam mit den Katholiken. So wurde dieser ökumenische Ansatz auch von Anfang an eingehalten, wie das erste Sommerlager der ASZ in Magdeburg im Jahr 1962 beweist. Es vereinte Teilnehmer beider Konfessionen und wurde von der Aktion Sühnezeichen und dem Seelsorgeamt des EBK Magdeburg, vertreten durch Günter Särchen, organisiert. An diesen Lagern – es waren zwei, die jeweils zwei Wochen dauerten – nahmen insgesamt 72 Personen teil, die von einem evangelischen und einem katholischen Priester betreut wurden. Ihre Anwesenheit war deshalb wichtig, da das Lagerleben einem festen Tagesplan unterstand, der neben der Arbeit an zwei evangelischen Kirchen und einer katholischen auch Andachten und Gottesdienste vorsah. „In Magdeburg kamen die Teilnehmer in der halbgeräumten Apsis einer der Trümmerkirchen, vor einem Kreuz aus verkohlten Balken, zu kurzem Lobgesang und Gebet und zum wechselseitigen Sprechen der Seligpreisungen zusammen."[222] Diese Rituale sollten auch bei späteren Sommerlagern der ASZ in der DDR beibehalten und integraler Bestandteil werden. Neben den gemeinsamen Gebeten verband die Sommerlager noch ein Ritual, die Verpflichtung der Teilnehmer eines jeden Lagers auf die Lebensordnung der Aktion Sühnezeichen, was anfangs sehr ernst genommen, später jedoch spöttisch als „Sühnezeichen-Fahneneid" bezeichnet wurde.[223]

Die Aktion in Magdeburg war die erste, doch sie zog bereits ein großes Interesse auf sich, sowohl von der katholischen (Bischof Rintelen) als auch evangelischen Seite (Bischof der Kirchenprovinz Sachsen Jaenicke). Im Gegensatz zum Staat, der an dieser Tätigkeit kein Interesse zeigte, sich aber auch nicht entgegenstellte, was die Organisierung des ersten Sommerlagers erheblich erleichterte. Für Günter Särchen hatte dieses Sommerlager in Magdeburg noch eine andere Bedeutung, die über die ökumenische Arbeit hinausging:

---

222 Weiß, Konrad: Lothar Kreyssig, a. a. O., S. 374.
223 Ebenda.

Diese „Enttrümmerung" und kein „Aufbau" wurde gewollt als ein erster Schritt an den Anfang der Versöhnungsarbeit gestellt. Ohne eine geistige Enttrümmerung des uns in Deutschland, auch in der DDR, umgebenden geistigen Haufens der Zerstörung sahen wir einen Anfang weder für Deutschland, doch für die Kirchen unmöglich.[224]

Bis aber das erste Sommerlager in Polen stattfinden konnte, sollten noch drei Jahre vergehen.

Die Sommerlager in der DDR entwickelten sich nach der ersten Aktion in Magdeburg aus einer bescheideneren Variante der Sühnedienste in der Bundesrepublik Deutschland zu einem konstitutiven Element der ASZ in der DDR.[225] Insgesamt fanden solche Arbeiten an etwa 30 Orten statt, zu denen vor allem Kirchen, Pfarrhäuser und andere karitative und diakonische Einrichtungen gehörten, die von den Teilnehmern der Lager wieder instandgesetzt wurden. Zusätzlich zu der körperlichen Arbeit setzten sich die Teilnehmer mit verschiedenen Themen auseinander, die sowohl die Aufarbeitung der Geschichte des Dritten Reiches als auch die Sühne und Versöhnung beinhalteten. Dabei war es aber Voraussetzung, sich bereits vor einem Sommerlager mit einem der Themen beschäftigt zu haben, wodurch in den meisten Fällen erst während des Lagers eine intellektuelle Auseinandersetzung stattfinden konnte. Seit 1965 nahmen an diesen Lagern der ASZ nicht nur Deutsche aus der DDR teil, sondern auch eine größere Anzahl von Ausländern[226] aus Westeuropa (den Niederlanden und Großbritannien) sowie aus Ostblockstaaten (der Tschechoslowakei, aus Ungarn, Bulgarien und Polen). Daneben engagierte sich die Aktion Sühnezeichen für die Bausoldaten, die in die Lagerarbeit der Organisation integriert werden sollten. Eigens für sie wurde im Jahr 1969 ein Aufbaulager organisiert.[227]

Das Jahr 1979 brachte für die ASZ eine Wende, da von nun an Sommerlager auch in der offiziellen KZ-Gedenkstätte Buchenwald stattfinden konnten. Damit konnte die Aktion Sühnezeichen direkt an eine Aufarbeitung der Geschichte

---

224 Särchen Günter: Brücken der Versöhnung 2, Schritte zur Versöhnung zwischen Deutschen aus der DDR und Polen und den Bedingungen staatlicher und kirchlicher Begrenzungen, Manuskript 1995, S. 8.
225 Köbsch, Tabea: Aktion Sühnezeichen in der DDR, a. a. O.
226 Vgl. Weiß, Konrad: Lothar Kreyssig, a. a. O., S. 389.
227 Neubert, Ehrhart: Geschichte der Opposition in der DDR 1949–1989, Bundeszentrale für politische Bildung, Bonn 2000, S. 199.

innerhalb der DDR denken. Bereits zwei Jahre vorher war ein erster Einsatz auf einem jüdischen Friedhof in Berlin-Weißensee möglich, und Anfang der achtziger Jahre kamen weitere jüdische Friedhöfe hinzu. Seit dieser Zeit wurde der Erhalt und die Pflege dieser Stätten zu einem der zentralen Arbeitsfelder der ASZ in der DDR, obwohl die Organisation erst im Jahr 1984 die staatliche Genehmigung erhielt, auf allen jüdischen Friedhöfen in der DDR zu arbeiten. Von diesem Jahr an konnten auch in der Gedenkstätte auf dem Gelände des ehemaligen KZ Sachsenhausen, wie in Buchenwald, jährlich Sommerlager stattfinden, die durch Pilgerwege zu anderen ehemaligen Konzentrationslagern auf dem Gebiet der DDR ergänzt wurden.[228]

Ein weiteres Tätigkeitsfeld der ASZ war die Arbeit mit Behinderten, die seit 1965 unternommen wurde, als eine erste Gruppe in einem Heim der Inneren Mission ihr Sommerlager veranstaltete. Diese Lager bei und mit Behinderten fanden bis 1990 statt und hatten das wichtige Ziel, denen zu helfen, die im Dritten Reich als „lebensunwertes Leben" bezeichnet worden waren.

Somit ist ersichtlich, daß die Aktion Sühnezeichen in der DDR über geringere Möglichkeiten verfügte und mit Schwierigkeiten seitens des Staates zu kämpfen hatte, was die Leiter aber nicht daran hinderte, vor allem Jugendlichen in ihren Sommerlagern Sühne und Versöhnungsgedanken näherzubringen. Dies war durchaus nicht leicht, wenn man bedenkt, daß der DDR-Staat sich offiziell von der nationalsozialistischen Vergangenheit löste und auf eine antifaschistische, kommunistische Tradition verwies, die eine Aufarbeitung der Geschichte im öffentlichen Leben unmöglich machte.

4.1.1. Glockenspende für Posen / Danzig

Das erste Sommerlager der ASZ in Magdeburg war für Günter Särchen eine Vorbereitung für zukünftige Veranstaltungen in Polen. Um solche zu organisieren, reiste er mit Lothar Kreyssig im Jahr 1962 und später durch Polen. Dort trafen sie mit Vertretern der Klubs der katholischen Intelligenz zusammen sowie mit Redaktionsmitgliedern des Tygodnik Powszechny, zu denen Särchen bereits 1960 Kontakt aufgenommen hatte und die die Versöhnungsidee Kreyssigs und

---

228 Vgl. Köbsch, Tabea: Aktion Sühnezeichen in der DDR, a. a. O.

Drei Glocken für eine Kirche in Posen, dann Danzig. Spende aus der DDR, angeregt durch Günter Särchen. Aufnahme nach dem Guß im Jahr 1965. Foto: Bistumsarchiv Magdeburg

Särchens unterstützten.[229] Wichtige Fürsprecher für die späteren Initiativen fanden sie auch unter den Geistlichen, von denen hier speziell der damalige Krakauer Bischof Karol Wojtyła zu nennen wäre, der sich noch viele Jahre später als Papst Johannes Paul II. an die Bedeutung des Versöhnungswerks erinnerte, das Kreyssig und Särchen aufbauten.[230]

Diese ersten Reisen waren eine Vorarbeit für die späteren Sühnefahrten nach Polen, die jedoch nicht unmittelbar nach den Begegnungen in Polen stattfinden konnten. Trotzdem war der Versöhnungsgedanke allgegenwärtig, vor allem bei Günter Särchen, der nach seinen privaten Reisen nach Polen nun, im Jahr 1963, eine erste offizielle Versöhnungsinitiative ins Leben rief. Es war die Idee einer Glockenspende für eine Kirche in Posen, die während des Krieges zerstört worden war und nun von der polnischen Kirche wieder aufgebaut wurde. Särchen führte bereits Gespräche mit dem Posener Erzbischof Antoni Baraniak, der diese Initiative begrüßte. So konnte Günter Särchen im Herbst 1963 die Zustimmung

---

229 Vgl. Weiß, Konrad: Lothar Kreyssig, a. a. O., S. 376.
230 Vgl. Ebenda, S. 377.

Bischof Rintelens einholen. Der Magdeburger Kommissar eröffnete offiziell die Spendenaktion und richtete ein Schreiben an den Posener Ordinarius:

> Die Kirche in der ostdeutschen Diaspora – zu dieser gehört der mir unterstellte Bezirk – ist zwar nicht mit irdischen Gütern gesegnet, aber die Priester und Gemeinden der „Magdeburger Kirche" werden gern […] „ein geldliches Opfer" bringen. Wir denken an ein Geläut mit 2 Glocken.[231]

Es sollte sich herausstellen, daß es sich nicht um zwei, sondern um drei Glocken handeln würde, die von Magdeburg nach Polen gingen. Diese von Särchen geplante Spende hatte neben der Geschenkbedeutung auch das Ziel, sowohl die Beziehungen zwischen der polnischen und deutschen Gesellschaft, wie auch den beiden katholischen Kirchen zu beleben, weshalb Rintelen sich wohl auch bereiterklärte, diese Initiative offiziell zu tragen und sie gegenüber seinen Amtskollegen in der DDR zu verteidigen, die diese Initiative als zu spektakulär bezeichneten.[232] Bischof Rintelen rief trotz der Gegenstimmen seiner Amtsbrüder zu Spenden auf, weshalb in relativ kurzer Zeit die benötigten finanziellen Mittel zusammengetragen waren, die für den Guß und den Transport nötig waren.[233]

Mit dem Guß der Glocken wurde die Firma „Franz Schilling Söhne" beauftragt; es waren mittlerweile drei unterschiedlich große Glocken, von denen jede eine polnische Aufschrift erhielt: „Przybądź Duchu Święty ulecz, co zranione" (Komm, heiliger Geist, heile, was verwundet ist); „Święta Barbaro, broń nas i rodziny nasze" (Heilige Barbara, bewahre uns und unsere Familien); „Królowo Polski, obdarz nas pokojem" (Königin von Polen, gib uns den Frieden).

---

231 Brief des Magdeburger Bischofs F. M. Rintelen an Erzbischof A. Baraniak vom 28. 12.1963, in: Nachlaß Günter Särchen, ZBOM.

232 Vgl. Mechtenberg, Theo: Engagement gegen Widerstände. Der Beitrag der katholischen Kirche in der DDR zur Versöhnung mit Polen, Benno Verlag, Leipzig 1998, S. 52. Der Kapitelsvikar von Görlitz, Bischof Gerhard Schaffran, nannte die Initiative Särchens abwertend ein „Magdeburger Glockenspektakel" (Särchen, Günter: Brücken der Versöhnung 3. Schritte zur Versöhnung zwischen Deutschen aus der DDR und Polen. Chronik Magdeburger deutsch-polnischer Aktivitäten, Manuskript o.J., S.7.

233 Insgesamt betrug der Guß 60000 Mark und wurde nur von Spenden getragen. Es sind keine anderen Quellen bekannt, aus denen Särchen für die Initiative finanzielle Unterstützung erhalten haben könnte.

Der Guß der Glocken erfolgte am 6. Juli 1965, erst dann beantragten die Initiatoren eine Ausfuhrgenehmigung nach Polen, die relativ prompt am 17. September 1965 erteilt wurde, jedoch mit der Auflage, daß diese Genehmigung erst rechtskräftig würde, wenn auch die polnische Seite die Einführung der Glocken genehmigte. Polen war aber eine Zeitlang nicht gewillt, eine Einfuhrgenehmigung zu erteilen, was zwei Gründe hatte: Zum einen sollte die Glockenspende nicht im Millenniumjahr 1966 stattfinden,[234] zum anderen wurde Posen als Ort nicht angenommen, was wohl vonseiten des polnischen Staatsapparates als persönlicher Angriff gegen Erzbischof Baraniak gewertet werden kann.[235] So sah sich der Posener Bischof gezwungen, in der Bischofskonferenz das Thema der Glockenspende aus Magdeburg zur Sprache zu bringen, und es wurde beschlossen, daß Bischof Nowicki eine neue Einfuhrgenehmigung, diesmal aber für Danzig, beantragte. Dieser Antrag wurde von den polnischen Behörden angenommen, und so konnten die Glocken im Jahr 1968 nach Polen transportiert werden, wo sie in die St. Barbarakirche kamen, die sich im Wiederaufbau befand. Eine feierliche Übergabe der Spende fand am 7. Juli 1968 statt, zu der neben Günter Särchen auch Prälat Heinrich Solbach aus Magdeburg anreiste. Die Glocken läuteten zum ersten Mal am 1. September jenes Jahres.

Diese Initiative war mehrfach bedeutend, vor allem für Günter Särchen selbst, der durch diese Aktion eine erste großangelegte Versöhnungsarbeit leistete, die ihn womöglich darin bestärkte, weiter in dieser Richtung tätig zu sein. Eine nicht geringe Bedeutung hatte die Glockenspende aus Magdeburg aber auch für die gegenseitigen Beziehungen der polnischen und deutschen Kirchen, die sich zunächst nur zwischen dem Erzbischöflichen Kommissariat in Magdeburg und der Erzdiözese Posen abspielten, aber bereits zu Beginn der Aktion zukunftsweisend waren. Bischof Rintelen schrieb in einem Artikel[236], die Glockenspende hätte eine gewisse Rolle dabei gespielt, die polnischen Bischöfe zum Verfassen des Briefes an die deutschen Amtsbrüder im Jahr 1965 zu bewegen.

---

234 Vgl. Mechtenberg, Theo: Engagement gegen Widerstände, a. a. O., S. 53.
235 Vgl. Särchen, Günter: Brücken der Versöhnung 3, a. a. O., S. 7.
236 Rintelen, Friedrich Maria: Magdeburgs Kirche wagte die ersten Schritte, in: Kirche gestern und heute, Leipzig 1984, S. 105f.

Sollte es der Fall gewesen sein – ich [Rintelen – R. U.] selbst kann darüber nichts sagen –, so hätte ein kleines Zeichen der Versöhnung, Liebe und Brüderlichkeit eine große kirchengeschichtliche Bedeutung gehabt.[237]

4.1.2. Särchen im Leitungskreis der ASZ

Das Jahr 1965 war wohl für Günter Särchen doppelt von Bedeutung. Zum einen ist dieses Jahr heute mit dem Briefwechsel der Bischöfe verbunden, der aber im Grunde eine vom polnischen Episkopat initiierte Korrespondenz war, die Polen und Deutschland näherbringen sollte.[238] Günter Särchen erinnerte sich später nicht nur an das einzigartige Zeichen, das von Polen ausging, sondern machte auch deutlich, wie sehr ihn die Reaktion der deutschen Bischöfe belastete:

> Ich [Särchen – R. U.] erinnere mich, daß ich die deutsche Antwort auf den polnischen Brief genommen und mit einem roten und einem grünen Stift die Fragmente unterstrichen habe, die aus zwei unterschiedlichen Lagern in der Deutschen Bischofskonferenz stammten. Viele Jahre lang habe ich darunter gelitten, daß sich auf der kirchlichen Ebene deutsch-polnisch nichts tat.[239]

Dies muß für Särchen insofern belastend gewesen sein, als er ja im kirchlichen Rahmen seine Polenaktivitäten aufbaute. Zum anderen war das Jahr 1965 der Beginn einer mehr oder weniger offiziellen Arbeit Günter Särchens in den Strukturen der Aktion Sühnezeichen in der DDR. Diese nahm ihren Anfang im Jahr

---

237 Zitiert nach: Mechtenberg, Theo: Engagement gegen Widerstände, a. a. O., S. 54.
238 Zum Briefwechsel der Bischöfe siehe u. a.: Heller, Edith: Macht Kirche Politik. Der Briefwechsel zwischen den polnischen und deutschen Bischöfen im Jahre 1965, Ost-West-Verlag, Köln 1992; Kalicki, Włodzimierz: Ostatni jeniec wielkiej wojny. Polacy i Niemcy po 1945 roku, Wydawnictwo W.A.B., Warszawa 2002, S. 243–284; Kerski, Basil; Kycia, Thomas; Zurek, Robert: „Wir vergeben und bitten um Vergebung". Der Briefwechsel der polnischen und deutschen Bischöfe von 1965 und seine Wirkung, Fibre-Verlag, Osnabrück 2006; Dialog, Deutsch-polnisches Magazin, Nr. 72–73 (2005/2006), S. 65–86.
239 „Ein Hofnarr war ich bis zum Schluß". Mit Günter Särchen, dem Begründer des Anna-Morawska-Seminars, spricht Adam Krzemiński, Dialog. Deutsch-polnisches Magazin, 2/97, S. 46. Vgl. auch Särchen Günter: Polnisch-deutscher Briefwechsel 1965. Nur bischöfliche Dokumente?, Manuskript 1995, Privatarchiv Kazimierz Czapliński.

1960, als sich Särchen und Lothar Kreyssig zum ersten Mal trafen. Nun, 1965, sollte Günter Särchen offiziell als Vertreter der katholischen Kirche im Leitungskreis der ASZ mitarbeiten, worum Kreyssig in einem Brief an den Magdeburger Kommissar bat. Rintelen, der die ASZ und deren Gründer kannte sowie die Versöhnungsidee unterstützte, war damit einverstanden, Günter Särchen in die ASZ zu entsenden: „Natürlich bin ich gern bereit, Herrn Särchen für das erzbischöfliche Kommissariat Magdeburg, einen solchen Auftrag zu geben. Ich könnte ihn aber von mir aus nicht erteilen für die Katholische Kirche in der DDR."[240]

Eine Entsendung im Namen der gesamten Kirche in der DDR sollte bei der nächsten Sitzung der Ordinarienkonferenz besprochen werden. Die Entscheidung der Bischöfe war jedoch negativ. Rintelen schrieb an Lothar Kreyssig:

> Leider fand ich keine Gegenliebe mit meinem Vorschlag, den Magdeburger Günter Särchen gewissermaßen als Sprecher für alle kirchlichen Bezirke der DDR in Ihrem Mitarbeiterkreis fungieren zu lassen. [...] Einstweilen habe ich nunmehr Herrn Särchen beauftragt als Gesprächspartner des Erzbischöflichen Kommissariates Magdeburg in der Aktion Sühnezeichen tätig zu sein.[241]

Die Ablehnung der Bischöfe könnte mit Günter Särchen persönlich und seiner Polenarbeit zusammenhängen, die innerkirchlich wenig Beachtung fand. So ist zumindest ein Brief Särchens an den Leiter des Benno-Verlages in Leipzig, Hannig, zu verstehen:

> Sie wissen vielleicht, daß man mich in letzter Zeit wegen meiner Polenverbindungen innerkirchlich sehr „angeschossen" hat. Eigentlich steht nur mein Weihbischof [Rintelen – R. U.] hinter mir und macht mir immer wieder neuen Mut, weiterzumachen. Ja, der Hl. Geist hat eben auch im Konzilzeitalter noch nicht in jedem Fall die „Einreisegenehmigung zum Laien" [...] Die Bischöfe tun sich riesig schwer – und viel schwerer, als es in der Öffentlichkeit bekannt wird – mit dem „Einbau der Laien in den Bereich dieser Welt".[242]

---

240 Brief Rintelens an Lothar Kreyssig vom 18.02.1965, in: Nachlaß Günter Särchen, ZBOM.
241 Brief Rintelens an Lothar Kreyssig vom 2.04.1965, in: Nachlaß Günter Särchen, ZBOM.
242 Brief Särchens an Hannig, in: Nachlaß Günter Särchen, ZBOM.

Trotz des offenkundigen Pessimismus, der aus diesem Brief Särchens spricht, ließ dieser sich von seinem Weg nicht abbringen und arbeitete mit Erlaubnis Bischof Rintelens im Leitungskreis der ASZ. Bereits zwei Jahre später nahm der Katholik Günter Särchen innerhalb der ASZ, die ja im Grunde eine evangelische Einrichtung war, auch wenn sie stark ökumenisch ausgeprägt war, eine leitende Funktion ein. Von Lothar Kreyssig wurde er darüber informiert, daß ihm die Rolle des Vertreters des Leiters der Aktion übertragen wurde. Dies ist insofern von Bedeutung, als die Satzung der ASZ keine Stellvertreter vorsah.[243] Im Oktober sollte Särchen kommissarisch die Leitung der ASZ übernehmen, da Lothar Kreyssig diese Rolle nicht mehr ausüben wollte.[244] Die Aufgaben des Leiters sollte er solange innehaben, bis das Jahrestreffen der ASZ einen neuen Leiter gewählt hätte. Bis zum Jahr 1969 blieb Lothar Kreyssig aber der Leiter der Aktion Sühnezeichen und wurde erst in diesem Jahr von Christian Schmidt abgelöst. Günter Särchen blieb die ganze Zeit über eine der wichtigen Personen im Leitungskreis der ASZ, nicht nur weil er die Verbindungsperson zur katholischen Kirche war, sondern auch wegen seiner Polenaktivitäten, die er zwar zu dieser Zeit noch im Rahmen des Seelsorgeamts Magdeburg organisierte, wohl aber in Zusammenarbeit mit der Aktion Sühnezeichen. Günter Särchen verließ den Leitungskreis der ASZ im Jahr 1975, womit aber nicht die Zusammenarbeit mit der Organisation an sich zu Ende ging.

4.1.3. Polenseelsorge in Magdeburg

Zu den bedeutenden, aber bis jetzt nur wenig beachteten Aktivitäten Särchens gehört der Aufbau der sog. Polenseelsorge in der DDR. Bereits in den fünfziger Jahren gab es einige Pfarrer, die zumeist aus Oberschlesien stammten und in ihren Gemeinden in unregelmäßigen Abständen polnischsprachige Messen angeboten hatten. Als Beispiel sei der Oelsnitzer Wilhelm Lisura genannt, der an verschiedenen Orten des Bistums Meißen Messen für Polen las.[245] Diese Priester

---

243 Vgl. Brief Kreyssigs an Günter Särchen vom 6.01.1967, in: Nachlaß Günter Särchen, ZBOM.
244 Vgl. Brief Kreyssigs an Günter Särchen vom 2.10.1967, in: Nachlaß Günter Särchen, ZBOM.
245 Vgl. Mechtenberg, Theo: Engagement gegen Widerstände, a. a. O., S. 87.

konnten jedoch nicht alle Polen erreichen, von denen es nach 1960 immer mehr gab, die aufgrund einer Regierungsvereinbarung zwischen der VRP und DDR als Arbeitskräfte zum Einsatz in die ehemalige SBZ entsendet wurden.

Dieser Umstand rief 1968 Günter Särchen auf den Plan, der zusammen mit Theo Mechtenberg, damals Studentenpfarrer in Magdeburg, eine Gruppe von Polen aufsuchte, die in Zielitz bei Magdeburg am Aufbau einer Fabrik beteiligt waren. Särchen legte dem Magdeburger Kommissar Bischof Rintelen nahe, polnischsprachige Messen für diese Arbeiter zu veranstalten und wurde prompt damit beauftragt, die seelsorgerische Betreuung der Polen zu organisieren.[246] Zu seinen Aufgaben gehörte seitdem die Erstellung einer Statistik über die Zahl der in der DDR lebenden Polen, eine Analyse ihrer Lebensbedingungen, die Erstellung eines Konzepts für die Seelsorge der Polen sowie die Verwaltung und Verteilung von Hilfsmitteln, die für eine Seelsorge notwendig waren.[247]

Eine erste heilige Messe in polnischer Sprache sollte am 4. Dezember 1968, am St. Barbara-Tag, in der evangelischen Kirche in Zielitz stattfinden. Die Arbeiter sollten einen freien Tag erhalten, doch um sie von der Messe fernzuhalten, wurde die Arbeitsbefreiung aufgehoben, die SED-Betriebsleitung und die polnische Leitung setzten für den Abend eine gesellige Veranstaltung mit Alkoholausschank an.[248] So wurde diese erste Initiative zunächst gestoppt, konnte jedoch nicht ganz vermieden werden. Die erste polnischsprachige Messe in Zielitz wurde eine Woche später gefeiert, und seitdem fand sie alle zwei Wochen statt.

An die in der DDR arbeitenden Polen richtete der Magdeburger Bischof Rintelen im Jahr 1969 ein Begrüßungsschreiben, das in polnischer Sprache verfaßt wurde und u. a. folgendes beinhaltete:

---

246 Der Auftrag wurde 1970 erneuert, und Särchen erhielt von Rat Schäfer ein entsprechendes Schreiben: Herr Günter Särchen, Mitarbeiter des Seelsorgeamtes Magdeburg, wird hiermit nach Rücksprache mit Herrn Weihbischof Dr. Rintelen beauftragt, in enger Zusammenarbeit mit dem Leiter des Seelsorgeamtes Magdeburg die seelsorgliche Betreuung der im Gebiet des Erzbischöflichen Kommissariates Magdeburg zeitweise wohnenden Ausländer zu koordinieren. (in: Nachlaß Günter Särchen, ZBOM).
247 Mechtenberg, Theo: Engagement gegen Widerstände, a. a. O., S. 89.
248 Särchen, Günter: Brücken der Versöhnung 3, a. a. O., S. 15.

Nie potrzebuję Wam pisać, że na obczyźnie czesto się teskni za ojczyzną i rodziną
[...] Ale pragnę Wam przekazać życzenia moje: abyście odnaleźli tutaj kawałek stron
rodzinnych [...] Toteż zapraszam Was serdecznie do udziału w mszy świętej tak
często, jak zezwala na to praca Wasza.[249]

Dieser Brief wurde in einer Auflage von etwa zehntausend Exemplaren unter den polnischen Arbeitern verteilt und gelangte auch in die Hände des Staatssicherheitsdienstes, der in Zielitz eine Untersuchung begann, da dieser Brief ohne Genehmigung verteilt worden war. Günter Särchen informierte Bischof Rintelen darüber, der sich jedoch wenig beeindruckt zeigte und als Zeichen dafür eine heilige Messe für die polnischen Arbeiter übernahm.[250]

Im gleichen Jahr bildete sich eine mehr oder weniger formale Gruppe von Polen aus, die in Zielitz einen polnischen Gemeinderat gründete, dessen erste Aufgabe es war, eine Pilgerfahrt zur Huysburg zu organisieren. An dieser nahm eine Gruppe von 75 Polen aus verschiedenen Gemeinden um Magdeburg teil, die mit zwei Bussen reisten und vor der Abfahrt zum ersten Mal offiziell von Bischof Rintelen verabschiedet wurden.[251] Der Hauptorganisator dieser Pilgerfahrt, Ing. Alois Wielki, wurde danach von der SED-Betriebsleitung und der polnischen Leitung gemaßregelt. Ihm wurde gedroht, nach Polen zurückversetzt zu werden. Dazu kam es jedoch nicht mehr, da sich der polnische Ingenieur mit seiner Familie zwei Wochen nach der Maßregelung in die Bundesrepublik absetzte.[252]

Wenn es auch in der evangelischen Kirche in Zielitz alle zwei Wochen einen polnischen Gottesdienst gab, so blieb es in den katholischen Pfarrgemeinden um Magdeburg schwierig, ähnliche Gottesdienste einzuführen. Zunächst wurde jeden Sonntag eine Messe in der St. Sebastian-Propsteikirche gelesen. Doch wurde der Gottesdienst in einen anderen Stadtteil verlegt, was auf Propst Stettner und Prälat Heinrich Jäger zurückzuführen ist. Die Messen sollten nun in Magde-

---

249 Begrüßungsschreiben Rintelens an Polen, in: Nachlaß Günter Särchen, ZBOM. Dt. Übersetzung: Ich brauche Euch nicht zu schreiben, daß man in der Fremde oft das Vaterland und die Familie vermißt [...] Doch ich möchte Euch meine Wünsche übermitteln: daß Ihr hier ein Stück Heimat findet [...] Daher lade ich Euch auch zur Teilnahme an den heiligen Messen so oft ein, wie es Euch Eure Arbeit erlaubt.
250 Vgl. Mechtenberg, Theo: Engagement gegen Widerstände, a. a. O., S. 90.
251 Vgl. Särchen Günter: Brücken der Versöhnung 3, a. a. O., S. 15.
252 Vgl. Ebenda.

burg-Neustadt stattfinden. Auch dort zeigte der Pfarrer, Heinrich Behrens, keine Kompromißbereitschaft, was sich darin äußerte, daß für die polnische Messe keine geeignete Uhrzeit gefunden werden konnte. Die Gottesdienste mußten also im benachbarten Gemeindesaal veranstaltet werden. Weil der Pfarrer von Neustadt sie auch dort als störend empfand, mußte in eine kleine Kapelle ausgewichen werden, die nur über einen Hauseingang zu erreichen war. So blieben die Polen der Messe fern, eine andere Lösung mußte gesucht werden. Günter Särchens Bemühungen schlugen fehl, bis Bischof Rintelen sich bereiterklärte, die polnischsprachigen Messen in die St. Sebastian-Propsteikirche in Magdeburg zurückzuverlegen, in der die Gottesdienste bis Ende 1970 ohne Unterbrechung stattfinden konnten.[253]

Daß die Polenseelsorge keine kurzfristige Maßnahme sein sollte, beweist eine Initiative Günter Särchens, und zwar die Herausgabe eines polnischen Gebet- und Gesangsbuches, das in Paris gedruckt und über Westdeutschland ohne Genehmigung in die DDR gebracht wurde. Die erste Auflage betrug 5000 Exemplare, die in allen Gemeinden mit polnischen Gottesdiensten kostenlos verteilt wurden. Außerdem organisierte Särchen aus Polen ein Orgelbuch, das gekürzt und für die Gemeinden kopiert wurde.[254] Damit stand einer geregelten Polenseelsorge nichts mehr im Weg, wenn man von einigen Priestern absieht, die Bedenken gegen polnische Messen anmeldeten.

Nach den ersten Maßnahmen in Magdeburg drang im Jahr 1970 das Thema Polenseelsorge auch zur Berliner Ordinarienkonferenz durch. Diese beschloß auf einer Sitzung im Jahr 1971 die Bildung einer Kommission, die sich um die Seelsorge der in der DDR lebenden Polen kümmern sollte. Ihre erste Sitzung hatte die Kommission im Oktober 1972, an der auch ein Delegierter des polnischen Primas Wyszyński teilnahm. Dabei wurde die Anordnung Bischof Bengschs aus Berlin vorgelesen, die besagte, daß ab sofort die Polenseelsorge zentral behandelt werden sollte. Das bedeutete, daß Aktivitäten wie die in Magdeburg nicht mehr erwünscht waren. Särchen, Initiator der Polenseelsorge in Magdeburg, gehörte nicht zu den Teilnehmern der Sitzung der Kommission, mehr noch: Er war nicht erwünscht: „Herr Särchen ist nicht einzuladen. Er hat ab sofort keinerlei

---

253 Vgl. Särchen, Günter: Das Bild der Schwarzen Madonna von Tschenstochau in der Propsteikirche St. Sebastian, Privatarchiv Günter Särchen.
254 Vgl. Särchen Günter: Brücken der Versöhnung 3, a. a. O., S. 16.

Berechtigung für poln. Sprechende Katholiken etwas zu unternehmen."²⁵⁵ Dies hielt Särchen aber nicht davon ab, sich weiterhin für die Polenseelsorge zu engagieren, „zumal in der Folgezeit durch das Sekretariat der BOK/BBK nur wenig für diese pastorale Aufgabe getan wurde".²⁵⁶

Bis jedoch eine wirkliche Sicherheit für die polnischen Gottesdienste gewährleistet war, sollten noch einige Jahre vergehen. Das größte Problem war der Mangel an Priestern, die der Sprache mächtig waren, weshalb sich letztendlich die polnische Kirche und der polnische Minister für Kirchenfragen im Jahr 1977 darauf einigten, aushilfsweise Priester in die DDR zu schicken, die jedoch nur gastweise dort sein sollten.²⁵⁷

Die Seelsorge der polnischen Arbeiter hielt auch über die politische Wende von 1989/1990 hinaus an, d. h. polnische Gottesdienste werden im Raum Magdeburg bis heute gehalten, auch wenn es nicht mehr eine so straff organisierte Initiative ist wie zu Zeiten Günter Särchens. Im Grunde beschränkt man sich darauf, vor allem den Saisonarbeitern, die zu verschiedenen Jahreszeiten dort arbeiten, polnischsprachige Messen anzubieten.²⁵⁸

4.2. Sühnefahrten nach Polen

Wie bereits besprochen (Kap. 4.1.), waren die Sommerlager der Aktion Sühnezeichen eine der wichtigsten Leistungen, die eine Art Grundstein der Organisation bildeten. Dabei wurden die Lager nicht nur in der DDR veranstaltet, sondern auch im Ausland, natürlich nur in Ländern des Ostblocks, da eine Reise dorthin um ein Vielfaches leichter war als in einen westeuropäischen Staat. Eine bedeutende Rolle für diese ersten Sommerlager im Ausland, und vor allem in Polen, spielte Günter Särchen, der durch seine Kontakte dorthin die Rolle des Hauptorganisators dieser Veranstaltungen übernahm.

---

255 Ebenda, S. 17.
256 Ebenda.
257 Vgl. Mechtenberg, Theo: Engagement gegen Widerstände, a. a. O., S. 96.
258 Vgl. Schlesien Aktuell [Radio Opole]: Interview mit Bischof Leo Nowak, 19.09.2005.

Ein erstes Sommerlager sollte vom 1. bis 15. August 1964 stattfinden. Als Lager wurde es aber nicht bezeichnet wurde, es erhielt den Namen „Pilger-" bzw. „Sühnefahrt", da es sich um eine Pilgerfahrt zu den ehemaligen Konzentrationslagern handelte, wo man Sühne für die deutschen Verbrechen leisten wollte. Geplant war die Fahrt von zwei getrennten Gruppen (in jeder von ihnen gab es jeweils 10 katholische und evangelische Teilnehmer, die von einem katholischen und einem evangelischen Geistlichen betreut wurden) auf Fahrrädern: Die erste sollte über Frankfurt/Oder und Posen nach Chełmno fahren, die zweite über Görlitz, Groß Rosen und Kattowitz nach Auschwitz. Um aber die Gruppen möglichst legal über die Grenze zwischen der DDR und der VRP zu bringen, benötigte Günter Särchen für alle Teilnehmer gesonderte Einladungen, weshalb er sich an seine Bekannten in Polen wandte. Ein solches Schreiben erhielt auch der oberschlesische Priester Wolfgang Globisch:

> Nach wie vor tragen wir uns [Särchen und die Aktion Sühnezeichen – R. U.] mit dem Gedanken einer Fahrt nach Auschwitz. In den nächsten Tagen gehen an Dich einige Anschriften ab. Für diese Leute brauchen wir eine Einladung. Ihr müßt uns also helfen [...] Es ist nicht mehr nötig, daß diese Einladung von ehemaligen KZ-Häftlingen kommt.[259]

Die Idee der Einzeleinladungen wurde dann offenbar verworfen. Günter Särchen wandte sich in einem Schreiben vom 1. Juli 1964 persönlich an den Staatssekretär für Kirchenfragen, um diesen um eine Ausreisebewilligung für die Teilnehmer zu bitten. Diese Fahrt sollte einen offiziellen Charakter haben. Also waren Einzeleinladungen nicht geeignet, zumal die polnischen Freunde Särchens die deutschen Jugendlichen meistens gar nicht kannten.[260] Dieser offizielle Schritt erwies sich jedoch als Fehler. Eine Ausreisebewilligung wurde nicht erteilt, und die Gruppe hatte auch keine Einzeleinladungen aus Polen. Trotzdem wurde der Plan, die Reise zu organisieren, nicht verworfen. Die Vorbereitungen, auch die Gespräche mit DDR-Behörden, gingen für Särchen und die Aktion Sühnezeichen weiter.

Dabei war die Fahrt nach Polen nicht ohne Zustimmung von polnischer Seite organisiert, wie ein Brief von Jozef Gawor von der katholischen Wochenschrift

---

259 Brief Särchens an Wolfgang Globisch vom 24.03.1964, in: Nachlaß Günter Särchen, ZBOM.
260 Vgl. Nachlaß Günter Särchen, ZBOM.

„Gość Niedzielny" vom 13. Mai 1964 beweist: „Heute schon rufe ich Ihnen ein herzliches Willkommen entgegen. Sowohl in Katowice als auch in Oświęcim wird für die Radfahrermannschaft gern gesorgt."[261] Ebenso war der Kattowitzer Ordinarius Bischof Herbert Bednorz bereit, die Gruppe aus der DDR, die in Auschwitz arbeiten wollte, als seine persönlichen Gäste zu betrachten.[262] Auch der Magdeburger Kommissar Bischof Rintelen zeigte sich über die Initiative und die bevorstehende erste Fahrt erfreut. Um dies auszudrücken, richtete er ein Schreiben an die Teilnehmer der Pilgerfahrt nach Polen, worin er bemerkte:

> In einer ökumenischen Gemeinschaft von katholischen und evangelischen Christen wollen Sie betend und opfernd zu drei der furchtbaren ehemaligen deutschen Konzentrations- und Vernichtungslager in Polen den Kreuzweg des Herrn nachgehen für das millionenfache Grauen, das aus diesen Lagern ausging. Niemand von uns kann das himmelschreiende Unrecht der Nationalsozialisten, dessen wir uns mit Schmerz und Beschämung erinnern, mit menschlichen Mitteln ausgleichen oder wiedergutmachen. Gott allein kann sich unseres Volkes erbarmen.[263]

Am Tag nach dem Verfassen dieses Sendbriefes an die Teilnehmer der Sühnefahrt machten sich beide Gruppen auf den Weg zur Grenze; zwischenzeitlich war alles organisiert: die Quartiere sowie die Arbeitsaufgaben für beide Gruppen in verschiedenen Teilen Polens. Bis zum Tag der Abreise verhandelten die beiden Verantwortlichen, Günter Särchen und Lothar Kreyssig, noch mit den zuständigen Behörden in Ost-Berlin, jedoch ohne Erfolg. Die Begründung für die negative Entscheidung war der bestehende Freundschaftsvertrag zwischen der DDR und Polen sowie die antifaschistische Tradition der DDR, die eine solche Sühneaktion unnötig mache, weshalb die Pilgerfahrt der jungen DDR-Bürger unerwünscht und überflüssig sei.[264] Mit dieser Nachricht fuhren die Organisatoren zu den an der Grenze versammelten Pilgern, und Lothar Kreyssig sagte damals:

---

261 Ebenda.
262 Mechtenberg, Theo: Engagement gegen Widerstände, a. a. O., S. 75.
263 Brief Bischof Rintelens an Günter Särchen vom 31.07.1964, in: Särchen, Günter: Brücken der Versöhnung 3, a. a. O., S. 7A.
264 Vgl. Weiß, Konrad: Lothar Kreyssig, a. a. O., S. 379.

Wir hatten euch zu einer Fahrt nach Polen eingeladen. Nun, da wir keine Genehmigung erhalten haben, kann ich eure Enttäuschung verstehen. Doch es sollte ja kein Ausflug, sondern eine Pilgerfahrt zu den Stätten deutscher Schuld sein. Sollen wir jetzt aufgeben, nur weil der Staat das so will? Es gibt doch genug solcher Stätten auch auf deutschem Boden. Laßt uns nach Sachsenhausen und nach Ravensbrück pilgern.[265]

Somit war der Weg dieser ersten Pilgerfahrt vorgegeben. Die Gruppe, die nach Chełmno fahren sollte, schlug den Weg nach Ravensbrück ein, und diejenigen, die in Auschwitz arbeiten sollten, fuhren nach Sachsenhausen – jedoch nicht alle; zwei Personen, die ein privates Visum besaßen, fuhren über die Grenze und legten den gesamten Pilgerweg bis zum Konzentrationslager Auschwitz zurück. Dies und die Tatsache, daß Särchen und Kreyssig die Reise nicht absagten, kann als Erfolg der ersten Sühnefahrt gewertet werden und beweist, wie stark beide an ihr Sühnevorhaben und die spätere Versöhnung glaubten.

Obgleich es im Jahr 1964 nicht zu einer Sühnefahrt nach Polen kam, wurde die Idee als ein positives Zeichen in der polnischen Kirche aufgenommen. Im Oktober 1964 richtete der polnische Primas Kardinal Stefan Wyszyński einen Brief an Günter Särchen, in dem er sich für die Initiative bedankte:

Im Himmel zählt der gute Wille mehr als die Zahl [der Pilger]. Es ist eine harte und opferreiche Arbeit, die jedoch in Zukunft gewiß große Früchte tragen wird, obwohl es eine weite Zukunft sein könnte.[266]

Es ist aus diesen Worten eine gewisse Enttäuschung ob der gescheiterten Fahrt herauszuhören, die auch Günter Särchen nicht verbarg, als er ein Schreiben verfaßte, in dem er die Gründe für das Scheitern der Polenreise darstellte. Darüber hinaus aber zeigte er auch auf einen Hoffnungsschimmer hin, und zwar auf Mitteilungen von verschiedenen polnischen Bischöfen, die die beabsichtigte Fahrt der jungen Deutschen als eine fruchtbare brüderliche Tat angesehen hatten.[267] Für Särchen selbst sollten aber die Fahrten mehr sein als nur brüderliche Taten, sie sollten eine Versöhnung möglich machen und einen Weg für eine

---

265 Zitiert nach: Ebenda.
266 Kalicki, Włodzimierz: Ostatni jeniec wielkiej wojny, a. a. O., S. 232.
267 Brief Särchens an NN vom 20.08.1964, in: Nachlaß Günter Särchen, ZBOM.

Erste Sühnefahrt von Jugendlichen im Jahr 1964 nach Sachsenhausen, nachdem die Fahrt nach Polen nicht stattfinden konnte. Foto: Bistumsarchiv Magdeburg

Zwei Teilnehmerinnen der ersten Sühnefahrt nach Sachsenhausen im Jahr 1964. Foto: Bistumsarchiv Magdeburg.

zukünftige Nachbarschaft ebnen. Diesen Gedanken nahm er in ein Gedicht auf, das noch im Jahr 1964 entstand und den Titel „Deutsche und Polen – Polen und Deutsche"[268] trägt. Darin heißt es:

> [...]
> Die VERSÖHNUNG
> muß dieser neuen Verständigung
> von Mensch zu Mensch,
> von Gruppe zu Gruppe,
> von Volk zu Volk,
> den Weg bahnen,
> langsam, behutsam, bedächtig, überzeugend.
> Dann einmal kann VÖLKERVERSTÄNDIGUNG
> im Vordergrund stehen.
> Dann einmal wir die junge Generation
> – in Deutschland, in Polen –
> sich selbst und so den anderen finden.
> Zusammen entdecken sie ein neues Europa.
> Und in Europa die gemeinsame Aufgabe.
> Machen wir uns gegenseitig Mut
> die ersten drei Schritte gemeinsam zu gehen
> – und nicht den zehnten vor dem ersten.

Die gescheiterte Sühnefahrt von 1964 schreckte Lothar Kreyssig und Günter Särchen nicht ab. Im darauffolgenden Jahr organisierten sie wieder eine Sühnefahrt nach Polen, die jedoch nicht, wie Kalicki schreibt, teilweise als eine touristische Fahrradtour angemeldet wurde.[269] Wie aus der Biografie Lothar Kreyssigs[270] von Konrad Weiß hervorgeht, hatten alle Teilnehmer eine persönliche Einladung nach Polen. Ähnlich wie im Jahr zuvor wurden zwei Gruppen gebildet, von denen die eine (männliche Jugend) nach Auschwitz und Krakau fahren sollte, die andere dagegen (weibliche Jugend) nach Majdanek und Laski/Warschau.

---

268 In: Särchen Günter: Mein Leben in dieser Zeit (1958–1973), Manuskript o.J., S. 46.
269 Kalicki, Włodzimierz: Ostatni jeniec wielkiej wojny, a. a. O., S. 232.
270 Weiß, Konrad: Lothar Kreyssig, a. a. O., S. 380.

Erste Sühnefahrt der Jugendlichen nach Polen im Jahr 1965. Weibliche Jugend bei Arbeiten in Majdanek. Foto: Bistumsarchiv Magdeburg.

Ein Unterschied bestand im Zeitpunkt und der Art der Reise: die Jungen fuhren von Görlitz am 19. Juli mit Fahrrädern ab und sollten am 8. August wieder zurückkommen; die Mädchen reisten am 24. Juli ab Berlin mit der Bahn und kamen am 11. August wieder zurück.

Ich komme nun genauer auf die Sühnefahrt der Jungen nach Auschwitz zu sprechen, da diese u. a. von Günter Särchen persönlich geleitet wurde.

> Im Abstand von einigen Minuten, so als hätten sie [die Jugendlichen – R. U.] nichts miteinander zu tun, überquerten sie am 19. Juli in Görlitz einzeln die Grenze und schlossen sich auf polnischen Boden wieder als Gruppe zusammen.[271]

Es waren zehn katholische und zehn evangelische Jugendliche sowie Geistliche beider Religionen und Günter Särchen, der auch für die Logistik zuständig war. Hinter der Grenze trafen die Sühnefahrer auf den jungen oberschlesischen Priester Wolfgang Globisch, der an der Fahrt als Führer und Übersetzer teilnahm.

---

271 Weiß, Konrad: Lothar Kreyssig, a. a. O., S. 380.

Er wurde für diese Zeit vom Oppelner Bischof Jop freigestellt und konnte somit die Fahrt, ebenfalls auf einem Fahrrad, mitmachen.[272]

Die Fahrradtour dauerte zehn Tage und führte die Teilnehmer auch an Lagern in Schlesien vorbei, also Groß Rosen und Lamsdorf. Nicht nur das Ziel war wichtig, sondern auch schon die Reise nach Auschwitz:

> Damit diese Fahrt nicht zum gewöhnlichen Fahrradausflug wurde, hatte sich die Gruppe strenge Regeln gesetzt, die auch eingehalten wurden. Unterwegs wurde jeden Tag drei Stunden geschwiegen – zum Sühnezeichen dafür, daß Deutsche Millionen Menschen aus anderen Völkern mit brutaler Gewalt zum Schweigen gebracht haben. An den Rastorten wurde um Wasser und Brot gebeten – zum Zeichen dafür, daß Deutsche den Polen jahrelang das tägliche Brot verweigert haben.[273]

Außerdem waren Gebete und Meditationen bedeutend, nicht zuletzt deswegen, weil die Organisatoren und die Teilnehmer stark kirchlich verbunden waren. Dabei betete man nicht nur für die Opfer des Naziregimes, sondern auch für die Täter, damit sie, sofern sie noch lebten, ihre Schuld erkannten und Reue zeigten.

Obgleich das Anliegen der Sühnefahrer ein positives Zeichen für Polen sein sollte, stießen die Jugendlichen doch anfangs auf Ablehnung, als man sie deutsch sprechen hörte. Konrad Weiß erinnerte sich in einem Interview an einen solchen Vorfall, der sich in einem kleinen Dorf zugetragen hatte:

> Wir wollten, so wie wir das immer unterwegs gemacht haben, um Wasser bitten. Und als der Pfarrer die deutschen Stimmen hörte, schimpfte er und schlug laut die Tür zu. Und erst als unser Dolmetscher erklärt hat, warum wir nach Polen gekommen sind, da ging die Tür weit auf, und wir wurden hervorragend bewirtet. Das hat mir deutlich gemacht, wie wichtig es war, was wir taten.[274]

---

272 Vgl. Interview des Autors mit Pfarrer Wolfgang Globisch vom 3.02.2005 [Aufnahme im Besitz des Autors].
273 Weiß, Konrad: Lothar Kreyssig, a. a. O., S. 380.
274 Interview mit Konrad Weiß, in: Kerski, Basil; Kycia, Thomas; Zurek, Robert: „Wir vergeben und bitten um Vergebung", a. a. O., S. 186.

Von einer ähnlich positiven Begegnung während der Fahrt nach Auschwitz, diesmal zwischen jungen Polen und Deutschen, berichtet das Rundschreiben der Aktion Sühnezeichen vom August 1965:

> Unterwegs – irgendwo in einer kleinen polnischen Stadt (Krzeszow): ein Haufen junger Leute, Studenten und Studentinnen, wie sich dann ergibt, spielen Volley-Ball. Bald bildet sich eine polnische und aus unseren „Pilgern" eine deutsche Mannschaft. Unsere Jungen werden haushoch geschlagen! Sie sagen am Ende, weshalb wir hier sind. Die anderen werden plötzlich sehr ernst. Dann gehen unsere Männer in die herrliche Kirche des Ortes. Als sie wieder herauskommen, finden sie die Polen wartend. Jeder von uns bekam eine Ansichtskarte dieser Kirche in der Hand mit einer herzlichen Widmung für die Deutschen.[275]

Auch in den ehemaligen Konzentrationslagern, die auf dem Weg nach Auschwitz besucht wurden, erfuhren die Sühnefahrer aus der DDR eine positive Aufnahme. Davon zeugt ein Bericht im bereits erwähnten Rundschreiben der Aktion Sühnezeichen vom August 1965:

> Schon im ehemaligen KZ-Lager Groß Rosen (Rogoźnica) geschieht, was sich dann in Auschwitz und Majdanek wiederholt. Der Leiter, ein in seinem Volk hochangesehener Widerstandskämpfer, nimmt uns herzlich auf, lädt uns in seinen Kulturraum ein und gestattet uns, im Lager an einem zentralen Platz im Freien Gottesdienst zu halten, für den uns Erzbischof Kominek, Wrocław/Breslau, die kirchliche Genehmigung erteilt hat. Während der Predigt kommt eine polnische Besuchergruppe mit dem Autobus ins Lager und nimmt nach Beendigung der Führung an der Messe teil. Die Predigt wird ins Polnische übersetzt. So erfahren sie, was diese jungen Männer aus Deutschland hierher geführt hat. Zum Ende erhebt sich in Polnisch ein Loblied aus der Mitte der vereinigten Gemeinde.[276]

---

275 Rundschreiben der Aktion Sühnezeichen, August 1965, in: Państwowe Muzeum na Majdanku, Archivmappe: Aktion Sühnezeichen 1965–1979, Signatur: 67/2, Bl. 14f.
276 Ebenda, Bl. 14.

Erste Sühnefahrt der Jugendlichen nach Polen im Jahr 1965. Jugendliche bei Aufräumarbeiten in Auschwitz. Foto: Państwowe Muzeum Auschwitz-Birkenau.

In Auschwitz angekommen, wurden die Sühnefahrer aus der DDR bereits erwartet. Der Oberschlesier Globisch war von den positiven Reaktionen der Polen beeindruckt, die sich freuten, daß nun junge Deutsche gekommen waren, um in diesem Lager zu arbeiten. Außerdem machte das Quartier, das für sie bereitet wurde, einen großen Eindruck:

> In Auschwitz haben wir bei den Salesianerpatres übernachtet, die einen Block von der ehemaligen SS-Kaserne bekommen haben. Unten war die Kappelle und oben war so ein Museum eingerichtet, wo wir zwischen den Exponaten geschlafen haben. Das war ein bißchen gruselig.[277]

Die Aufgabe, vor welche die jungen Deutschen und ihre Betreuer gestellt wurden, war schwer – weniger die physische als die psychische Belastung: Sie sollten die Grundmauern der ersten Vergasungsstätte, eines ehemaligen Bauernhofes, die als „Weißes Haus" bezeichnet wird, freilegen.

Daran arbeiteten sie vier Tage lang, die für alle sehr emotional waren, da die fortgeschaffte Erde mit menschlicher Asche aus den Krematorien vermischt war. Diese Zeit war für die Jugendlichen bewegend, auch für Konrad Weiß, einen der Teilnehmer, der später in einem Interview sagte: „Für mich war es der Punkt, wo ich begriffen habe, was es heißt Deutscher zu sein, welche politische Verpflichtung ich habe."[278] Auch Särchen selbst schrieb in seinem Text „Wer ermordete Edith Stein und Gefährten?" davon, daß es lange dauern werde, bis die Teilneh-

---

[277] Interview des Autors mit Pfarrer Wolfgang Globisch.
[278] Jander, Martin: Eine Fahrt nach Auschwitz. Gespräch mit Konrad Weiß, in: http://www.buergerkomitee.org/hug/h44-dateien/weiss.html, 29.10.2004.

Erste Sühnefahrt der Jugendlichen nach Polen im Jahr 1965. Andacht der Jugendlichen vor einem eigens errichteten Birkenkreuz in Auschwitz. 1. v. r. Lothar Kreyssig, 8. v. r. Günter Särchen. Foto: Bistumsarchiv Magdeburg.

mer des Lagers zum normalen Alltag zurückfinden würden, nachdem sie in Auschwitz diese Arbeit geleistet hätten. Doch müßten sie die Erfahrungen aus der Polenfahrt mit in ihr Leben und in ihren Bekanntenkreis tragen, um andere aufzuklären.[279] Dies war eben das vorrangige Ziel für Günter Särchen und Lothar Kreyssig, jungen DDR-Bürgern die Geschichte und die Verantwortung der Deutschen näherzubringen:

> Wer hat diese ‚Diensttuenden' eigentlich auf dem Gewissen? Was sie auf dem Gewissen haben, ist uns spätestens jetzt bekannt. Aber muß uns nicht auch die Frage bedrücken, wer sie dazu gezwungen hat? Doch Vorsicht! Ist es nicht eine Verdrängung dieser Frage, wenn wir dies alles darauf abschieben, was sie dazu gemacht hat, nämlich dieses ‚verfluchte politische System'. An allem soll nur das System schuld

---

279 Vgl. Särchen, Günter: Wer ermordete Edith Stein und Gefährten?, Manuskript 1992, S. 29.

sein? Eine Gesellschaft, ein politisches System ist doch nicht denkbar ohne die Menschen, ohne den einzelnen Menschen.[280]

Durch diese Überlegungen Särchens und der übrigen Teilnehmer des Sühnelagers konnte der offiziellen antifaschistischen Propaganda der SED entgegengewirkt werden, weshalb eine Gruppe, zugegeben klein, ein anderes wahres Bild der deutschen, der eigenen Geschichte mitnahm.

Lothar Kreyssig nahm an der Sühnefahrt nicht persönlich teil, doch stieß er für einige Tage dazu und in dieser Zeit stellten die Jugendlichen unter Särchens Leitung ein Birkenkreuz an der Stelle auf, an der sie gearbeitet hatten.

Dies wurde auf einer Fotografie verewigt, die seitdem als Symbol für die Pilgerfahrten der ASZ nach Auschwitz dient. Dabei kann es befremdlich wirken, daß an einem Ort, an dem zumeist Juden getötet worden waren, ein christliches Kreuz stehen sollte. Dies ist aber zu erklären, wie Konrad Weiß beweist:

> Für die jungen Männer, aus christlicher Tradition kommend, war es das vertraute Symbol über den Gräbern, das Zeichen der Auferstehung und der Erlösung. [...] Aber die Sensibilität zu spüren, daß dies ein jüdischer Ort ist und daß das Kreuz hier ungebührlich oder gar ein Ärgernis sein könnte, hatte niemand.[281]

Es ist auch nicht bekannt, daß die Sühnefahrer aus der DDR negative Äußerungen erhielten, die mit der Aufstellung des Kreuzes zusammenhingen. Vermutlich deshalb, weil damals die Aktion Särchens und Kreyssigs keine große Aufmerksamkeit der polnischen und jüdischen Bevölkerung erntete, was jedoch den Versöhnungswert der Initiative selbst nicht schmälert.

Bevor die Sühnefahrer nach dem Arbeitseinsatz in Auschwitz zurück in die DDR fuhren, besuchten sie noch Krakau und die dort ansässige Redaktion des „Tygodnik Powszechny" sowie den Krakauer Klub der katholischen Intelligenz. Dabei sprachen sie u. a. mit Anna Morawska und Mieczysław Pszon[282], den späte-

---

280 Ebenda.
281 Weiß, Konrad: Lothar Kreyssig, a. a. O., S. 382.
282 Mieczysław Pszon (1915–1995), Journalist und Politiker, im Zweiten Weltkrieg Soldat der polnischen Heimatarmee (Armia Krajowa), 1945 Vertreter der polnischen Exilregierung in London für die Woiwodschaft Krakau, dafür von der kommunistischen Regierung zum Tod verurteilt, Urteil wurde nicht ausgeführt. Pszon verbrachte acht Jahre im Gefängnis. Er

ren Beratern des ersten nichtkommunistischen Premierministers Polens, Tadeusz Mazowiecki. Morawska berichtete über diese Sühnefahrt im „Tygodnik Powszechny" unter dem Titel „Die Psychologie des Friedens". Darin heißt es:

> Nicht unsere jungen deutschen Gäste waren es, die Hand angelegt haben bei den Verbrechen, die auf polnischer Erde geschahen. Doch gerade sie, die Generation des „unbeschriebenen Blattes", möchte nicht mehr mit einer Fiktion, mit Unausgesprochenem gegen das Leben leben, sondern das annehmen, was real ist, und darin eine Zukunft, Würde und Sinn suchen. [...] Es gibt da in Deutschland Leute, die ein Rezept für eine ewige Konfliktlosigkeit gefunden haben. [...] Es gibt da Menschen, die scheinen aufrichtig zu glauben, daß man über Meinungsverschiedenheiten sprechen muß, loyal und im Geiste der Wahrheit beider Seiten. Die begriffen haben, daß das deutsche Volk ausbrechen muß aus dem Zirkel seines mißverstandenen Strebens nach Selbsterhaltung [...]. Und die verstanden haben, daß sorgloses Schweigen heute wie vordem eine Schuld ist.[283]

Durch diesen Artikel machte sie das Anliegen Särchens und der Aktion Sühnezeichen in Polen bekannter, und die Bemühungen der Deutschen aus der DDR sind nicht spurlos vergangen.

In den wenigen Tagen in Krakau standen aber nicht nur Treffen mit Repräsentanten der regimekritischen katholischen Kirche auf dem Programm, die Teilnehmer dieser Sühnefahrt hatten auch die Möglichkeit, allein die Stadt kennenzulernen. Dabei stießen den jungen DDR-Bürgern immer wieder Situationen zu, in denen sie an die jüngste deutsche Geschichte erinnert wurden. So erinnerte sich Konrad Weiß:

> In Krakau gab es eine Studentenkneipe, die habe ich noch heute vor Augen, ein Jazzkeller. Dort tanzte ich mit einer jungen Polin, die kein Wort Deutsch sprach. In einer Pause nahm sie ihre Zigarettenschachtel, zerriß sie, nahm einen Stift und malte auf die Rückseite einen Schornstein. Darüber schrieb sie auf Deutsch: Vater

---

engagierte sich für die deutsch-polnische Versöhnung, in der Mazowiecki-Regierung war er verantwortlich für die Kontakte mit Bundeskanzler Helmut Kohl.
283 Morawska, Anna: Psychologie des Friedens. Teil II: Der Realismus der Idealisten, Tygodnik Powszechny, Nr. 35, 29.08.1965, zitiert nach: Weiß, Konrad: Lothar Kreyssig, a. a. O., S. 383.

und Mutter. An so etwas erinnert man sich sein Leben lang. Ich wußte genau, wenn sie Vater und Mutter auf Deutsch schreibt, dann heißt es, daß die Deutschen ihre Eltern umgebracht haben.[284]

Man kann an dieser Stelle nicht vermuten, daß genau solche Treffen die Organisatoren vorhergesehen hatten, als sie die Pilgerfahrt nach Polen organisierten; doch halfen sie gewiß den Teilnehmern zu verstehen, wie die Menschen jenseits der Oder und Neiße sind, was die Treffen mit regimekritischen Kreisen, die ein unverfälschtes Bild des Landes und seiner derzeitigen Lage boten, zusätzlich ergänzte. Obgleich man hier aber nicht davon sprechen kann, daß sich während dieser Treffen die ersten oppositionellen Kontakte anbahnten, auf jeden Fall war die erste Pilgerfahrt und die folgende ein Grundstein für spätere Kontakte von Oppositionellen aus der DDR nach Polen.

Die Sühnefahrten der ASZ in Zusammenarbeit mit dem Seelsorgeamt Magdeburg stießen in den anderen Jurisdiktionsbezirken der katholischen Kirche in der DDR auf Kritik, die ähnlich ausfiel wie bei der bereits besprochenen Glockenspende an Posen bzw. Danzig (Kap. 4.1.1.). Man sah bereits die erste, gescheiterte Polenfahrt im Jahr 1964 als zu spektakulär an und blieb auch bei dieser Meinung, als Särchen und Kreyssig weitere Fahrten planten und durchführten.[285] Im Gegensatz zur eher negativen Resonanz der deutschen Kirche auf die geplanten Poleninitiativen stehen positive Aussagen der polnischen Kirche, wie sich Günter Särchen in einem kircheninternen Informationsblatt erinnerte:

Bei kirchlichen und staatlichen Stellen in Polen haben diese ‚Zeichen einer neuen Gesinnung' große Beachtung gefunden. Dieser, von ‚Deutschen nicht gewohnten Kleinarbeit' wurde in einer langsamen, schrittweisen Entwicklung mehr und mehr Vertrauen entgegengebracht.[286]

---

284 Jander, Martin: Eine Fahrt nach Auschwitz, a. a. O.
285 Vgl. Mechtenberg, Theo: Engagement gegen Widerstände, a. a. O., S. 75; Särchen, Günter: Kurze und unvollständige Information über das „Polenseminar" als Veranstaltung des Seelsorgeamtes im Bischöflichen Amt Magdeburg, Oktober 1983, in: Nachlaß Günter Särchen, ZBOM.
286 Särchen, Günter: Kurze und unvollständige Information, a. a. O.

Zu den vielen Zuschriften gehören auch Briefe von polnischen Bischöfen, u. a. Wojtyla (Krakau), Jop (Oppeln), Bernacki (Gnesen), Nowicki (Danzig), Bieniek (Kattowitz).[287] Somit war für Särchen klar, daß er trotz der Kritik seitens „seiner" Kirche die Arbeit für die Versöhnung fortsetzen würde.

So geschah es auch, im Jahr darauf wurde eine weitere Fahrt von Jugendlichen nach Polen organisiert. Das Ziel war dem vom Jahr 1965 ähnlich, doch waren es nicht nur zwei Gruppen, sondern bereits fünf mit zusammen 79 Teilnehmern. Die Jugendlichen kamen auf offizielle Einladung der Klubs der katholischen Intelligenz in Warschau und Krakau, die sowohl mit offiziellen polnischen Stellen, also auch mit Museumsdirektoren in den ehemaligen KZs, und den jeweiligen Diözesanbischöfen abgesprochen wurden; die Unterkunft, Verpflegung in den Lagern und auf dem Weg dorthin wurde von der polnischen Seite getragen. Damit erhielt die Initiative Särchens und Kreyssigs einen offiziellen Charakter, der als solcher aber nur in Polen zum Vorschein kam, da in der DDR diese Art von Aktionen weiterhin unerwünscht war.

Da die Aktion in diesem Jahr aus mehreren Gruppen bestand, die in verschiedenen polnischen Städten arbeiten sollten, richteten Lothar Kreyssig und Günter Särchen ein offizielles Schreiben an die Bischöfe des polnischen Episkopats. Darin erläuterten sie die Idee dieser Sühnefahrten:

> Wir jungen Menschen wollen aus christlichem Glauben auch im Sommer 1966 in den ehemaligen Konzentrationslagern auf polnischem Boden in Bescheidenheit, Demut und Stille arbeiten. Dieser Sühnedienst kann nichts ungeschehen und nicht wiedergutmachen, was dem polnischen Volke geschehen ist. Bitte verstehen Sie uns: Wir wollen einfach in diesen Lagern, die heute zu Gedenkstätten ausgebaut werden, durch einfache Arbeit nur dienen.

Aus diesem Schreiben geht auch hervor, wieso die Fahrt von 1966 eine ähnlich große Bedeutung hatte, wie die vorherige, die eine erste solche Initiative seitens der DDR-Bürger war:

---

287 Vgl. Brief Särchens an Bischof Friedrich Rintelen vom 1.09.1965, in: Nachlaß Günter Särchen, ZBOM.

So ist es unser Wunsch, im Jahre des feierlichen Millenniums nicht an den großen Feierlichkeiten des polnischen Volkes teilzunehmen, sondern während das polnische Volk das Millennium feierlich begeht, wollen wir jungen Deutschen in aller Stille an den Stätten des polnischen Leidens, den ehemaligen Konzentrationslagern, arbeiten.[288]

Diese Idee wurde aber nicht nur den polnischen Bischöfen vermittelt, der Brief Särchens und Kreyssigs wurde am 21. August 1966 im „Tygodnik Powszechny" abgedruckt, womit die Initiative, die aus der DDR hervorging, auch einem breiteren Kreis von Polen vermittelt wurde.

Die Teilnehmer dieser zweiten Sühnefahrt teilten sich in Gruppen auf:
1. Gruppe (23.07.–09.08.) Majdanek, Lublin, Laski/Warschau
– 18 katholische und evangelische Mädchen;
2. Gruppe (30.07.–16.08.) Stutthof/Danzig
– 17 katholische und evangelische Jungen und Mädchen;
3. Gruppe (30.07.–16.08.) Posen, Chełmno (Kulmhof)
– zehn katholische und evangelische Jungen;
4. Gruppe (08.08.–30.08.) Auschwitz
– 23 katholische und evangelische Jungen und Mädchen;
5. Gruppe (13.08.–30.08.) Görlitz, Groß Rosen
– elf katholische und evangelische Jungen und Mädchen.[289]

Diesen Gruppen wurden jeweils ein katholischer und evangelischer Geistlicher zur Seite gestellt; sie kamen zu den einzelnen ehemaligen Konzentrationslagern sowohl per Bahn als auch mit Fahrrädern und erfüllten eine Vielzahl von verschiedenen Arbeiten. Dazu gehörte die Säuberung und Erhaltung des jeweiligen Geländes sowie Hilfe bei Aufbauarbeiten von Mahnmalen. Im Unterschied zu der ersten Fahrt nach Polen nahm Günter Särchen in diesem Jahr nicht von Anfang an teil, sondern übernahm eine Art Kontrollaufgabe, besuchte also nacheinander alle Gruppen in den verschiedenen Teilen Polens.

---

288 Brief Kreyssigs und Särchens an polnische Bischöfe vom 1.08.1966, in: Nachlaß Günter Särchen, ZBOM.
289 Vgl. Särchen, Günter: Brücken der Versöhnung 3, a. a. O., S. 10; Särchen, Günter: Information betr. Pilgerfahrten zu ehemaligen Konzentrationslagern Polen 1966, in: Nachlaß Günter Särchen, ZBOM.

Die zweite Sühnefahrt der Jugendlichen aus der DDR nach Polen inspirierte Särchen dazu, ein Gedicht zu verfassen, das den Titel „Unser Golgotha im Osten" (1966)[290] trägt:

> Auschwitz, Majdanek, Stutthof, Groß-Rosen ...
> Von diesen Orten,
> durch das hier Erlittene
> Unschuldiger
> kann der menschlichen Gesellschaft,
> den noch einmal Davongekommenen,
> den Nachgeborenen,
> die Erlösung, die Befreiung
> zu neuem Leben in Würde,
> Gerechtigkeit und Frieden
> wachsen.
> Aus Versühnung zur Versöhnung.
> Chance für alle,
> für den einzelnen.
> Wenn wir den Blick
> nicht abwenden,
> die Ohren nicht verschließen,
> unser Mund sich
> dem Bekennen öffnet.
> Aber es folgte
> diesem Leiden menschlicher Leiber,
> diesem Leiden der Seelen,
> wie vor 2000 Jahren
> – dem Heilstod Christi –
> die Erkenntnis
> – die ist bitter –
> Der Mensch ist unbelehrbar.
> Zu kurz sein Blick,

---

290 In: Särchen, Günter: Mein Leben in dieser Zeit (1958–1973), Manuskript o. J., S. 72.

zu taub seine Ohren,
sein Mund nur von
Worten eigenen Leides
gefüllt.
Verschlossen das Herz
durch eigenen Schmerz.
Wenn wir doch wenigstens
gelernt hätten
demütig zu schweigen
und uns etwas zu schämen.
Gott hat es nicht leicht
mit uns,
mit mir.

Um den „unbelehrbaren Menschen" doch zu belehren und ihn auf die Vergangenheit hinzuweisen, sollten in den Folgejahren weitere Sühnefahrten Jugendlicher nach Polen veranstaltet werden. Daraus sollte die Tradition entstehen, daß auch Jugendliche aus der DDR Sühne für die Verbrechen der Nationalsozialisten leisten. Dies jedoch sollte Günter Särchen und Lothar Kreyssig verwehrt bleiben.

Die Aktion Sühnezeichen und das Seelsorgeamt Magdeburg, vertreten durch Günter Särchen, organisierte im Jahr 1967 eine Fahrt von sechs Gruppen nach Polen: zwei sollten nach Stutthof fahren, und jeweils eine nach Majdanek, Warschau / Laski / Palmiry, Auschwitz und Groß Rosen. All diese Fahrten sollten in den Monaten Juli und August stattfinden, und die Anfahrt zu den einzelnen Orten war wie im Jahr zuvor aufgeteilt auf Bahn und Fahrrad. Kurzfristig wurden aber die Organisatoren zu einem Gespräch in das Staatssekretariat für Kirchenfragen geladen, wo sie erfuhren, daß die benötigten Ausreisedokumente für die Gruppen nicht ausgestellt werden durften. Daraus konnte man ablesen, daß eine Organisierung der Fahrten, trotz Verbotes, als illegal angesehen und somit strafrechtlich verfolgt werden würde.[291] Somit konnte diese Fahrt nicht stattfinden, was die ASZ und Günter Särchen nicht daran hinderte, für die Jugendlichen im Jahr 1967 Sommerlager auf dem Gebiet der DDR zu organisieren. Die Organisatoren haben ihre Enttäuschung über die gescheiterte Polenfahrt nicht verheim-

---

291 Vgl. Mechtenberg, Theo: Engagement gegen Widerstände, a. a. O., S. 81.

In Zusammenarbeit
mit dem Seelsorgeamt
des Erzbischöflichen Kommissariats
Magdeburg

102 BERLIN 2 BISCHOFSTRASSE 6·8

TELEFON 516961 POSTSCHECKKONTO BERLIN 13427

Berlin, 28. Mai 1967

Grüß Gott!

Ihnen ist unser großes Anliegen vertraut, durch Gebet, Opfer und Dienst als einem Zeichen der Sühne das polnische Volk um Vergebung zu bitten.

Aktion Sühnezeichen, Berlin, hat in den vergangenen Jahren in Zusammenarbeit mit dem Seelsorgeamt des Erzbischöflichen Kommissariats Magdeburg nicht aufgehört, diesen Versöhnungsdienst in das eigene Volk und in die einst geschändeten Völker hineinzutragen. In den vergangenen zwei Jahren konnten wir mit mehreren Pilgergruppen junger evangelischer und katholischer Christen bescheidene Zeichen der Sinnesänderung auch in Ihrem Land und Volk für den Frieden und für eine neue Nachbarschaft beitragen. Dabei ist uns und unseren Freunden die Versöhnungsbereitschaft der polnischen Brüder ein überwältigendes Erlebnis geworden.

Auch in diesem Jahr haben sich wieder 100 Jungen und Mädchen (über 19 Jahre alt) bei uns gemeldet, um als Pilger in dieser Intention in die Lager Auschwitz, Groß-Rosen, Chełmno-Kulmhof, Stutthof, Majdanek und zum Friedhof Palmiry-Warszawa zu fahren, um dort zu arbeiten und zu beten.

Wie gut unser christliches Anliegen als Versöhnungsdienst zwischen den Völkern und als Baustein für einen Frieden aus neuer Gesinnung in der VR Polen verstanden worden ist, zeigten uns die uns auch für dieses Jahr zugegangenen Einladungen der staatlichen Museumsdirektionen und Komitees sowie die vielen Briefzuschriften und Einladungen aus allen Bevölkerungsschichten.

In einer Unterredung im Staatssekretariat für Kirchenfragen, Berlin, wurde uns am 22. Mai mitgeteilt, daß wir für diese Gruppen die erforderliche Ausreisegenehmigung nicht zu erwarten haben.

Wir sind überaus schmerzlich davon betroffen, daß unser Beitrag zum Frieden zwischen unseren beiden Völkern aus unserem im eigenen Lande mit dieser Entscheidung infrage gestellt wird. Denn daß die polnischen Freunde unsere mit der Bitte um Vergebung hingestreckte Hand ergriffen und festgehalten haben, war uns als Rufern und Wegbereitern für einen steten Sinneswandel unter den Christen im eigenen Lande eine entscheidende Hilfe.

Die Jungen und Mädchen, die sich für die polnischen Lager gemeldet hatten, werden allermeist in der gleichen Zeit, in der gleichen Intention hier an Lagern in der DDR teilnehmen. Wir wollen an der unverzichtbaren Aufgabe der Versöhnung bleiben und nicht im Kleinglauben bitter werden.

Wir danken Ihnen für alle aufopfernde Hilfe, die Sie uns in diesem Jahr wieder gewähren wollten und sind gewiß, daß die zwischen uns gewachsene, unverbrüchliche Freundschaft durch die Enttäuschung nicht müde werden wird.

Zum Trost erlauben Sie uns die Bitte um einen Gruß der Verbundenheit, den wir gern den Jugendlichen in unseren Lagern übermitteln und vorlesen wollen. Wenn Sie dazu freudig sind, wählen Sie bitte dafür unsere Berliner Anschrift. Wir würden Ihren Gruß in die hiesigen Lager an die Jungen und Mädchen weitergeben.

In Zuversicht grüßen wir Sie

herzlich, treulich und dankbar

Brief Günter Särchens an die Redaktion des „Tygodnik Powszechny" aus dem Jahr 1967.
Quelle: Archiwum Jerzego Turowicza, Krakau, Korrespondenzmappe Günter Särchen.

licht, wie aus einem Rundbrief der Aktion Sühnezeichen hervorgeht, der sowohl an Deutsche als auch an Polen geschickt wurde. Darin heißt es:

> Wir sind überaus schmerzlich davon betroffen, daß unser Beitrag zum Frieden zwischen unseren beiden Völkern aus Versöhnung im eigenen Lande mit dieser Entscheidung infrage gestellt wird. Denn daß die polnischen Freunde unsere mit der Bitte um Vergebung hingestreckte Hand ergriffen und festgehalten haben, war uns als Rufern und Wegbereitern für einen steten Sinneswandel unter den Christen im eigenen Lande eine entscheidende Hilfe.[292]

Dennoch gab es für Günter Särchen als Initiator einen Hoffnungsschimmer, daß es in Zukunft weitere Fahrten geben werde. Im Jahr 1967 gelang es einigen Teilnehmern, mit Privatvisum nach Polen zu fahren und dort einige ehemalige deutsche Konzentrationslager aufzusuchen.

Organisierte Reisen konnten erst nach dem Jahr 1972 wieder aufgenommen werden, als zwischen der DDR und der VRP der visafreie Grenzverkehr eingeführt wurde. Da wurden die Einsätze auch erweitert um Arbeitsdienste in karitativen und kirchlichen Einrichtungen sowie in anderen gemeinnützigen Institutionen, wie Krankenhäusern. Darüber hinaus war es in den siebziger Jahren möglich, daß polnische Jugendliche zu Sommerlagern in die DDR kamen, womit der Austausch weiter belebt und in beiden Richtungen betrieben wurde. Es konnte bei der Durchsicht der Unterlagen nicht genau bestimmt werden, inwieweit Günter Särchen an der Organisation und Durchführung der einzelnen Sommerlager in Polen in den siebziger Jahren beteiligt war, da er in der gleichen Zeit die „Polenseminare" und die damit verbundenen „Pilgerfahrten nach Polen"[293] organisierte, weshalb die Unterlagen seitdem von diesen Fahrten sprechen. Es ist aber belegt, daß Günter Särchen zusammen mit seiner Ehefrau und den Kindern jährlich an den Einsätzen im Blindenheim in Laski bei Warschau teilnahm.[294]

---

292 Brief der Aktion Sühnezeichen vom 28.05.1967, in: AJT, Korrespondenzmappe: Günter Särchen.

293 Zu den Polenseminaren und den Pilgerfahrten nach Polen siehe Kapitel 4.3.

294 Vgl. Särchen, Günter: Brücken der Versöhnung 2. Schritte zur Versöhnung zwischen Deutschen aus der DDR und Polen unter den Bedingungen staatlicher und kirchlicher Begrenzungen, Manuskript 1995, S. 9; Interview des Autors mit Elisabeth Here und Claudia Wyzgol am 27.08.2005 [Aufnahme im Besitz des Autors]. Das Blindenheim in Laski wurde

Eine Unterbrechung in den Arbeitseinsätzen in Polen kam im Jahr 1980, als der visafreie Grenzverkehr von der DDR wieder aufgehoben wurde. Erst 1983 konnte zunächst eine, dann zwei Gruppen der ASZ nach Polen fahren, um dort im Kindergesundheitszentrum in Warschau zu arbeiten.[295]

4.3. Die Polenarbeit Särchens nach den Sühnefahrten

Die Sühnefahrten nach Polen waren sowohl für die Aktion Sühnezeichen und Lothar Kreyssig als auch für Günter Särchen von zentraler Bedeutung bei der Verwirklichung der Versöhnungsidee zwischen Polen und Deutschen. Infolge der immer größer werdenden Probleme bei der Ausreise mußte Särchen eine neue Form finden, um Polen bei der DDR-Bevölkerung bekannter zu machen. So entstand die Idee einer Seminarreihe über Polen, die sich als Polenseminar einen Namen in Magdeburg und darüberhinaus machte. Zu dieser Reihe gehörten später jährliche Pilgerfahrten nach Polen. Zusätzlich zu diesen zwei großangelegten Aktionen leistete Günter Särchen bis zum Ende der achtziger Jahre noch eine Vielzahl von Arbeiten, die Polen und Deutsche näherbringen sollten.

4.3.1. Polenseminar und Pilgerfahrten

Wenn man vom Polenseminar spricht, dann ist das Seelsorgeamt des Erzbischöflichen Kommissariates Magdeburg vorrangig zu nennen, da die Seminare nicht unter der Schirmherrschaft der Aktion Sühnezeichen liefen – wie z. B. die ersten Sühnefahrten nach Polen –, sondern sie fanden innerhalb der katholischen Kirche statt. Ein weiterer Unterschied bestand in der Zusammensetzung der Teilnehmer: Das Polenseminar war an die mittlere und ältere Generation gerichtet,[296] und die Mehrzahl der Teilnehmer kam auch aus dem Jurisdiktionsbezirk Magde-

---

    auch über die Arbeitsstelle für pastorale Hilfsmittel unterstützt. Günter Särchen organisierte z.B. Schreibmaschinen für Blinde, die das Heim selbst nicht kaufen konnte.

295 Vgl. Zariczny, Piotr: Oppositionelle Intellektuelle in der DDR und in der Volksrepublik Polen. Ihre gegenseitige Perzeption und Kontakte, Wydawnictwo Adam Marszałek, Toruń 2004, S. 94.

296 Vgl. Särchen, Günter: Kurze und unvollständige Information über das „Polenseminar" ..., a. a. O., S. 3.

burg, obwohl die Wirkung der Seminare sich auch auf das gesamte Gebiet der DDR erstreckte. Dabei war die gesellschaftliche Stellung oder der Beruf nicht ausschlaggebend für die Teilnahme an den Seminaren Särchens, sondern allein das Interesse an der deutsch-polnischen Versöhnung.[297] Eine gewisse Bindung an den Glauben war aber notwendig, denn das Polenseminar sollte nicht nur ein Diskussions-, Begegnungs- und Informationsforum, sondern auch ein Ort des Gebetes sein, was verständlich ist, da es innerhalb der katholischen Kirche in Magdeburg stattfand.

Wie schon in seiner Görlitzer Zeit waren nun auch die Vertriebenen und Flüchtlinge aus den heute polnischen Gebieten eine der Adressaten für Särchens Polenseminare, da diese Personen in der offiziellen DDR-Gesellschaft ihre Vergangenheit nicht aufarbeiten durften, teilweise deswegen vielleicht auch in eine Polenfeindlichkeit geraten konnten. Dies zu vermeiden war eines der Ziele Särchens, der bereits in den fünfziger Jahren darauf hingewiesen hatte, daß die Flüchtlinge und vertriebenen Schlesier in die Versöhnung vom Kreuz her eingebunden werden müßten, um so nicht ihrem ungeheilten Leid selbst überlassen zu bleiben.[298] Im nachhinein ist dabei nicht mehr zu bestimmen, welchen prozentualen Anteil an der Gesamtzahl der Teilnehmer der Polenseminare die Vertriebenen und Flüchtlinge einnahmen. Sie mußten aber sichtbar sein, da sie als Zielgruppe auch von Ludwig Mehlhorn erkannt wurden.[299]

Die Aufgaben des Polenseminars waren klar formuliert: Die Teilnehmer sollten die Geschichte und Kultur Polens, die Geschichte und die derzeitige Lage der polnischen Kirche kennenlernen. Weiter sollte Versöhnung und eine Verbindung zwischen Polen und Deutschen geschaffen und erhalten werden. Außerdem war das Ziel des Polenseminars, „die geschichtlichen Erfahrungen von Schuld und Versöhnung am Beispiel Deutsche und Polen als Lehr- und Lernbeispiel für alle Unversöhnlichkeit unter Menschen, Völkern, Konfessionen, Weltanschauungen in Gegenwart und Zukunft zu erkennen und durch Information und Anregung zu

---

297 Vgl. Mechtenberg, Theo: Engagement gegen Widerstände, a. a. O., S. 105.
298 Vgl. Särchen, Günter: Brücken der Versöhnung 2. Schritte der Versöhnung zwischen Deutschen aus der DDR und Polen unter den Bedingungen staatlicher und kirchlicher Begrenzungen, a. a. O., S. 3.
299 Vgl. Interview des Autors mit Ludwig Mehlhorn, am 24.03.2006 [Aufnahme im Besitz des Autors].

positivem Handeln Brücken zu bauen von Volk zu Volk, von Mensch zu Mensch".[300] Einer solchen Initiative Särchens gab der damalige Kommissar in Magdeburg, Bischof Friedrich Maria Rintelen, seinen Segen. Ähnlich verhielt sich ab 1970 der neue Bischof Johannes Braun, der seine Zustimmung noch in den Jahren 1982 und 1983 wiederholte, diese aber kurze Zeit später zurückzog, weshalb Ende 1984 das Seminar nicht stattfinden konnte.[301] In der gesamten Zeit, in der die Seminare innerhalb der katholischen Kirche stattfanden, war Günter Särchen der organisatorische Leiter. Gleichzeitig war er vom jeweiligen Leiter des Seelsorgeamtes[302] abhängig, da dieser die geistliche Aufsicht über diese Seminare hatte. Trotzdem wußte er seine Anliegen den Teilnehmern zu vermitteln, wie sich Wanda Czaplińska aus Breslau erinnert:

> Günter verlieh diesen Seminaren eine überaus warme Atmosphäre und das, was er sagte, hatte immer einen Bezug zum Glauben. Und es waren tiefe Gedanken. Er predigte nicht lange, lediglich einige kurze Sätze, die aber jedem bewußtmachten, daß es nicht um Politik geht. Wir bilden eine Einheit im Glauben. Und das war überaus wichtig.[303]

Das erste Polenseminar fand im Jahr 1968 statt, während Magdeburg das tausendjährige Jubiläum des Bistums feierte. Danach wurden die Seminare in einer gleichen Form jährlich zweimal veranstaltet, meistens im März und November. Veranstaltungsort sollte bis Ende 1973 das Konrad-Martin-Haus in Bad Kösen bleiben. Mit der ersten Veranstaltung des Jahres 1974 wechselte Särchen den Ort; die Seminare fanden nun in Rossbach, im dortigen St. Michaelshaus statt, Einige Zeit wurde Bad Kösen noch als Übernachtungsmöglichkeit für die Teilnehmer genutzt. Eine weitere Ortsveränderung führte 1978 in das Roncalli-Haus in Magdeburg. Dabei wurde Rossbach nicht verworfen, sondern Magdeburg als Veranstaltungsort hinzugenommen. Das bedeutete, daß das Polenseminar nun zu beiden Jahreszeiten doppelt veranstaltet wurde. Dies wurde auch dann bei-

---

300 Särchen, Günter: Kurze und unvollständige Information über das „Polenseminar", a. a. O.
301 Zur Konstellation Günter Särchen und Johannes Braun siehe Kapitel 5.1.
302 Zunächst war es Rat Alfons Schäfer, ab 1975 bis Ende 1983 Rat Leo Nowak.
303 Interview des Autors mit Kazimierz und Wanda Czapliński am 21.01.2005 [Aufnahme im Besitz des Autors].

behalten, als ab 1985 das Polenseminar Anna-Morawska-Seminar hieß und unter der Schirmherrschaft der Aktion Sühnezeichen stand.[304]

Der Grund für den zusätzlichen Veranstaltungsort in Magdeburg lag in der steigenden Zahl der Teilnehmer. Das geht aus der Särchens Chronik der Poleninitiativen[305] hervor: Während im Frühjahr 1969 die Teilnehmerzahl 28 betrug, kamen im Frühling 1974 mehr als 60 Personen nach Rossbach. Zwei Jahre später, ebenfalls im Frühjahr, waren es bereits 82 Teilnehmer. Für das Jahr 1983 geben sogar Theo Mechtenberg[306] und Piotr Zariczny[307] in ihren Publikationen die Zahl von über 200 Teilnehmern an, was auch mit den Angaben aus der Chronik übereinstimmt. Jedoch fand sich an anderer Stelle eine Anmerkung, die besagt, daß von dieser großen Zahl der eingeladenen Personen „lediglich" 120 an dem Seminar teilnahmen[308] Es wurde nicht wirklich Buch geführt über die Seminare – Kazimierz Czapliński, Mitglied des Klubs der katholischen Intelligenz in Breslau und Freund Günter Särchens, erinnert sich an eine Aussage Särchens, die dies verdeutlicht: „Ich weiß nie, wann, woher und welche Polen zu uns kommen, aber ich habe immer einen freien Platz für sie".[309] So kann an dieser Stelle nicht geklärt werden, wieviele Personen im Jahr 1983 an dem Polenseminar teilnahmen. Die genaue Zahl ist nicht ausschlaggebend, sondern die Tatsache, daß eine kleine Initiative der katholischen Kirche in Magdeburg über Jahrzehnte eine immer weiter anwachsende Zahl von „Mitgliedern" aufweisen konnte.

Für die immer zahlreicheren Teilnehmer der Polenseminare war wohl deren Programm ein bedeutender Grund zur Mitarbeit. Die Seminare standen jedesmal unter einem anderen Motto. Neben den Referaten, die durch Dia-Serien unterstützt wurden, bot Särchen noch Abendveranstaltungen an, zu denen vor allem Filmvorführungen gehörten, wie z. B. die deutsche Fassung des „Wesele" (November 1974) oder „Potop" (März und November 1976). Dabei waren aber

---

304 Zur Umstrukturierung des Polenseminars in Anna-Morawska-Seminar und später in die Anna-Morawska-Gesellschaft siehe Kapitel 6.1.
305 Särchen, Günter: Brücken der Versöhnung 3, a. a. O.
306 Mechtenberg, Theo: Engagement gegen Widerstände, a. a. O., S. 105.
307 Zariczny, Piotr: Oppositionelle Intellektuelle in der DDR und in der Volksrepublik Polen, a. a. O., S. 96
308 Vgl. Särchen Günter: Kurze und unvollständige Information über das „Polenseminar", a. a. O., S. 4.
309 Interview des Autors mit Kazimierz und Wanda Czapliński am 21.01.2005.

nicht die Filme, Tonbild- und Dia-Serien die Hauptteile der Seminare, sondern die Vorträge. Günter Särchen bereitete jedesmal einige Referate vor, die verschiedene Themen behandelten. So z.b.: 1969 – Die EKD-Denkschrift und der Briefwechsel der Bischöfe; 1970 – Die Entstehung der polnischen Nationalhymne und ihre Bedeutung für die Polen; 1973 – Das deutsch-polnische Verhältnis als Modell internationaler Konfliktforschung; 1978 – Polenlieder. Daneben wurden immer Gäste eingeladen, die den Teilnehmern ein bestimmtes Thema näherbringen sollten. Die interessantesten Vorträge stammten wohl von den eingeladenen Polen, die zum regimekritischen Milieu in der Volksrepublik gehörten und bei politischen Themen nicht offizielle Informationen, sondern ein eigenes Bild weitergaben.

Zu den bedeutendsten polnischen Gästen des Polenseminars gehörte Anna Morawska, die im Jahr 1967, also noch vor dem Beginn der eigentlichen Initiative Särchens, als Gast bei den akademischen Wochenenden in Magdeburg, Bad Kösen und Halle, vor Studenten und Akademikern einen Vortrag über den Dialog mit Nichtglaubenden hielt. Dieser Vortrag war eine Wiederholung aus dem Jahr zuvor, als sie auf dem Pax-Romana-Kongreß in Lyon sprach. Beim Polenseminar im November 1972 konnte Prof. Franciszek Blachnicki, „einer der staatlicherseits am meisten angefeindeten polnischen Geistlichen",[310] begrüßt werden. Er referierte über die Möglichkeiten der Jugendpastoral in Polen. Ein Jahr später nahm die Publizistin des „Tygodnik Powszechny" Jozefa Hennelowa am Polenseminar teil; sie sprach vor den Teilnehmern über die Bedeutung von Auschwitz für die Gegenwart. Im gleichen Jahr kam auch der spätere polnische Premierminister Tadeusz Mazowiecki nach Bad Kösen und referierte zum einen über die Probleme und die Wandlungen des Christentums in Polen, zum anderen sprach er vom Leben der Katholiken in Polen nach 1945. Die Reihe der bedeutenden Gäste aus Polen setzte sich im Jahr 1975 fort, als Prof. Stanisław Stomma, Sejmabgeordneter, Mitglied der Znak-Gruppe und Vorsitzender des außenpolitischen Ausschusses des Sejm, nach Rossbach kam, wo er über das „Wesele" von Wyśpianski als Schlüssel zur Geschichte Polens referierte. Einen Höhepunkt bildete das Referat von Mieczysław Pszon, der im Jahr 1981 vor mehr als 100 Teilnehmern in Rossbach und Magdeburg über die jüngsten Ereignisse in Polen berichtete. So ist Theo Mechtenberg zuzustimmen, wenn er die Einladung Pszons und das gewähl-

---

310 Mechtenberg, Theo: Engagement gegen Widerstände, a. a. O., S. 104.

te Thema als „mutiges Unterfangen"[311] bezeichnet, da die aggressive Propaganda gegen die freie Gewerkschaft Solidarność, aber auch eine allgemein verstärkte Verbreitung von Stereotypen gegen Polen in der DDR auf Hochtouren liefen. Obgleich Särchen seine Arbeit nie als Opposition ansah, trug diese Veranstaltung im Jahr 1981 offensichtliche Merkmale von oppositionellem Handeln. Dabei kann aber nicht behauptet werden, daß eben dieses Polenseminar unmittelbar auf die Bildung oder Aktivierung der DDR-Opposition einwirkte, obwohl die Ergebnisse der Diskussionen mit Mieczyslaw Pszon während des Seminars gewiß auch in Widerstandskreise gelangten.

Die Polenseminare wurden noch in den Jahren 1982, 1983 und im Frühjahr 1984 veranstaltet, doch wurde Särchen mit dem Ende dieses Jahres emeritiert und das Polenseminar aufgelöst. Damit endete die bedeutende Initiative Günter Särchens, aber auch der katholischen Kirche in Magdeburg. Sie hatte sich über Jahrzehnte um eine Versöhnung zwischen Polen und Deutschen aus der DDR verdient gemacht und gewiß beide Völker einander nähergebracht, auch wenn es keine gesamtdeutsche Organisation war, sondern nur eine lokale Initiative.

Das Polenseminar erfüllte seine Aufgaben auch in Polen. So kamen zu den jährlichen Seminaren ab 1970 die Pilgerfahrten nach Polen hinzu, die ähnlich wie die Seminare immer gern in Anspruch genommen wurden. In einem kircheninternen Bericht schrieb Särchen über die Ziele dieser Fahrten:

Man wollte [...] nicht nur in einer touristischen Kurzreise das polnische Land, eine polnische Stadt und ihre Menschen kennenlernen, sondern durch eine „Pilgerfahrt" Zeugnis geben vom Einstehen für die Ereignisse der Vergangenheit und Segen für die weitere Arbeit der Versöhnung und Völkerverständigung erbitten.[312]

An diesen Fahrten, die jeweils im Sommer stattfanden, nahmen ca. 90 Personen teil, die alle Unkosten selbst trugen, ähnlich wie bei den Polenseminaren, die auch ganz von den Teilnehmern getragen wurden, abgesehen von den Honoraren für die Referenten, die das Seelsorgeamt Magdeburg übernahm. Die Reiseziele waren von Jahr zu Jahr verschieden und beinhalteten sowohl ehemalige

---

311 Ebenda.
312 Särchen Günter: Kurze und unvollständige Information über das „Polenseminar", a. a. O., S. 4.

Konzentrationslager (1970 – Auschwitz, 1973 – Stutthof, 1978 – Majdanek, 1979 – Groß Rosen), als auch Orte, die für das katholische Leben der Polen von Bedeutung sind (1974 – Trebnitz in Schlesien, 1975 – Tschenstochau und Piekary). Darüber hinaus besuchten die Gruppen auch andere Städte, deren Bedeutung für Polen nicht minder groß ist, wie Warschau (1971), Gnesen und Posen (1972), Danzig (1973), Breslau (1974), Kattowitz (1975), Wahlstatt bei Liegnitz (1979). Dabei ging es Günter Särchen nicht nur darum, die Orte zu besichtigen, sondern sich auch unmittelbar mit Menschen zu treffen. Dabei spielten vor allem die Klubs der katholischen Intelligenz eine wichtige Rolle, da sie nicht nur während der Fahrten für die Teilnehmer Ansprechpartner waren, sondern für Särchen auch organisatorische Aufgaben im Vorfeld der Pilgerreisen übernahmen.[313] Während dieser Fahrten kam es auch zu unvorhergesehenen positiven Ereignissen, wie im Jahr 1976, als die Teilnehmer einen Kreuzweg bestritten, von der Ortschaft Suchedniow nach Michniow. Särchen kommentierte dies kurz, aber nicht wenig emotional:

> In Michniow auf dem Gedenkgelände von ca. 3000 Gläubigen erwartet! Vom Diözesanbischof „Kielce" angeordnet, unser deutsch. Begleitpriester darf die Pilgermesse weder in Deutsch noch in Latein zelebrieren, Ortsdechant war beauftragt, für uns die Pilgermesse in Polnisch zu feiern. Da unser deutscher Priester fließend die polnische Sprache beherrschte, hielt er den anwesend rd. 3000 polnischen Gläubigen Predigt in polnischer Sprache. Die Reaktion der Gläubigen war überwältigend. Die Brücke der Versöhnung von Mensch zu Mensch war unbeschreiblich![314]

Es fanden zehn Fahrten statt, die jeweils vier Tage dauerten. Die letzte wurde 1979 veranstaltet. Obwohl für die nächsten Jahre auch Fahrten vorgesehen waren, konnten sie aus mehreren Gründen nicht stattfinden. So beging man im Jahr 1980 das St.-Norbert-Jubiläum in Magdeburg, weshalb eine Reise nicht möglich war. In den nächsten Jahren waren Pilgerfahrten nach Polen aus politischen Gründen nicht möglich, da die Grenze streng abgeriegelt war, um so den

---

313 Vgl. Interview des Autors mit Kazimierz und Wanda Czapliński am 21.01.2005. Darin berichtet Kazimierz Czaplinski, daß er von Särchen gebeten wurde, Hilfe bei der Organisation der Pilgerfahrt nach Trebnitz im Jahr 1974 zu leisten.
314 Särchen, Günter: Brücken der Versöhnung 3, a. a. O., S. 29.

„Bazillus" der Solidarność vom Gebiet der DDR fernzuhalten. 1981 ist eine Fahrt ganz ausgefallen, ein Jahr später unternahm man eine Reise durch die katholische sorbische Lausitz, bei der das Mahnmal für polnische Soldaten in Crostwitz besucht wurde.

Im Jahr 1983 wurde die Pilgerfahrt nach Polen ersetzt durch eine Veranstaltung in Rossbach, die einen Rückblick auf 25 Jahre Versöhnungsarbeit bieten sollte. Die Tagung dauerte drei Tage, und es nahmen 162 Personen teil. Dabei wurde die Arbeit der vergangenen Jahre behandelt, aber auch die deutsch-polnische Verbindung in der Zwischenkriegszeit: Josef Gülden aus Leipzig hielt z. B. einen Vortrag unter dem Titel „Als Student in den 20er Jahren unterwegs in Polen auf der Suche nach dem Nachbarvolk". Zu den Vorträgen, die auch von Polen gehalten wurden, konnten die Teilnehmer einige Fotoausstellungen besuchen, die für diese Veranstaltung erstellt wurden. Diese behandelten die Grausamkeit des Krieges oder zeigten das Land Polen.

Der Rückblick auf 25 Jahre Polenarbeit läutete, ohne daß Särchen es vermutet hätte, das Ende seiner Aktivitäten innerhalb der katholischen Kirche in Magdeburg ein. Mit seiner Emeritierung wurde auch die Polenarbeit innerhalb der Magdeburger Kirche beendet.

4.3.2. Andere Aktivitäten

Die Polenseminare und die Fahrten nach Polen sowie die Arbeitsstelle für pastorale Hilfsmittel beanspruchten gewiß viel Zeit. Dennoch unternahm Särchen noch andere mit Polen verbundene Aktivitäten. So war er darum bemüht, Kontakte zwischen Jugendlichen herzustellen. Im Jahr 1969 startete er zwei Veranstaltungen für polnische Studenten. Die eine war ein zweiwöchiger Aufenthalt von 30 polnischen Studenten in Gastfamilien, wodurch die Jugendlichen das Land und die Menschen besser kennenlernten und Kontakte knüpften, wie aus einem Vermerk in der Chronik Särchens hervorgeht.[315] Die andere war ein Polnischsprachkurs für Theologiestudenten aus verschiedenen Jurisdiktionsbezirken in der DDR, an der 17 Studenten teilnahmen, davon drei aus Magdeburg.

---

315 Ebenda, S. 19.

Im Jahr 1972 übernahm das Ehepaar Särchen die Organisation eines ASZ-Sommerlagers für junge Erwachsene in Huysburg, das Arbeitseinsätze in staatlichen Pflegestationen sowie Kirchen beinhaltete. Dieses erste Sommerlager für Erwachsene ab 25 Jahre kann als eine Art Vorbereitung gewertet werden, denn in den darauffolgenden Jahren wurden solche Einsätze in der Blindenanstalt in Laski bei Warschau organisiert. Daran beteiligte sich auch der Warschauer Klub der katholischen Intelligenz, zu dem Särchen über Mazowiecki bereits sehr gute Kontakte hatte. Durch ihn war er wohl erst auf dieses Blindendorf aufmerksam gemacht worden. Dort fanden vier ASZ-Sommerlager statt. Das letzte, im Jahr 1976, wurde nicht mehr vom Ehepaar Särchen organisiert und geleitet. Es ging nicht nur um die Arbeit mit Blinden, sondern auch um eine Weiterbildung der Teilnehmer aus der DDR, weshalb zu diesen Lagern immer polnische Referenten eingeladen wurden. So konnten bei der letzten Aktion, die von den Särchens geleitet wurde, eine Reihe von namhaften Personen für einen Vortrag gewonnen werden: Prof. Władysław Bartoszewski, Tadeusz Mazowiecki und Prof. Stanisław Stomma. In den Jahren 1978, 1979 1983 und 1986 wurden Deutschsprachkurse für polnische Studenten organisiert, die aus den Gebieten um Lublin, Kattowitz und Krakau stammten. Die Sprachkurse wurden von Weihbischof Hubrich organisatorisch getragen, der Günter Särchen persönlich mit der Durchführung beauftragte, auch wenn dieser nach 1983 nicht mehr offiziell Mitarbeiter des Seelsorgeamtes Magdeburg war.

Auch die schwierige Lage der Polen nach der Verhängung des Kriegszustandes durch General Wojciech Jaruzelski ging Günter Särchen sehr nahe. Er versuchte, der polnischen Bevölkerung in dieser Zeit zu helfen und initiierte eine Paketaktion nach Polen, die zumindest einigen Familien helfen sollte. Dabei beschränkte Särchen sich nicht auf den Bereich des Magdeburger Jurisdiktionsbezirkes, sondern wandte sich auch an die Bischöfe in anderen Teilen der DDR, u. a. an die Bistümer Görlitz und Meißen, woher er positive Rückmeldungen erhielt. Zusätzlich animierte er die Teilnehmer des Polenseminars, Geschenkpakete nach Polen zu schicken, was auch der Staatssicherheitsdienst durch eine operative Information zu Kenntnis nahm.[316] Daraus ist ersichtlich, wie vielseitig die Polenarbeit des Magdeburgers war.

---

316 Vgl. Operative Information vom 29.10.1981, in: Brücken der Versöhnung 4. Schritte zur Versöhnung zwischen Deutschen aus der DDR und Polen, Manuskript 1998, S. 41.

Neben den Paketaktionen war Särchen auch bemüht, den Bürgern durch Vorträge die Situation in Polen näherzubringen. Zunächst behandelte er den eingeleiteten Reformprozeß in Polen, worüber er in kirchlichen Institutionen sprach. Er war schockiert über die Verhängung des Kriegsrechts, was ihn jedoch nicht hinderte, weiter über Polen Vorträge zu halten. Über die Motive dieser Arbeit sagte er später: „Ich war fast jeden zweiten Tag auf Reisen. Mußte etwas gegen das Gift tun, das meinen Landsleuten in den Verstand eingeflößt wurde."[317] Dabei konzentrierte er sich auf die Rolle Polens in der Geschichte sowie auf den dramatischen Freiheitskampf dieses Volkes. Dem MfS konnte seine Verbundenheit mit dem Land und den Menschen nicht entgehen, zumal er diese Vorträge mit der polnischen Nationalhymne beendete. In einem IM-Bericht vom 4.02.1982 über einen Vortrag Särchens in der Paulusgemeinde in Halle mit dem Titel „Polen, das nahe Land mit fremden Gesicht – Probleme einer Nachbarschaft" heißt es zur polnischen Nationalhymne: „Schließlich spielte uns Särchen die polnische Nationalhymne vor und gab die Erläuterung zu den einzelnen Strophen. Eine besondere Aufmerksamkeit erregte der sich immer wiederholende Satz – noch ist Polen nicht verloren, solange wir am Leben sind." Und weiter bemerkt der IM noch: „[...] als dieser Satz von Särchen immer wieder ausgesprochen wurde, schmunzelten relativ viele [...]."[318]

Die Bemerkung vermittelte den Eindruck, daß nicht viele Zuhörer mit Särchen übereinstimmten und seine Tätigkeit als nicht wirkungsvoll einzustufen sei. Es ist nicht belegbar, inwiefern sich der IM geirrt hat, da keine Unterlagen existieren, die bezeugen würden, wie Günter Särchens Arbeit vor allem in der Zeit des Kriegsrechts in Polen aufgenommen wurde. Aber es ist nicht wahrscheinlich, daß dieses Schmunzeln sich auf den Inhalt des Vortrages bezogen hat.

Die Vortragsarbeit setzte Särchen fort, er sprach u. a. über die polnische Kirche und ihre damaligen Probleme sowie das Geschichtsbewußtsein der Polen am Beispiel der Nationalhymne. 1986 schließlich hielt er Vorträge über die Aktion Sühnezeichen und das von ihm gegründete Polenseminar als kleine Tatzeugnisse der Versöhnung und Verständigung, obwohl zu dieser Zeit das Polenseminar bereits Anna-Morawska-Seminar hieß und einer anderen, nichtkatholischen Organisation unterstand. Möglicherweise war es Absicht Särchens, den katholi-

---

317 Pięciak, Wojciech: Na grobie moim „Patron" napiszcie, Tygodnik Powszechny, 08.08.2004.
318 Zit. nach: Brücken der Versöhnung 4, a. a. O., S. 48.

Glocke für das Heiligtum des Friedens, gespendet im Jahr 1988 von Christen und Juden aus der DDR auf Anregung Günter Särchens. Auf dem Foto Christa Wyzgol, die jüngste Tochter Günter Särchens. Foto: Bistumsarchiv Magdeburg.

schen Würdenträgern zu zeigen, welche Arbeit bereits geleistet wurde und was nun innerhalb der Kirche nicht mehr möglich war.

Die wohl symbolhafteste Aktion startete Günter Särchen im Jahr 1983. Es ging darum, eine Glocke für das entstehende „Heiligtum des Friedens" in Majdanek zu spenden, was Särchen zunächst der Aktion Sühnezeichen vorschlug. Gleichzeitig versuchte er, den Ordinarius von Magdeburg, Bischof Braun, miteinzubeziehen, der nach längerem Zögern einwilligte. Die Spendenaktion wurde also als Gemeinschaftswerk der Aktion Sühnezeichen und des Seelsorgeamtes Magdeburg ausgerufen. Dies sollte auch mit der Diskussion „Gegen das Vergessen" in den einzelnen Gemeinden verbunden werden. Einer solchen Verbindung stimmte Bischof Braun aber nicht zu; er war lediglich bereit, zu einer Spende aufzurufen.[319] Im Jahr 1984 liefen dann die Gespräche bezüglich der Glocke mit der polnischen Seite an, weshalb Särchen mit dem damaligen Leiter der ASZ, Werner Liedtke, nach Warschau und Lublin reiste. Die Spendenaktion lief bis 1988, und als sie abgeschlossen wurde, betrugen die Einnahmen 250.000 DDR-Mark, die sowohl aus Kollekten, von der ASZ, vom Polenseminar/Anna-Morawska-Seminar, als auch von Lausitzer katholischen und israelischen Gemeinden kamen. Im glei-

---

319 Särchen, Günter: Brücken der Versöhnung 3, a. a. O., S. 41.

chen Jahr wurde die Mahnglocke, deren polnische Inschrift die Worte „Den Toten mein Weinen und Klagen den Lebenden Ruf und Mahnung" trug, in Pößneck gegossen und während des Evangelischen Kirchentages in Görlitz feierlich übergeben. Särchens Idee war es, die Glocke ein Jahr früher, also 1987, während des Katholikentreffens in Dresden zu übergeben. Dies wurde jedoch von der Berliner Bischofskonferenz nicht angenommen, mehr noch: nach Absprache mit Kardinal Joachim Meißner hieß es, daß eine solche Aktion während des Treffens in Dresden ein „zu großes Politikum" wäre, und „nicht in den Rahmen der Veranstaltung passend" sei.[320] Nachdem die Glocke 1988 in Görlitz übergeben wurde, sollte sie auf das Gelände des ehemaligen Konzentrationslagers gebracht werden. Jedoch konnte sie nach Eintreffen in Lublin nicht im Majdanek aufgestellt werden, weshalb sie zunächst in die St. Michaelskirche gestellt wurde, wo auch die feierliche Einweihung stattfand. Erst Im Jahr 1991 wurde die Mahnglocke auf dem Gelände des ehemaligen KZs aufgestellt.

4.4. Die Handreichungen des Polenseminars

Die Handreichungen, die G. Särchen plante, waren eine bedeutende Arbeit der Magdeburger Arbeitsstelle für pastorale Hilfsmittel. Sie lieferten Texte für die Katechese, die ohne Zustimmung staatlicher Organe gedruckt und an Interessierte weitergeleitet werden konnten. So waren die Themen der einzelnen Handreichungen, die in unregelmäßigen Abständen entstanden, sehr unterschiedlich, wohl aber eng mit der Kirche und der Pastoral verbunden. Särchen jedoch erkannte früh die Möglichkeit, Informationen über Polen durch diese Handreichungen an Interessierte zu verschicken, womit er spätestens im Jahr 1960 begann.[321] Damit kann man davon ausgehen, daß Särchen noch vor seiner ersten Polenreise im Oktober 1960 Informationen über das Nachbarland vorbereitete und weiterleitete. Die Vervielfältigungen der APH umfaßten aber einen weiteren Rahmen, der Deutschlands jüngste Geschichte miteinbezog. Seitenzahl

---

320 Ebenda, S. 43
321 Die Handreichung aus diesem Jahr wird in der Chronik Särchens (Brücken der Versöhnung 3, a. a. O., S. 4) als erste aufgeführt und es wurden keine Informationen über frühere Handreichungen gefunden, die sich mit dem Thema Polen auseinandersetzen würden.

– nicht selten mehr als 50 – und Auflagenhöhe – zwischen 100 und 1000 – variierten je nach Thema. Über die genaue Höhe der Auflagen wurde nicht Buch geführt,[322] um so den Wirkungskreis vor möglichen staatlichen Kontrollen verschleiern zu können. Man kann aber annehmen, daß die Hefte jedesmal mehrere hundert Personen erreichten, wenn man begründet vermutet, daß die Hefte von mehr als einer Person gelesen wurden. Mit dieser zwar kleinen Initiative kommt Särchen eine aufklärende Rolle zu.

Im Jahr 1960 erschienen gleich zwei Handreichungen im Abstand von wenigen Wochen, wovon die eine an das ehemalige Konzentrationslager in Dachau erinnerte und die andere sich explizit mit Polen beschäftigte. Sie enthielt eine Predigt Kardinal Döpfners mit dem Titel „Polen und Deutschland", die sich intensiv mit der Person der hl. Hedwig von Schlesien auseinandersetzte. Danach folgte im Jahr 1962 eine Handreichung, die die Person Stanisław Stommas und die einzelnen Klubs der katholischen Intelligenz in Polen thematisierte. Diese kann als eine erste Einschätzung gewertet werden, die Särchen nach seinen privaten Reisen durch Polen machen konnte. Zwei Jahre später war die Handreichung ganz der Lage der polnischen Kirche gewidmet. Im Jahr darauf konzentrierte man sich auf die Beziehungen zwischen Polen und Deutschen. In der Folgezeit beinhalteten die Handreichungen außer den speziell zu diesem Zweck entstandenen Texten auch Abdrucke aus polnischen Zeitschriften, wie „Więź", wovon man u. a. den Text Tadeusz Mazowieckis unter dem Titel „Polen und Deutschland und das Memorandum ‚Bensberger Kreis'" übernahm. Darüber hinaus spielte auch die Aktion Sühnezeichen eine große Rolle in den Veröffentlichungen der APH, da das Versöhnungsbestreben dieser ökumenischen Initiative bekannter werden sollte. So schrieb Särchen in einer der Handreichungen:

---

322 In der bereits erwähnten Chronik gibt Särchen zwar neben den Titeln der einzelnen Handreichungen die Auflagenhöhe an, doch kann diese nicht wirklich als sicher anerkannt werden, dafür kann man aber diese Angaben als geschätzte Zahlen annehmen, um so grob einen Überblick über den möglichen Wirkungskreis der einzelnen Handreichungen zu bekommen.

So sehe ich meine persönliche Aufgabe in der Mitarbeit bei „Aktion Sühnezeichen" immer auch darin, daß von hier aus beständig und geduldig, und doch drängend Jahr für Jahr und Lagerdienst für Lagerdienst die evangelischen und katholischen Gemeinden in der DDR gerufen werden zum Nachdenken, zum Umdenken, zum Gesinnungswandel und zur Meinungsbildung, vor allem aber zum Tatzeugnis.[323]

In den Handreichungen waren aber nicht nur Informationen über Polen enthalten, sondern auch Appelle an die Leser, zu verwirklichen, was er mit seiner Arbeit anstrebte. Ein solcher Aufruf zur Völkerverständigung ist in der Handreichung von 1970 enthalten, die 25 Jahre nach dem Potsdamer Abkommen entstanden war. Darin heißt es zu Anfang:

Die Verständigung der Völker fällt keinem Volk in den Schoß; Frieden zwischen den Völkern, die einen weit von einander entfernten Bewußtseinszustand repräsentieren, Frieden innerhalb sozialer Gruppen, die von oft versteinerten Einzelheiten gelenkt werden, Frieden mit Menschen anderer Rassen, anderer Weltanschauungen bei der Errichtung einer modernen, pluralistischen Gesellschaft, die das gemeinsame Gut aller ist.[324]

Und weiter folgt der Aufruf für die Zukunft der Menschen:

… verlieren wir deshalb den Überbau nicht aus dem Auge, nämlich die Völkergemeinschaft, die es zu erreichen gilt, als Endziel der Völkerverständigung.[325]

Seit 1973 wurden jährliche Handreichungen herausgegeben. Zwischendurch entstanden andere, kleinere Vervielfältigungen. Themen dieser kleinen Handreichungen waren z. B. die Person Jozef Piłsudskis (1973), „Die Blinden werden sehen – Laski und seine Ausstrahlung in die Welt" (1974), Abdrucke regimekritischer Texte (1978) und die Polenlieder des 19. Jahrhunderts (1978). An dieser

---

323 Deutsche und Polen – Probleme einer Nachbarschaft, Handreichung 1969, S. 20, in: Nachlaß Günter Särchen, ZBOM.
324 Frieden durch Völkerverständigung. Jeder Mensch ist mein Bruder, Handreichung 1970, S. 3, in: Nachlaß Günter Särchen, ZBOM.
325 Ebenda, S. 18.

Stelle darf eine Vervielfältigung über Karol Wojtyła nicht außer acht gelassen werden, die noch im Oktober 1978 als Gemeinschaftswerk von Günter Särchen, Theo Mechtenberg und Jerzy Turowicz entstanden war und ein Porträt des neuen, aus Polen stammenden Papstes bot. Dieser Text brachte Särchen jedoch einige Probleme ein. Er wurde zu Bischof Braun zitiert, der sich über die Herausstellung Johannes Pauls II. als slawischen Papst empörte.[326] Jedoch hatte die Herausgabe dieser Handreichung keine negativen Folgen für Särchen, wie es sie einige Jahre später im Zusammenhang mit der Solidarność-Handreichung geben sollte.

Die Jahreshandreichungen erschienen im Gegensatz zu den anderen in einer größeren Auflage und Seitenzahl, es waren immer mehr als 500 Exemplare, die mehr als 50 Seiten umfaßten. Außerdem konzentrierten sich die Themen auf die Versöhnung und weniger auf die Geschichte und Kultur des östlichen Nachbarn. Dies bezeugen die Titel der einzelnen Jahreshandreichungen, von denen hier einige aufgezählt werden sollen: „Im Dienst der Versöhnung" (1974), „Erneuerung und Versöhnung" (1975), „Dialog der Versöhnung" (1978), „Schuld endet – wo Versöhnung beginnt" (1981), „Miteinander als Versöhnte" (1984/85).

Die Jahreshandreichungen sowie die anderen Veröffentlichungen – zunächst innerhalb der APH, dann in Särchens privater Regie – erschienen in Magdeburg bis 1989, wurden also noch vor dem Mauerfall in Berlin eingestellt, was mit dem sich stetig verschlechternden Gesundheitszustand G. Särchens in Verbindung steht, der sich auch dadurch äußerte, daß er bereits seit Mitte der achtziger Jahre sein Engagement weiter vermindern mußte.

4.4.1. „Solidarność-Handreichung"

„Ich stelle fest, es handelte sich in keinem Fall um unverantwortliches, provokatives Material."[327] Diese Aussage Günter Särchens trifft gewiß für die meisten seiner Handreichungen zu, jedoch – was die Provokation betrifft – nicht für eine ganz bestimmte, die sog. „Solidarność-Handreichung", die im Jahr 1982 entstand. Ihr Titel lautete – völlig unverfänglich – „Versöhnung – Aufgabe der Kirche", und sie setzte sich mit den aktuellen Ereignissen in Polen auseinander, was

---

326 Vgl. Särchen, Günter: Brücken der Versöhnung 3, a. a. O., S. 32.
327 Särchen, Günter: Brücken der Versöhnung 2, a. a. O., S. 14.

den SED-Staat provozieren mußte, da der Inhalt der Handreichung keineswegs der DDR-Propaganda entsprach. In dieser Veröffentlichung fanden deutsche Übersetzungen von Artikeln aus dem Tygodnik Powszechny, Kommuniques des polnischen Episkopats sowie Predigten und Vorträge Kardinal Wyszyńskis ihren Platz, die allein kein großes Aufsehen erregen konnten. Jedoch beinhaltete die Handreichung auch Reden polnischer Politiker zum Thema Solidarność, die 21 Forderungen der streikenden Arbeiter aus Danzig vom August 1980, Auszüge aus dem Protokoll der Vereinbarungen zwischen der Regierungskommission und dem überbetrieblichen Streikkomitee vom 31. August 1980 sowie das Statut der unabhängigen Gewerkschaft Solidarność, was die Bezeichnung „Solidarność-Handreichung" rechtfertigte. Nachdem in Polen im Dezember 1981 der Kriegszustand ausgerufen und die Gewerkschaft damit in die Illegalität zurückgedrängt worden war, mußte diese Veröffentlichung auf das Interesse des Ministeriums für Staatssicherheit der DDR stoßen. Särchen geriet somit weiter in den Blickpunkt der Stasi. Die Texte hatte nicht Särchen selbst zusammengetragen, sondern er hatte sie von Theo Mechtenberg erhalten, der zu dieser Zeit bereits am Gesamteuropäischen Studienwerk in Vlotho/Bundesrepublik Deutschland arbeitete. Mechtenberg belieferte Särchen auf verschiedenen Wegen mit Informationsmaterialien, die in der DDR nicht ohne weiteres zu bekommen waren, doch wußte er nicht, daß Särchen die Informationen als Ganzes veröffentlichen wollte.[328] So wurde Günter Särchen allein als Autor ermittelt, Mechtenbergs Zusammenarbeit kam nicht heraus, was vielleicht die Reaktion staatlicherseits etwas milder ausfallen ließ.

> Hätte man seitens der Staatssicherheit die Quelle ausfindig gemacht, wäre es zu einer
> weiteren Verschärfung der Situation gekommen, da das Gesamteuropäische Studienwerk durch das MfS auf der sog. „Feindobjektliste" als „Zentrum der pol.-ideol. Diversion" und Dr. Mechtenberg als ihr „leitender Mitarbeiter" erfaßt waren.[329]

---

328 Vgl. Interview des Autors mit Theo Mechtenberg am 23.03.2006 [Aufnahme im Besitz des Autors].
329 Mechtenberg, Theo: Engagement gegen Widerstände, a. a. O., S.113f.

Es findet sich lediglich ein Schreiben, in dem auf die Zusendung der Zeitschrift „Aktuelle Ostinformation" (Nr. 3/4, 1981) vom Gesamteuropäischen Studienwerk in Vlotho an die APH in Magdeburg verwiesen wird:

> Die Zeitschrift hat als Hauptinhalt die Entwicklung des polnischen Staates in den letzten Jahren bis 1981 zum Inhalt. U.a. enthält sie das konterrevolutionäre Programm von „Solidarnosc", das Interview mit dem polnischen Bischof J. Glemp zu Fragen der Verhältnisses der polnischen Kirche zur Gewerkschaft „Solidarnosc" sowie Artikel über die politische Erziehung von Kindern in der DDR.[330]

Diese Information war wohl aber zunächst übersehen worden, weshalb zu dieser Zeit keine verstärkten Maßnahmen gegen Särchen eingeleitet wurden. Die Handreichung konnte zunächst ohne Behinderung hergestellt und verteilt werden. Eine Konfiszierung dieser Sendung durch die Zollfahndung der DDR hätte die Herausgabe der Handreichung erheblich erschwert bzw. unmöglich gemacht.

Obwohl diese Vervielfältigung Särchens als staatsfeindlich angesehen wurde, war eine Provokation und das Interesse der Staatssicherheit nicht ihr Ziel. An eine solche Entwicklung dachte Särchen wohl nicht, waren doch die Texte in offiziellen polnischen Medien veröffentlicht worden und somit nicht aus dem Untergrund. Särchen wollte durch diese Handreichung möglichst ausführliche Informationen zu den Vorgängen der Jahre 1980 bis 1981 in Polen liefern, da die Ereignisse in Westdeutschland nur wenig behandelt und in der DDR propagandistisch ausgenutzt wurden.[331] Außerdem sollte die Handreichung – sie war vorrangig an Seelsorger in den jeweiligen Gemeinden gerichtet – die Rolle der Kirche in Polen darstellen, weshalb es in der Einleitung zu der Veröffentlichung heißt:

---

330 Operative Information, Abt. Postzollfahndung, Dienstst. Magdeburg, 28.06.1982, in: Särchen, Günter: Brücken der Versöhnung 4. Schritte zur Versöhnung zwischen Deutschen aus der DDR und Polen. Niederschlag der Magdeburger Deutsch-Polnischen Aktivitäten in den Aufzeichnungen des Ministerium für Staatssicherheit der DDR, Manuskript 1998, S. 59.

331 Vgl. Olschowsky, Burkhard: Einvernehmen und Konflikt. Das Verhältnis zwischen der DDR und der Volksrepublik Polen 1980–1989, Fibre Verlag, Osnabrück 2005, S. 269 und 297. Theo Mechtenberg spricht im Zusammenhang mit den Zielen der Handreichung von einer Entrüstung Särchens über die schlechte Informationspolitik der DDR und die Verleumdung der Solidarność, da dies auch Freunde Särchens betraf [Interview des Autors mit Theo Mechtenberg am 23.03.2006].

Eine einseitige Berichterstattung über die Ereignisse und Entwicklungen hat leider immer wieder den Eindruck erweckt, als würden sich die katholische Kirche in Polen, die Vertreter dieser Kirche und einzelne Katholiken gegen die Interessen des Volkes und der polnischen Nation stellen. Aufgrund einer solchen Berichterstattung wird immer wieder von einer „Einmischung der Kirche in staatliche Angelegenheiten" gesprochen. Die folgenden Dokumente wollen dem Seelsorger eine Hilfe bieten zum besseren Verständnis verschiedener Zusammenhänge.[332]

Särchen, der während seiner Arbeit in der APH auch mit Priestern im Jurisdiktionsbezirk Magdeburg sprach, hatte die Unwissenheit innerhalb des Klerus über die Vorgänge in Polen bemerkt.[333] Er befürchtete, die katholischen Geistlichen könnten falsche Informationen an die Gläubigen weiterleiten.

Durch Särchens Wirken gerieten seine Vorgesetzten unter Druck. So gelangte durch die Staatssicherheit Günter Särchens Handreichung bis zur Berliner Bischofskonferenz, die sich auf ihrer Sitzung vom 6. und 7. Dezember 1982 eingehend damit befaßte. Die Bischöfe entschieden, daß die Handreichung wegen ihres eindeutig politischen Inhalts nicht haltbar, also abzulehnen und ihre Verbreitung zu stoppen sei. Dem bei der Sitzung abwesenden Bischof Johannes Braun wurde Verletzung der Aufsichtspflicht vorgeworfen. Er sollte sich deshalb mit Kardinal Meisner treffen, um über die Probleme zu sprechen.[334] Außerdem wurde Bischof Braun bei einem Treffen mit dem Staatssekretär für Kirchenfragen, Hermann Kalb, aufgezeigt, daß er das Verhältnis zwischen Kirche und Staat durch sein Verhalten gegenüber Särchen empfindlich störe.[335] Särchen sollte ein klärendes Gespräch mit Bischof Theissing führen, was das MfS ebenfalls dokumentierte.[336] Särchen erinnerte sich daran folgendermaßen:

---

332 Versöhnung – Aufgabe der Kirche, Handreichung 1982, S. 1, in: Nachlaß Günter Särchen, ZBOM.
333 Särchen, Günter: Brücken der Versöhnung 3, a. a. O., S. 15.
334 Vgl. Olschowsky, Burkhard: Einvernehmen und Konflikt, a. a. O., S. 298.
335 Vgl. Särchen, Günter: Brücken der Versöhnung 3, a. a. O., S. 16, Monatsbericht, MfS BV Magdeburg, Abt. XX/4, 24.01.1983, in: Särchen Günter: Brücken der Versöhnung 4, a. a. O., S. 70. Das Gespräch sollte angeblich nach Absprache zwischen der BBK, dem MfS und in Abstimmung mit dem ZK SED stattgefunden haben.
336 Monatsbericht, MfS BV Magdeburg, Abt. XX/4, 24.01.1983, in: Särchen Günter: Brücken der Versöhnung 4, a. a. O., S. 70.

Der offizielle Besuch von Bischof Heinrich Theissing, Schwerin, hat [...] in meinem Büro in sachlicher Atomsphäre stattgefunden. Theissing kannte die besagte „Handreichung" wie auch alle anderen der zurückliegenden Jahre und war regelmäßig als „materieller und geistiger Sponsor" über unsere sämtlichen Polen-Aktivitäten durch mich unterrichtet. Er stellte keine Fragen zum Inhalt der Handreichung, prüfte lediglich sehr korrekt die Beweggründe meiner Zusammenstellung und Veröffentlichung. Sein Resümee: Niemand ist berechtigt, mir diese Tätigkeit in Zukunft zu verbieten. Er sei überzeugt, daß ich alles vor meinem Gewissen „Gott und der Welt gegenüber" genauestens geprüft habe und weiterhin prüfen werde. Diese Mitteilung überbrachte er anschließend Herrn Bischof Braun.[337]

Der Magdeburger Bischof nahm diese Mitteilung nicht einfach an, sondern verbot Särchen jegliche Veröffentlichungen, die nicht von ihm genehmigt wurden.[338] Dies ist wohl damit zu erklären, daß er sowohl durch seine Amtsbrüder als auch durch staatliche Stellen unter Druck geraten war. Außerdem war er im Grunde nicht positiv zur Arbeit Särchens eingestellt.[339] So wurde im Jahr 1983 nur eine Handreichung – „Der Kreuzweg des Maximilian Kolbe" – veröffentlicht, und zwar über die Bildstelle des evangelischen Jungmännerwerks, da Bischof Braun keine Genehmigung dafür erteilte.[340] Im Jahr darauf war bereits klar, daß die „Karriere" Särchens im Magdeburger Seelsorgeamt zu Ende ging, weshalb auch dort die Jahreshandreichung nicht erschienen war.

Letztlich wirkte die „Solidarność-Handreichung" zwar aufklärend, zugleich beschleunigte sie den erzwungenen Weggang Särchens aus dem kirchlichen Dienst. Außerdem zeigen die Folgen der „Solidarność-Handreichung" die Paranoia der DDR, die sich nicht allein in den Machtzentralen, dem Zentralkomitee der SED und dem MfS, zeigte, sondern auch in der Kirche, die hier durch die Berliner Bischofskonferenz repräsentiert wurde.[341]

---

337 Ebenda.
338 Vgl. Olschowsky, Burkhard: Einvernehmen und Konflikt, a. a. O., S. 298.
339 Dies wird im Kapitel 5.1. näher besprochen.
340 Vgl. Särchen, Günter: Brücken der Versöhnung 2, a. a. O., S. 38.
341 Vgl. Interview des Autors mit Theo Mechtenberg am 23.03.2006.

4.5. Zusammenfassung

Zwischen 1962 und 1983 waren die Aktivitäten Günter Särchens sehr vielseitig. Dazu gehörten längerfristige Projekte, wie die Sommerlager und Sühnefahrten der ASZ sowie Polenseminare und Handreichungen. Beachtet werden sollte auch die Polenseelsorge, die auf seine Initiative in Magdeburg ihren organisierten Anfang nahm. Zudem beschäftigte sich Särchen auch mit „kleineren", aber nicht weniger bedeutenden Unternehmungen, zu denen die Glockenspenden für Posen (später Danzig) und das ehemalige KZ Majdanek gehörten, aber auch die Organisation von Ferienaufenthalten und Sprachkursen für polnische Studenten oder Paketaktionen für Polen in den Jahren 1982 und 1983.

Diese vielfältigen Arbeiten waren nicht konzipiert, um die DDR-Gesellschaft oder weite Teile derselben zu erreichen, sondern es waren Aktionen, die einer grundsätzlichen Idee folgten: „Kleine Schritte, kleine Brötchen, leise Töne und in aller Aussichtslosigkeit Zeugnis geben."[342] Sowohl in Polen als auch in der DDR konnten diese Aktivitäten zur breiten Öffentlichkeit nicht durchdringen. Dennoch haben über die Jahrzehnte einige hundert Menschen an den Unternehmungen Särchens und der ASZ teilgenommen. Ähnlich war es in Polen. Der Magdeburger traf innerhalb des regimekritischen, kirchennahen Milieus auf Zustimmung, was es ihm wohl überhaupt erst ermöglichte, Aktionen in Polen zu organisieren.

Konflikte mit dem Staat waren unausweichlich. Offen bleibt, inwiefern sich Särchen darüber im klaren war, daß seine Aktionen, die nicht mit der offiziellen Polen- und Vergangenheitspolitik der SED übereinstimmten, das MfS auf den Plan rufen mußten. Unerwartet waren wohl die negativen Aussagen einer Reihe von kirchlichen Würdenträgern. Sie behinderten seine Arbeit und brachten ihn in eine Lage, in der er nicht wissen konnte, ob er sich noch auf die Kirche als Schutzraum verlassen könne. Ausnahmen wie Bischof Rintelen konnten nicht die gesamte Zeit über an seiner Seite stehen. Die negativen Reaktionen der Bischöfe in der DDR resultierten womöglich nicht nur aus persönlicher Antipathie zu Särchen, obwohl dies gewiß in einigen Fällen zutrifft.[343] Da die Polenarbeit

---

342 Särchen, Günter: Brücken der Versöhnung 2, a. a. O., S. 4.
343 So z.B. für die Person des Magdeburger Bischofs Johannes Braun, worüber im Kapitel 5.1. näher gesprochen wird.

Günter Särchens von einigen kirchlichen Würdenträgern lediglich geduldet, nicht aber unterstützt wurde, kann man vermuten, daß der Druck des Staates für diese Bischöfe Anlaß war, sich von Särchen zu distanzieren. Staatliche Repressionen hatte die katholische Kirche seit 1945 immer wieder zu spüren bekommen. Man befürchtete sie erneut nach der „Solidarność-Handreichung".

Trotz aller Schwierigkeiten war die Zeit von 1962 bis 1983 der produktivste Lebensabschnitt Särchens. Er konnte den größten Teil seiner Anliegen verwirklichen. Eine wirkliche Versöhnung konnte zu dieser Zeit noch nicht erwartet werden. Doch waren es eben solche Aktionen, die Särchen ins Leben gerufen hatte, die den Versöhnungsprozeß überhaupt voranbrachten und eine Brücke zwischen Polen und Deutschen entstehen ließen. In Polen war ihm ein unerwarteter Erfolg beschieden.

Abschließend soll Günter Särchens Gedicht „Polen und wir"[344] aus dem Jahr 1980 zitiert werden, in dem er über die Zusammenarbeit mit Polen schrieb:

---

344 Särchen, Günter: Mein Leben in dieser Zeit (1973–1987), Manuskript o. J., S. 37.

Brücken
verbinden
verschiedene Ufer
Menschen
begegnen
einander
Unvergessen
das Vergangene
im Herzen
Erfahrung
zeugt
neues Leben
[...]
Symbole
verbinden
jetzt Menschen
Übrig bleibt
Hoffnung
und neues Tun
Nachbarschaft
im Zeichen
der Treue
Verantwortung
heißt Antwort
den Menschen
Schweigen
tötet
Leben
Wir alle
brauchen
das Leben

5. Probleme mit Staat und Kirche. 1984–1989

Die Jahre 1984 bis 1989 waren für Günter Särchen mit erheblichen Schwierigkeiten verbunden, da er sowohl mit kirchlichen Würdenträgern als auch dem Ministerium für Staatssicherheit Probleme hatte, die sein weiteres Leben stark prägten. Vor allem ging es um die Auseinandersetzungen mit dem Magdeburger Bischof Johannes Braun und den damit verbundenen Weggang aus dem Dienst im dortigen Bischöflichen Amt sowie die verstärkten „Zuführungen", also Verhöre durch die Stasi, die seine Krankheiten verstärkten. In diesem Kapitel werde ich nicht nur die Jahre 1984 bis 1989 darstellen, sondern ein Gesamtbild der Probleme Särchens mit seinem Vorgesetzten und den staatlichen Stellen zeichnen. Die Darstellung beginnt mit der Einsetzung Bischof Brauns zum Kommissar in Magdeburg im Jahr 1970 und geht zurück bis in die sechziger Jahre, als Särchen bereits – freilich in einem kleineren Umfang – ins Fadenkreuz der Staatssicherheit geraten war. So werde ich auch auf die Polenaktivitäten Särchens zu sprechen kommen, um darzustellen, wie diese von der Staatssicherheit beurteilt wurden.

5.1. Die Auseinandersetzungen mit Bischof Johannes Braun

Nach der vorzeitigen Emeritierung des Magdeburger Kommissars Weihbischof Friedrich Maria Rintelen wurde Johannes Braun[345] im Jahr 1970 zu seinem Nachfolger ernannt. Zunächst war er wie Rintelen Kommissar, ab 1973 dann, nach der Umbenennung des Erzbischöflichen Kommissariates Magdeburg in das Bischöfliche Amt, trug Braun den Titel Apostolischer Administrator.

---

345 Johannes Braun (1919–2004), geweiht 1947, 1948–1952 Vikar in Magdeburg, 1952–1970 Gründer und Leiter des Spätberufenenseminars „Norbertuswerk" für Priesteramtskandidaten, 1970–1990 Kommissar, dann Apostolischer Administrator in Magdeburg, 1971–1990 Protektor des Bischöflichen Werkes „Not in der Welt", nach Emeritierung 1990 in Paderborn.

Für die Polenarbeit Günter Särchens änderte sich wohl mit dem Wechsel des Bischofs zunächst nichts, da die einzelnen Aktivitäten weitergeführt werden konnten. Es gab auch keine Anzeichen dafür, daß in den ersten Jahren die Polenseminare, Pilgerfahrten nach Polen und Handreichungen jeglicher Begrenzung unterlagen. Trotzdem mußte es für Günter Särchen schwer gewesen sein, den neuen Vorgesetzten zu akzeptieren, nachdem dessen Vorgänger ein großer Befürworter der Polenarbeit gewesen war. So ist zu erklären, daß Särchen sich bereits acht Jahre nach der Übernahme des Bistums durch Braun ihm gegenüber kritisch äußerte. Er beanstandete vorrangig die allgemeine Leitung des Jurisdiktionsbezirkes und die Seelsorge. In einem Brief an den oberschlesischen Pfarrer Wolfgang Globisch schrieb Günter Särchen:

> In der ganzen DDR gab es 1978 zum Beispiel ca. 1400 Taufen in katholischen Kirchen! Aber der Bischof von Magdeburg [Johannes Braun – R. U.] baut und regiert wie ein Fürst und herrscht über Millionen! Um uns herum sterbendes Land. Überall dazwischen Priester und Laien, die sich müdegearbeitet haben, – aber trotzdem noch etwas vors Bein bekommen.[346]

Im selben Schreiben wird deutlich, daß Bischof Braun eine eindeutig negative Einstellung zu Polen gehabt haben muß, somit wohl auch zur Versöhnungsarbeit Günter Särchens. Über Papst Johannes Paul II. heißt es da:

> [...] jetzt kommt noch so ein Pole als Papst [...] Aber unser Bischof ist noch nicht drüberweg, denn er hatte nie etwas für Polen übrig und lehnte deshalb auch Einladungen an polnische Bischöfe zu unseren Wallfahrten ab. – Ja, wie wenig ist doch in diesen 30 Jahren geschehen.

Es ist nicht nachzuprüfen, ob Braun tatsächlich eine solche negative Einstellung zum Papst hatte. Es besteht jedoch kein Zweifel daran, daß für Braun die starken Versöhnungsbemühungen Särchens und seines Stellvertreters Weihbischof Hubrich nicht annehmbar waren, weshalb er auch versuchte, die engen persönlichen Kontakte und Reisen einzudämmen. Dies geht aus demselben Brief hervor, in dem Särchen schrieb:

---

346 Brief Särchens an Pfr. Wolfgang Globisch vom 19.12.1978, in: Nachlaß Günter Särchen, ZBOM.

Nach Polen komme ich immer seltener. Einmal die Zeit fehlt, dann aber auch der Unterschied zwischen Rintelen und Braun. Ich kann es mir einfach nicht mehr leisten. Schon Hubrich hat Schwierigkeiten beim Chef wegen seiner Polenfahrten.

Das fehlende Verständnis des Magdeburger Bischofs für die Versöhnung mit Polen wird deutlich, wenn man die Aussagen von Theo Mechtenberg hinzufügt. Dieser erinnert sich an ein Gespräch mit Johannes Braun, das zu einer Zeit stattfand, als Mechtenberg noch Priester war und sich ebenfalls für die Versöhnung eingesetzt hatte. Der Bischof soll gesagt haben: „Wie kann man nach Polen fahren? Die haben keine Kultur!"[347] Wenn man sowohl dem Brief Särchens an Globisch als auch der Aussage Mechtenbergs Glauben schenken kann, wird deutlich, daß die Polenarbeit in Magdeburg immer schwieriger gewesen sein mußte. Ein Ende war abzusehen, weshalb auch die späteren immer drastischeren Aussagen Särchens verständlich werden.

Wie aus der Korrespondenz Särchens hervorgeht, sollte die Einschränkung der Polenarbeit innerhalb des Bischöflichen Amtes Magdeburg (BAM) nicht nur durch seine Entlassung aus dem Dienst erfolgen, sondern auch durch die Schließung der Arbeitsstelle für pastorale Hilfsmittel. In einem Brief an Prälat Dissemond stellte Särchen dies eindeutig fest: „Hierzu will ich Ihnen erklären, daß vom Tage der Bischofsernennung (nicht erst der Weihe) meine Person und unsere Arbeitsstelle für den Hwst. Herrn Bischof Braun für die Zukunft als unerwünscht gilt."[348] Wie aus diesem Schreiben hervorgeht, war die APH aus einem ganz bestimmten Grund nicht erwünscht. Der Bischof ordnete sie als „unkontrollierbar" ein, da sie zwar ein Teil des Seelsorgeamtes war, jedoch nicht direkt dem Seelsorgeamtsleiter unterstand und seit Jahren gewisse Freiheiten und Privilegien genoß. Ein anderer Grund lag darin, daß eine Handreichung der APH über die Person des neuen Papstes, Johannes Pauls II., nach Meinung des Magdeburger Apostolischen Administrators fehlerhaft war, was nicht geschehen wäre, wenn der Bischof selbst Mitspracherecht in den Publikationen gehabt hätte oder zumindest vor der Veröffentlichung informiert worden wäre.[349] Damit erklärte Särchen in diesem

---

347 Interview des Autors mit Theo Mechtenberg am 23.03.2006 [Aufnahme im Besitz des Autors].
348 Brief Särchens an Prälat Dissemond vom 5.03 1979, in: Nachlaß Günter Särchen, ZBOM.
349 Bischof Braun war entrüstet, daß in dem Portrait Johannes Pauls II. dieser als „slawischer Papst" bezeichnet wurde (Vgl. Särchen, Günter: Brücken der Versöhnung 3. Schritte zur

Brief an Dissemond den Wunsch Brauns, alles selbst zu regeln und über sämtliche Angelegenheiten zu verfügen.

Trotz gewisser Schwierigkeiten im Zusammenhang mit der Veröffentlichung des Portraits des neuen Papstes und der wohl klaren Absichten Brauns, die APH aufzulösen bzw. grundlegend umzustrukturieren, ging die Arbeit für die deutschpolnische Versöhnung von Magdeburg aus weiter, ohne grundlegend eingegrenzt zu werden. Mehr noch: Einige Zeit später, im Jahr 1981, konnte man eine – zumindest nach außen gezeigte – Veränderung der Einstellung Bischof Brauns erkennen, die auch Särchen nicht verborgen blieb, obwohl dieser zu der Zeit dem Apostolischen Administrator in Magdeburg bereits sehr reserviert gegenüberstand. Dem ungeachtet traf er sich mit dem Bischof, um über die Probleme der letzten Jahre zu sprechen, worüber er später in einem Brief an Mieczysław Pszon berichtete:

Jetzt habe ich in der Karwoche um eine Audienz [bei Bischof Braun – R. U.] gebeten und ... es wurde daraus ein stundenlanges Gespräch, einen ganzen Nachmittag! Ergebnis: Immer wieder sagte mir der Bischof: „Warum sind Sie in den letzten 10 Jahren niemals zu mir gekommen!? Warum haben Sie mich niemals direkt informiert!?" usw. [...] Fest steht, daß am Ende des Gespräches er mir, meiner Familie und meiner Polenarbeit seinen vollen Segen gegeben hat mit der Bitte, daß ich ihn in Zukunft direkt informiere über alles, was uns mit Polen verbindet.

Aus diesen Worten des Bischofs ist seine Veränderung der Einstellung gegenüber Polen deutlich erkennbar. Doch erkannte Särchen dies als eine Taktik, wie er im selben Brief weiter schrieb:

Natürlich versucht Bs. Braun damit eine Spaltung zwischen mir und Wbs. Hubrich zu bringen. Aber wir beide sind uns mit Hubrich einig: ich werde jetzt ständigen Kontakt, und zwar direkten Kontakt mit dem Bischof aufrechterhalten (und natürlich insgeheim mit Hubrich alles absprechen).[350]

Versöhnung zwischen Deutschen aus der DDR und Polen. Chronik Magdeburger deutschpolnischer Aktivitäten, Manuskript 1998, S. 32).
350 Brief Särchens an Mieczysław Pszon vom 27.04.1981, in: Nachlaß Günter Särchen, ZBOM.

Die vorwiegend negative Meinung Särchens über Bischof Braun konnte auch sein Wunsch, an einem Polenseminar teilzunehmen, nicht ändern. Man wollte, ja man durfte wohl im Sinne echten Christentums auf eine Wandlung des Bischofs Braun hoffen. Doch man hoffte vergeblich. Auf jeden Fall ist festzuhalten, daß sich die eher negative Einstellung in Zukunft als richtig erweisen sollte, was im weiteren Verlauf bewiesen wird.

Eine letzte positive Aussage des Magdeburger Administrators zur Polenarbeit Särchens und der Tätigkeit der Arbeitsstelle für pastorale Hilfsmittel wurde im Juni 1981 nachweisbar, als Braun in einem Brief an den Leiter der APH schrieb:

> Mit Ihrem Schreiben vom 1.06.1981 haben Sie mich an 25 Jahre erinnert, in denen Sie mit der von Ihnen aufgebauten Arbeitsstelle für pastorale Hilfsmittel eine Position und Bedeutung in kirchlichem Leben der DDR erlangt haben, die eines besonderen Dankes oder ausdrücklichen Anerkennung wert ist. Aus ihrem Bericht ist leicht zu ersehen, mit welchen Mühen und Schwierigkeiten im Laufe dieser langen Jahre gekämpft werden mußte. Die große Zahl verschiedener Titel, wie die Höhe der Gesamtauflage wie auch die Qualität Ihrer Arbeiten zeugen aber auch von dem großen Erfolg, der Ihnen und Ihren Mitarbeitern geschenkt war.[351]

Eine Stellungnahme Särchens zu diesem Schreiben ist nicht bekannt, doch kann man davon ausgehen, daß er trotz gewisser Abneigungen gegen den Magdeburger Bischof von nun an seiner Polenarbeit weiter nachgehen konnte, ohne etwaige Begrenzungen für die Tätigkeit befürchten zu müssen.

Die Zeit der relativen Ruhe und eines gewissen Einvernehmens in den Beziehungen zwischen Särchen und Braun fand jedoch bereits 1982 ein jähes Ende, da in diesem Jahr die sog. „Solidarność-Handreichung" entstanden und in verschiedenen Gemeinden verteilt wurden. Vermutlich hatte nicht die Veröffentlichung an sich in Braun die früher starke negative Einstellung zur Polenarbeit Günter Särchens wieder entfacht, sondern die Tatsache, daß der Magdeburger Bischof von seinen Amtskollegen in der Berliner Bischofskonferenz gemaßregelt und ihm fehlende Aufsichtspflicht vorgeworfen wurde (Vgl. 4.4.1.). Eben diese Kränkung könnte ihn in seine alten „antipolnischen Bahnen" gelenkt haben, worauf er seine Befürwortung der Tätigkeit Särchens wieder zurücknahm. Mehr

---

351 Brief Brauns an Günter Särchen vom 4.06.1981, in: Nachlaß Günter Särchen, ZBOM.

noch: Er begrenzte stark die Polenarbeit, machte Veröffentlichungen innerhalb der katholischen Kirche praktisch unmöglich und bestärkte sich in der Position, in der für ihn die Person Günter Särchens nicht mehr tragbar war. Somit ist wohl einer der Gründe für die spätere Entlassung Särchens aus dem Dienst im Bischöflichen Amt in den Folgen der Veröffentlichung der „Solidarność-Handreichung" zu suchen, abgesehen von persönlicher Abneigung des Bischofs gegen Särchen.

Zu den Schwierigkeiten um die „Solidarność-Handreichung", die in absehbarer Zeit eine Entlassung nach sich ziehen sollten, kamen 1983 gesundheitliche Probleme bei G. Särchen hinzu, wie aus einem Schreiben an Bischof Theissing hervorgeht: „Dies ist ein Abschiedsbrief. Soeben habe ich dem Bischöflichen Amt Magdeburg offiziell mitgeteilt, daß gestern mein behandelnder Facharzt die Einleitung der Invalidisierung für notwendig erachtet hat." Grund dafür waren zwei Herzinfarkte, die Särchen innerhalb von zwei Jahren erlitten hatte, nach denen keine Besserung anzunehmen war. Es wurde also für ihn klar, daß er die Leitung der APH nicht weiter übernehmen konnte, da ihm nach der Invalidisierung lediglich vier Arbeitsstunden pro Tag genehmigt werden würden. Daher überlegte er im selben Brief, wie seine Zukunft und die der Arbeitsstelle für pastorale Hilfsmittel aussehen könnte:

> Ich habe deshalb soeben den mir im Jahre 1957 übertragenen Auftrag als Leiter der Arbeitsstelle für pastorale Hilfsmittel zurückgegeben. Mit Weihbischof [Hubrich – R. U.] und Rat Nowak wird sich sicher klären lassen, was ich dann noch machen kann [...]. Wie es jetzt mit der APH weitergehen wird, weiß ich nicht. Wbs. und Leo werden überlegen. Schön wäre es, wenn hier ein Nachfolger gefunden werden könnte, er, der neue Leiter, ich könnte ihm gelegentlich helfen. Schlimm wäre, die APH in Magdeburg aufzulösen und in eine andere Diözese zu verlegen.[352]

Die Befürchtung Särchens sollte sich bald bewahrheiten, da Bischof Braun einige Monate später offiziell mitteilte, die APH in Magdeburg aufzulösen:

---

352 Brief Särchens an Bischof Heinrich Theissing vom 13.10.1983, in: Nachlaß Günter Särchen, ZBOM.

Grundsätzlich ist man für eine Neuordnung [der APH – R. U.] aufgeschlossen. Um in die nächste konkrete Phase zu treten, habe ich unter dem heutigen Datum Herrn Bischof Heinrich Theissing, Medienbeauftragter der Bischofskonferenz, mitgeteilt, daß ich vom 1. Januar 1984 an die Arbeitsstelle für pastorale Hilfsmittel in Magdeburg auflöse und ihn bitte, für eine Weiterführung dieser Arbeit die Verantwortung zu übernehmen [...] Ich selbst bitte Sie, mir diesen Abschluß bis etwa 6./7. Februar 1984 vorzulegen.[353]

Durch dieses Schreiben wurde die APH in Magdeburg endgültig aufgelöst. Damit wurde Särchen eine Arbeitsgrundlage im Bischöflichen Amt entzogen, obwohl man ihm zunächst seinen Arbeitsvertrag noch nicht kündigte. Dies erfolgte am 1. Juli 1984, als Särchen offiziell den Status eines Invalidenrentners erhielt und sein bisheriger Vertrag umgewandelt werden sollte in eine Teilbeschäftigung mit dem Ziel, die Polenarbeit von Magdeburg aus weiterzuführen. Bischof Braun nahm jedoch diese Möglichkeit nicht in Anspruch, offiziell wegen der Krankheit Särchens. Darauf kam die Polenarbeit innerhalb der Magdeburger katholischen Kirche völlig zum Erliegen. In diesem Zusammenhang sah sich der damalige Leiter der Aktion Sühnezeichen in der DDR, Werner Liedtke, gezwungen, bei Kardinal Joachim Meisner schriftlich vorzusprechen und auf diese Tatsache hinzuweisen:

Am 12. Juli 1984 teilte mir Herr Särchen mit, daß ihm eine weitere Mitarbeit bei der Aktion Sühnezeichen nicht mehr möglich ist, da ihm der Ordinarius seines Jurisdiktionsbezirkes, Herr Bischof Braun, die Genehmigung zu jeglicher Vortragstätigkeit und ehrenamtlichen Diensten in den Gemeinden des Magdeburger Bereiches untersagt habe. In dieser Ablehnung seiner Dienste durch Herrn Bischof Braun sieht Herr Särchen

---

353 Brief Brauns an Günter Särchen vom 19.12.1983, in: Nachlaß Günter Särchen, ZBOM. Die Auflösung der APH in Magdeburg beeinträchtigte nicht die Arbeit der Außenstelle in Erfurt. Am 1. Januar 1985 wurden zwei getrennte Arbeitsstellen gegründet: (1) für pastorale Handreichungen, mit Sitz in Berlin, (2) für pastorale Medien, mit Sitz in Erfurt. Nach der Wiederherstellung der deutschen Einheit wurde die Arbeitsstelle für pastorale Handreichungen aufgelöst, die zweite Arbeitsstelle dagegen funktionierte noch bis Ende 1992. Danach verlor auch sie ihre zentrale Bedeutung und die Aufgaben wurden an die einzelnen Jurisdiktionsbezirke abgegeben (Vgl. Medienarbeit im Osten Deutschland. Abschlußbericht der Arbeitsstelle für pastorale Medien, 1993, in: Nachlaß Günter Särchen, ZBOM).

einen grundsätzlichen Vertrauensverlust. [...] Für die Aktion Sühnezeichen – wir arbeiten nicht nur in Magdeburg und darum schreibe ich an Sie – ist aber ein Verlust der Mitarbeit von Günter Särchen unvorstellbar.[354]

Der Einspruch Liedtkes zeigte keine Wirkung. Särchen wurde eine weitere Arbeit in der Kirche in Magdeburg verweigert. Da er eine solche Möglichkeit in Betracht zog, hatte er sich noch vor der offiziellen Kündigung an den Berliner Kardinal Joachim Meisner gewandt, um von ihm Hilfe zu erhalten, da er in der Form der Kündigung seine Würde, Ehre und die Grundrechte der menschlichen Person[355] verletzt sah.

Die Gründe für ein solches Verhalten Bischof Brauns sind verschiedenartig: Es kann auf die „Solidarność-Handreichung" und die persönliche Abneigung zurückgeführt werden. Weitaus bedeutender und für Särchen selbst kränkender waren aber einige Gerüchte über ihn, die wohl die negative Entscheidung Brauns beschleunigten. Zum einen wurde Särchen nachgesagt, er hätte ein Verhältnis mit einer Mitarbeiterin des Bischöflichen Amtes gehabt, woraus ein Kind geboren worden sei.[356] Zum anderen warf man ihm Homosexualität vor, was sich aber als ein Gerücht erwies, da dafür an keiner Stelle Beweise gefunden werden konnten. Dieser Vorwurf war aber für den Magdeburger Bischof der offizielle Vorwand für die endgültige Entlassung Särchens, obwohl er sich lediglich auf eine Aussage eines jungen Mannes stützte. Günter Särchen schrieb später über diesen Mann: „Ich bin mir sicher, daß dieser mit sich selbst geplagte junge Mann (Pickert) bald zur Lösung beitragen wird, wenn er sich wieder in der Gewalt hat."[357]

---

354 Brief Liedtkes an Joachim Kardinal Meisner vom 17.08.1984, in: Nachlaß Günter Särchen, ZBOM.
355 Brief Särchens an Joachim Kardinal Meisner vom 1.10.1985, in: AJT, Korrespondenzmappe: Günter Särchen. Das Schreiben vom 20.06.1984 konnte nicht gefunden werden, weshalb man an dieser Stelle auf den Informationen aus einem zweiten Brief Särchens basieren muß. Aus diesem Schreiben geht hervor, daß es zu einem Treffen zwischen Särchen und Meisner kam, bei dem besprochen wurde, daß sich der Kardinal persönlich um diese Angelegenheit kümmern werde.
356 Die Existenz dieses Gerüchts konnte nicht offiziell bestätigt werden (in den Interviews wollte, bzw. konnte keiner der Gesprächspartner genaueres darüber aussagen), in inoffiziellen Gesprächen kam aber dieses Thema kurzzeitig auf.
357 Särchen Günter: Memento mori. Laienbrevier für den Nach(t)tisch, Manuskript o.J., S. 172.

Der unbewiesene Vorwurf der Homosexualität war für Bischof Braun so gewichtig, daß er G. Särchen Hausverbot für das Bischöfliche Amt erteilte und keinen weiteren offiziellen Kontakt mit den Mitarbeitern zuließ. Dieser Umstand, „das WIE des Umgangs"[358] war es wohl, was Särchen tief getroffen hatte, denn er war zunächst von dem Vorwurf nicht erschüttert und glaubte an eine rasche Aufklärung. Dann dachte er aber zunehmend und begründet daran, daß die Begebenheiten zu einem langgehegten Plan Brauns gehörten, sich der unliebsamen Person Särchens zu entledigen. Zudem zeigte er sich in einem Text über diese Zeit erschüttert von den Reaktionen der Mitarbeiter des BAM:

> Da ist das Schweigen der Mandatsträger in unserer Kurie und da ist nicht zuletzt das Schweigen der „Mitarbeiterinnen und Mitarbeiter" im Hause. Niemand will die Wahrheit zur Kenntnis nehmen, es bleibt beim Geraune und Geflüster, von dem wiederum natürlich ihre eigenen geistlichen Vorgesetzten nichts mitbekommen.[359]

Ähnlich negativ war er seitdem gegenüber den Amtsträgern in anderen Jurisdiktionsbezirken eingestellt, weil die dortigen Bischöfe und Seelsorgeamtsleiter ihm die erhoffte Unterstützung versagten, obwohl er jahrzehntelang mit ihnen zusammengearbeitet hatte, vor allem als Leiter der Arbeitsstelle für pastorale Hilfsmittel. In dieser Zeit erwog Särchen, aus der Kirche auszutreten. Dieser Gedanke war wohl nur von kurzer Dauer, denn in einem Text noch aus dem Jahr 1984 schrieb er:

> Jetzt [nach der Entlassung aus dem Dienst – R. U.] bin ich freier geworden. Freier für Gott. Aber auch freier für die Kirche. Ich kann nicht mehr alles so ‚vollziehen', nicht mehr alle so anerkennen, wie einst. […] ich bleibe und lebe in der Bindung zur Kirche, auch wenn ich zu einigem Abstand genommen habe, nehmen werde, nehmen muß. Eine völlig neu empfundene Bindung.[360]

---

358 Ebenda.
359 Ebenda.
360 Ebenda, S. 159.

> Liebe Freunde!
> Das zurückliegende Jahr war für mich ein sehr schweres Jahr, - nicht nur durch die plötzlich ärztlicherseits notwendig gewordene Invalidisierung, vielmehr durch die beleidigende Form, in der mir im Mai 1984 Bischof Braun den kirchlichen Auftrag für alle Tätigkeiten nahm, die ich als Invalidenrentner noch ausführen wollte und sollte Zu den Verboten gehörte u.a. auch die Leitung des PL-Seminars und meine Weiterführung der Versöhnungs- und Verständigungsbemühungen mit PL. - Damit ist das PL-Seminar zusammengebrochen und er hat dadurch eine 27jährige Arbeit abgebrochen. - Durch viele Verhandlungen (Wbs.Hubrich/Kard.Meisner) geht jetzt die Arbeit weiter, wie Ihr aus dem Artikel lesen könnte - Das Verhalten von Bs.Braun hat Kard.Meisner zum Anlaß genommen, in meinem Namen gegen Braun beim Hl.Stuhl Klage zu erheben und einen kirchl.Anwalt für mich beantragt. (Hoffentlich gibt es in der Kommission für die Bischöfe in Rom auch einen Polen, - und nicht nur Ratzinger) -Nun geht es auch gesundheitlich wieder bergauf und ich bleibe auch katholisch, selbst wenn der Papst aus der Kirche austreten sollte! Euer

Brief Särchens an die Redaktionsmitglieder des „Tygodnik Powszechny" aus dem Jahr 1985. Quelle: Archiwum Jerzego Turowicza, Krakau, Korrespondenzmappe Günter Särchen.

Ähnlich deutlich sprach er sich Anfang 1985 in einem Brief an die Redaktion des Tygodnik Powszechny aus. Da heißt es: „[...] ich bleibe auch katholisch, selbst wenn der Papst aus der Kirche austreten sollte."[361]

Trotz dieser klaren Aussagen für den Verbleib in der katholischen Kirche entschied sich Günter Särchen, gegen den Magdeburger Bischof Braun juristisch vorzugehen. Darüber informierte er u. a. schriftlich die Teilnehmer des Polenseminars. Er teilte ihnen mit, daß die gesundheitlichen Probleme nicht der Grund waren für seine Entlassung: „Aus gesundheitlichen Gründen hätte ich das Polenseminar noch sehr lange leiten können."[362] Bevor jedoch ein offizielles Klageschreiben an den Vatikan ging, versuchte Särchen, in einem Brief an den Magdeburger Bischof einen Kontakt aufzubauen, um möglicherweise die bestehen-

---

361 Brief Särchens an den Tygodnik Powszechny, AJT, Korrespondenzmappe: Günter Särchen.
362 Brief Särchens an die Teilnehmer des Polenseminars vom 19.11.1984, in: Nachlaß Günter Särchen, ZBOM.

den Differenzen auszuräumen. Darin klagte Särchen den Bischof an, mitschuldig an seinen seelischen und körperlichen Gebrechen zu sein und stellte fest, daß die Entscheidungen Brauns falsch waren. Dann kam er auch nochmals auf den Vorwurf der Homosexualität zu sprechen:

> Nach ihrer Überzeugung habe ich diesen jungen Mann, den ich, gemeinsam mit anderen Personen seit Jahren ‚begleite', als aktiv Tätiger sexuell verführt, verängstigt, mißbraucht. ... ich war niemals ein Homosexueller und werde auch niemals ein solcher sein [...], das wußten Sie und wissen Sie sehr genau ...[363]

Zwar schrieb Särchen am Ende des Briefes, daß dieser nicht aus Verbitterung entstanden sei, doch kann man sich eines solchen Eindrucks nicht verschließen, wenn man den teilweise aggressiven Tonfall und die eindeutige Schuldzuweisung bedenkt, die einer Verständigung nicht dienlich sein konnte. Möglicherweise war das ein Grund, wieso der Magdeburger Administrator dieses Schreiben nicht beantwortete; andererseits zitierte Särchen den damaligen Weihbischof Hubrich, der von Braun hörte, er habe „wichtigere Dinge zu tun, als solchen Schwachsinn zu lesen".[364] Damit war der Versuch einer Bereinigung der Differenzen gescheitert. Särchen sah nun keinen Ausweg, als sich förmlich mir einer Klageschrift an den Vatikan zu wenden.

Ein solches Schreiben ging am 5. September 1984 an die Kongregation für die Bischöfe am Heiligen Stuhl, worin detailliert die Vorwürfe gegen den Magdeburger Administrator geschildert wurden. Am Ende heißt es dann:

> Ich bitte, daß mir Recht und Gerechtigkeit wiederfährt, die Würde meiner Person, meines Dienstes und meiner Arbeit in der kirchlichen Öffentlichkeit wiederhergestellt werde und mir Liebe zuteil wird, ein anderes Wort für Versöhnung.[365]

---

363 Brief Särchens an Bischof Johannes Braun vom 20.06.1984, zitiert nach: Särchen, Günter: Memento mori, a. a. O., S. 177.
364 Ebenda, S. 176.
365 Klageschrift Särchens an die Kongregation für die Bischöfe am Heiligen Stuhl vom 5.09.1984, in: Särchen Günter: Memento mori, a. a. O., S. 168.

Gunter Särchen

Kopie

3060 Magdeburg/DDR
G oße Diesdorfer Straße 237

A J7

bis zum 5.X.1985
ohne Antwort

An die
Kongregation für die Bischöfe
am Heiligen Stuhl
V a t i k a n

Magdeburg, den 5. September 1984

In einer für mein Leben und für meinen Glauben an Recht,
Gerechtigkeit und Liebe in meiner römisch-katholischen Kirche
entscheidenden Angelegenheit wende ich mich hiermit offiziell
an die Kongregation für die Bischöfe beim Heiligen Stuhl.

Mit diesem formlosen Schreiben erhebe ich

> Günter, Johannes S ä r c h e n,
> geboren am 14. Dezember 1927 in Wittichenau,
> römisch-katholisch, verheiratet, vier Kinder,
> Sozialpädagoge (grad.),
> im hauptamtlichen diözesanen und überdiözesanen kirchlichen Dienst im Bereich der Berliner Bischofskonferenz
> vom April 1950 bis zum Juni 1984 in verschiedenen Aufgabenbereichen der Pastoral als Laie tätig,
> wohnhaft 3060 Magdeburg/DDR, Große Diesdorfer Straße 237,
> Jurisdiktionsbezirk Bischöfliches Amt Magdeburg

bei der Kongregation für die Bischöfe am Heiligen Stuhl

Klage

gegen den

> Hochwürdigsten Herrn
> Bischof Johannes B r a u n,
> Apostolischer Administrator in Magdeburg,
> geboren am 28. Oktober 1919,
> zum Bischof geweiht am 18. April 1970,
> Ordinarius des Jurisdiktionsbezirkes
> Bischöfliches Amt Magdeburg,
> vom August 1970 bis zum Juni 1984 mein Vorgesetzter
> im arbeitsrechtlichen Sinn und der pastoralen
> Dienstaufsicht.

Gleichzeitig bitte ich um die Benennung eines kirchlichen
Anwalts, der für mich auf Grund dieser meiner formlosen Klageschrift eine den kirchenrechtlichen Bestimmungen entsprechende
offizielle Klageschrift erstellt.

Die Emotionalität dieser meiner formlosen Klageschrift bitte
ich zu entschuldigen. Sie liegt nicht nur darin begründet, daß
der Hochwst. Herr Bischof und Apostolische Administrator
Johannes Braun mir in seiner Eigenschaft als Vorgesetzter im
arbeitsrechtlichen Sinn Recht und Gerechtigkeit vorenthalten
hat, sondern vielmehr darin, daß er mich in seinen vierzehn
Bischofsjahren als Bischof und Oberhirt getäuscht hat über
seine wirkliche Einschätzung meiner Person, meiner beruflichen
Arbeit und meines kirchlichen Dienstes. Diese Beurteilung, wie
er sie mir persönlich gegeben hat, stand stets im krassen
Gegensatz zu der Beurteilung, wie er sie anderen gegenüber gab.
Er hat mich durch seine vorenthaltene und verweigerte Liebe und
Versöhnungsbereitschaft in meiner Seele und in meinem Glauben
tief verletzt.

Seiten 1 und 2 der Klageschrift Särchens gegen Bischof Johannes Braun aus dem Jahr 1984.
Quelle: Archiwum Jerzego Turowicza, Krakau, Korrespondenzmappe Günter Särchen.

Mit dieser Klageschrift wollte Särchen keineswegs eine Bestrafung Brauns erreichen, sondern lediglich die Vorwürfe gegen sich selbst ausräumen und die Möglichkeit erhalten, wieder im kirchlichen Dienst tätig zu sein, um von da aus seine Polenarbeit fortzuführen. Eine Antwort auf dieses Schreiben ging jedoch bei Särchen ein Jahr lang nicht ein, weshalb er sich gezwungen sah, in weiteren Schreiben an einige Persönlichkeiten sein Anliegen vorzustellen. So schrieb er Anfang Oktober 1985 an den damaligen Berliner Kardinal Joachim Meisner, an Papst Johannes Paul II. persönlich und an dessen Sekretär, Prälat Stanisław Dziwisz (dieser Brief wurde im Gegensatz zum Schreiben an den Papst in polnischer Sprache verfaßt).[366] In all diesen Texten zeigte sich Särchen empört darüber, daß ihm eine Antwort, bzw. Empfangsbestätigung nicht zugesandt worden war, so zum Beispiel in seinem Schreiben an Kardinal Meisner:

> Meine Liebe und mein Glaube an die Kirche und ihre Lehre bleibt unverändert. Erschüttert ist mein Vertrauen in den Episkopat. Ich bin zutiefst erschrocken über die Möglichkeit, daß die von mir vor über einem Jahr erbetene Untersuchung, weder beim Heiligen Stuhl, geschweige denn erst beim heiligen Vater, der in der ganzen Welt sich für die Achtung der Menschenwürde einsetzt, auch für die Geringsten, auch

---

[366] Die einzelnen Briefe sind im AJT (Korrespondenzmappe: Günter Särchen) enthalten. Außerdem wurde dort ein Schreiben an Jerzy Turowicz gefunden, in dem Särchen ihm mitteilt, daß er in seinem Brief an Dziwisz auf die gemeinsame Bekanntschaft mit Turowicz verweist.

für die Laien, bekannt geworden ist. Welche Beweggründe kann es geben oder welche kirchlichen Kreise können daran interessiert sein, daß dies bis heut – über ein Jahr lang – verhindert worden ist?[367]

Einige Tage nach dem Versenden der Briefe wurde Särchen schriftlich informiert, daß eine Person (der Name sowie die Institution konnte nicht ermittelt werden, da diese Angaben in der mir zugänglichen Kopie geschwärzt wurden) sich mit ihm und Bischof Braun treffen wolle, um zwischen beiden Seiten zu vermitteln.[368] Ein solches Treffen sollte am 5. November 1985 stattfinden, doch fanden sich keine Informationen über die Ergebnisse dieses Gespräches. Es liegt nahe, daß es gescheitert ist, denn auch danach wurde Särchen weiterhin nicht im BAM beschäftigt, außerdem galt immer noch das Hausverbot für ihn.

Da eine positive Entscheidung des Heiligen Stuhls ausblieb, hatte sich Günter Särchen bei einigen polnischen Freunden beraten, die ihm anrieten, nach Rom zu fliegen, wo er von einem polnischen Priester empfangen werde, der sich seiner Angelegenheit annehmen würde. Günter Särchen reiste also zunächst nach Westberlin, von da aus mit einem gefälschten Reisepaß nach Rom, wo er ein Gespräch mit einem ihm unbekannten Geistlichen führte.

> Es kam vor Kreuz und Kerzen zu einer offiziellen Befragung und zu einem Protokoll. Ich [G. Särchen – R.U.] habe einfach unterschrieben, so wie die beiden anderen auch. Seine konkret gestellten Fragen und meine Antworten wurden durch den polnischen Priester übersetzt und von dem anderen Priester mit Blättern in seinem Aktendeckel verglichen. Ich erkannte in der Mappe auch meine Klageschrift ...[369]

Nach dem Gespräch flog Särchen am selben Tag zurück nach Berlin, ohne zu wissen, mit wem er gesprochen hatte. Das Treffen sollte geheim bleiben, weshalb er lediglich Weihbischof Heinrich Theissing informierte, dem seinerseits das „Verhör" bekannt war. Inwiefern dieses Treffen in Rom zu einer Aufklärung

---

367 Brief Särchens an Joachim Kardinal Meisner vom 1.10.1985, AJT, Korrespondenzmappe: Günter Särchen.
368 Vgl. Särchen, Günter: Memento mori, a. a. O., S. 170.
369 Särchen, Günter: Mein Weg von Görlitz nach Magdeburg, S. 14, in: Nachlaß Günter Särchen, ZBOM.

der Klage gegen Bischof Braun beigetragen hatte, kann nicht eindeutig bestimmt werden. Es zeigt aber, daß Särchen in dieser Angelegenheit auf die Hilfe seiner langjährigen Freunde in Polen und Westdeutschland bauen konnte.

Eine positive Entscheidung übergeordneter kirchlicher Stellen trat erst im Jahr 1987 ein, wovon aber lediglich die Akten des MfS zeugen, denn da heißt es in einem Bericht vom 26. August 1987:

> Diese Gremien [Kardinal Meisner, Staatssekretariat des Vatikan – R. U.] veranlaßten Untersuchungen mit dem Ergebnis einer Rehabilitierung des S[ärchen]. Bischof Braun wurde veranlaßt, dem S. Möglichkeiten einer weiteren nebenberuflichen Tätigkeit in Einrichtungen des BAM einzuräumen.[370]

Dies jedoch nahm Särchen nicht in Anspruch, da er mittlerweile die Polenarbeit unter der alleinigen Schirmherrschaft der Aktion Sühnezeichen fortführte und sein gesundheitlicher Zustand eine weitere Beschäftigung als Referent für die katholische Kirche in Magdeburg nicht zuließ. Möglich erscheint auch, daß er für das Bischöfliche Amt nicht weiterarbeiten wollte, da Johannes Braun Administrator blieb und er wohl immer noch an die fehlende Hilfe seitens seiner früheren Mitarbeiter denken mußte.

Zu einer Schlichtung des Streites zwischen Särchen und Braun auf einer zwischenmenschlichen Ebene kam es zu keinem Zeitpunkt. Braun trat 1990 in den Ruhestand und übersiedelte nach Paderborn. Särchen kehrte in seine Heimatstadt Wittichenau zurück. Es ist auch nicht bekannt, daß beide als Pensionäre miteinander in Kontakt getreten wären, was die Bedeutung der gegenseitigen Differenzen in den siebziger und achtziger Jahren deutlich unterstreicht.

---

370 Zitiert nach Särchen, Günter: Brücken der Versöhnung 2. Schritte zur Versöhnung zwischen Deutschen aus der DDR und Polen unter den Bedingungen staatlicher und kirchlicher Begrenzungen, Manuskript 1995, S. 17.

5.2. Im Fadenkreuz des Ministeriums für Staatssicherheit

Ähnlich wie in anderen Staaten des Ost-Blocks standen auch in der DDR die Kirchen unter einer besonderen Beobachtung des Ministeriums für Staatssicherheit[371] (MfS, Stasi), genauer der Hauptabteilung XX (HA XX). So ist es auch kaum verwunderlich, daß Günter Särchen als aktiver katholischer Laie ins Blickfeld der Stasi geraten war, zunächst vor allem „nur" wegen seiner Arbeit in der Kirche. Später waren seine Poleninitiativen und die damit verbundenen Kontakte ins Ausland ausschlaggebend für eine verstärkte Beobachtung. Mehr als 30 offizielle Mitarbeiter (OM) sowie eine hohe Anzahl inoffizieller Mitarbeiter (IM) wurde auf Särchen „angesetzt". Über die letzteren schrieb G. Särchen, nachdem er die Materialien über seine Person gelesen hatte:

> Es gibt armselige Höflinge, um Anerkennung bemüht, weil sie an irgend einer Ecke des Lebens zu kurz gekommen sind. Es gibt fast krankhaft ehrgeizige Typen, die sich rächen wollten, weil sie sich von mir nicht beachtet fühlten. Es gibt sehr dumme Mislinge und sehr intelligente Überzeugte. Selbst wenn dieser und jener unter ihnen auf irgend eine Weise erpreßt wurde, so bleiben fast alle ihre Berichte unverschämt und beleidigend in ihrer Zielstellung. Sie wurden geschrieben im klaren Wissen und Bewußtsein, dem anderen, in diesem Fall mir bzw. meiner und damit unserer Arbeit zu schaden.[372]

---

[371] Zur Geschichte des MfS und der Beziehungen zwischen dem SED-Staat und der katholischen Kirche siehe u.a.: Besier, Gerhard: Der SED-Staat und die Kirche: der Weg in die Anpassung, Bertelsmann, München 1993; Braun, Johannes: Im Schatten des Staatssicherheitsdienstes der DDR (1981–1990), Mecke, Duderstadt 1997; Dümmel, Karsten; Schmitz, Christian (Hrsg.): Was war die Stasi? Einblicke in das Ministeriums für Staatssicherheit der DDR (MfS), Konrad-Adenauer-Stiftung, Sankt Augustin 2002; Fricke, Karl Wilhelm: Die DDR-Staatssicherheit, Verlag Wissenschaft und Politik, Köln 1989; Gieseke, Jens: Die DDR-Staatssicherheit: Schild und Schwert der Partei, Bundeszentrale für politische Bildung, Bonn 2000; Gill, David: das Ministerium für Staatssicherheit: Anatomie des Milke-Imperiums, Rowohlt, Berlin 1991; Schäfer Bernd: Staat und katholische Kirche in der DDR, Böhlau Verlag, Köln – Weimar – Wien 1999; Suckut, Siegfried; Süß, Walter (Hrsg.): Staatspartei und Staatssicherheit: zum Verhältnis von SED und MfS, Links, Berlin 1997. Eine umfassende Bibliografie ist zu finden unter http://www.bstu.bund.de.

[372] Särchen, Günter: Brücken der Versöhnung 2. Schritte zur Versöhnung zwischen Deutschen aus der DDR und Polen unter Bedingungen staatlicher und kirchlicher Begrenzungen, Manuskript 1995, S. 24.

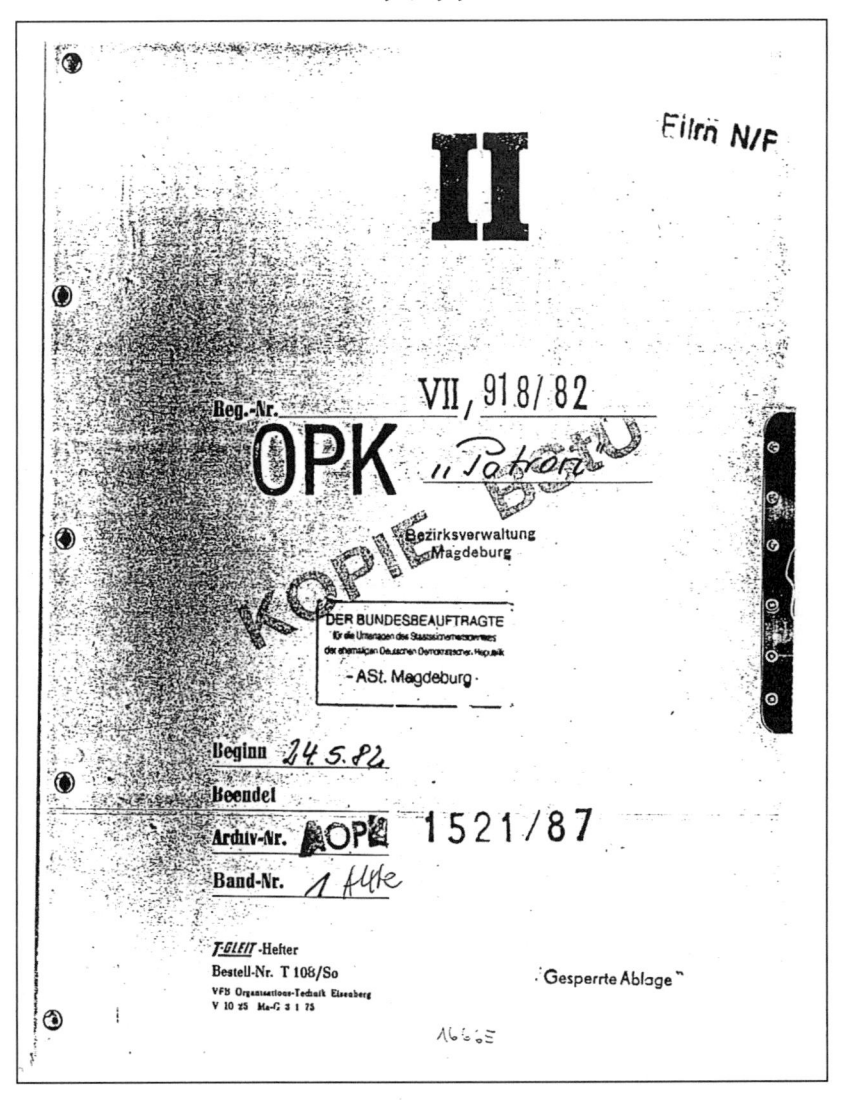

Aktendeckel der Stasi-Akte Günter Särchens. Quelle: BStU, OPK „Patron", VII 918/82 [Särchen Günter: Brücken der Versöhnung 4. Schritte zur Versöhnung zwischen Deutschen aus der DDR und Polen. Niederschlag der Magdeburger deutsch-polnischen Aktivitäten in den Aufzeichnungen des Ministeriums für Staatssicherheit der DDR, Manuskript 1998, S. 8].

			28.06.82
MfS/BV/V Magdeburg		Magdeburg, den	14.5.198
Diensteinheit XX/4	BStU 000006		
Mitarbeiter Dobberphul		Reg.-Nr. VII 918/8	

Übersichtsbogen zur operativen Personenkontrolle

"Patron"
Deckname

Lfd. Nr.	Name, Vorname	PKZ	Karteikarten erhalten Datum/Unterschrift
1	SÄRCHEN, Günter	141227412265	erfaßt Abt. XII 40 01.06.82

1. Gründe für das Einleiten Zur Person des S. liegen operativ bedeutsame Anhaltspunkte vor bezüglich Erscheinungsformen der politischen Untergrundtätigkeit und der Organisierung einer inneren Opposition in der DDR unter Einbeziehung feindlicher Organisationen und unter Mißbrauch der Kirche in der DDR.

2. Zielstellung der OPK
Die Zielstellung der OPK besteht in der Erarbeitung von Hinweisen auf die Begehung strafbarer Handlungen des Landesverrates, der landesverräterischen Nachrichtenübermittlung bzw. Agententätigkeit, des verfassungsfeindlichen Zusammenschlusses oder angranzender Verbrechen der allgemeinen Kriminalität, wie Geheimnisverrat oder Zusammenschluß zur Verfolgung gesetzwidriger Ziele.

3. Entscheidung über das Einleiten

Bestätigt: _____ 24.5.82 _____ _____ Unterschrift _____
                   Datum

4. Eingesetzte IM/GMS   Koordiniert mit

(PKZ bei DDR-Bürgern, bei Ausländern Geburtsdatum angeben)

Lfd. Nr.	Politisch-operative Maßnahmen	Kräfte/Mittel	Termin/Verantwortlich
1.5.	Ständige Überprüfung festgestellter Verbindungspersonen aus dem OG der VR Polen und operativ bedeutsame Verbindungen innerhalb der DDR in den Speichern des MfS und der DVP.	Speicherführende DE	laufend Hptm. Dobberphul
1.6.	Überprüfung in der BV Dresden, Abt. XVIII, ob der Bruder des S. weiterhin Verbindung zu einer Person unterhält, die gemäß § 97 StGB operativ bearbeitet wird.	DE XVIII, BV Dresden DE XX/4	30. 5. 1982 Hptm. Dobberphul
1. 7.	Vereinbarung von Koordinierungsmaßnahmen mit der KD Wernigerode im Zusammenhang mit der Bearbeitung der Person Alfons Sch. durch die KD Wernigerode.	DE XX/4 KD Wernigerode	30. 5. 1982 Hptm. Dobberphul

2. Erarbeitung von Hinweisen auf Handlungen, die den Verdacht auf Verletzung von Strafrechtsnormen gemäß der 2. Version zulassen

Lfd. Nr.	Politisch-operative Maßnahmen	Kräfte/Mittel	Termin/Verantwortlich
2.1.	Analyse und Auswertung der Ergebnisse der Maßnahmen 1.1. bis 1. 5. unter dem Aspekt der Version 2.	DE XX/4	laufend Hptm. Dobberphul

links: Übersichtsbogen zur operativen Personenkontrolle Günter Särchens. Quelle: BStU, OPK „Patron", VII 918/82, Bl.6 [Särchen Günter: Brücken der Versöhnung 4. Schritte zur Versöhnung zwischen Deutschen aus der DDR und Polen, a. a. O., S. 8a].

oben: Teil des Operativplans der Stasi gegen Särchen. Quelle: BStU, OPK „Patron", VII 918/82, Bl.22 [Särchen Günter: Brücken der Versöhnung 4. Schritte zur Versöhnung zwischen Deutschen aus der DDR und Polen, a. a. O., S. 52].

Günter Särchen wurde in einer operativen Personenkontrolle (OPK) seit 1972 bearbeitet, die ab dem Jahr 1982 OPK „Patron" genannt wurde. 1988 wurde die OPK-Akte geschlossen, und Särchens Status änderte sich in Kontaktperson (KP) „Patron", KK-erfaßt[373] (Kerblochkartei). Deren Ziele und die damit verbundenen Maßnahmen können jedoch nicht genau bestimmt werden, da die letzten Akten-

---

[373] Die KK-Erfassung ist eine Erfassungsart von Personen in der Archivabteilung des MfS (Abt. XII). Die einzelne Kerblochkartei enthielt im Klartext die Personengrunddaten, Angaben zur Erfassung und (auf Grundlage eines jeweils für eine Diensteinheit einheitlichen Schlüsselplanes) per Kerblochung kodierte sensible Daten; die Rückseite der Karte wurde für den Eintrag weiterer Angaben zur Person benutzt. Die Erfassung einer Person in der Kerblochkartei (KK-Erfassung) war eine aktive Erfassung; in der Rubrik „Reg.-Nr./Erfassungsart" gab es den Vermerk „KK".

bestände aus den Jahren 1988 und 1989 nicht auffindbar sind; möglicherweise wurden sie vernichtet.

Der Druck des MfS, der auf Günter Särchen lastete, war für ihn deutlich spürbar, auch wenn er ihn womöglich nicht von Anfang an wahrgenommen bzw. mit seiner Polenarbeit in Verbindung gebracht hatte; Särchen schrieb im Jahr 1995 folgendes über sein Leben mit der Stasi:

> So leicht, wie sich das heut liest, war es durchaus nicht, weder für mich, noch für meine Familie. Wir waren weder Helden noch Heilige. Deshalb gab es im Laufe der Jahrzehnte, vor allem seit Juli 1973, durchaus Ereignisse, belastet durch gewisse „Maßnahmen", die es uns schwermachten, weitere Schritte der Versöhnung zwischen Deutschen aus der DDR und Polen zu gehen.[374]

In den Akten wird an verschiedenen Stellen behauptet, Särchen sei erst in den sechziger Jahren ins Blickfeld des MfS geraten, was jedoch nicht der Wahrheit entsprechen kann, da er bereits 1952 eine erste Zuführung erlebt hatte, die im Zusammenhang mit der staatlichen Kampagne gegen die Junge Gemeinde stand.[375] Dies kann jedoch anhand des Aktenmaterials nicht belegt werden, da aus dieser Zeit keine Informationen über Särchen bestehen.

Darüberhinaus ist festzuhalten, daß Särchen während des Aufstandes im Jahr 1953 Unterlagen des MfS gefunden hatte, die zeigten, daß er durch seine Arbeit in der dortigen Jugendseelsorge bereits zu dieser Zeit der Stasi bekannt war.[376] Eine weitere Berührung mit dem MfS fand um 1956 statt – Särchen gab es bei einem späteren Verhör selbst zu – und hing mit seinen angeblichen Aussagen während einer Helferschulung im Erzbischöflichen Kommissariat Magdeburg zusammen. In den Unterlagen des MfS heißt es:

---

374 Särchen, Günter: Brücken der Versöhnung 2, a. a. O., S. 7.
375 Vgl. Särchen Günter: Der Staatssicherheitsdienst in meinem Leben. Unvollständige Notizen zu Kontakten, die das Ministerium für Staatssicherheit der Deutschen Demokratischen Republik mit mir hatte, in: Särchen Günter: Mein Leben in dieser Zeit (1992–1999), Manuskript o.J., S. 100.
376 Vgl. Kap. 2.6. Daraus geht aber hervor, daß die von Särchen gefundenen Akten über ihn selbst und kirchliche Organisationen in Görlitz vernichtet wurden.

Aus dem Zeitraum 1956 liegt ein Hinweis vor, daß der S. [...] die Forderung stellte, zur Unterstützung junger Christen in der KVP und VP eine „Kampfgruppe Gottes" zu gründen. Jeder Großbetrieb in der DDR hätte eine Kampfgruppe, warum könnten nicht unsere Gemeinschaften eine „Kampfgruppe Gottes" werden.[377]

Diese für den Staat bedrohlich klingende Aussage Särchens bezog sich auf eine zu enge ideologische Parteibindung der Nationalen Volksarmee (NVA), die Särchen kritisch kommentierte.[378] Trotzdem sind für die folgenden Jahre keine „Zuführungen" oder andere Maßnahmen gegen Särchen nachzuweisen.

Ab den sechziger Jahren stand Günter Särchen unter ständiger Beobachtung der Stasi, die ihre Maßnahmen gegen ihn immer weiter verstärkte und radikalisierte. Zunächst wurde seine Arbeit in der Arbeitsstelle für pastorale Hilfsmittel überprüft, was wohl nicht im Zusammenhang mit seiner Polenarbeit stand, da diese zu der Zeit erst aufgebaut wurde. Dabei handelte es sich in den Jahren 1960 bis 1963 um verstärkte Steuerprüfungen in seiner Arbeitsstelle, die Steuerhinterziehungen, Wirtschaftsvergehen und vor allem Vergehen gegen die Genehmigungspflicht nachweisen sollten (möglicherweise im Zusammenhang mit den Publikationen, die „für den innerkirchlichen Dienstgebrauch" deklariert, aber in Wirklichkeit an alle Interessierten verschickt wurden), was jedoch erfolglos für die staatlichen Organe geblieben war:

[Günter Särchens] ausgezeichneter Buchhalter, Herr Heribert Gall, verstand es immer wieder, in nächtelanger Zusammenarbeit die Bilanzen so sicher zu fälschen, daß wir im Minus bleiben mußten. Prälat Heinrich Solbach deckte als Finanzchef [des EBK – R.U.] diese Aktion, so, wie er an jedem Tag solcher „Jahresprüfungen", die sich über vierzehn Tage erstreckten, in meinem Büro erschien und den Steuerprüfer mit Fragen verwirrte.[379]

---

377 Zuarbeit Lageeinschätzung (1985), BStU, Ast. Magdeburg, VII/389/83 „Fred Germer", Bl. 92, zit. nach: Brücken der Versöhnung 4. Schritte zur Versöhnung zwischen Deutschen aus der DDR und Polen. Niederschlag der Magdeburger deutsch-polnischen Aktivitäten in den Aufzeichnungen des Ministerium für Staatssicherheit der DDR, Manuskript 1998, S. 70b. Mir standen die von Särchen freigegebenen Aktenauszüge (Kopien und Abschriften) zur Verfügung, die er in einer Dokumentation zusammenstellte, woraufhin ich mich in den weiteren Ausführungen stützen werde.
378 Vgl. Brücken der Versöhnung 4, a. a. O., S. 7.
379 Särchen Günter: Der Staatssicherheitsdienst in meinem Leben, a. a. O., S. 101.

An dieser Stelle sei angemerkt, daß gegen solche Aktionen hätte Einspruch eingelegt werden müssen, was im Aufgabenbereich des Prälaten Heinrich Jäger lag. Dieser jedoch weigerte sich, offizielle Schritte zu unternehmen, sowohl nach den ersten Maßnahmen als auch später, nachdem Särchens Büchersendungen an polnische Verlage, Redaktionen usw. beschlagnahmt und er selbst verhört bzw. anderen Schikanen unterzogen wurde.[380] Eine Erklärung für das Verhalten Prälat Jägers ist schwierig, da es aus zweierlei Gründen dazu gekommen sein kann: Zum einen, weil Jäger nicht mit staatlichen Stellen in Konflikt geraten wollte, um die ohnehin schwierige Lage der Kirche nicht zu verschlimmern, zum anderen ist eine persönliche Abneigung gegen Särchen und seine Arbeit (auch die spätere Tätigkeit in Richtung Polen) möglich, womit sich Jäger in die Gruppe derjenigen Priester einreihen würde, die die Versöhnungsarbeit Särchens torpediert oder wenigstens nicht gut geheißen hatten und somit die Aktionen innerhalb der katholischen Kirche erschwerten.

Noch während der verstärkten Prüfungen in der APH wurde Särchen im Jahr 1962 zweimal durch das MfS verhört – am 20. August und 18. September. Er sollte Informationen über Mitarbeiter weitergeben, denen Spionage vorgeworfen wurde. Andererseits stand er selbst unter dem Verdacht „der Schädigung der Volkswirtschaft durch nicht lizenzierten Materialkauf"[381], was sich, wie schon in den vorherigen Jahren, auf die Veröffentlichengen der APH bezog. Da die Verhöre offiziell mit der Untersuchung einer anderen Person begründet wurden, bekam Särchen – der Schein sollte gewahrt bleiben – am 20. August 1962 ein Schriftstück vorgelegt, das ihn zum Schweigen aufforderte[382]. Dies unterschrieb er, doch berichtete er über die Verhöre, wie bei anderen Gelegenheiten vorher und später, seinem Vorgesetzten Weihbischof Rintelen.

---

380 Vgl. Ebenda, S. 102. Siehe auch: Brücken der Versöhnung 4, a. a. O., S. 28ff. Darin befinden sich Kopien von Beschlagnahme-/Einziehungsentscheiden sowie ein Schreiben der Zollverwaltung der DDR aus dem Jahr 1972, die belegen, daß die Beschlagnahme der Büchersendungen nach Polen keine Einzelerscheinungen waren, sondern eine ständige Maßnahme gegen die von Särchen geführte Polenarbeit darstellten.
381 Privatnotiz G. Särchens zu den Zuführungen im Jahr 1962, in: Brücken der Versöhnung 4, a. a. O., S. 15.
382 Vgl. Persönliche Erklärung, BStU, Ast. Magdeburg, Bl. 52, zit. nach: Brücken der Versöhnung 4, a. a. O., S. 16.

Spätestens nachdem das polnische Innenministerium am 10. Mai 1965 eine offizielle Anfrage an das MfS gerichtet hatte, ist ein verstärktes Interesse an der Person und der Polenarbeit Särchens zu beobachten. Diese war nicht mit der geplanten Pilgerfahrt der „Aktion Sühnezeichen" nach Polen verbunden, sollte aber der polnischen Seite nähere Informationen liefern, „da sich in den letzten zwei Jahren die direkten und brieflichen Kontakte zwischen uns näher nicht bekannten deutschen Persönlichkeiten katholischer Organisationen und polnischen katholischen Persönlichkeiten belebt haben". Weiter heißt es in dem Schreiben:

> Wir verfügen über überprüfte Angaben, daß sie bei Diskussionen mit polnischen Katholiken vom antisozialistischen Standpunkt die politischen und gesellschaftlichen Verhältnisse in der Deutschen Demokratischen Republik darlegten. Der erwähnte Särchen sprach z.B. davon, daß die von ihm erzogene Jugend gegen den Staat eingesetzt wird, indem sie die illegale Schleusung von Personen in die Bundesrepublik Deutschland organisiert.[383]

Särchen wollte sich nie gegen den DDR-Staat auflehnen, sondern in der gegebenen Realität eine Versöhnung zwischen Polen und Deutschen schaffen. Erstaunlich bei diesem polnischen Schreiben ist, daß das Innenministerium keine Auskunft über die geplante und von einigen Polen mitgetragene Pilgerfahrt der ASZ in die ehemaligen Konzentrationslager eingeholt hat (möglicherweise war die polnische Seite mit dieser Aktion einverstanden, da sie die Deutschen, auch wenn die aus dem sozialistischen Bruderland kamen, in einer Bittstellung zeigte). Stattdessen wurde die Stasi in einem Schreiben vom 26. Juli informiert, daß Särchen mit einigen Priestern in der VRP Kontakt unterhalte und sie mit Bild- und Tonmaterialien beliefere. Darauf antwortete die deutsche Seite am 7. Februar 1966:

> Wie bisher festgestellt werden konnte, sind von dieser Dienststelle [der APH – R.U.] bisher nur Filme und Dias mit religiösem Inhalt verbreitet worden. Verstöße gegen die Gesetze der DDR konnten Särchen bisher nicht nachgewiesen werden.[384]

---

383 Schreiben des Polnischen Innenministeriums, Nr. AZ-II-03290/65, zit. nach: Brücken der Versöhnung 4, a. a. O., S. 16.

384 Schreiben des Polnischen Innenministeriums, Nr. AZ-II-006896/65 sowie Schreiben des MfS, Abt. X, Nr. P/90/66, zit. nach: Brücken der Versöhnung 4, a. a. O., S. 20f.

Diese Anfragen des polnischen Innenministeriums können als Beweis dafür dienen, daß sich die polnische Staatssicherheit von der Tätigkeit Särchens nicht bedroht fühlte, im Gegensatz zum MfS der DDR.

Obwohl in den Schreiben an das polnische Innenministerium keine Verstöße bestätigt werden konnten, wurde Günter Särchen spätestens seit 1967 operativ bearbeitet. Ihm sollte Nachrichtensammlung und staatsfeindliche Verbindungen nachgewiesen werden, die mit hohen Gefängnisstrafen geahndet wurden, wie aus einem Lagebericht aus diesem Jahr hervorgeht. Darüber hinaus ist aus diesem Bericht ersichtlich, daß die Stasi zu dieser Zeit bereits einen nicht geringen Teil der Kontakte Särchens in die Bundesrepublik Deutschland und nach Polen dokumentiert sowie eine Liste mit seinen Reiseziele in Polen in den vergangenen Jahren zusammengestellt hatte.[385]

Die operative Bearbeitung war für das MfS kein Hindernis für den Versuch, Särchen als inoffiziellen Mitarbeiter anzuwerben. Dies geschah Ende der sechziger Jahre während einer vorgetäuschten Aufforderung zur Zeugenaussage zu einem Verkehrsunfall, der Särchen unbekannt war.

> Beim letzten Verhör wurden mir [G. Särchen – R. U.] drei [...] Berichte vorgelegt, die im Stil eines „Sittenromans" verfaßt waren. Im Inhalt waren es üble Verleumdungen von Priestern des damaligen Erzbischöflichen Kommissariates Magdeburg. [...] Ich wurde aufgefordert, den Personenverkehr beider Priester zu beobachten. Ich verließ protestierend das Zimmer ...[386]

Eine Anwerbung scheiterte also, jedoch nicht die weitere Bespitzelung der Person und seiner Arbeit. Dabei konzentrierte man sich nicht nur auf die einzelnen Kontakte mit polnischen und westdeutschen Bürgern, sondern analysierte auch die einzelnen Schriften – soweit sie dem MfS vorlagen –, um so einen Beweis für die Staatsfeindlichkeit Särchens zu finden. So wurde am 3. August 1971 ein Gutachten[387] über die Schrift „Frieden durch Völkerverständigung – Jeder Mensch ist mein Bruder – Gedanken zum 2. August 1970 – 25 Jahre Potsdamer

---

385 Lagebericht, MfS HV Berlin, HA XX, zit. nach: Brücken der Versöhnung 4, a. a. O., S. 21f.
386 Särchen Günter: Der Staatssicherheitsdienst in meinem Leben, a. a. O., S. 103.
387 Gutachten von NN, MfS BV Magdeburg, Abt. XX, zit. nach: Brücken der Versöhnung 4, a. a. O., S. 25f.

Abkommen" von Günter Särchen erstellt. Der anonyme Gutachter unterzog den Text einer eingehenden Analyse. Daraus geht hervor, daß Särchens Schrift auf der Grundlage seines christlichen Glaubens, seiner Versöhnungsbemühungen entstanden sei, also keine klaren antisozialistischen Merkmale trage, obwohl festgestellt wird, daß eben aus dem „politischen Katholizismus in unserer Zeit" heraus Teile des Textes „der imperialistischen Ideologie" und ihren Vertretern zuarbeiten würden. Der zwar antikirchliche, aber relativ moderate Ton des Gutachtens machte eine Verwertung der Schrift vorerst unmöglich, da ihr Inhalt als Druckmittel auf Günter Särchen nicht verwendbar war. Doch das sollte sich zu einem späteren Zeitpunkt ändern.

Die Stasi-Mitarbeiter, die für die Kirchen, also auch Särchen zuständig waren, verpflichteten sich im Arbeitsplan der HA XX vom 15. Januar 1970 dazu, kompromitierendes Material gegen Särchen zusammenzutragen, wenn dieses möglich sein sollte[388]. Aus dem gleichen Plan werden auch andere Maßnahmen gegen Särchen sichtbar, und zwar die Überprüfung seiner persönlichen Konten, der Kontakte ins westliche Ausland und in die VRP. Hinzu kommt der Versuch, „der katholischen Kirchenleitung nachzuweisen, daß die Tätigkeit von Särchen vorwiegend westdeutschen Dienststellen nutzt. Durch geeignete Maßnahmen soll versucht werden, die Kirchenleitung zu veranlassen, die Mitarbeit von Särchen in der „Aktion Sühnezeichen" zu unterbinden bzw. einzuschränken".[389]

Das letztere Ziel dieses Planes konnte nicht erfüllt werden, da die Mitarbeit Särchens im Leitungskreis der ASZ zwar einige Jahre später zu Ende ging, doch die Verbindungen zwischen ihm und dieser Organisation nicht abbrachen, sondern im Gegenteil weiter ausgebaut wurden. An dieser Stelle kann auch nicht endgültig geklärt werden, inwiefern mögliche Informationen an Bischof Braun sein negatives Verhältnis zu Günter Särchen verstärkt hatten. Dafür erhielten die offiziellen Mitarbeiter des MfS von einem IM „Joachim Busse" in den darauffolgenden Jahren kompromittierende Informationen über Günter Särchen, die jedoch keineswegs der Wahrheit entsprachen. Zum einen waren es Berichte, die Särchen als großen Kenner der Sicherheitsdienste und als ihren Befürworter zei-

---

388 Arbeitsplan, BStU, Zentralstelle Berlin, HA XX/4/II, Bl. 26–34, zit. nach: Brücken der Versöhnung 4, a. a. O., S. 23f.
389 Ebenda.

gen, weshalb wohl eine „Anwerbung" als IM angedeutet werden sollte. Es heißt in einem von ihnen, datiert auf den 27. Juli 1977:

> Über die Arbeit des MfS hat S. von fast allen meinen Bekannten die beste Ansicht. Er zieht internationale Vergleiche und betrachtet die Arbeit der Sicherheitsorgane als Bestandteil jedes Staates. [...] Über die Art und Weise der Arbeit des MfS, Aufbau, Systematik ist S. sehr gut informiert.[390]

Zum anderen lieferte IM „Joachim Busse" Informationen, die für das MfS eine Angriffsfläche boten, denn in einem Bericht vom 5. Januar 1983 schrieb er über G. Särchen:

> Seine größten Schwächen sind die Frauen ... Hier überschreitet er sicher oft seine finanziellen Mittel oder die seines Amtes. Wenn er sonst nicht „plaudert", über Sex auf jeden Fall. Er ging soweit, daß er meine damaligen Steuerschulden begleichen wollte, wenn meine Frau mit ihm monatlich „schlafen" würde. [...] Oft hat er berichtet, daß er Hausfrauen, die er „finanziell unterstützt" zu einem „Schläfchen" besuche. In Polen macht er vor einer Novizin nicht einmal halt![391]

Eine Verwendung dieser kompromittierenden Informationen kann anhand der zugänglichen Unterlagen aber nicht bewiesen werden, womit anzunehmen ist, daß dem Bericht des IM kein großer Stellenwert beigemessen wurde. Der Inoffizielle Mitarbeiter war zu weit gegangen, so daß dieser „Sexbericht" jede Glaubwürdigkeit einbüßte.

Die Stasi-Bezirksverwaltung in Magdeburg nahm dafür die Informationen über nahende Konflikte zwischen Günter Särchen und Bischof Johannes Braun auf und zitierte sie in einem Informationsbericht an die HA XX in Berlin vom 14. November 1972. Darin heißt es:

---

390 IM-Bericht „Joachim Busse", BStU, Ast. Magdeburg, Bl. 111, zit. nach: Brücken der Versöhnung 4, a. a. O., S. 39.
391 IM-Bericht „Joachim Busse", BStU, Ast. Halle, Bl. 211–220, zit. nach: Brücken der Versöhnung 4, a. a. O., S. 63.

Durch das eigenmächtige Handeln des S. und seiner allgemein kritischen bzw. oppositionellen Einstellung und Unzufriedenheit gegenüber dem ltd. Klerus, hat er viel Schwierigkeiten und wird deshalb auch nicht für voll genommen. Die einzige Unterstützung findet er beim Geistlichen Rat Schäfer, der S. wegen seiner Intensivität braucht. Von Propst Stettner, Magdeburg und Bischof Braun wird S. u. a. als „Scheißkerl", der „dumm und kein kirchliches Denken" aufweist beurteilt.[392]

In demselben Schreiben wird festgestellt, das Särchen zur weiteren politisch-operativen Aufklärung in einer OPK bearbeitet werde, was wohl vor allem mit seiner Zusammenarbeit in der Aktion Sühnezeichen verbunden ist. Dabei ging es vorrangig um die Versendung eines Schreibens der ASZ-Leitung, zu der auch G. Särchen gehörte, an Bundeskanzler Willy Brandt, worin es heißt:

In einer Zeit, in der die Entspannungspolitik Ihrer Regierung zugleich begrüßt und bekämpft wird, möchte die Leitung der Aktion Sühnezeichen in der DDR mit diesem Brief Ihnen und Ihren Freunden für Ihre Schritte zur Versöhnung mit unseren Nachbarn im Osten danken. […] Wir würdigen Ihre politische Absicht, die nicht nur in den Verträgen erkennbar wird, sondern auch in Ihrer persönlichen Haltung, die Sie besonders in Warschau zeigten. daß Sie als Antifaschist, stellvertretend für viele Ihre Knie vor dem Warschauer Mahnmal gebeugt haben, zeigt uns Ihre Gesinnung: Frieden durch Versöhnung zu erreichen.[393]

Diese Aussagen, die auch von Särchen mitgetragen wurden – er war einer der Unterzeichner des Briefes –, waren für das MfS Grund genug, entschiedene Schritte gegen die ASZ und Günter Särchen zu unternehmen, wenn man bedenkt, daß der in Warschau geschlossene Vertrag zwischen Polen und der Bundesrepublik Deutschland das Selbstverständnis der DDR als einzigen Garanten für die Westgrenze Polens vernichtet hatte. In diesem Zusammenhang wurde auch die Schrift Särchens über das Potsdamer Abkommen wieder aufgenommen, da man Verbindungen zwischen ihr und dem Brief an Brandt vermutete. Dies

---

392 Informationsbericht, BStU, Ast. Magdeburg, Abt. XX/4, Bl. 249–252, zit. nach: Brücken der Versöhnung 4, a. a. O., S. 31.
393 Aktion Sühnezeichen an Bundeskanzler Willy Brandt, 12.10.1972, in: Brücken der Versöhnung 4, a. a. O., S. 32.

sowie die seit Jahren vom MfS beobachteten und dokumentierten Kontakte Särchens ins Ausland und seine Versöhnungsarbeit innerhalb der DDR waren ausschlaggebend für eine verstärkte Bearbeitung seiner Person, also einer OPK. Im Jahr 1974 erstellte die Berliner HA XX des MfS einen Arbeitsplan, der u. a. vorsah, die führenden katholischen Geistlichen und kirchliche Einrichtungen (also auch die APH in Magdeburg) systematisch zu bearbeiten. Darüber hinaus werden Veranstaltungen der Kirche, zu denen auch die Polenseminare Günter Särchens zu zählen sind, einer Überwachung unterstellt, damit das MfS ggf. ihren Ablauf beeinflussen könne.[394] Trotzdem ist in den kommenden Jahren kein verstärktes Interesse an den Veranstaltungen der Magdeburger APH seitens der Stasi zu erkennen, im Gegensatz zu G. Särchen persönlich, der als OPK, verschiedenen Beobachtungsmaßnahmen unterzogen wurde. Dazu gehörte auch das Abhören seines privaten Telefonanschlusses sowie anderer OPK-Personen, die mit ihm in Verbindung standen, aber auch die Installierung einer Abhöranlage in der Wohnung G. Särchens.[395] Daran erinnern sich auch die Töchter Särchens, wie z.B. Elisabeth Here:

> Bewußt haben wir es erst mitbekommen durch Telefonterror, bzw. daß unsere Eltern offen darüber gesprochen haben: Ach, jetzt kommen wieder die von der Post. Das waren aber Leute von der Stasi und die hatten immer Probleme mit dem Telefon und haben da etwas manipuliert. Trotz alle dem waren wir nicht so verunsichert, daß wir nicht mehr telefoniert haben, weil der Alltag weiterlief. Wir hatten es aber im Hinterkopf. [...] Manchmal war es auch bei bestimmten Gesprächen so, wenn meine Eltern mit der Verwandtschaft in Westdeutschland telefonierten (das mußte man immer lange vorher anmelden, und bis die Verbindung kam, dauerte es auch lange), dann sagte mein Vater einfach: Wir begrüßen die Mithörer. Damit hat man denen auch gleich den Wind aus den Segeln genommen.[396]

---

394 Vgl. Arbeitsplan für das Jahr 1974 (8.01.1974), BStU, Zentralstelle Berlin, HA XX/4/II, Bl. 82–87, zit. nach: Brücken der Versöhnung 4, a. a. O., S. 36.
395 Vgl. Abhörprotokolle 1981–1982, BStU, Ast. Magdeburg, ZA 5127, Bl. 49ff, zit. nach: Brücken der Versöhnung 4, a. a. O., S. 44f
396 Interview mit Elisabeth Here und Claudia Wyzgol, am 27.08.2005 [Aufnahme im Besitz des Autors].

Auch die jüngste Tochter Särchens, Claudia Wyzgol, erinnert sich, daß sie lernen mußte, am Telefon nichts Verfängliches zu sagen.[397]

Das verstärkte Interesse des MfS an den Veranstaltungen der APH wurde erst seit den achtziger Jahren erkannt, womit man Theo Mechtenberg zustimmen muß, für den dieses späte Interesse erstaunlich ist,[398] wenn man bedenkt, daß die Polenseminare bereits seit 1968 stattgefunden hatten, also die Organisatoren im Jahr 1980 auf eine erwähnenswerte Tradition zurückblicken konnten. Erst seit September 1980 geriet das Polenseminar ins Blickfeld des MfS, als die Magdeburger Abteilung in einem Schreiben an die Berliner HA XX Informationen über diese Veranstaltung erbat. In der Antwort hieß es:

> Unter Beachtung der gegenwärtigen Lage in der VR Polen wird gebeten, die von Ihnen genannten Seminare unter operativer Kontrolle zu halten, um festzustellen, ob sich genannte operative Erkenntnisse bestätigen oder von diesen Seminaren politisch-negative Aktivitäten in Richtung Polen entwickelt werden.[399]

Es steht also fest, daß erst zu dieser Zeit die Polenseminare einer Kontrolle unterstellt wurden, da aus der Folgezeit Dokumente[400] existieren, die sich auf die Suche nach möglichen staatsfeindlichen Ereignissen innerhalb der Veranstaltungen konzentrieren. Särchen war darauf bedacht, die Seminare weitestmöglich unpolitisch zu halten. Und doch versuchte man die Veranstaltungen als politische Kundgebungen darzustellen, wie aus einem Bericht des IM „Bernd Hübner" vom 11. Dezember 1981 hervorgeht. Särchens hatte, wie zuvor auch an anderen Orten in der DDR, am 8. Dezember 1981 bei der Jungen Gemeinde in Rothensee über die Lage in Polen gesprochen. Der IM referiert in seinem Bericht den Verlauf des Vortrags:

---

397 Vgl. Ebenda.
398 Vgl. Mechtenberg, Theo: Engagement gegen Widerstände. Der Beitrag der katholischen Kirche in der DDR zur Versöhnung mit Polen, Benno-Verlag, Leipzig 1998, S. 105.
399 Schreiben des MfS (10.10.1980), BStU, Zentralstelle Berlin, XX/4/II/13580/80, Bl. 157, zit. nach: Brücken der Versöhnung 4, a. a. O., S. 40.
400 Vgl. u.a. Operative Information (29.10.1981), BStU, Ast. Halle, XX, Bl. 166, zit. nach: Brücken der Versöhnung 4, a. a. O., S. 41.

> [Günter Särchen] begann [...] mit einer Darstellung des Alltäglichen hier bei uns jetzt, z. B. die Polen nicht Polen heißen, sondern hier Polacken sind, daß sie hier die Arbeitsscheuen sind und daß man daraus wieder Rückschlüsse ziehen kann, daß z. B. die 35jährige Zusammenarbeit mit der Regierung und dem polnischen Volk, die eingebunden sind im Rahmen des RGW, des Warschauer Vertrages durch 15monatige Agitation seitens unseres Staatsapparates in Form von Veröffentlichungen in Presse, Funk und Fernsehen, kaputt gemacht worden sind.[401]

Weiter soll Särchen über die polnische Geschichte und die Nationalhymne gesprochen haben, die auch vorgespielt und gesungen wurde, um dann auf das nationale Symbol zu kommen:

> Polen sei auch das einzigste Volk in Europa, was sich das alte Wappen, den weißen Adler bewahrt hat, und alle anderen sozialistischen Länder haben sich neue Wappen gegeben innerhalb der Staatsflagge, und so weiter und so fort. Und daß eben dieser Adler eben die Stärke des polnischen Volkes ausdrückt.[402]

Schließlich bewertete der IM das Referat, indem er darauf hinwies, daß es sich dabei um einen Angriff auf die Presse und den Rundfunk, also die Politik der SED, handele, da versucht werde, die Solidarność als konterrevolutionär darzustellen. Außerdem habe er versucht, die Bewegung in Polen ins rechte Licht zu rücken, „daß diese Bewegung eine Arbeiterbewegung ist, eine Arbeiterbewegung ohne Unterstützung seitens des imperialistischen Lagers. Und daß dieses Beispiel doch für uns ein Zeichen geben sollte, wirklich über die Wahrheit nachzudenken".[403]

Ähnlich negativ wurde eine operative Information in Halle im Jahr 1982 verfaßt, die sich auf die Polenseminare im März in Magdeburg und Roßbach bezog. Dort sollen staatsfeindliche Äußerungen von Günter Särchen und Pfarrer Alfons Schäfers gefallen sein:

---

401 IM-Bericht „Bernd Hübner", zit. nach: Brücken der Versöhnung 4, a. a. O., S. 43.
402 Ebenda.
403 Ebenda.

Solidarność bezeichnete Särchen als „Konföderierte" und nicht als Konterrevolutionäre. [...] In der offiziellen DDR-Propaganda wurde behauptet, daß es sich bei Solidarność um eine Gruppe gehandelt hat, aber 10 Millionen Arbeiter könne man doch nicht irreführen (Schäfer). Die Nichtbeteiligung der Bundesrepublik Deutschland am Boykott gegen Polen bezeichnete Särchen als „großartig" (damit wären negative Auswirkungen der Majdanek-Prozesse korrigiert worden).[404]

Diese operative Information war wohl ausschlaggebend für die weitere Bearbeitung Särchens in der OPK „Patron" (Reg.-Nr. VII/918/82). Hinzu kamen weitere Anschuldigungen gegen ihn:

1. Ausgehend von seinen operativ bedeutsamen Verbindungen in das Operationsgebiet in Vergangenheit und Gegenwart, in die VR Polen und zur wissenschaftlichen Intelligenz im gesamten Gebiet der DDR ist eine nachrichtendienstliche Tätigkeit des S. nicht auszuschließen. 2. S. beteiligt sich aktiv an der Bildung einer inneren Opposition gegen die sozialistische Staats- und Gesellschaftsordnung der DDR analog der sozialismusfeindlichen Entwicklung in der VR Polen in den 70ger Jahren. Genannter verfaßt Schriften sozialismusfeindlichen Inhalts, verbreitet diese zumindest in den sogenannten „Polen-Seminaren" der katholischen Kirche öffentlichkeitswirksam und identifiziert sich mit ideologischen Plattformen von „Solidarnocz".[405]

Trotz dieser Äußerungen wurde selbst noch in einer Lageeinschätzung aus dem 1985 eine mögliche Gefahr seitens des Polenseminars nicht angesprochen, mehr noch: Man äußerte sich sehr neutral zu den Zielen dieser Veranstaltungsreihe und definierte sie wie folgt:

– die Geschichte und Kultur des polnischen Volkes zu studieren, – die Geschichte und das heutige Leben der polnischen Kirche kennenzulernen, – Versöhnung und Verbindung zwischen beiden Völkern und Kirchen zu schaffen und zu erhalten, – die geschichtlichen Erfahrungen von Schuld und Versöhnung am Beispiel Deutsche und

---

404 Operative Information (29.03.1982), BStU, Ast. Magdeburg, XX/21592, Bl. 187, zit. nach: Brücken der Versöhnung 4, a. a. O., S. 49.
405 Operativplan (10.05.1982), BStU, Ast. Magdeburg, VII/918/82 OPK „Patron", Bl. 20, zit. nach: Brücken der Versöhnung 4, a. a. O., S. 51.

Polen als Lehr- und Lernbeispiel für alle Unversöhnlichkeit unter Menschen, Völkern, Konfessionen, Weltanschauungen in Gegenwart und Zukunft zu erkennen und durch Information und Anregung zu positivem Handeln Brücken zu bauen von Volk zu Volk, von Mensch zu Mensch.[406]

Im Zusammenhang mit der OPK „Patron", in der Särchen bearbeitet wurde, kontrollierte man nun trotzdem auch seine Familie. So ist aus einem Aktenvermerk zu sehen, daß in der Radiologieabteilung der Medizinischen Akademie Magdeburg, in der Särchens Ehefrau arbeitete, ein inoffizieller Mitarbeiter tätig war, der eine Aufklärung der Familie übernehmen sollte. Gleichzeitig wurde aber festgestellt, daß sich an der Universität in der Seminargruppe eines der Söhne Särchens kein IM befinde,[407] was eine Kontrolle erschweren mußte. Aus diesem Grund sollte Nikolaus Särchen innerhalb der FDJ in eine AG Friedensgruppe eingeführt werden, und er gab dafür auch seine Zustimmung.[408] Diese Situation wurde aber in der Familie besprochen, und man kam zu einem klaren Ergebnis:

> Es war zu erwarten, daß er über diese Nationale-Front-Schiene entweder „unschädlich" gemacht oder eines Tages „geworben" werden soll. Wenn er am nächsten Tag wieder angesprochen werden sollte, solle er offiziell mündlich zusagen und dann alle mündlichen und schriftlich mitgeteilten „Termine" einfach nicht zur Kenntnis nehmen. So geschehen.[409]

Somit ist ersichtlich, daß zwar die Familie sich vor Maßnahmen der Staatssicherheit nicht schützen konnte, aber doch versuchte, diesen entgegenzuwirken, wie auch schon die erwähnte Kenntnis über die Abhöranlagen beweist. Die Offenheit in der Familie und eine folgerichtige Einschätzung der Gefahren verhinderte vermutlich eine ungewollte Zuarbeit, die die Lage Särchens hätte entscheidend verschlechtern können.

---

406 Lageeinschätzung, BStU, Ast. Magdeburg, VII/389/83, Bl. 93f, zit. nach: Brücken der Versöhnung 4, a. a. O., S. 70c–d.

407 Vgl. Vermerk (5.07.1982), BStU, Ast. Magdeburg, VII/918/82 OPK „Patron", Bl. 193., zit. nach: Brücken der Versöhnung 4, a. a. O., S. 54.

408 Vgl. Aktenvermerk (6.07.1982), BStU, Ast. Magdeburg, ZA 5125, Bl. 85, zit. nach: Brücken der Versöhnung 4, a. a. O., S. 54.

409 Anmerkung Särchens zu diesem Vorgang, in: Brücken der Versöhnung 4, a. a. O., S. 54.

Ein Jahr später wurde die Einschätzung der Person Särchens durch das MfS verschärft dargestellt. In einer Zuarbeit heißt es, Särchen identifiziere sich mit der ideologischen Plattform der Solidarność, sehe die Ereignisse in Polen als eine wirkliche Befreiung des Landes von innen heraus und gelte als „intelligenter Gegner" der DDR.[410] Dies ist größtenteils auf die „Solidarność-Handreichung" zurückzuführen, die in den Augen des Staatsapparates antisozialistisch und staatsfeindlich war, da sie Informationen über die in der DDR verhaßte freie Gewerkschaft verbreitete.[411] In diesem Zusammenhang ist verständlich, daß Särchen von einer ihm unbekannten Stasi-Mitarbeiterin erfahren hatte, er solle mehr aufpassen, denn er sei „ganz oben angebunden".[412]

Dies hinderte Särchen jedoch nicht daran, weiterhin für die Versöhnung zwischen Polen und Deutschen zu arbeiten sowie innerhalb der Aktion Sühnezeichen tätig zu sein. So organisierte er am 30. April 1983 eine Festveranstaltung zum 25. Jubiläum der Aktion Sühnezeichen in den Räumlichkeiten des Bischöflichen Amtes in Magdeburg. In einer Operativinformation ist darüber zu lesen:

> 200 Personen aus der DDR, dem NSW [Nichtsozialistisches Wirtschafts-Währungsgebiet – R. U.] der VR Polen und der CSSR werden erwartet. Darunter solche Feinde des Sozialismus wie der Bischof i. R. Scharf aus WB (erzreaktionäre Einstellung und Handlung), der hinreichend bekannte Feind der DDR Garstecki vom Bund der Ev. Kirche und andere geladene und zum größten Teil operativ bearbeitete Personen.[413]

In einem Aktenvermerk wird dann speziell auf den abendlichen Empfang hingewiesen,[414] was womöglich zu Folge hatte, daß diese Veranstaltung gestört werden sollte. Dazu kam es auch während des Empfanges in den Kellerräumen des BAM, wie sich Särchen erinnert:

---

410 Vgl. Särchen, Günter: Brücken der Versöhnung 2, a. a. O., S. 5.
411 Vgl. Kap. 4.4.1. Darin wird auch die Rolle des MfS dargestellt, weshalb ich an dieser Stelle nicht mehr darauf zurückkomme.
412 Särchen, Günter: Brücken der Versöhnung 2, a. a. O.,, S. 5f.
413 Operativinformation (28.04.1983), BStU, Ast. Magdeburg, ZA 5127, Bl. 105, zit. nach: Brücken der Versöhnung 4, a. a. O., S. 73.
414 Aktenvermerk (1983), BStU, Ast. Magdeburg, ZA 5127, Bl. 106, zit. nach: Brücken der Versöhnung 4, a. a. O., S. 71.

Als die Zeit herangekommen war, mußte ich feststellen, daß weder das von mir in einer Gaststätte bestellte und dort auch bereitstehende Essen wie vereinbart herangeholt, noch die nötigen Bestecke im Raum vorhanden waren, was den Altbischof Scharf lachend zum Lösungsaufruf veranlaßte: „Also gebt das eine Brot her und dann nehmt die Hände und die Finger. Ihr werdet sehen, es wird reichen!"[415]

Andere Störungsaktionen des MfS sind nicht bekannt. Auch muß die These aufgestellt werden, daß hier nicht die Stasi am Werk war. Möglich ist auch, daß der Magdeburger Bischof Johannes Braun Särchen kompromittieren wollte, was mit den Schwierigkeiten um die „Solidarność-Handreichung" zusammenhängen könnte, wie auch mit einer privaten Abneigung des Apostolischen Administrators gegen Särchen (Vgl. Kap. 5.1.). Bezeichnend ist, daß Braun der Festveranstaltung und dem abendlichen Empfang ferngeblieben war, was als Argument für die These gelten kann.

In den Schwierigkeiten Särchens mit dem Magdeburger Bischof, dem Vorwurf der Homosexualität sowie der massiven Einschränkung seiner Arbeit, die mit der „Solidarność-Handreichung" zusammenhing, erkannte das MfS die Möglichkeit, Ergebnisse der kirchlichen Untersuchungen für sich zu nutzen. Es wertete als Erfolg, daß die Arbeit für Särchen von nun an sehr schwierig sein würde:

> Mit der Invalidisierung des S. und der Auflösung der Arbeitsstelle für pastorale Hilfsmittel in Magdeburg wurden die Möglichkeiten des S. zur Herstellung, Vervielfältigung und Verteilung von Schriften wesentlich eingeschränkt. Ferner tragen die gegenwärtig gegen den S. laufenden kirchlichen Disziplinierungsmaßnahmen dazu bei, ihn in seinem sogenannten kirchlichen Handlungsraum völlig einzuschränken. Es wird vorgeschlagen, die Realisierung der OPK „Patron" weiterzuführen bis zur Vorlage der Ergebnisse der gegen S. laufenden kirchlichen Untersuchungen mit der Zielstellung die zur Person des Genannten erarbeiteten Ansatzpunkte operativ für das MfS zu nutzen.[416]

---

415 Särchen, Günter: Brücken der Versöhnung 2, a. a. O., S. 8.
416 Sachstandsbericht (27.06.1984), BStU, Ast. Magdeburg, VII/918/82 OPK „Patron", Bl. 263–273, zit. nach: Brücken der Versöhnung 4, a. a. O., S. 80.

Die innerkirchlichen Untersuchungen befreiten jedoch Särchen von den Anklagen gegen ihn (abgesehen von der Disziplinierung durch Bischof Braun nach der „Solidarność-Handreichung"). Das führte aber nicht dazu, daß er in den kirchlichen Dienst zurückkehren konnte. Dadurch blieb er also für das MfS „ein leichtes Opfer", was die Stasi auch ausnutzte. Am 16. März 1985 wurde eine Fahndung (Nr. 259 554) nach Günter Särchen ausgeschrieben.[417] Sie wurde am Tag darauf vollzogen, als G. Särchen eine Reise in die Bundesrepublik Deutschland unternehmen wollte. An der Grenze wurde er einer verstärkten Zollkontrolle unterzogen, bei der religiöse Publikationen gefunden sowie „2 Notizbücher mit umfangreichen Adressenmaterial in seiner mitgeführten Reisetasche festgestellt, die unter der Dok.-Nr. 303 dokumentiert wurden".[418] Die Zollkontrolle sowie die damit verbundenen Schikanen führten bei Särchen zu einem leichten Herzanfall, weswegen er in ein Krankenhaus eingeliefert werden mußte. Eine weitere Zuführung fand am 25. April statt. Sie endete ebenfalls mit einer Einlieferung Särchens in ein Magdeburger Krankenhaus, wo er nochmals vernommen wurde. Diese Zuführungen und Vernehmungen waren die letzten, danach folgten sog. „Aussprachen" zwischen Günter Särchen und dem offiziellen Mitarbeiter Hauptmann Armin Dobberphul, der seit 1982 mit der OPK „Patron" betraut war. Ein erstes Gespräch fand am 10. Mai 1985 in der Wohnung Särchens statt, bei dem der OM erfahren wollte, welche Gründe für die Zuführungen vorlagen (G. Särchen: „Er fragte das mich!"[419]). Dieses Gespräch hatte das Ziel, einen persönlichen, offiziellen Kontakt herzustellen, von dem sich das MfS wohl mehr Erfolg versprach als von den Überwachungsmaßnahmen der letzten Jahre. Dies beweist die Tatsache, daß in der Folgezeit weitere Treffen zwischen Dobberphul und Särchens stattfanden. Zusätzlich wurde Särchen mit neuen Vorwürfen konfrontiert, Er sollte sich des Devisenschmuggels nach Polen schuldig gemacht haben, was von polnischen Behörden belegt sei. Dies erwies sich schnell als eine Lüge, wie sich Särchen erinnert:

---

417 Vgl. Eingangsmeldung (Fernschreiben), MfS HV Berlin, HA VI, Abt. Fahndung, zit. nach: Brücken der Versöhnung 4, a. a. O., S. 89.
418 Fahndungsergebnis, PKE-Oebisfelde/Buchhorst, 17.03.1985, zit. nach: Brücken der Versöhnung 4, a. a. O., S. 92.
419 Särchen, Günter: Mein Leben in dieser Zeit (1992–1999), a. a. O., S. 100.

Am folgenden Tage klärte diesen Tatbestand ein mir seit Jahren bekannter Botschaftsrat bei der polnischen Botschaft in Berlin auf. Er hielt Rückfrage in Warschau. Antwort: Gegen mich liegt polnischerseits nichts vor. Sein persönlicher Kommentar: „Sie werden wieder einmal einen dieser von der DDR ungeliebten Polenvorträge gehalten haben, stimmt's?!"[420]

Obwohl Günter Särchen im Jahr 1984 infolge seiner Entlassung aus dem BAM die Leitung des Polenseminars entzogen wurde, versuchte er, diese Veranstaltungsreihe weiterhin zu organisieren. Sie konnte allerdings nach 1984 nur im Rahmen der Aktion Sühnezeichen stattfinden,[421] die neuer Träger des nun 1985 gegründeten Anna-Morawska-Seminars war. Die Tatsache sowie Pläne der Veranstaltungen blieben dem MfS nicht verborgen.[422] Die Seminare wurden ständig kontrolliert, außerdem erinnert sich G. Särchen an eine Provokation im Jahr 1989, die wohl vom MfS inszeniert worden war, um Beweise für eine staatsfeindliche Orientierung der Veranstaltung zu schaffen:

[...] in Naumburg kam es zu einem Vorfall. Der mir bis dahin unbekannte Kaplan der Gemeinde forderte in einem laut vorgetragenen Diskussionsbeitrag die Teilnehmer zu aktivem Widerstand gegen die DDR auf. Sein Beitrag war auffallend provokativ und wurde sofort von einem mir unbekannten Teilnehmer mit hitziger Rede unterstützt. Es gelang mir nur mit Mühe, beiden das Wort zu entziehen.[423]

Da sich zu dieser Zeit ein Regimewechsel in der DDR bereits angekündigt hatte, kam es im Jahr 1989 nochmals zu einem Treffen zwischen Dobberphul und Särchen, bei dem verschärfte Maßnahmen angedroht wurden, falls weitere Polenseminare (sowohl in Magdeburg/Naumburg, als auch in Berlin, wo die Ver-

---

420 Ebenda, S. 104.
421 Siehe dazu Kap. 6.1. Darin beschreibe ich den Weg vom Polenseminar zur Anna-Morawska-Gesellschaft.
422 Zuarbeit Monatsbericht, MfS BV Magdeburg, Abt. XX/4, 18.01.1985; Schreiben MfS BV Magdeburg, Abt. XX, 21.01.1985; Zuarbeit, MfS BV Magdeburg, Abt. XX/4, 23.01.1985, zit. nach: Brücken der Versöhnung 4, a. a. O., S. 82f.
423 Särchen, Günter: Mein Leben in dieser Zeit (1992–1999), a. a. O., S. 104. Akten aus den Jahren 1988 und 1989 sind nicht vorhanden. Sie wurden möglicherweise vernichtet, somit muß man an dieser Stelle lediglich auf Erinnerungen Särchens basieren.

anstaltungen von Ludwig Mehlhorn und Dr. Michael Bartoszek organisiert wurden[424]) stattfinden sollten.[425] Es ist also ersichtlich, daß die Stasi zu dieser Zeit befürchtete, die Anna-Morawska-Seminare könnten zur Eskalation der Situation in der DDR beitragen – was allerdings realitätsfern war, da der Umbruch in Ostdeutschland nicht von einer so kleinen Gruppe herrührte, sondern völlig andersgelagerten Ursprungs war; nicht bestritten werden soll jedoch, daß die Kontakte, die Särchen jungen DDR-Bürgern nach Polen vermittelte, später der Opposition im SED-Staat nützlich waren, indem sie die Erfahrungen der polnischen Oppositionellen in die eigene Arbeit aufnahm.

Ich komme nun nochmals auf das Jahr 1986 zurück, denn da wurde im Maßnahmeplan gegen Särchen die Beweislage in ein Verfahren umgewandelt. In der Begründung heißt es:

> Zur Person des S. liegen operativ bedeutsame Anhaltspunkte vor bezüglich Erscheinungsformen der politischen Untergrundtätigkeit und der Organisierung einer innerkirchlichen Opposition in der DDR unter Einbeziehung feindlicher Organisationen und unter Mißbrauch der Kirche in der DDR. Weiter verschärfen sich die Vorwürfe: Die Zielstellung der OPK besteht in der Erarbeitung von Hinweisen auf die Begehung strafbarer Handlungen des Landesverrates, der landesverräterischen Nachrichtenübermittlung bzw. Agententätigkeit, des verfassungsfeindlichen Zusammenschlusses oder angrenzender Verbrechen der allgemeinen Kriminalität, wie Geheimnisverrat oder Zusammenschluß zur Verfolgung gesetzwidriger Ziele.[426]

Ein solches Verfahren hätte – mit aufgedeckte oder „produzierten" Beweisen für die Anschuldigungen – hätte für Särchen mit einer langjährigen Haft- oder sogar der Todesstrafe enden können. Jedoch wurde im Jahr 1987 in einen Bericht vorgeschlagen, die OPK „Patron" einzustellen. Die Gründe dafür waren, daß das MfS Särchen nur geringfügig einen Verstoß gegen die sozialistische Staats- und Gesellschaftsordnung nachweisen konnte. Außerdem wurde festgestellt, es handle sich bei Särchen um keine Person, die Stützpunkt feindlicher Organisationen

---

424 Zu der Arbeit des Anna-Morawska-Seminars in Magdeburg/Naumburg und Berlin siehe Kap. 6.1.
425 Private Notizen G. Särchens, in: Brücken der Versöhnung 4, a. a. O., S. 115.
426 Zit. nach: Särchen Günter: Brücken der Versöhnung 2, a. a. O., S. 18.

sein könne. Man verständigte sich darauf, die Akte zu archivieren und Särchen in die Kerblochkartei aufzunehmen, um so weiterhin eine Kontrolle über die Vorgänge in den Anna-Morawska-Seminaren zu behalten.[427] Im Zusammenhang damit nahm Dobberphul, wie bereits erwähnt, Kontakt mit Särchen auf.

Zu einer letzten Aussprache mit dem Stasi-Offizier kam es am 15. Februar 1990. Dies ist wohl eher als Abschiedsgespräch Dobberphuls anzusehen, der Särchen zufolge klarstellen wollte, er habe mit Überzeugung dem MfS gedient und bleibe ein Spezialist auf seinem Gebiet, ohne jedoch für die neue, gesamtdeutsche Regierung arbeiten zu wollen.[428] Nicht ohne Genugtuung sind die letzten Sätze der Notizen verfaßt, in denen Särchen, das frühere Opfer, über den Stasi-Offizier schreibt: „Tage später trat er in der Medizinischen Akademie Magdeburg seinen Dienst als Pförtner an. Monate später verlor ich ihn aus den Augen. Die Pförtnerloge war leer."[429]

Zusammenfassend ist über die Bespitzelung Särchens durch das MfS festzustellen, daß die Stasi über die Aktivitäten (Veranstaltungen, Publikationen, Reisen) und Auslandskontakte Särchen großes Wissen besaß. Die Versöhnungsarbeit, die als Opposition angesehen wurde, galt dem Staatsapparat als gefährlich und feindlich, weswegen gegen Särchen eine Reihe von Kontroll- und operativen Maßnahmen unternommen wurde, die sogar in einem Verfahren wegen Spionage mündeten. Es ist nicht möglich, die letzten zwei Jahre zu rekonstruieren, da die Akten womöglich vernichtet wurden. Deshalb kann nicht ausgeschlossen werden, daß im Zusammenhang mit den Anna-Morawska-Seminaren weitere Verfahren gegen Günter Särchen eröffnet worden waren.

Die Einsicht in die Akten des MfS offenbart, daß die anscheinend friedvolle Arbeit Särchens, die nicht auf die Zerstörung des DDR-Staates ausgerichtet war, sondern ausschließlich Versöhnung zwischen Polen und Deutschen schaffen wollte, ein christlicher Versuch der Versöhnung mit Polen, in der DDR als ein staatsfeindlicher Akt bewertet wurde.

---

427 Bericht (26.08.1987), BStU, Ast. Magdeburg, VII/918/82 OPK „Patron", Bl. 350–365, zit. nach: Brücken der Versöhnung 4, a. a. O., S. 111f.
428 Vgl. Särchen, Günter: Mein Leben in dieser Zeit (1992–1999), a. a. O., S. 104.
429 Ebenda.

6. Die Früchte der Versöhnungsarbeit. 1990–2004

In den neunziger Jahren klang Günter Särchens jahrzehntelange Arbeit für die deutsch-polnische Versöhnung allmählich aus, vor allem infolge seines schlechten Gesundheitszustandes (Herzerkrankungen, auch infolge der „Zuführungen" durch die Staatssicherheit). Er zog sich bei deutsch-polnischen Aktivitäten, bei denen er zunächst noch mitgearbeitet hatte, immer weiter in den Hintergrund zurück, wechselte auch den Wohnort und zog wieder zurück in die Lausitz, in seine Heimatstadt Wittichenau.

Doch konnte er in den letzten Jahren seines Lebens die Früchte seiner Arbeit ernten. Dazu sind vor allem offizielle Ehrungen zu zählen, aber auch ein starkes Interesse an seiner jahrzehntelanger Tätigkeit von Seiten der Presse, der Wissenschaft und von Schülern, denen er zu einem besseren Verständnis der Geschichte der deutsch-polnischen Beziehungen verhalf.

Dieses Kapitel zeichnet die letzten Lebensjahre Günter Särchens nach. Im Mittelpunkt stehen nicht das Privatleben und die Krankheiten, sondern die Aktivitäten in Richtung Polen, die er noch leisten konnte. Darüber hinaus wird die Entwicklung vom „Polenseminar" zur „Anna-Morawska-Gesellschaft" dargestellt sowie Särchens Engagement für die Stiftung Kreisau seit den achtziger Jahren.

6.1. Vom „Polenseminar" zur „Anna-Morawska-Gesellschaft"

Das letzte „Polenseminar" fand im Frühjahr 1984 statt (Vgl. Kap. 4.3.1.) und wurde danach aufgelöst, was mit der Invalidisierung Särchens einerseits, andererseits aber auch mit den zunehmenden Schwierigkeiten mit Bischof Johannes Braun zusammenhing (Vgl. Kap. 5.1.), was das Bischöfliche Amt Magdeburg als Träger der Initiative ausgeschlossen hatte. Es mußte also eine Lösung gefunden werden, um diese Seminare weiterhin fortführen zu können. Aus diesem Grund übernahm die Aktion Sühnezeichen die Verantwortung für diese Vorhaben. Das war in diesem Fall die natürlichste Lösung, da die ASZ bereits an verschiedenen Projekten Särchens mitbeteiligt war, er selbst jahrelang dem Leitungskreis der Aktion Sühnezeichen angehörte und diese Organisation sich stark für eine Versöhnung mit den Opfern des NS-Regimes, also auch mit Polen, engagierte. Günter Särchen wurde von der ASZ offiziell beauftragt, zweimal im Jahr ein Seminar zu veranstalten, das ähnlich aufgebaut sein sollte wie die bisherigen Seminare innerhalb der katholischen Kirche. Neben dem Träger der ehemaligen „Polenseminare" wurde auch der Name geändert, der seit 1985 „Anna-Morawska-Seminar" (AMS) lautete, was sowohl als eine Art Neuanfang für die Initiative Särchens anzusehen ist, aber auch als Tribut an die verstorbene Journalistin des Tygodnik Powszechny, die eine große Befürworterin der Polenarbeit Günter Särchens und der ASZ war.[430]

Von diesen Veränderungen wurden die Teilnehmer der bisherigen „Polenseminare" in einem Schreiben vom Januar 1985 informiert. Darin heißt es:

> Mit diesem Brief wollen wir Sie herzlich einladen, den Weg der Versöhnung und Verständigung zwischen den Völkern, Kirchen und von Mensch zu Mensch, den Sie seit vielen Jahren mit den Freunden des bisherigen Polenseminars im Seelsorgeamt Magdeburg gegangen sind, mit uns weiterzugehen. Sie wissen, daß wir auf diesem Wege schon immer gemeinsam unterwegs waren. Wir sind uns nicht unbekannt. [...] Wir würden uns freuen, wenn Sie in dieser Intention und in der Ihnen bekannten Form den begonnenen Weg jetzt mit uns zusammen im ANNA-MORAWSKA-SEMINAR weitergehen würden.[431]

Nach diesem ersten Einladungsschreiben wurde das AMS vom 8. bis 10. März 1985 in Magdeburg und Rossbach (ab 1988 war der zweite Veranstaltungsort der Pfarrsaal in Naumburg) veranstaltet, bei dem etwa 120 Personen teilnahmen.

---

430 Mechtenberg, Theo: Anna Morawska, Seelsorgeamt Magdeburg, 1994, S. 3. Diese Publikation ist eines der ersten in Deutschland entstandenen Portraits Anna Morawskas, die sich nicht nur mit ihrer christlichen Weltanschauung, sondern auch mit ihrem Einsatz für die deutsch-polnische Versöhnung und dem Leben als Publizistin auseinandersetzt.

431 Mitteilung über die Einrichtung eines ANNA-MORAWSKA-SEMINARS, Januar 1985, in: AJT, Krakau, Korrespondenzmappe: Günter Särchen.

Aber nicht Polen stand bei dieser ersten Veranstaltung im Mittelpunkt, sondern Geschichte und Kultur der Sinti und Roma, die in mehreren Vorträgen dargestellt wurde. Außerdem zeigte man einen Film aus den Beständen des Polnischen Informations- und Kulturzentrums mit dem Titel „Zigeuner, Brüder des Windes". Günter Särchen hielt einen Vortrag über die bisherige Seminartätigkeit und die Zukunft des AMS unter der Schirmherrschaft der Aktion Sühnezeichen.[432]

Die Teilnehmerzahlen des ersten Anna-Morawska-Seminars deuten zwar darauf hin, daß diese Veranstaltungen weiterhin erfolgreich bleiben konnten, doch zeigte sich Günter Särchen selbst deprimiert über die Entwicklung. Dies ist aber nicht als Geringschätzung der ASZ anzusehen. In einem Brief an Bischof Huhn in Berlin schrieb Särchen im Oktober 1985:

> Ich war zwar gewillt – und wußte auch um die Möglichkeiten – daß unsere Versöhnungsbemühungen auch weiterhin die katholischen Belange vertreten werden. Aber im Laufe der Monate merkte ich doch mehr und mehr, wie ich zwar die Arbeit leistete und trotzdem daran zerbrach, keinen Auftrag meiner Kirche mehr zu haben. Alles [...] ist in die Verantwortung der Evangelischen Kirche übergegangen, wenn auch ASZ ökumenisch denkt und handelt. Eine Arbeit, deren Schirmherr über Jahrzehnte der jetzige Papst war [...], hat ihre Heimat wechseln müssen.[433]

Trotzdem engagierte er sich weiterhin stark für das Seminar, da es ja seine Ziele verfolgte, also Versöhnung zwischen Polen und Deutschen zu schaffen. Dies bezeugt auch die Tatsache, daß noch im Jahr 1985 eine Art Filiale des Anna-Morawska-Seminars in Berlin aufgebaut wurde, die Ludwig Mehlhorn leitete.

Bis in die achtziger Jahre waren die Wege Särchens und Mehlhorns getrennt verlaufen, obwohl Ludwig Mehlhorn relativ früh, 1968 bei einem Jahrestreffen der Aktion Sühnezeichen, auf die Arbeit Särchens aufmerksam geworden war. Er knüpfte dann über die ASZ Kontakte mit Polen, die von Günter Särchen seit Anfang der sechziger Jahre aufgebaut wurden, profitierte also zu diesem Zeitpunkt bereits von der Arbeit des Magdeburgers. Mehlhorn nahm nicht an den Polen-

---

[432] Vgl. Särchen Günter: Brücken der Versöhnung 3, Schritte zur Versöhnung zwischen Deutschen aus der DDR und Polen. Chronik Magdeburger deutsch-polnischer Aktivitäten, Manuskript 1998, S. 45.
[433] Brief Särchens an Bischof Huhn, 1.10.1985, in: Nachlaß Günter Särchen, ZBOM.

seminaren teil, da seine Polenarbeit zu dieser Zeit stark in eine politische Richtung ging, womit die Zusammenarbeit mit Vertretern des Komitet Obrony Robotników (Komitee zum Schutz der Arbeiter, KOR) gemeint ist. Dadurch kam er auch an die Blätter dieses Komitees heran, die er in die DDR transportierte und als Abdrucke an Interessierte verteilte. Diese Arbeit geschah außerhalb der Strukturen der Aktion Sühnezeichen, also auch ohne Wissen Särchens. Das war von Mehlhorn so gewollt, da dieser wußte, daß die ASZ-Leitung eine übermäßige Politisierung nicht gutheißen wollte und sie als Gefahr für die eigene Versöhnungsarbeit ansah.[434]

Obwohl Günter Särchen die einzelnen Aktionen Ludwig Mehlhorns nicht gekannt hatte, muß er im Lauf der Jahre auf diesen jungen Mann aufmerksam geworden sein. Mehlhorns Engagement für Polen konnte nicht übersehen werden. Zudem war er bemüht, die polnische Sprache zu erlernen. Dies war wohl der Grund für die spätere enge Zusammenarbeit. Günter Särchen hat offenbar in Ludwig Mehlhorn einen Nachfolger für die eigenen Initiativen gesehen.

Nach der Gründung der Berliner „Außenstelle" des Anna-Morawska-Seminars im Jahr 1985 wurde im selben Jahr auch ein erstes Treffen veranstaltet, an dem 19 Menschen teilnahmen. Dabei ging man zwar direkt auf das Thema Polen ein, doch setzte man sich ebenfalls mit der Geschichte der Polenseminare auseinander und diskutierte über die Zukunft des AMS in Berlin.[435]

Ab 1986 wurden die Anna-Morawska-Seminare sowohl in Magdeburg und Umgebung als auch in Berlin zweimal im Jahr veranstaltet. Teilnehmerzahl und Form unterschieden sich: Während es in Magdeburg und Rossbach (Naumburg) Wochenendveranstaltungen waren, an denen etwa 100 Menschen teilnahmen, bildete „das Berliner Kind" Vorträge und Diskussionen, die komprimiert an einem Abend stattfanden und etwa 50 Interessierte anzogen. In Magdeburg konzentrierte man sich auf den Versöhnungsgedanken, die Kirchengeschichte sowie die Lage der Polen (jedoch nicht aus politischer Sicht), in Berlin dagegen waren die Vorträge teilweise auf die aktuelle politische Lage in Polen ausgerichtet und bildeten ein Diskussionsforum für oppositionell denkende junge DDR-Bürger. Diese Unterschiede erklären sich aus der Zusammensetzung der Teil-

---

434 Interview des Autors mit Ludwig Mehlhorn am 24.03.2006 [Aufnahme im Besitz des Autors].
435 Vgl. Särchen Günter: Brücken der Versöhnung 3, a. a. O., S. 47.

nehmer der AMS: In Magdeburg und Rossbach waren es Personen, die seit Jahren oder gar Jahrzehnten an den Polenseminaren teilgenommen hatten, also auch eine dementsprechende, nicht-politische Themenvorstellung hatten, die sich auf die Versöhnung konzentrierte und das Kennenlernen Polens. In Berlin dagegen waren die Teilnehmer der Abendveranstaltungen junge Oppositionelle, oft ohne Bezug zur Kirche, die also auch nicht an den traditionellen Themen der Seminare Särchens interessiert sein mußten.

Die unterschiedlichen Themen vergrößerten zwar das Angebot des AMS, riefen aber zwischen Särchen und Mehlhorn auch Meinungsunterschiede hervor, die durch den Generationsunterschied der beiden Männer sowie deren unterschiedliche Auffassung von deutsch-polnischer Zusammenarbeit verstärkt wurden. Dies führte aber, wie aus dem Interview mit Ludwig Mehlhorn hervorgeht, nicht zu einer Beeinträchtigung der Zusammenarbeit oder gar Vertrauensverlust zwischen beiden Leitern der AMS.[436] Die einzelnen Seminare wurden regelmäßig organisiert, die Themen diskutiert, und Mehlhorn übernahm auch die Leitung einzelner Veranstaltungen in Magdeburg und Naumburg, als Särchen aus gesundheitlichen Gründen verhindert war (so im Frühjahr 1989).

Die Arbeit Mehlhorns und Särchens beschränkte sich in den achtziger Jahren nicht nur auf die Organisation von Seminaren. Es wurden weiterhin Vervielfältigungen herausgegeben, die ebenfalls zur Tradition der Polenarbeit Särchens gehörten. Im Jahr 1986 veröffentlichte Särchen eine Jahreshandreichung unter dem Titel „Die katholische Kirche und das Judentum", die Dokumente aus den Jahren 1945 bis 1986 beinhaltete. Ein Jahr später trug die Jahreshandreichung den Titel „Volk Gottes im Bund Gottes" und enthielt Informationen, Meditationstexte, Berichte und Dokumente, die aus verschiedenen Quellen stammten (Privatpersonen, katholische und evangelische Einrichtungen).[437] Die Jahreshandreichung für das Jahr 1988 stand wiederum im Zeichen des Zusammenlebens von Juden und Polen und wurde betitelt: „Schalom dem schwierigen Dialog unter entfremdeten Geschwistern. Polen und Juden – Juden und Polen". Darin

---

436 Vgl. Interview des Autors mit Ludwig Mehlhorn am 24.03.2006.
437 An Werner Liedtke, den damaligen Leiter der ASZ schrieb Särchen über diese Handreichung: Die Handreichung hatte ein sehr gutes Echo aus christlichen, jüdischen und stattlichen Kreisen, von Seiten der Wissenschaft wie vom einfachen Mann in der Gemeinde (Brief Särchens an Werner Liedtke vom 16.09.1988, in: Nachlaß Günter Särchen, ZBOM).

sind Beiträgen namhafter Personen enthalten, so von Tadeusz Mazowiecki, Jerzy Holzer, Władysław Bartoszewski, Jerzy Turowicz, Czesław Miłosz oder Hanna Krall. 1989 veröffentlichte Günter Särchen das Faltblatt „Für Gerechtigkeit und Frieden in Europa", das Arbeitsmaterialien für das Anna-Morawska-Seminar in demselben Jahr brachte.[438]

Eine der letzten Publikationen des Anna-Morawska-Seminars erschien im Januar 1990 in Zusammenarbeit mit dem Klub der katholischen Intelligenz in Warschau und trug den Titel „Für Selbstbestimmung und Demokratie". Es war ein Appell, den auf deutscher und polnischer Seite jeweils 39 Vertreter unterzeichnet hatten. Inhaltlich war die Publikation frei geschrieben worden, da zum Zeitpunkt der Herausgabe Polen bereits mitten im Demokratisierungsprozeß war, der mit der Wahl Tadeusz Mazowieckis zum Ministerpräsidenten seinen Anfang genommen hatte. Auch die DDR war kurz davor in Richtung Demokratie aufgebrochen. Im März 1990 sollten die ersten und einzigen freien Wahlen zur Volkskammer der DDR stattfinden, weshalb sich die Autoren mehr Freiheiten herausnehmen konnten. Der Appell in dieser Veröffentlichung war als Rückblick und als Vorschau auf die Beziehungsgeschichte zwischen Deutschen und Polen konzipiert. Zunächst wurde also Nazi-Deutschland klar und eindeutig als Urheber des späteren Leids benannt. Man gedachte dabei sowohl der polnischen als auch jüdischen Opfer des Terrors vor und während des Zweiten Weltkrieges. Dann thematisierte man aber auch die Flucht und Vertreibung von Deutschen aus den ehemaligen Ostgebieten sowie die schwierige Lage derer, die nach dem Krieg in ihrer Heimat bleiben wollten und aus diesem Grund als Deutsche starken Diskriminierungen ausgesetzt waren. Weiter wurde der Görlitzer Vertrag von 1950 kritisiert:

> Die Regierung der DDR hat die polnische Westgrenze 1950 anerkannt. Ein auf menschlicher Begegnung und freier öffentlicher Debatte beruhender Prozeß der Aussöhnung beider Völker hat diesen staatsrechtlichen Akt indessen nicht begleitet. Ansätze dazu auf beiden Seiten wurden behindert, indem sie den innen- und außenpolitischen Interessen der regierenden Staatsparteien untergeordnet wurden.[439]

---

438 Vgl. Särchen Günter: Brücken der Versöhnung 3, a. a. O., S. 47–52.
439 Für Selbstbestimmung und Demokratie, Januar 1990, S. 2, in: AJT, Korrespondenzmappe: Günter Särchen.

Eine solche Aussage wäre einige Jahre vorher undenkbar gewesen, ähnlich wie die Würdigung der Denkschrift der Evangelischen Kirche Deutschlands „Die Lage der Vertriebenen und das Verhältnis zu seinen östlichen Nachbarn" vom Oktober 1965 und des Briefes der polnischen katholischen Bischöfe an ihre deutschen Amtsbrüder vom November 1965. All das wurde in der gemeinsamen Veröffentlichung des AMS und des Warschauer KIKs behandelt, ebenso die Pionierarbeit der Aktion Sühnezeichen, also das erste Sühnelager im Jahr 1965 in den ehemaligen Konzentrationslagern Auschwitz und Majdanek. Dabei wurde die Person Särchens selbst nicht genannt, obwohl dieser maßgeblich an der Organisation dieser Initiative in Polen beteiligt war. Das ist jedoch verständlich, wurden doch im gesamten Appell keine einzelnen Personen angegeben. Deshalb wurde hier wohl nicht das Engagement Särchens ignoriert; man verzichtete im Grunde auf jegliche Benennung von Persönlichkeiten auf beiden Seiten der Grenze. Nach dem Rückblick auf die Beziehungsgeschichte zwischen Deutschen aus der DDR und Polen folgte eine erste Einschätzung der aktuellen Lage in beiden Staaten, den Systemwechsel und die möglichen Auswirkungen. Dabei konzentrierte man sich nicht auf mögliche negative Auswirkungen innerhalb der beiden Staaten, sondern auf den Wunsch und die Forderung der Bürger beider Länder, in Freiheit, Demokratie und Rechtsstaatlichkeit leben zu dürfen. Es wurde aber auf negative Auswirkungen des Regimewechsels in Bezug auf die bilateralen Beziehungen hingewiesen:

> In der komplizierten Phase des Übergangs von autoritären zu demokratischen Strukturen treten systembedingte Schwierigkeiten zutage, die zwischen Polen und der DDR als Ungleichgewicht des Marktes drastisch zutage treten. [...] Administrative Gegenmaßnahmen begnügen sich mit dem Kurieren an Symptomen und führen zur Diskriminierung von Ausländern. Mit Bedauern stellen wir fest, daß sie besonders Polen betrafen und antipolnische Ressentiments wiederbelebten.[440]

Aus diesem Grund sei es wichtig, die Beziehungen auf eine neue Grundlage zu stellen, was eine Aufgabe der neuen demokratischen Kräfte in beiden Ländern sein solle. Abschließend beriefen sich die Autoren des Appells auf die christliche

---

440 Ebenda, S. 3f.

Vergangenheit Europas und die damit zusammenhängenden Verpflichtungen für die Zukunft:

> In diesem Wandel sollten wir uns des gemeinsamen europäischen Erbes wieder bewußt werden, seien wir nun Polen oder Deutsche, vor oder nach 1945 geboren, Christen oder Nichtchristen. Uns zu jenen grundlegenden Werten bekennend, die in der Vergangenheit die humane Substanz von Kultur und Zivilisation auf unserem Kontinent geprägt haben, wollen wir für demokratische Erneuerung eintreten, die das Recht aller Menschen und Völker auf ein Leben in Würde sichern.[441]

Zu dieser Zeit standen die Demokratisierungsprozesse in beiden Ländern noch am Anfang, doch kann diese von Deutschen und Polen verfaßte Veröffentlichung als Endpunkt der bisherigen Zusammenarbeit gewertet werden, die unter dem sozialistischen Regime geführt wurde. Gleichzeitig eröffnet der Appell ein neues Kapitel der deutsch-polnischen Beziehungen, ohne staatliche Begrenzungen und mit Möglichkeiten, dieses Zusammenleben frei weiterzuentwickeln.

Neben den relativ regelmäßigen Vervielfältigungen des Anna-Morawska-Seminars sowie den Seminaren selbst wurde Günter Särchen zu Gastvorträgen in Gemeinden, zu Jugendgruppen, Studentengemeinden und Akademischen Kreisen eingeladen, wo er allgemein über das Thema Nachbar Polen referierte. Während der Dekanats-Priesterkonferenz in Dessau am 5. November 1986 sprach Särchen über die Kirche in Polen und ihre Probleme, vom 15. bis 16. November referierte er in Suhl/Thüringen über die polnische Kirche, das nationale Selbstbewußtsein der Polen sowie über die eigenen Initiativen, also das Polenseminar und die Zusammenarbeit mit der ASZ. Eine Vortragsreihe des AMS und des Stadtjugendpfarramtes Berlin vom 8. bis 22. Oktober 1989 in der Bartholomäuskirche stand unter dem Titel „Blickwechsel – Polen und Deutsche – Politik und Poesie". Während der Abendveranstaltungen sprachen sowohl deutsche als auch aus Polen eingeladene Wissenschaftler, Journalisten und Dichter. Dadurch konnte die Reihe ihrem Auftrag gerecht werden, Politik und Poesie zu behandeln. Sie thematisierte auch die Geschichte und die aktuelle Lage der polnischen Kirche.[442]

---

441 Ebenda, S. 4.
442 Vgl. Särchen Günter: Brücken der Versöhnung 3, a. a. O., S. 53.

EINLADUNG	"Anna-Morawska-Seminar"
zu unserer letzten Veranstaltung des ANNA-MORAWSKA-SEMINARS MAGDEBURG in dieser Form	3060 Magdeburg Gr. Diesdorfer Straße 237, Telefon 3 00 12 PSchA Magdeburg 7599-57-1163 Magdeburg / Berlin, den 01. 09. 1990 FACHVERBAND VON INNERE MISSION UND HILFSWERK

Liebe Wegbegleiterinnen und Wegbegleiter der letzten Jahre und Jahrzehnte!

Wir laden Sie herzlich ein zu unserem HERBSTSEMINAR 1990.
In den zurückliegenden 32 Jahren haben wir von Magdeburg aus mit Ihnen gemeinsam in vielen kleinen Schritten versucht, Wege zwischen unserem und dem polnischen Volk zu finden, die zu einem besseren Kennenlernen und Verstehen führen. Frieden aus Versöhnung wollten wir stiften. Rückblickend dürfen wir Dank sagen.

Doch die Monate nach der "Wende" -und schon die Zeit davor- haben gezeigt, wie wichtig und notwendig unser Auftrag auch und gerade in der Gegenwart ist unf für die Zukunft bleiben wird. Dieser unser spezifische Auftrag, als Christen im Dienst der Versöhnung und des Friedens aktiv tätig zu sein, wird uns in den neuen Länderstrukturen neue Wege und Möglichkeiten finden lassen. Was wir in Treue in den Jahrzehnten, da unser Dienst als Christ in der Gesellschaft nicht gefragt und anerkannt war, getan haben, wird jetzt in freien Formen und neuer Weise möglich.

Es ist daran gedacht, in unserem Bereich diese Arbeit für die sich neu konstituierenden Länder von Berlin aus weiterzuführen als

|| ANNA-MORAWSKA-GESELLSCHAFT e.V. ||
|| -Ökumenischer Dialog mit den Nachbarn- ||

Wir wollen bei unserem Herbstseminar an allen drei Tagungsorten darüber sprechen und evtl. schon eine neue Form beschließen, auf jeden Fall aber Teilnehmer wählen, die an der Gestaltung der neuen Form mitarbeiten sollen. Ich selbst werde die Leitung in jüngere Hände legen. Keinen besseren Augenblick hätte ich mir dafür wünschen können. Wir werden trotzdem weiterhin in Verbindung bleiben.

Ich freue mich, daß an dieser Abschlußveranstaltung und unserem Neubeginn als Vertreter der Deutsch-Polnischen Gesellschaften der Bundesrepublik Leitungsmitglieder der Deutsch-Polnischen Gesellschaft e.V. Hannover teilnehmen werden, mit denen uns in Zukunft sicher vieles verbinden wird.

Mit besonderer Freude werden wir einen persönlichen Vertreter des Botschafters der Republik Polen an allen drei Orten begrüßen dürfen, wenn es ihm nicht möglich sein sollte, selbst zu kommen. Herr Wojciech Wieczorek, Warschau, begleitet meine und unsere Dienste seit über 25 Jahren.

Wegen der Besonderheit dieses HERBSTSEMINARS '90 haben wir für die Teilnehmer aus dem Süden als Tagungsort Burgscheidungen gewählt <u>mit ausreichenden Übernachtungsmöglichkeiten.</u> So haben wir wieder hier, wie in Magdeburg, einen Abend für uns.
Es wäre schön, wenn wir uns im Oktober wiedersehen würden!
In herzlicher Verbundenheit und mit herzlichem Dank für alle Treue,
Ihr

ps: Soeben erfahre ich, daß wir auch Gäste des KLUBS DER KATHOLISCHEN INTELLIGENZ aus WROCŁAW/Breslau unter uns haben werden.

Die letzten regelmäßigen Anna-Morawska-Seminare fanden im Jahr 1990 statt, die Herbsttreffen in Magdeburg/Naumburg und Berlin bereits nach dem Vollzug der deutschen Einheit, also unter neuen politischen Bedingungen. Die Arbeit des Anna-Morawska-Seminars sollte nun in einem Verein weitergeführt werden. Dieser Gedanke war bereits vor 1989 diskutiert worden. Ludwig Mehlhorn übernahm die Vorbereitung eines Statuts und der Unterlagen für die Registrierung des Vereins.[443] Die Vorbereitung muß zur Zeit des letzten Herbstseminars in Magdeburg abgeschlossen gewesen sein. Aus dem Einladungsschreiben geht hervor:

> Es ist daran gedacht, in unserem Bereich diese Arbeit für die sich neu konstituierenden Länder von Berlin aus weiterzuführen als ANNA-MORAWSKA-GESELLSCHAFT e.V.–Ökumenischer Dialog mit den Nachbarn.[444]

Ein gültiger Beschluß darüber wurde jedoch nicht gefaßt. Günter Särchen zog sich bereits zu diesem Zeitpunkt von einer aktiven Arbeit an der entstehenden Gesellschaft zurück. Sein Gesundheitszustand machte immer häufigere Aufenthalte im Krankenhaus unumgänglich. Die Anna-Morawska-Gesellschaft, die bis heute existiert, wurde am 14. März 1992 gegründet und erhielt den Beinamen „Ökumenischer Dialog für deutsch-polnische Verständigung". Günter Särchen wurde zum Ehrenvorsitzenden gewählt, die Geschäfte leitete der Vorstand, dem in der ersten Wahlperiode Ludwig Mehlhorn vorstand. Dieser übernahm danach keine zweite Amtszeit, sondern widmete sich von Berlin aus der „Kreisau-Initiative" sowie seiner Arbeit in der Evangelischen Akademie.

Abb. S. 229: Einladungsschreiben an die Teilnehmer des Anna-Morawska-Seminars aus dem Jahr 1990. Ziel des Seminars war es, die Anna-Morawska-Gesellschaft zu gründen.
Quelle: Privatarchiv Kazimierz Czapliński.

---

443 Vgl. Interview des Autors mit Ludwig Mehlhorn am 24.03.2006.
444 Einladungsschreiben Günter Särchens, 1.09.1990, in: Privatarchiv Kazimierz Czapliński.

6.2. Särchens Engagement für Kreisau

Ich darf mir die Feststellung erlauben, daß nur „Verrückte" 1989 der Meinung sein konnten, aus dieser verrotteten Bausubstanz innerhalb von zehn Jahren ein solches Gebäudeensemble entstehen zu lassen.[445]

So äußerte sich Günter Särchen knapp zehn Jahre nach der Gründung der Stiftung in Kreisau, an der er persönlich beteiligt war und deren Arbeit er über die Jahre begleitet hat.

Erste Ideen, in Kreisau eine Einrichtung zu gründen, die sich für die Versöhnung von Deutschen und Polen einsetzen sollte, kamen Günter Särchen bereits in den sechziger Jahren, als er bei der ersten Sühnefahrt der Jugendlichen nach Polen im Jahr 1965 einen „Zufallsabstecher" nach Kreisau machte. In der Folgezeit sprach man dann über eine deutsch-polnische Einrichtung in Kreisau mit Vertretern des Breslauer Klubs der katholischen Intelligenz, doch wurde die Idee als unrealistisch verdrängt.[446]

Erst in den achtziger Jahren wurde diese Idee wieder aufgenommen, als im Breslauer KIK eine Gruppe von evangelischen Studenten aus Ost-Berlin das Projekt eines Seminars über den „Kreisauer Kreis" vorstellte, dessen Ziel es war, die Widerstandsgruppe wieder in Erinnerung zu rufen. Der KIK übernahm die organisatorische Leitung, und ein Jahr später konnte das Seminar stattfinden, zu dem die deutschen Studenten Personen aus verschiedenen Ländern eingeladen hatten, u.a. aus Deutschland und den Niederlanden. Auch der Breslauer Klub der katholischen Intelligenz verschickte Einladungen an seine Partner in der DDR, also auch an Günter Särchen,[447] der zusammen mit einigen anderen seiner Weggefährten (Ludwig Mehlhorn, Dr. Michael Bartoszek, Dr. Wolfgang Ullmann, Stephan Steinlein, Wolfram Bürger) an dem Seminar in Breslau teilnahm.[448] Der Titel dieses Seminars lautete „Christ in der Gesellschaft", war also

---

445 Brief Särchens an den Vorstand der Stiftung Kreisau vom 25.06.1998, in: Nachlaß Günter Särchen, ZBOM.
446 Vgl. Särchen, Günter: Brücken der Versöhnung 3. Schritte zur Versöhnung zwischen Deutschen aus der DDR und Polen. Chronik Magdeburger deutsch-polnischer Aktivitäten, Manuskript 1998, S. 51.
447 Vgl. Interview des Autors mit Ewa Unger am 12.04.2005 [Aufnahme im Besitz des Autors].
448 Vgl. Särchen, Günter: Brücken der Versöhnung 3, a. a. O., S. 51.

für die Mitglieder des „Kreisauer Kreises" zutreffend, obwohl sie nicht eindeutig benannt wurden.

Während dieser Veranstaltung in Breslau wurde die Idee vorgebracht, eine Stiftung in Kreisau zu gründen. Doch blieb dieser Vorschlag zunächst ohne Realisierung. Auch ein möglicher Name für eine solche Einrichtung wurde nicht gewählt. Trotzdem entstand am Ende des Seminars (4. Juni 1989) ein offizielles Schreiben an das polnische Außenministerium, in dem die Idee angezeigt wurde, in Kreisau eine internationale Begegnungsstätte für die junge Generation Europas und ein Museum des europäischen Widerstandes gegen den Nationalsozialismus zu schaffen. Günter Särchen gehörte zu den 17 Unterzeichnern dieses Schreibens, das auch an das Bundeskanzleramt in Bonn geschickt wurde. Im Dezember des gleichen Jahres kam es zur Gründungsveranstaltung der „Stiftung Kreisau für europäische Verständigung", deren Trägerschaft der Breslauer Klub der katholischen Intelligenz übernahm. Ein Jahr später konstituierte sich der Stiftungsrat, der am 22. September 1990 zum ersten Mal tagte. Günter Särchen gehörte zu den ersten Mitgliedern des Stiftungsrates und nahm in der ersten Zeit an den Treffen sowie den Kreisau-Konferenzen teil. Darüber hinaus war er Gründungsmitglied des Fördervereins für die Internationale Jugendbegegnungsstätte Kreisau, der seinen Sitz in Frankfurt am Main hatte und 1991 gegründet wurde. Drei Jahre nach der Gründung der Stiftung in Kreisau mußte Särchen jedoch krankheitsbedingt seine Mitgliedschaft im Rat aufgeben. Die Stiftung nahm diese Entscheidung an und schrieb ihm am 21. Oktober:

> Ich [Wojciech Wieczorek, Vorsitzender des Stiftungsrates – R.U.] erlaube mir also, im Namen des Stiftungsrates, vor allem unseren Dank zum Ausdruck zu bringen. Für Ihre aktive Mitarbeit, ermutigenden Ratschläge und klare Einsicht, welchen Zweck die Stiftung „Kreisau" dienen soll. Sie können sicher sein, daß die geistige Dimension dieses Werkes von uns immer vorrangig berücksichtigt und gepflegt werden wird. Dazu gehört auch die Förderung des gegenseitigen Verstehens zwischen den Deutschen und Polen. Ihre langjährige Arbeit und Verdienste auf diesem Gebiet dürfen nicht vergessen werden.[449]

---

449 Brief Wojciech Wieczorek an Günter Särchen vom 21.10.1993, in: Nachlaß Günter Särchen, ZBOM.

Obwohl Särchen nicht mehr Mitglied des Stiftungsrates war, setzte er seine Arbeit. Am 26. September 1993 wurde er zum Ehrenrat der Stiftung berufen, zu dessen Aufgaben gehörte, die Arbeit dieser Einrichtung kritisch zu begleiten und sie in der Öffentlichkeit zu unterstützen. Särchen gehörte ihm bis zu seinem Tod an. Zum letzten Mal besuchte er Kreisau zur Eröffnung der Internationalen Jugendbegegnungsstätte vom 11. bis 13. Juni 1998. Einige Tage später schrieb er dem Vorstand der Stiftung:

> Auch wenn ich nicht mehr den Wagen vor Ort mitziehen kann, will ich weiterhin jede Begegnung und Möglichkeit nutzen, ein bißchen von hinten mit zu schieben![450]

Darüber hinaus stellte er ein letztes Projekt vor, das an die Bewohner des Dorfes Kreisau gerichtet sein sollte:

> Vom ersten Tage an war ein jeder von uns bestrebt [...] die Bürgerinnen und Bürger des Dorfes miteinzubeziehen. [...] In diesem Zusammenhang offeriere ich dem Vorstand und dem Stiftungsrat folgende Idee: Einmal im Jahr, vielleicht zunächst nur an einem Nachmittag, könnte die „Stiftungsanlage" nur für die Dorfbewohner da sein. [...] Kurz: ein gemeinsamer „Dorfnachmittag" mit Kaffee/Tee und Kuchen, ohne Alkohol, aber mit etwas Musik! Ich bin gern bereit, von der 10.000DM Fundation des diesjährigen Deutsch-Polnischen Preises für diesen Nachmittag 1.500DM abzuzweigen und Ihnen zur Verfügung zu stellen. Nach den danach gemachten Erfahrungen wäre ich gern bereit, bis zu meinem Lebensende pro Jahr für einen solchen „Stiftungs-Dorf-Gemeinschaftsnachmittag" 1.500DM zu organisieren.[451]

Diese Initiative gehört zu den letzten Särchens in Richtung Kreisau. Zwar zog er sich nicht ganz zurück, er blieb weiterhin mit Ratsmitgliedern und dem Vorstand im Gespräch. An der Arbeit konnte er nicht mehr teilnehmen, da sich sein Gesundheitszustand zusehends verschlechterte (1994 erhielt er einen dreifachen Bypaß, er litt auch an einem Aneurysma).

---

450 Brief Särchens an den Vorstand der Stiftung Kreisau vom 25.06.1998, in: Nachlaß Günter Särchen, ZBOM.
451 Ebenda.

6.3. Günter Särchen in Wittichenau

Ab dem 1. Mai 1992 wohnte Günter Särchen mit seiner Ehefrau Brigitte wieder in seiner sorbischen Heimatstadt Wittichenau. Sein Gesundheitszustand blieb labil, immer häufiger wurden Einlieferungen in ein Krankenhaus nötig. Trotzdem blieb Särchen seiner Idee von einer deutsch-polnischen Versöhnung treu. Er unternahm auch immer wieder Reisen in das neue, demokratische Polen.

Abgesehen von der Teilnahme an Seminaren des Breslauer KIK über die Zukunft des ehemaligen Gutes in Kreisau und der Eröffnungsfeier der dortigen Begegnungsstätte (Vgl. Kap. 6.2.), reiste Särchen privat nach Polen, das erste Mal im September 1989, also nach der Wahl Tadeusz Mazowieckis zum Ministerpräsidenten. Eine längere Reise folgte im Sommer 1995. Särchen besuchte die Gesprächspartner und Freunde der letzten Jahrzehnte, zu ihnen gehörten das Ehepaar Stomma, Tadeusz Mazowiecki mit Familie, Władysław Bartoszewski sowie die Mitarbeiter des Blindenheims in Laski bei Warschau. Günter Särchen besuchte das ehemalige Konzentrationslager Majdanek, wo er an die Glockenspende für das „Heiligtum des Friedens" erinnert wurde (Vgl. Kap. 4.3.2.).[452] Außerdem lud ihn die Jugendsektion des Warschauer Klubs der katholischen Intelligenz zu einem Vortrag ein, bei dem er über seine Polenarbeit sprach, die Geschichte von Zeichen der Buße und Sühne zur Versöhnung und Verständigung nachzeichnete sowie Aufgaben an die Jugend im neuen Europa definierte.[453]

Nach dieser Reise, die vom 26. Mai bis 7. Juni dauerte, sollte eine weitere folgen, denn am 5. Oktober 1995 starb in Krakau der langjährige Wegbegleiter Mieczysław Pszon. Särchen nahm an der Beerdigung am 10. Oktober teil und schrieb in seiner Chronik kurz, aber zutreffend:

> Mit Mietek Pszon verlieren wir einen unverwechselbaren Brückenbauer der deutsch-polnischen Nachkriegsgeschichte. Für AKTION SÜHNEZEICHEN/DDR wie für das POLENSEMINAR MAGDEBURG/ANNA-MORAWSKA-SEMINAR war er ein weitsichtiger, beharrlicher und zuverlässiger Wegbereiter und Weggefährte.[454]

---

452 Vgl. Särchen, Günter: Brücken der Versöhnung 3, a. a. O., S. 57.
453 Vgl. Ebenda.
454 Ebenda.

Pszon starb kurz vor seinem 80. Geburtstag, zu dem eine Publikation entstehen sollte, für die auch ein Text Särchens unter dem Titel „Adresse: Mietek Pszon, Krakow" vorgesehen war. Diese Textsammlung wurde nun zum Erinnerungsbuch an Mieczysław Pszon. Darin schrieb Günter Särchen von den gemeinsamen Aktivitäten für die Versöhnung zwischen DDR-Bürgern und Polen und wies auf Pszons große Hilfe für verschiedene Initiativen der Verständigung hin:

> Einzelne Personen, engagierte Gruppen, Gemeinden und Gemeinschaften konnten aus unserem Raum des geteilten Deutschlands mit seiner Unterstützung trotz politischer und DDR-staatlicher Pressionen einen eigenen Beitrag zur Völkerverständigung und Völkerversöhnung leisten.[455]

Außerdem erkennte er Pszons bedeutende Rolle beim Normalisierungsprozeß zwischen der Bundesrepublik Deutschland und der Republik Polen und würdigt seine menschlichen Qualitäten:

> Wer glaubt, Versöhnung sei eine theologische Sache des innerkirchlichen Raumes und als politischer Akt unbrauchbar oder nur kirchlichen oder Staatlichen Obrigkeiten vorbehalten, soll sich an die Adresse „Mietek Pszon, Krakow" wenden. Der politisch denkende und handelnde Bürger, der praktizierende Katholik Mieczysław Pszon ist ein lebender, ein Leben sprühender Beweis, daß Versöhnung von Mensch zu Mensch gelebt, eine froh-machende Angelegenheit ist.[456]

Zurückgezogen in Wittichenau lebend, bearbeitete Günter Särchen Notizen, Vortragstexte und Briefe, die er über Jahrzehnte gesammelt hatte. So entstand eine Reihe von Dokumentationen, die er im Eigenverlag in einer Auflage von einigen Exemplaren herausgegeben hat.[457] Dazu zählen sowohl Sammlungen von einigen Vorträgen, die Geschichte der Zusammenarbeit zwischen Särchen und Lothar Kreyssig sowie Texte über die staatlichen und kirchlichen Probleme, mit

---

455 Särchen Günter: Adresse Mietek Pszon, Krakow, in: Ders.: Mein Leben in dieser Zeit (1992–1999), Manuskript o.J., S. 144.
456 Ebenda, S. 143.
457 Die einzelnen Dokumentationen sind in der Bibliographie aufgelistet.

denen Günter Särchen zu kämpfen hatte, als er sich ab den sechziger Jahren für eine deutsch-polnische Versöhnung einsetzte. Interessant in dieser Lebensphase Särchens ist, daß er sich auf seine sorbischen Wurzeln besann und darüber einige Texte verfaßte. So schrieb er:

„Bist Du ein Sorbe?", fragte mich dieser Journalist. Ich bin ein Deutscher und in der Reihe der Vorfahren ein Sorbe. [...] Überdies bin ich noch ein Lausitzer, ein Oberlausitzer. Und weil das alles nicht reicht, sind wir am Ende auch noch sächsische Niederschlesier.[458]

Dabei beherrschte Särchen die sorbische Sprache nicht, was ihn jedoch nicht daran hinderte, sich für diese Minderheit in der Stadt Wittichenau zu engagieren, um sie mit der deutschen Mehrheit zusammenzubringen. Das schien ihm eine ähnliche Aufgabe zu sein wie die jahrzehntelange Arbeit für die deutsch-polnische Versöhnung:

Auch ein Sorbe, der [...] niemals die Muttersprache seiner Eltern und Großeltern lernte, kann für sein sorbisches Volk und die slawischen Völker insgesamt Vermittler und Versöhner sein, wenn er das Herz seines Volkes in sich schlagen hört und diesen Herzschlag die Menschen fühlen läßt.[459]

Dabei warnte er vor einem Nationalismus unter der sorbischen Minderheit und sprach sich für eine Rückbesinnung auf die Kulturgemeinschaft, welche die Sprache und Tradition pflegen sollte, ohne sich dadurch aber von der deutschen Mehrheit abzuschotten, womit er sich selbst in der christlichen Tradition sah:

Mit diesen oder jenen Vertretern [der Sorben – R.U.] werde ich streiten bis zu meinem Lebensende, nicht als Sorbe und nicht als Deutscher, sondern als Christ und Glied unserer gemeinsamen katholischen Kirche, die nicht trennt sondern vereint und versöhnt.[460]

---

458 Särchen, Günter: Bist Du ein Sorbe?, in: Ders.: Memento mori. Laienbrevier für den Nach(t)tisch, Manuskript o.J., S. 116.
459 Särchen, Günter: Die Sprache der Großmutter und Mutter, in: Ebenda, S. 117.
460 Särchen Günter: Wie hältst du es mit den Sorben?, in: Ebenda. S. 119.

Mit der Polenarbeit kann Särchens Engagement für die Sorben nicht verglichen werden, doch war er bemüht, Interessierten diese Themen näherzubringen. So publizierte er Texte in lokalen Blättern[461] und hielt Vorträge für Besucher der Lausitz[462]. Außerdem war er im Jahr 1997 Mitbegründer des „Heimat- und Kulturrings e.V. Wittichenau-Kulow", dessen Ziel bis heute sowohl die Pflege der Geschichte als auch der sorbischen Kultur der Stadt ist.

Günter Särchen blieb in den neunziger Jahren seinen deutsch-polnischen Initiativen innig verbunden. Dabei ging es ihm vor allem um die Bearbeitung der eigenen Geschichte und deren Popularisierung. Deshalb war er gern bereit, Interessierten von der seit den sechziger Jahren in Richtung Polen geleisteten Arbeit zu berichten. Zu seinen Gesprächspartnern gehörten vor allem Journalisten, die in kleineren und größeren Beiträgen[463] das Engagement Särchens darstellten. Darüberhinaus wurde er von Wissenschaftlern interviewt und ermöglichte ihnen Einblick in seinen Nachlaß. Somit fand seine Arbeit Eingang in Publikationen.[464] Wichtig waren für ihn Gespräche mit Jugendlichen, die selbst nicht die Zeit des real existierenden Sozialismus bewußt erlebt sowie nicht die Möglichkeit gehabt hatten, an den Initiativen Särchens und der ASZ teilzunehmen.[465]

---

461 Vgl. 750 Jahre Wittichenau. Altes und Neues über eine lebenswerte Stadt in der Oberlausitz, Wittichenauer Wochenblatt 1998. Darin: Särchen Günter: Standortbestimmung, S. 18ff.

462 Vgl. Särchen, Günter: Einführung in die sorbische Kulturwelt, in: Ders.: Memento mori, a. a. O., S. 120ff. Dabei handelt es sich um einen Vortragstext, gehalten am 19.05.1997 vor den Teilnehmern einer Studienreise in die Euroregion Oberlausitz – Nordböhmen – Niederschlesien der Volkshochschule Bonn.

463 Eine Liste der Pressebeiträge befindet sich im Anhang. An dieser Stelle sollen deshalb nur einige genannt werden: Brückner, Maik: Leiser als Adenauer, aber mindestens so mutig, Sächsische Zeitung, 2.06.2001; Dresdner, Joachim; Mehlhorn, Steffi: „Agent" der Versöhnung, Hörfunk-Feature, Mitteldeutscher Rundfunk, 2.06.2001; Pięciak, Wojciech: Niemodne słowo pojednanie, Gazeta Wyborcza, 15.01.2005.

464 U. a. Neubert Erhart: Geschichte der Opposition in der DDR (1949–1989), Bundeszentrale für politische Bildung, Bonn 2000; Schäfer, Bernd: Staat und katholische Kirche in der DDR, Böhlau Verlag, Köln – Weimar – Wien 1999; Seibold, Alexander: Katholische Filmarbeit in der DDR, LIT Verlag, Münster 2003; Zariczny, Piotr: Oppositionelle Intellektuelle in DDR und in der Volksrepublik Polen, Wydawnictwo Adam Marszałek, Toruń 2004.

465 Ein solches Gespräch führte Günter Särchen u.a. mit einer Abiturklasse im Jahr 1999 und veröffentlichte die Aufzeichnung: Brücken der Versöhnung 5. Vergessene Schritte der Völkerverständigung? Ein Gespräch einer Abiturklasse mit Günter Särchen, Manuskript 1999.

Aus den neunziger Jahren sind eine Reihe von Korrespondenzen erhaltengeblieben. In einem Brief an den Oppelner Bischof Alfons Nossol heißt es:

> Es [die Jahre der Arbeit für die deutsch-polnische Verständigung – R.U.] waren von Gott beschützte wunderbare Jahrzehnte. „Wunderbar", weil vieles, was wir taten, nur durch einen „wunderbaren Eingriff" möglich war. Lese ich heute in meinen Unterlagen, so erschrecke ich über meine damalige naive Gläubigkeit (naiv kindlich, aber nicht kindisch!). Ich erschrecke aber auch über meinen Mut, in welcher Beharrlichkeit ich z.B. den Bischöfen ins Gewissen geredet und geschrieben und sie an ihren Dienst an der Versöhnung erinnert habe.[466]

Daneben findet sich ein Brief, der Särchens Arbeit zu diskreditieren sucht. Ähnlich wie in der Zeit des Sozialismus, als sich G. Särchen gegen Angriffe des Staates und einiger Kirchenvertreter wehren mußte, wurde er nun wiederum angegriffen. So kritisiert Gerold Bernert in einem Brief dessen Geschichtsauffassung: „Haben Sie überhaupt eine Ahnung von deutsch-polnischer Geschichte? Wissen Sie überhaupt, was vor dem Zweiten Weltkrieg in Polen geschah?"[467] Am Ende schreibt er dann: „Ich schäme mich jedenfalls für Ihre Äußerung wie oben erwähnt."[468] Es ist nicht bekannt, ob es weitere Schreiben dieser Art gab; klar ist aber, daß Särchen sich auf eine solche Diskussion nicht eingelassen hat.

Günter Särchen galt als Experte für Polen, weshalb er auch um Gutachten gebeten wurde. Im Jahr 1995 strebte die oberschlesische Gemeinde Himmelwitz (Jemielnica) eine Partnerschaft mit Wittichenau an. Särchen zeigte sich skeptisch. In seinem Gutachten[469] äußerte er Bedenken gegenüber der deutschen Minderheit in dieser Gemeinde, die möglicherweise eine Partnerschaft stören werde. Er verstand zwar die Wünsche der in Oberschlesien lebenden Deutschen, die eine Wiederbelebung ihrer Kultur anstrebten, doch sah er auch die Gefahr eine „Deutschlastigkeit" dieser möglichen Partnerschaft, die sich negativ auswirken könnte, sowohl auf die polnische Bevölkerung in Oberschlesien als auch

---

466 Brief Särchens an Bischof Alfons Nossol vom 20.12.1995, in: Nachlaß Günter Särchen, ZBOM.
467 Brief Gerold Bernerts an Särchen vom 22.09.1997, in: Nachlaß Günter Särchen, ZBOM.
468 Ebenda.
469 Gutachten für Bürgermeister Udo Popella vom 5.09.1995, in: Privatarchiv Pfarrer Wolfgang Globisch.

auf die Sorben in Wittichenau. So lehnte er in dem Gutachten eine offizielle Partnerschaft ab und schlug dagegen vor, zunächst inoffiziell, über die jeweiligen Pfarrgemeinden, eine Zusammenarbeit zu beginnen.[470] Särchen war sich dessen bewußt, daß die Absage einer Partnerschaft möglicherweise „deutschnationale" Kreise auf den Plan rufen könnte:

> Bei allem, was wir bedenken und beachten müssen, darf nicht vergessen werden: deutsch-nationale bzw. nationalistische Kreise der alten Bundesländer stehen ideenreich und finanzstark „Gewehr bei Fuß", um in negativer Weise zu handeln, wenn wir in positiver Richtung aus Leichtfertigkeit etwas versäumen.[471]

Trotzdem war er nicht gewillt, einer Partnerschaft zuzustimmen. Man kann wohl davon ausgehen, daß dieses negative Gutachten einen weiteren Prozeß der Zusammenarbeit zwischen den Gemeinden stoppte, diesen sogar zum Erliegen brachte, da es zu keinerlei weiteren Kontakten kam.

In diesem Zusammenhang stellt sich die Frage nach dem Verhältnis Günter Särchens zu den Vertriebenenverbänden in Deutschland. Die Organisationen und deren Vertreter wurden von Särchen eindeutig negativ beurteilt:

> Mit den Gefühlen der Opfer wurde politisch Schindluder getrieben. [...] Dieses Leid auf „die politische Flasche" zu ziehen, hielt ich immer für unmenschlich. Die solches taten oder immer noch tun, sie tun es nicht nur in ihren Presseorganen und auf Großveranstaltungen, wissen sehr genau, daß sie mit ihren Forderungen und Versprechungen unter den Opfern unerfüllbare Erwartungen schüren.[472]

Diese eindeutig negative Einstellung zu den Vertriebenenverbänden, zu denen Särchen wohl nicht nur die Dachorganisation (Bund der Vertriebenen, BdV), sondern auch die Landsmannschaften zählte, schließt jedoch nicht das Mitgefühl Särchens für die Vertriebenen und ihr Leid aus:

---

470 Zu einer solchen Zusammenarbeit ist es nicht gekommen. Auch eine offizielle Partnerschaft zwischen Himmelwitz und Wittichenau wurde nicht realisiert.
471 Gutachten für Bürgermeister Udo Popella vom 5.09.1995, in: Privatarchiv Pfarrer Wolfgang Globisch.
472 Brücken der Versöhnung 5, a. a. O., S. 11.

> Weder das millionenfache Leid polnischer Menschen noch das von den deutschen Vertriebenen darf für politische oder sogar parteipolitische Interessen ausgenutzt werden. [...] Und natürlich ist die Sehnsucht der Heimatvertriebenen nach ihrer alten Heimat zu verstehen. Natürlich haben sie ein Recht, sich zusammenzufinden, um z.B. schlesisches Volkstum, schlesische Kultur zu pflegen. Aber ohne revanchistische Rückführungsaktivitäten damit zu verbinden.[473]

Särchen erkannte die von den Vertriebenenverbänden ausgehende Gefahr für ein friedliches Zusammenleben zwischen Polen und Deutschen. Sein Verhältnis zu den Vertriebenen, deren Leid er bereits im Görlitz der fünfziger Jahre gesehen hatte (Vgl. Kap. 2.5.1.), blieb davon unbeschadet. Schließlich hatte er selbst erlebt, daß viele von den vertriebenen Schlesiern nun in die alte Heimat kamen, um sie zu besuchen, also auch Brücken zu den jetzigen Bewohnern des Landes zu bauen, was eindeutig im Sinne seiner jahrzehntelangen Versöhnungsarbeit lag.

Die letzten Lebensjahre Günter Särchens spielten sich vor allem in seinem Haus in Wittichenau ab. Sein Gesundheitszustand erlaubte ihm nicht mehr, sich für die deutsch-polnischen Beziehungen zu engagieren. Auf Wunsch der Kinder versuchte er, seine Lebensgeschichte zu schreiben. Im Jahr 2002 verließ er auch den Kuratorenrat der „Deutsch-Polnischen Gesellschaft, Bundesverband e.V.", dessen Mitglied er seit 1996 war, womit er sich völlig aus einer aktiven Polenarbeit zurückzog. Jedoch empfing er immer noch Besuche:

> Als Besuche kamen, hat er sich immer gefreut, aber auch gleich angemerkt, daß der Besuch kurz sein muß, weil er nicht so viel Kraft hat. Doch kurz bedeutete für [Günter Särchen] mehrere Stunden, in denen er die Leute begeisterte mit seiner Geschichte. Doch die Besucher haben nicht gesehen, was danach passierte. [Särchen] war einfach schwach, und wir mußten ihm dann wirklich helfen, doch er brauchte diese Besuche.[474]

Günter Särchen starb in der Nacht vom 19. zum 20. Juli 2004 in Wittichenau.

---

473 Ebenda, S. 11f
474 Interview des Autors mit Elisabeth Here und Claudia Wyzgol am 27.08.2005 [Aufnahme im Besitz des Autors].

6.4. Auszeichnungen für Günter Särchen

Das Engagement Günter Särchens für die Versöhnung zwischen Polen und Deutschen wurde durch Auszeichnungen in beiden Ländern gewürdigt, freilich erst nach der politischen Wende 1989, da bis dahin von Polen und der DDR das Engagement Särchens als oppositionell, also staatsfeindlich, eingestuft wurde.

Auch Günter Särchens Tätigkeit für die Jugend in den fünfziger Jahren wurde nicht übersehen, weshalb er bereits im Jahr 1958 mit dem „Goldenen Ehrenzeichen" des Bundes der Deutschen Katholischen Jugend ausgezeichnet wurde. Dieser Preis galt seiner engagierten Arbeit für und mit Jugendlichen, die er sowohl in Görlitz als auch in Magdeburg als Diözesanjugendhelfer geleistet hatte.

Eine erste Würdigung der Polenarbeit Särchens erfolgte im Jahr 1990 von der polnischen Seite. Günter Särchen erhielt damals das Kommandeurskreuz, eine der höchsten Stufen des Verdienstordens der Republik Polen. Die feierliche Auszeichnung fand am 18. Oktober im Berliner Sitz der polnischen Botschaft in Deutschland statt.

In der Laudatio auf den Preisträger sagte Wojciech Wieczorek, in den Jahren 1981– 1989 Chefredakteur des Magazins „Więź", später Leiter der Außenstelle der polnischen Botschaft in Berlin:

> Ich möchte damit sagen, daß Polen Dir seit langem diese Auszeichnung schuldig war. Und ich sage das um so kühner, da der Charakter und Stil des deutsch-polnischen Dialogs, den Du in der ehemaligen DDR geführt hast – gestützt auf die christlichen Werte, offen und ehrlich – unendlich mehr zum Werk der deutsch-polnischen Aussöhnung beigetragen hat, als die fassadenhaften Manifestationen der „angeordneten Freundschaft".[475]

Die Auszeichnung wurde Särchen sehr bald nach der Wende vergeben. Demnach hat sich die neue polnische Regierung bedeutend schneller an Verdienste für die Versöhnung zwischen Polen und Deutschland erinnert als Deutschland selbst. Zwar konnten die Initiativen Särchens keine wirkliche Breiten-, aber eine

---

[475] Laudatio Wojciech Wieczoreks auf Günter Särchen vom 18.10.1990, in: Nachlaß Günter Särchen, ZBOM.

Günter Särchen erhält 1990 im Berliner Sitz der polnischen Botschaft das polnische Verdienstkreuz.
Foto: Bistumsarchiv Magdeburg

Tiefenwirkung in der DDR erzielen. Sie öffneten eine Nische, die jedoch für viele der Teilnehmer seiner Veranstaltungen von großer Bedeutung war.

Das Kommandeurskreuz, das Günter Särchen erhielt, war zusammengesetzt aus Emblemen aus zwei politischen Systemen: Zu finden waren noch Zeichen aus der Zeit der Volksrepublik sowie der neuen Republik Polen. Särchen sagte dazu in einem Interview:

> Ein Hofnarr war ich bis zum Schluß, wie das polnische Ordensdokument belegt: Außen der Adler ohne Krone, innen – mit Krone, Name des Staates – Republik Polen, Name des Kreuzes – Kommandeurskreuz der Volksrepublik Polen, unterschrieben von Jaruzelski.[476]

---

476 „Ein Hofnarr war ich bis zum Schluß". Mit Günter Särchen, dem Begründer des Anna-Morawska-Seminars, spricht Adam Krzemiński, Dialog, 2/97, S. 51.

Die Verbindung von Emblemen zweier politischer Systeme kann an dieser Stelle als Symbol angesehen werden: Särchen hatte seine Polenarbeit im Sozialismus begonnen, aber erst in der neuen politischen Wirklichkeit nach 1990 trug dieses Engagement Früchte, womit die stetige Annäherung von Bürgern beider Staaten gemeint ist. Somit ist das Kommandeurskreuz des Verdienstordens der Republik Polen nicht nur Auszeichnung für Günter Särchen persönlich und seine jahrzehntelange Arbeit, sondern auch Zeichen dafür, daß an Versöhnung und Verständigung zwischen Deutschen und Polen bereits im vergangenen politischen System erfolgreich gearbeitet wurde.

Die damals „neue" Bundesrepublik, der die ehemalige DDR angegliedert wurde, erkannte das Engagement Günter Särchens nicht so schnell an. Eine Auszeichnung von Deutschland aus erhielt er erst mit einer „Verspätung" von drei Jahren. Aus diesem Grund löste der deutsche Orden keine wirklich positiven Gefühle bei Särchen aus, wie es die polnische Auszeichnung getan hat. Nachdem die Polenarbeit in der DDR keine Würdigung gefunden hatte, sowohl in der Öffentlichkeit als auch innerhalb der Kirche, wurde Särchen nun offenbar auch im vereinten Deutschland vergessen. Er selbst erklärte sich die relativ späte Ehrung folgendermaßen:

> Für die begutachtende westdeutsch besetzte Behörde in Magdeburg war es undenkbar, daß eine Person oder gar ein Kreis in der DDR erfolgreich für eine positive Völkerverständigung gearbeitet hat.[477]

So wurde die Fertigstellung der Dokumente hinausgezögert, erst am 30. September 1993 waren alle Unterlagen zusammengetragen, die Urkunde und die Insignien konnten also vergeben werden. Die Feierlichkeiten verzögerten sich, da sich Günter Särchen weigerte, die Auszeichnung in den Räumlichkeiten der Staatskanzlei Sachsen-Anhalts in Magdeburg entgegenzunehmen, weil ja die Beamten der Staatskanzlei seine Ehrung verzögert hatten.

Es ist anzunehmen, daß Särchen den polnischen Orden höher schätzte, weil sich seine Arbeit auf den östlichen Nachbarn konzentrierte. Eine Würdigung durch die Polen zeigte ihm, daß der eingeschlagene Weg der richtige war.

---

[477] Ebenda.

Eine weitere Vermutung liegt nahe: Das Verdienstkreuz am Bande des Verdienstordens der Bundesrepublik Deutschland ist eine der niedrigsten Stufen dieses Ordens, was im krassen Gegensatz zu der Auszeichnung aus Polen steht. Daher wäre eine Verstimmung Särchens verständlich, denn das beweist, daß seine Arbeit in Deutschland nur eine geringere Anerkennung seitens offizieller staatlicher Stellen erfahren hat.

Die Verleihungszeremonie fand am 9. Dezember 1993 im Magdeburger Rathaus statt. In seiner Dankesrede stellte Särchen seine Arbeit für Polen dar:

> Ich habe für die Menschen weder Krankenhäuser noch Kirchen, weder Kindergärten noch Straßen oder Talsperren gebaut. [...] Ich habe in meinem Leben einfach versucht, im Osten des geteilten Deutschlands den Menschen, die mir durch meine Tätigkeit begegnet sind, zu helfen, keine Luftschlösser zu bauen.[478]

---

478 Danksagung Günter Särchens am 9.12.1993, in: Nachlaß Günter Särchen, ZBOM.

links: Günter Särchen erhält 1993 das Bundesverdienstkreuz im Magdeburger Rathaus.
oben: Günter Särchen erhält 1998 den Deutsch-Polnischen Preis in Krakau. Hier zusammen mit dem polnischen Außenminister Bronislaw Geremek.
Fotos: Bistumsarchiv Magdeburg

Erst vier Jahre später – am 14. Dezember 1997 – wurde ihm der Orden des Bistums Magdeburg „Gratiae et honoris causa" vergeben, die einzige kirchliche Auszeichnung, die mit seiner Polenarbeit zusammenhing. Erstaunlich ist, daß eine Ehrung seitens der katholischen Kirche erst so spät erfolgte, nachdem das Engagement Särchens für die deutsch-polnische Versöhnung bereits hinlänglich Anerkennung und Würdigung gefunden hatte. Es ist nicht mit Sicherheit zu belegen, aus welchem Grund es nach dem gesellschaftlichen Umbruch bis zu einer kirchlichen Ehrung sieben Jahre dauern mußte. Es ist jedoch nicht auszuschließen, daß die Auseinandersetzungen mit Bischof Johannes Braun nachwirkten. Es ist gewiß, daß in der gesamten Zeit, in der Särchen aktiv für die Versöhnung mit Polen gearbeitet hatte, nur einzelne kirchliche Würdenträger an Särchens Seite standen und ihn vor Angriffen, auch aus kirchlichen Reihen, schützten.

Am 11. September 1998 erhielt Särchen in Krakau den Deutsch-Polnischen Preis, der sowohl seiner Person als auch dem Anna-Morawska-Seminar gewidmet war. Särchen war nicht der einzige Preisträger. Zugleich wurde Jerzy Turowicz für den

Tygodnik Powszechny ausgezeichnet, womit die enge Verbindung zwischen beiden Männern und den jeweiligen Organisationen zum Ausdruck kam. In seiner Ansprache sagte der damalige polnische Außenminister Bronisław Geremek:

> Ich bin glücklich, daß die Mitglieder des Komitees in diesem Jahr uns die Gelegenheit gegeben haben, über die Bedeutung solcher Eigenschaften nachzudenken wie Tapferkeit, Weitsicht, Ausdauer und Unbeugsamkeit. Bei den diesjährigen Preisträgern, den ehemaligen Oppositionskreisen in den DDR, die dem Anna-Morawska-Seminar nahestanden und dem Milieu des Wochenblattes Tygodnik Powszechny, sind diese Tugenden gut aufgehoben.[479]

Der deutsche Außenminister Klaus Kinkel sagte im Bezug auf die Arbeit des Anna-Morawska-Seminars:

> Diese Initiative gehörte zusammen mit den Bischofsbriefen zu den wichtigsten ersten Schritten in der Versöhnung zwischen Deutschen und Polen. Wir wissen: In der DDR war das damals unendlich viel schwerer als im Westen Deutschlands. Umso beachtlicher, was Sie auf die Beine stellten.[480]

In seiner Dankesrede griff Günter Särchen die Kontakte zwischen West-Deutschland und Polen auch auf:

> Es ist durchaus nicht so, als ob wir nicht gelegentlich etwas eifersüchtig auf die westdeutsch-polnischen Kontakte geschaut hätten, denen durch freie Öffentlichkeitsarbeit und Fördermittel eine deutlich erkennbare Verwirklichung und Anerkennung möglich war. Aber vielleicht ist gerade diese Tatsache das Aufregende und Mutmachende, daß es auch in Diktaturen, auch für Menschen und Gruppen in Unfreiheit lebend, durchaus möglich war, in der Gesellschaft das Denken und Fühlen der

---

[479] Ansprache des Ministers für Auswärtige Angelegenheiten Bronisław Geremek bei der Verleihungszeremonie des Preises für besondere Verdienste um die Entwicklung der deutsch-polnischen Beziehungen am 11.09.1998, in: Nachlaß Günter Särchen, ZBOM.

[480] Rede des Bundesministers des Auswärtigen Dr. Klaus Kinkel bei der Verleihung des Deutsch-Polnischen Preises 1998 an die Krakauer Wochenzeitung Tygodnik Powszechny und das Magdeburger Anna-Morawska-Seminar am 11.09.1998, in: Nachlaß Günter Särchen, ZBOM.

Menschen in Richtung Freiheit und Demokratie, Aussöhnung und Völkerverständigung positiv zu beeinflussen.[481]

Das Preisgeld in Höhe von 10 000 DM verteilte Günter Särchen sowohl an die Stiftung Kreisau, damit diese für die Dorfbewohner ein Fest organisiert (vgl. Kap. 6.2.), als auch an die Anna-Morawska-Gesellschaft sowie andere kirchliche und Jugendorganisationen.

Der „Lothar-Kreyssig-Friedenspreis"[482], den er ein Jahr vor seinem Tod erhielt, war für Särchen wohl besonders bedeutend. Mit Kreyssig verband ihn jahrelange Zusammenarbeit für die Aussöhnung mit Polen sowie persönliche Freundschaft. Darüberhinaus war Kreyssig eine theologische Instanz der Arbeit, wie Särchen in seiner Dankesrede geschrieben hatte: „Präses Lothar Kreyssig war es, der für mich und viele andere in dieser Situation das Kreuz als Zeichen des Heils und der Heilung in die Mitte unserer Dienste stellte."[483]

Die feierliche Vergabe des Friedenspreises erfolgte am 8. November 2003 in der Magdeburger Johanniskirche. Günter Särchen konnte diese Ehrung nicht persönlich entgegennehmen, da sich sein Gesundheitszustand immer weiter verschlechtert hatte. Daher war es sein Sohn Nikolaus, der den Preis empfing sowie die Dankesworte des Vaters übermittelte. Neben Särchen wurden zwei weitere Personen ausgezeichnet, die sich für die Aktion Sühnezeichen engagiert hatten: Franz von Hammerstein[484] und Hans-Richard Nevermann[485]. Somit wurden an

---

481 Dankesrede Günter Särchens bei der Verleihung des Deutsch-Polnischen Preises 1998 am 11.09.1998, in: Nachlaß Günter Särchen, ZBOM.
482 Der Lothar-Kreyssig-Friedenspreis wird alle zwei Jahre vergeben und ist mit 3000 Euro dotiert. Preisträger sind u. a. Tadeusz Mazowiecki und Hildegard Hamm-Brücher.
483 Dankesrede Günter Särchen bei der Verleihung des Lothar-Kreyssig-Friedenspreises in Magdeburg am 8.11.2003, in: Nachlaß Günter Särchen, ZBOM.
484 Franz Freiherr von Hammerstein-Equord (geb. 1921) evangelischer Theologe, im August 1944 von der Gestapo verhaftet, da seine Brüder am Hitlerattentat vom 20. Juli 1944 mitbeteiligt waren, als Sippenhäftling in mehreren Konzentrationslager festgehalten, nach 1945 Theologiestudium in Chicago, 1958 Mitbegründer der Aktion Sühnezeichen, von 1968 bis 1975 Generalsekretär der Aktion Sühnezeichen/Friedensdienste, von 1978 bis 1986 Direktor der Evangelischen Akademie in Berlin, heute Mitglied de Kuratoriums der ASF.
485 Hans-Richard Nevermann (geb. 1923) evangelischer Geistlicher, von 1945 bis 1950 in sowjetischer Gefangenschaft, danach Studium in Berlin und den USA, von 1959 bis 1961 Vikar und „Hilfsprediger" bei der Aktion Sühnezeichen, von 1968 bis 1982 mit Unterbrechungen Vorsitzender der Aktion Sühnezeichen/Friedensdienste.

diesem Tag nicht nur diejenigen geehrt, die im Osten Deutschlands für Sühne und Versöhnung tätig waren, sondern auch die aus der Bundesrepublik. Für Günter Särchen war es wohl ein bedeutendes Zeichen, daß Kreyssigs Sohn Peter die Laudatio hielt. In seiner Ansprache brachte er den Versammelten die Person und die Arbeit Särchens näher und wies auf einen Höhepunkt des Engagements hin, der mit Kreisau in Verbindung steht:

> Was mit der stillen und beharrlichen Tätigkeit einiger weniger wie Günter Särchen begonnen hatte – jetzt war es im Licht der vollen Öffentlichkeit, in den Händen der Politik, als ein Zeichen, daß der Widerstand der Männer des Kreisauer Kreises und die Mühen der um die Versöhnung Ringenden nicht vergeblich waren.[486]

Welche Bedeutung die Vergabe des Lothar-Kreyssig-Preises an Günter Särchen hatte, beweist ein Schreiben des früheren polnischen Ministerpräsidenten Tadeusz Mazowiecki, der zum Ausdruck bringt:

> Ich freue mich, daß in diesem Jahr dieser Preis an dem näherten Mitarbeiter von Lothar Kreyssig in der Aktion Sühnezeichen – Herrn Günter Särchen – vergeben worden ist. Ich hatte mehrmals die Möglichkeit die geistliche Einheit dieser zwei Menschen – Kreyssig und Särchen – zu beobachten. Ihre Determination in der Arbeit, trotz der Schikanen und Schwierigkeiten von der Seite der DDR-Regierung. Ihre Verdienste für die polnisch-deutsche Versöhnung sind unschätzbar.[487]

Die Reihe der Auszeichnungen für Günter Särchen, die er nach der politischen Wende von 1989 erhalten hatte, zeigt den Stellenwert der Polenarbeit. Doch muß auch festgestellt werden, daß trotz dieser Anerkennungen die Person Günter Särchens sowohl in Deutschland als auch in Polen unverdient immer weiter in Vergessenheit gerät. Davon sind die Weggefährten Särchens sowie einige Wissenschaftler ausgenommen, die an die Arbeit des Wittichenauers erinnern. Die breite Bevölkerung in beiden Staaten kennt ihn jedoch nicht. Für Polen ist

---

486 Peter Kreyssig: Laudatio auf Günter Särchen am 8.11.2003, in: Nachlaß Günter Särchen, ZBOM.

487 Brief Tadeusz Mazowieckis an Pfarrer Martin Kramer, Vorstandsvorsitzender, und Waltraut Zachhuber, Vorsitzende des Kuratoriums, vom 6.11.2003, in: Nachlaß Günter Särchen, ZBOM.

das wohl damit zu erklären, was allerdings damit zu erklären ist, daß das Interesse an der DDR und den von dort ausgehenden Initiativen bisher keinen hohen Stellenwert besitzen und das Interesse eher Westdeutschland gilt. Die Geschichte der DDR, der dortigen Opposition und der Versöhnungsarbeit wird erst seit einer relativ kurzen Zeit aufgearbeitet, weshalb nun auch hoffentlich das Wirken Günter Särchens endlich deutlicher hervortreten wird.

7. Günter Särchen – ein Oppositioneller?

Die Frage, ob Günter Särchen ein Oppositioneller[488] war, muß aus zwei verschiedenen Blickpunkten untersucht werden: Zum einen geht es um das Selbstverständnis Särchens, ob er seine Tätigkeit als Opposition angesehen hat. Zum anderen geht es um die Deutung seiner Aktivitäten durch andere Personen und Institutionen, die seine Arbeit begleitet, an den verschiedenen Veranstaltungen teilgenommen oder diese behindert haben. Zunächst soll die These aufgestellt werden, daß eine eindeutige Zuordnung Günter Särchens zur Opposition in der DDR nicht vorgenommen werden kann.

Auf die Frage nach dem oppositionellen Charakter der Arbeit Särchens antwortet seine Tochter Claudia Wyzgol entschieden:

> Er hat sich nie so gesehen. Er hat nie gesagt: ich will Opposition machen. Er wollte immer Versöhnung machen. Er war ein Wegbereiter, der Völkerverständigung machen wollte und nicht Opposition. Er wollte keine Politik machen, sondern mit „kleinen Brötchen" etwas erreichen.[489]

Eine ähnliche Meinung vertritt auch seine ältere Tochter Elisabeth Here:

> Ihm war das Wort Opposition so etwas wie ein Makel, oder auch zu oberflächlich. Das hat ihn so etwas herabgesetzt in all den kleinen Dingen, die für ihn groß und wichtig waren. Für ihn war es wichtig etwas für die kleinen und „unwichtigen" zu machen: so z.B. auch für die vertriebenen Schlesier in der DDR, die keinem etwas

---

[488] Zur Opposition in der DDR siehe u.a.: Neubert, Ehrhart: Geschichte der Opposition in der DDR 1949 – 1989, Bundeszentrale für politische Bildung, Bonn 1997; Henke, Klaus-Dietmar; Steinbach, Peter; Tuchel, Johannes (Hrsg.): Widerstand und Opposition in der DDR, Böhlau-Verlag, Köln-Weimar-Wien 1999.

[489] Interview des Autors mit Claudia Wyzgol und Elisabeth Here, am 27.08.2005 [Aufnahme im Besitz des Autors].

erzählen durften. Es wurde ja nichts aufgearbeitet und so konnten die Leute zu ihm kommen und haben auf der anderen Seite Polen wieder lieben gelernt, so daß sie mit ihrer eigenen Geschichte und ihrem Leben versöhnt wurden. Das war für ihn wichtiger, als daß er als Oppositioneller in einem Buch eingetragen ist.[490]

Günter Särchen sah sich nicht als Oppositioneller und definierte auch seine Arbeit nicht als solche. Eine allgemeine politikwissenschaftliche Definition des Begriffs Opposition beschreibt all die Kräfte, die gegen die herrschende Macht in einem Gemeinwesen ankämpfen. Särchen jedoch kämpfte nicht gegen den SED-Staat an. Er hat zu keiner Zeit offiziell politische Aussagen gemacht. Auch wenn er die diktatorische Politik der SED kannte und ihr innerhalb der Familie entgegenwirkte, so flossen diese Gedanken nicht in die Arbeit ein, denn dadurch hätte sich der Schwerpunkt von Versöhnung mit Polen eben auf Opposition verlagern können, was nicht Sinn der Tätigkeit war.

Zu dieser nichtpolitischen Arbeit Särchens kommt noch hinzu: Nirgendwo fand sich in den Quellen ein Beleg dafür, daß Särchen der DDR als Staat ihre Existenzberechtigung bestritten hätte. Er sah die Teilung Deutschlands als Konsequenz der jüngsten Geschichte:

> Wir mußten lernen, mit der Teilung unseres Vaterlandes zu leben, die Teilung in zwei deutsche Staaten anzunehmen, nicht als Webfehler der Geschichte, sondern folgerichtig als Erbe der Schuld, die [...] aus unserem Volke ausgegangen ist und von breiten Volksteilen schweigend hingenommen wurde. Und wir mußten einsehen, daß die Völker Europas über diese Teilung nicht unglücklich sind [...].[491]

Neben dem Bewußtsein einer folgerichtigen Konsequenz, die die Teilung Deutschlands ergeben hat, war für Särchen eine dem Staat feindliche Einstellung aus einem bedeutenden Grund fremd: Er wollte von der DDR aus eine Versöhnung mit Polen anstreben, denn dies war sein Lebensinhalt geworden, eine offenkundige Opposition gegen den Staat hätte die ohnehin schon schwierigen

---

490 Ebenda.
491 Särchen, Günter: „Für uns liegt Golgotha im Osten". Persönliche Reflexionen nach 25 Jahren eines „offenkundigen Durcheinanders". Zur Konstellation Lothar Kreyssig – Günter Särchen, Aktion Sühnezeichen/DDR-Polenseminar/Seelsorgeamt Magdeburg, Manuskript 1995, S. 2.

Bemühungen zusätzlich belastet. Sein Lebensziel erreichte er durch eine Reihe von Veranstaltungen, Pilger- bzw. Sühnefahrten, die den Teilnehmern Polen und seine Geschichte näherbringen sollten. Diese Aktivitäten hatten aus Särchens Sicht keinen oppositionellen Charakter.

Gegen eine Oppositionstätigkeit Günter Särchens spricht auch, daß er an Demonstrationen und Protesten gegen die Staatspartei, die spätestens im Jahr 1989 in verschiedenen Städten der DDR aufgeflammt waren, nicht teilgenommen hat. In den mir zugänglichen Unterlagen fand sich auch kein Anhaltspunkt, daß er aktiv in einer der vielen Oppositionsbewegungen[492] gearbeitet hätte. Dies unterstreicht die These, daß Särchen sich selbst nicht als Oppositionellen sah, sondern für Versöhnung arbeitete, die für ihn bedeutender war als die Versuche, das in der DDR herrschende Regime zu stürzen.

Von außen betrachtet, stellt sich jedoch die jahrzehntelange Arbeit Günter Särchens in einem etwas anderen Licht dar, was nicht bedeuten soll, daß Außenstehende eindeutig von Opposition sprechen würden. Elisabeth Here erkannte eine Verbindung ihres Vaters zur Opposition, auch wenn sie diese relativiert:

> Seine Arbeit implizierte natürlich Opposition. Das kann man nicht leugnen, aber er würde bestreiten, ein Oppositioneller zu sein. Ich sehe ihn auch nicht als Oppositionellen, wie viele Bücher das so sehen. Trotzdem gehört er gewissermaßen dazu, aber er war der andere Oppositionelle, weil in Opposition zu sein bedeutet gegen etwas zu sein, aber unser Vater hat seine Arbeit nicht in erster Linie gegen etwas unternommen, sondern für etwas.[493]

Eindeutiger sagt es Ehrhart Neubert, daß Särchens Tätigkeit spätere Oppositionelle in der DDR zum Handeln motiviert hat.[494] Dies geschah seiner Meinung nach vor allem durch die Polenseminare, zu denen fast immer regimekritische Gäste aus Polen eingeladen wurden, die in ihren Vorträgen auf politische

---

492 Die Oppositionellen benannten ihre Gruppen auf verschiedene Weise: Umweltbewegung, Friedensbewegung, oder unabhängige Friedensbewegung. Diese Bezeichnungen waren aber lediglich Selbstverständigungs- und Kommunikationsformeln, die für die Typologisierung der Opposition in der DDR ungeeignet sind (Vgl. Neubert, Ehrhart: Geschichte der Opposition in der DDR, a. a. O., S. 27).
493 Interview des Autors mit Claudia Wyzgol und Elisabeth Here, am 27.08.2005.
494 Neubert, Ehrhart: Geschichte der Opposition in der DDR 1949–1989, a. a. O., S. 200.

Ereignisse in ihrem Land Bezug nahmen. Als deutlichstes Beispiel ist der Auftritt Mieczysław Pszons im Jahr 1981 zu nennen, der während des Polenseminars über die aktuelle angespannte Lage in Polen referierte. Diese Informationen zeigten den Teilnehmern des Seminars, daß eine Opposition gegen das sozialistische Regime möglich war und von Erfolgen gekrönt sein konnte. Das Referat war der offiziellen Propaganda der DDR entgegengestellt, konnte aber nicht verhindert werden, da es während einer innerkirchlichen Veranstaltung vorgetragen wurde. Auch wenn Särchen selbst keine politisch brisante Themen in den Polenseminaren behandelte, so taten es doch die von ihm eingeladenen Gäste.

Ähnlich kann man andere Aktivitäten betrachten, zu denen die Pilger- und Sühnefahrten gehören. Der Grundgedanke dieser Initiativen war es nicht, gegen das Regime anzukämpfen, doch hatten sie indirekt einen oppositionellen Charakter. Die Teilnehmer konnten sich während der Fahrten in Diskussionen eine eigene Meinung bilden, sowohl über Polen als auch – dies kann aber nicht eindeutig bewiesen werden – zur aktuellen Lage in der DDR. Damit waren die Initiativen G. Särchens eine Plattform für die Meinungsfreiheit in der DDR, da in diese Seminare und Fahrten nach Polen die Staatsapparate nicht aktiv eingegriffen hatten, die Diskussionen also nicht der Propaganda entsprechen mußten.

Zentrales Thema der Fahrten und Seminare war die Versöhnung mit Polen. Das war für den DDR-Staat nicht annehmbar, weil damit einer der geschichtlichen Mythen der DDR angegriffen wurde, der besagte, daß der deutsche Arbeiter- und Bauernstaat in einer langen antifaschistischen Tradition stehe und somit als Sieger aus dem Zweiten Weltkrieg hervorgegangen sei. Deshalb sei Sühne und Versöhnung mit Polen unnötig, da man „sozialistische Brudernationen" sei. Särchen hatte jedoch durch seine Versöhnungsarbeit in der DDR auf die Verantwortung aller Deutschen für die Verbrechen der Nationalsozialisten hingewiesen und sich somit teilweise gegen den Staat gestellt. Deshalb kann auch hier von einer Art Opposition die Rede sein.

Zur oppositionellen Tätigkeit sind auch die Handreichungen zu zählen, die sich zwar mehrheitlich nicht mit politischen und regimekritischen Themen auseinandersetzten, jedoch in der Form an ein „Untergrund-Verlagswesen" erinnerten. Zum einen waren die Texte offiziell nur für den innerkirchlichen Gebrauch deklariert, doch wurden sie auf verschiedenen Wegen allen Interessierten zur Verfügung gestellt. Ohne vom Staat zensiert zu werden, gelangten sie in Umlauf und bildeten für einige Menschen eine unabhängige Informationsquelle über

Polen. Zum anderen bildeten sie durch eine nicht regimetreue Geschichtsbetrachtung – ähnlich wie bei den Seminaren und den Fahrten – eine Plattform für eine kritische Betrachtung der eigenen Vergangenheit. Hinzu kommt noch, daß die Berichte über die Geschichte und aktuelle Lage in Polen den vom Staat immer wieder heraufbeschworenen antipolnischen Klischees entgegenwirkten.

Eine besondere Handreichung unter dem Titel „Versöhnung – Aufgabe der Kirche" bildet einen Höhepunkt in der oppositionellen Tätigkeit Günter Särchens. Die „Solidarność-Handreichung" ist in jedem Fall als oppositionell anzusehen, auch wenn der Herausgeber dazu sagte: „Ich stelle fest, es handelte sich in keinem Fall um unverantwortliches, provokatives Material."[495] Trotzdem war diese Textsammlung für den DDR-Staat provokativ, da sie Informationen über die freie polnische Gewerkschaft enthielt, somit also nicht nur Wissensquelle für deutsche Oppositionelle bildete, sondern sie möglicherweise zu eigenen Schritten bewegen konnte.

Es ist also nicht eindeutig festzustellen, ob die Arbeit Günter Särchens zur Opposition zu zählen ist. Särchen selbst hatte sich nicht in der Opposition gesehen, sondern widmete sich allein der Versöhnung mit Polen. In diesem Sinn wollte er auch seine Tätigkeit nach außen hin tragen. Diese Arbeit trug aber, auch wenn es nicht beabsichtigt sein mochte, oppositionelle Merkmale. Die Themen, die Auswahl der polnischen Gäste, das übergeordnete Lebensziel Särchens an sich waren eine Art Opposition gegen die in der DDR herrschende offizielle Meinung. Die Kontakte nach Polen und das Wissen um den Widerstand beim östlichen Nachbarn motivierten deutsche Oppositionelle, die sich stark an der freiheitlichen Bewegung in Polen orientierten. Särchen war demnach ein Wegbereiter und Kontaktvermittler für die späteren Gruppen und Bewegungen, die sich gegen das Machtmonopol der SED gestellt haben.

Günter Särchen ist insofern der Opposition in der DDR zuzurechnen, als er zwar nicht aktiv gegen das Regime gewirkt, aber einige Grundsteine für eine DDR-Opposition gelegt hat. Seine Arbeit, die als oppositionell eingestuft werden kann, war nicht als solche konzipiert; der regimekritische Ton seiner Aktionen, wenn er denn überhaupt beabsichtigt war, hatte nur eine untergeordnete Funktion, da der Versöhnungsgedanke mit Polen das unbestreitbar wichtigste Anliegen Günter Särchens war.

---

495 Särchen, Günter: Brücken der Versöhnung 2, Manuskript 1995, S. 14.

8. Zusammenfassung.
Die Rolle Günter Särchens für die deutsch-polnische Versöhnung

Günter Särchen engagierte sich über 40 Jahre lang für die deutsch-polnische Versöhnung, und zwar explizit von der SBZ/DDR aus, in der er seit der Rückkehr aus der Kriegsgefangenschaft gelebt hat. Er war sowohl mit dem deutschen als auch dem sorbischen/slawischen Kulturkreis verbunden, was in der Zeit des Nationalsozialismus zu Diskriminierungen geführt hat. Diese frühen Erfahrungen sensibilisierten Särchen gegen Demütigungen aller Art vorzugehen, vor allem gegen die oft wiederaufflammende antipolnische Propaganda in der DDR.

Vermutlich wußte er auch von Hilfsleistungen der Sorben für osteuropäische Kriegsgefangene und Zwangsarbeiter. Zwar kann dies nicht eindeutig belegt werden, doch liegt es nahe, da diese Initiativen der sorbischen Bevölkerung während der NS-Zeit keine Ausnahme bildeten und unter den Bürgern Wittichenaus durchaus bekannt waren. Unbestreitbar dagegen ist, daß die Kriegserfahrungen des damals siebzehnjährigen Särchen, der Aufenthalt im Kriegsgefangenenlager Bad Kreuznach und die späteren Informationen über die Greueltaten der Nationalsozialisten erste konkrete Gründe für eine Sühnearbeit waren. Aus diesem Sühnegedanken der Mitte der vierziger Jahre und der späteren Arbeit sollte Versöhnung erwachsen. Zwar konnte Särchen zu diesem Zeitpunkt noch nicht genau bestimmen, welche Initiativen aus der Sühnebereitschaft und Versöhnungshoffnung entstehen würden. Zweifellos legten diese ersten Jahre aber den Grundstein für die nächsten Jahrzehnte. Man kann davon ausgehen, daß ohne diese Erfahrungen der Kinder- und Jugendzeit eine solch engagierte Haltung nicht zu erwarten gewesen wäre.

Eine wichtige Zeit im Leben Günter Särchens war der Aufenthalt in der Grenzstadt Görlitz, in der er selbst der Abneigung der beiden Nationen gegeneinander begegnete, da dort auf der einen Seite die Opfer des Nazi-Regimes lebten, auf der anderen die vertriebenen Schlesier, die sich ebenfalls als Opfer sahen. In Görlitz begann seine intensive Beschäftigung mit Polen und der deutsch-polnischen Vergangenheit, zu der auch das Schicksal der vertriebenen Schlesier gehörte. Diese waren für Särchen unbestreitbar Opfer der Geschichte, deren Leid aber als ein Opfer für die Verbrechen der Nationalsozialisten angesehen werden müsse, wofür er sich auch in Gesprächen mit den Schlesiern einsetzte. Särchen sah den Unmut der Vertriebenen über die Unterzeichnung des Grenzvertrages im Jahr 1950 und merkte wohl, daß nur Sühne seitens der Deutschen zu einer Versöhnung mit dem östlichen Nachbarn führen könne.

Die Erfahrungen in Görlitz waren für Günter Särchen die letzten Argumente, die dazu führten, daß er sich seitdem immer intensiver mit Polen auseinandersetzte und die Versöhnungsarbeit zu seiner Lebensaufgabe machte. Außerdem ist Görlitz deshalb bedeutend, da dort seine Arbeit in und für die katholische Kirche in der DDR begann. Unter ihrem Dach konnte er bis in die achtziger Jahre sein Anliegen verfolgen, relativ geschützt war vor Repressionen seitens des Staatsapparates. Durch die Arbeit in der katholischen Kirche, in der Arbeitsstelle für pastorale Hilfsmittel, deren Gründer und Leiter Särchen ab 1958 war, hatte er die Möglichkeit, Texte herauszugeben und sie über das kirchliche Vertriebsnetz an Interessierte zu schicken. Das vereinfachte seine Polenarbeit deutlich, vor allem, wenn es um Texte über Ereignisse in Polen ging, die meistens ein anderes Bild darstellten, als es die DDR-Propaganda vorsah.

Noch vor der Gründung der APH nahm Günter Särchen Kontakte nach Polen auf, zunächst nur über Briefe oder indem er Informationen und kleinere Büchersendungen aus der DDR an polnische Einrichtungen schickte. Erst im Jahr 1960 reiste er nach Polen und traf in Krakau seine späteren Wegbegleiter Jerzy Turowicz und Anna Morawska. Während dieser ersten und der darauffolgenden Reisen sprach er mit hohen kirchlichen Würdenträgern wie Erzbischof Kominek in Breslau, Bischof Wojtyła in Krakau und anderen Diözesanbischöfen in verschiedenen Teilen Polens von Oberschlesien bis Danzig.

In diesen Zeitraum fallen auch die ersten Begegnungen Särchens mit dem Gründer der Aktion Sühnezeichen Lothar Kreyssig, mit dem er in den sechziger Jahren erste konkrete Initiativen in Richtung Polen ins Leben rief. Dazu gehörte eine Spendenaktion für eine Kirche in Posen, der ein Geläut geschenkt werden sollte, das dann nach Danzig gelangte. 1962 kamen dann die Sommerlager hinzu, die innerhalb der DDR stattfanden und den Jugendlichen die jüngste Vergangenheit näherbringen sollten. Dieses erste Sommerlager, das in Magdeburg veranstaltet wurde und zum Ziel die Enttrümmerung zweier Kirchen hatte, kann als Vorstufe zu den künftigen Sühnefahrten nach Polen gelten. Die Sommerlager 1965 und 1966 bildeten für Särchen und Kreyssig einen ersten Höhepunkt in ihrer gemeinsamen Arbeit für die Versöhnung mit Polen. Sie fanden ohne Genehmigung der staatlichen Stellen der DDR statt, wohl aber mit Wissen der polnischen Seite und der Unterstützung der dortigen katholischen Kirche.

Särchen konnte nun auf die Unterstützung der Aktion Sühnezeichen bauen, vor allem nachdem er in den achtziger Jahren auf die Hilfe „seiner" katholischen Kirche nicht mehr hoffen konnte. Durch die Verbindung mit dem Protestanten Kreyssig lebte und arbeitete er in einer Ökumene, die in der katholischen Kirche erst einige Jahre später zu einem Thema wurde. Er lernte von dem evangelische Laien, der bereits in der Zeit des Nationalsozialismus eine eindeutige regimekritische Position eingenommen hatte.

Nachdem die Sühnefahrten nicht mehr stattfinden konnten, mußte Günter Särchen eine andere Form für sein Versöhnungsanliegenfinden. So entstanden in der zweiten Hälfte der sechziger Jahre wichtige Initiativen, die über Jahrzehnte für Polen warben und Menschen beider Nationen einander näherbrachten. Särchens Veranstaltungen wurden innerhalb der katholischen Kirche in Magdeburg, im Seelsorgeamt, organisiert, womit ihr eine bedeutende Rolle in der Versöhnungsarbeit mit dem östlichen Nachbarn zukommt. Trotzdem blieb Särchen mit der Aktion Sühnezeichen verbunden, was einigen Bischöfen mißfiel. Diese Kooperation wurde imgrunde nur vom damaligen Magdeburger Bischof Friedrich Maria Rintelen unterstützt.

Zunächst ist hier auf kleinere Aktionen hinzuweisen, also Bücherspenden an Institutionen in Polen, die Organisation von Deutschkursen für polnische Studenten in der DDR sowie die Unterstützung des Blindenheims in Laski bei Warschau. Dort haben nicht nur Jugendliche der Aktion Sühnezeichen gearbeitet, auch Särchen war oft mit seiner Familie dort und belieferte diese Einrichtung mit verschiedenen Geräten, wie z. B. Schreibmaschinen für Blinde.

Särchen hielt eine Reihe von Vorträgen zum Thema Polen, die vor allem in der Zeit des Kriegszustandes in Polen eine wichtige Rolle spielten, da sie gegen die antipolnische Propaganda der SED gerichtet waren und Polen so zeigten wie es war. In derselben Zeit ermutigte er die Bürger der DDR, Pakete nach Polen zu schicken, um so dem östlichen Nachbarn zu helfen. Dabei sollte es sich nicht um die vom Staat organisierten Sendungen handeln, die vor allem einen politischen Effekt bezweckten, sondern um wirkliche christliche Nächstenliebe. Särchen war der Initiator der sog. Polenseelsorge in der DDR, die in Magdeburg ihren Anfang nahm. Dort engagierte sich Särchen dafür, daß den vielen Gastarbeitern aus Polen die Möglichkeit gegeben wurde, polnischsprachige Gottesdienste zu feiern. Nach anfänglichen Schwierigkeiten und einem erkennbaren Widerwillen einiger Priester konnten die Messen abgehalten werden, was Bischof Rintelen zu verdanken ist. Särchen warb für die polnischen Messen, erstellte für die Gläubigen Gebetbücher, bezog ein Orgelbuch für die polnischen Gesänge und unterstützte aktive Gläubige, die eine Wallfahrt zur Huysburg organisierten und sogar für eine kurze Zeit einen polnischen Gemeindebeirat ins Leben riefen. Erst später wurde die Idee der seelsorglichen Betreuung der Polen auf der Ebene der Bischofskonferenz beraten, das Programm auf die gesamte DDR ausgestreckt und mit polnischen Stellen abgesprochen. Günter Särchen war jedoch in diese Arbeit nicht involviert, da sein Engagement von einigen Geistlichen negativ beurteilt wurde. Sie hinderten ihn erfolgreich daran, weiterhin für die Polenseelsorge in der gesamten DDR tätig zu sein. Trotzdem blieb er in Magdeburg aktiv und engagierte sich für den Erhalt der polnischsprachigen Messen in diesem Jurisdiktionsbezirk.

Ab dem Jahr 1968 fanden dann regelmäßig innerhalb des Seelsorgeamtes Magdeburg die von Särchen organisierten sog. Polenseminare statt. Zweimal im Jahr trafen sich Menschen, die an Polen interessiert waren, um an einem Wochenende ihr Wissen über die Geschichte und Gegenwart des Landes und der dortigen katholischen Kirche zu erweitern. Zu den Teilnehmern gehörten Vertreter verschiedener sozialer Schichten, Menschen mit unterschiedlich starker kirchlicher Bindung, aber auch Vertriebene. Es kann nicht genau bestimmt werden, wieviele Teilnehmer zu den Veranstaltungen kamen, da aus verschiedenen Gründen keine Aufzeichnungen geführt wurden. Särchen war nicht nur Organisator dieser Polenseminare, sondern hielt auch Referate. Es waren sowohl Vorträge über die Geschichte der Kirche in Polen als auch die Thematisierung Polens in der deutschen Literatur. Darüber hinaus waren oft Gäste aus Polen als Referenten eingeladen, die den Teilnehmern direkt die Lage in dem Land schildern konnten. So sprachen bei den Polenseminaren Prof. Stanisław Stomma, Tadeusz Mazowiecki, Józefa Hennelowa, das Ehepaar Wanda und Kazimierz Czapliński. Zu den bedeutendsten Referenten gehörte Mieczysław Pszon. Er sprach Anfang der achtziger Jahre über die aktuelle politische Lage in Polen, was als eine politische Handlung angesehen werden kann, obwohl Särchen wohl keine Politisierung anstrebte, sondern den Menschen die Wahrheit zeigen wollte. Zusätzlich bot Särchen den Teilnehmern Filme und Dia-Vorführungen über und aus Polen an, was neben den Gästen ein weiterer Grund war für eine zahlreiche Teilnahme an den Veranstaltungen.

Ab 1970 veranstaltete Günter Särchen zehn Pilgerfahrten nach Polen, die als Ergänzung zu den Seminaren gedacht waren. Sie führten nach Warschau, Krakau, Auschwitz, aber auch Kattowitz und Trebnitz. Dabei ging es Särchen nicht nur darum, den DDR-Bürgern das Land und seine Sehenswürdigkeiten zu zeigen. Ein wichtiges Ziel war, die Menschen direkt kennenzulernen und sich mit Vertretern kirchlicher, regimekritischer Kreise auszutauschen. So waren die Klubs der katholischen Intelligenz eine wichtige Adresse während der Fahrten nach Polen. Im Jahr 1979 fand die letzte Reise nach Polen statt. Danach wurde die Grenze zwischen beiden Staaten wieder geschlossen, da die SED fürchtete, die freiheitlichen Ideen der Solidarność könnten auch in die DDR eingeführt werden.

Als eine letzte wichtige Initiative Günter Särchens ist die Herausgabe der Handreichungen zu nennen, die seit den sechziger Jahren als Drucksachen für den innerkirchlichen Dienstgebrauch, also ohne zensiert zu werden, erschienen sind. Die Themen reichten von Texten über die Geschichte Polens sowie anderer Nationen (hier speziell über die Juden) bis hin zu kirchenbezogenen Texten, die aber auch mit dem östlichen Nachbarn zusammenhingen. Ab 1970 erschienen die Handreichungen im Jahresrhythmus, daneben gab Särchen weiterhin kleinere Texte heraus, die mit aktuellen Ereignissen zusammenhingen, so ein Portrait Johannes Pauls II. nach seiner Wahl zum Papst, an dessen Entstehung Theo Mechtenberg und Jerzy Turowicz mitgearbeitet haben und das bei dem damaligen Bischof in Magdeburg, Johannes Braun, auf Ablehnung gestoßen war.

Im Rahmen der Handreichungen erschien im Jahr 1982 eine besondere, die sich mit der Solidarność in Polen auseinandersetzte. Ihr Titel lautet „Versöhnung – Aufgabe der Kirche". Sie enthielt Materialien, die zwar in Polen in offiziellen Medien erschienen sind, nach der Verhängung des Kriegszustandes jedoch politisch höchst brisant waren. Dazu gehörten Aussagen polnischer Politiker und hochrangiger Kirchenvertreter in Polen, aber auch die Forderungen der Streikenden in Danzig. Eine Sammlung solcher Texte in einer Zeit verstärkter antipolnischer Propaganda mußte die Aufmerksamkeit des Staatsapparates erwecken, so daß die Handreichung nicht nur für Särchen selbst zur Bedrohung wurde, sondern auch Probleme für die Kirche in der DDR brachte. Nachdem sich die Berliner Bischofskonferenz von den Vorhaben Särchens distanziert und dem damaligen Magdeburger Bischof Johannes Braun mangelnde Aufsichtspflicht vorgeworfen hatte, konnte Särchen auf keine Unterstützung der Kirche mehr hoffen. Auch die Staatsorgane verstärkten ihr Interesse an seiner Person, obwohl die Staatssicherheit keinen unmittelbaren Druck auf ihn ausübte.

Die Herausgabe der „Solidarność-Handreichung" und die damit verbundenen Schwierigkeiten mit der Kirche und dem Staat waren einer der Höhepunkte der Auseinandersetzungen, deren Anfang in den sechziger Jahren lag. Seit Beginn der Zusammenarbeit Särchens mit der Aktion Sühnezeichen und den gemeinsamen Initiativen sowie eigenständigen Projekten innerhalb des Seelsorgeamtes Magdeburg distanzierte sich die katholischen Kirche zunehmend von ihm. Außer bei einigen Bischöfen (Rintelen, Theissing, Hubrich) konnte Särchen auf keine nennenswerte Unterstützung seitens der kirchlichen Hierarchie in der DDR hoffen. Die Bischöfe lehnten eine übermäßige Politisierung ab, um Repressionen seitens des Staates zu entgehen; eine wichtige Rolle spielten auch das fehlende Interesse an der Versöhnungsarbeit Särchens mit Polen sowie eine persönliche Abneigung der Würdenträger gegen den Magdeburger. Insbesondere ist der Nachfolger Rintelens in Magdeburg, Johannes Braun, zu nennen. Dieser stand zwar anfangs der Versöhnungsidee Särchens nicht im Weg, aber seit Anfang der achtziger Jahre erschwerte er die Arbeit und brachte sie nach der Herausgabe der „Solidarność-Handreichung" fast zum Scheitern. Er betrieb die Diskreditierung Särchens innerhalb der katholischen Kirche, um nach dessen Invalidisierung auch die kleinste Initiative innerhalb der Kirche unmöglich zu machen.

Günter Särchen „verließ" die katholische Kirche im Jahr 1985 und arbeitete weiter mit der Aktion Sühnezeichen zusammen. Dort wurden auch die Polenseminare fortgeführt, die seitdem den Namen „Anna-Morawska-Seminar" trugen.

Vor allem durch die Auseinandersetzung mit Bischof Braun und den Weggang Särchens aus den Diensten des Bischöflichen Amtes Magdeburg wurde er ein „leichtes Opfer" für die Staatssicherheit. Die war nicht erst in den achtziger Jahren auf ihn gestoßen. Bereits in den sechziger Jahren wurde Särchen unter unterschiedlichen Vorwänden verhört, man installierte Abhöranlagen in seiner Wohnung und interessierte sich für seine Familie. Inoffizielle Mitarbeiter wurden beauftragt, Berichte gegen ihn zu erstellen, die jedoch zu einem wesentlichen

Teil Falschmeldungen beinhalteten. Diese Maßnahmen der Stasi behinderten aber nicht wesentlich die Arbeit Günter Särchens, obwohl er sich dessen bewußt gewesen sein mußte, daß die Versöhnungsinitiativen unter Beobachtung standen. Erst in den achtziger Jahren verstärkte sich infolge des fehlenden Schutzes der Kirche der Druck auf ihn. Die Verhöre wurden soweit verstärkt, daß sie die Herzerkrankung Särchens beschleunigten, er deshalb mehrmals in ein Krankenhaus eingeliefert und sich einer Bypaß-Operation unterziehen mußte.

Günter Särchen wurde in den achtziger Jahren Spionage, Staatsfeindlichkeit und Devisenschmuggel vorgeworfen, was ein Verfahren gegen ihn zur Folge hatte. In einer Operationellen Personenkontrolle (OPK) wurde er unter dem Decknamen „Patron" bearbeitet. Die Vorwürfe haben sich als unhaltbar erwiesen. Man schloß die OPK, beendete jedoch nicht die weitere Beschattung, deren Ergebnisse aber nicht mehr nachgezeichnet werden können, da die letzten Jahrgänge (1988 und 1989) seiner Stasi-Akte vernichtet wurden.

Der Staatssicherheitsdienst sah die Arbeit Günter Särchens als Opposition an, die es zu unterdrücken galt. Dem gegenüber steht die Eigeneinschätzung Särchens, der seine Arbeit nie als oppositionelles Handeln angesehen hatte, sondern als Bemühung, zwischen Polen und Deutschen Versöhnung zu schaffen. Daher hatten die meisten Veranstaltungen keinen politischen Hintergrund, waren auch nicht dazu gedacht, sich klar gegen die DDR auszusprechen.

Särchen war kein Mitglied einer oppositionellen Bewegung, da ihm klar war, daß ein politisches Engagement seine Versöhnungsarbeit stören würde. Von außen betrachtet kann aber festgestellt werden, daß die Tätigkeit Särchens oppositionelle Merkmale trug. Die polnischen Gäste vertraten eine eindeutig regimekritische Meinung. Auch die Sühnefahrten und Pilgerreisen nach Polen waren eine Möglichkeit, sich frei zu äußern. Schließlich ist auf die „Solidarność-Handreichung" hinzuweisen, die in ihrem Erscheinungsjahr 1982 auf jeden Fall als oppositionell bezeichnet werden kann, da sie Materialien enthielt, die Zeugnis einer freien Gewerkschaft in einem sozialistischen Land waren. Günter Särchen nahm zwar an keinen Oppositionsdemonstrationen teil, doch kann man davon ausgehen, daß seine Initiativen ein Grundstein für den späteren Widerstand in der DDR waren. Somit kann er als ein Wegbereiter der Opposition gelten.

Auch nach dem Fall der Mauer und dem Beitritt der DDR zur Bundesrepublik blieb Särchen aktiv, jedoch mußte er sich aus gesundheitlichen Gründen immer mehr beschränken. Er war an der Umstrukturierung des Anna-Morawska-Seminars in eine Gesellschaft beteiligt, engagierte sich anfangs für die Stiftung Kreisau und versuchte, Interessierten die Geschichte der Polenarbeit in der DDR näherzubringen.

Es erweist sich als schwierig, die Bedeutung seiner Arbeit für die deutschpolnischen Beziehungen zu ermessen. Eine Breitenwirkung konnte sie nie entfalten. Doch beweisen einige Zahlen das Interesse der Menschen an den Initiativen Günter Särchens: An den Sühnefahrten der Jahre 1965 und 1966 nahmen insgesamt 115 Jugendliche teil, was erstaunlich ist, wenn man bedenkt, daß diese Initiative auf keine nennenswerte Tradition bauen konnte und die Vereinnahmung junger DDR-Bürger durch den Staat bereits weit fortgeschritten war. Auch die Polenseminare erfreuten sich großer Beliebtheit. Eine genaue Zahl ist hier nicht zu nennen (sie schwankte etwa zwischen 30 und 40 Personen), da keine Statistiken geführt wurden, außerdem besuchte gewiß ein Teil der Personen mehrere Male die Seminare, was jedoch nicht deren Bedeutung beeinflußt. Ähnlich war es bei den Pilgerfahrten nach Polen, die teilweise sogar mehr als 80 DDR-Bürger in Anspruch nahmen. Die Handreichungen hatten einen relativ großen Abnehmerkreis, die durchschnittlich 1000 Exemplare wurden gewiß von mehreren Personen gelesen. So gelangten Informationen über Polen zu einem zwar kleinen Teil der Bevölkerung, der sich aber ein unverfälschtes Bild über den östlichen Nachbarn machen konnte. Särchens Arbeit war wichtig für den Abbau von Stereotypen gegen Polen in der DDR.

Die Bedeutung unterstreichen auch die Auszeichnungen, die Günter Särchen nach dem Fall der Mauer für seine Verdienste erhalten hat: Das polnische Kommandeurskreuz (1990), das Bundesverdienstkreuz (1993), der Deutsch-Polnische Preis (1998) und der Lothar-Kreyssig-Friedenspreis (2002). Sie alle belegen eine große Bedeutung seiner Arbeit in den Jahren zwischen 1960 und 1990.

Auch seine Weggefährten sehen in ihm eine wichtige Person, die sich von der DDR aus für Versöhnung eingesetzt hat. So bezeichnet ihn Pfarrer Wolfgang Globisch, sein erster Führer durch Polen, folgendermaßen:

> Er war ein Pionier. Er hat den Anfang gemacht. Er hat die Courage gehabt, das durchzusetzen, was er sich vorgestellt hat. Jedoch ist dieses Bild nicht verklärt, denn Globisch sieht auch einige Probleme, die mit der Arbeit Särchens verbunden waren: Er war vor allem auf das Unrecht bedacht, daß die Deutschen den Polen angetan haben. Dieses politische Einbringen hat Bischof Braun nicht so sehr gefallen. Durch

diese Arbeitsstelle in Magdeburg hat Särchen ja auch viel für seine Aktivitäten gemacht, wie z.B. Kopien angefertigt, Hefte herausgebracht. Das hat bei der Obrigkeit gewisse Bedenken ausgelöst. Vor diesem Hintergrund ist er in einen Konflikt geraten. Dies hat ihn dann bestimmt auch gesundheitlich angegriffen, ganz unnötig natürlich. Er hätte seine Arbeit auch in einer anderen Weise tun können, aber er meinte, es wäre so wichtig, das deutsch-polnische Verhältnis zu verbessern, daß er die Unannehmlichkeiten auf die Seite gestellt hat. Das muß man andererseits bewundern, daß er nicht nur von Seiten der Stasi, sondern auch von der Kirche unter Druck gesetzt wurde, und doch seine Arbeit weiter gemacht hat. [...] Das war auch ein Risiko für die kirchlichen Behörden, denn über Särchen kam ja die Stasi in den kirchlichen Apparat hinein. Aber das hat Särchen nicht akzeptiert. Seine Polenfreundlichkeit hat er über kirchliche Interessen gestellt. Die Polenfreundlichkeit war Inhalt seines Lebens, auf christlicher Basis natürlich. Von der polnischen Seite hat er dadurch Anerkennung erhalten. Er wurde hier auf den Händen getragen.[496]

Eine große Anerkennung der polnischen Seite bestätigt auch Ewa Unger aus Breslau, engagiertes Mitglied des dortigen KIK und eine der Gründungsmitglieder der Stiftung Kreisau:

Er war sehr engagiert, und wenn ein Mensch etwas aus ganzem Herzen tut und jeder sehen kann, daß er es aus Überzeugung tut, daß es kein Hirngespinst ist, dann ist die Arbeit der Person noch wertvoller. Er hatte sehr viele Freunde unter den Polen und alle schätzten ihn sehr.[497]

Ähnlich bedeutend ist die Arbeit Günter Särchens für Wanda Czaplińska, die vor allem auf die Person selbst achtet:

Er war kein großer Politiker. Er wirkte leise zwischen den Menschen und für die Personen, die das Glück hatten ihn zu treffen, war er der wichtigste Mensch.[498]

---

496 Interview des Autors mit Pfarrer Wolfgang Globisch am 03.02.2005 [Aufnahme im Besitz des Autors].
497 Interview des Autors mit Ewa Unger am 12.04.2005 [Aufnahme im Besitz des Autors].
498 Interview des Autors mit Wanda und Kazimierz Czapliński am 21.01.2005 [Aufnahme im Besitz des Autors].

Auch Kazimierz Czapliński, ein verdientes Mitglied des Breslauer Klubs der katholischen Intelligenz, bezeichnet die Arbeit Särchens und Lothar Kreyssigs als bedeutendstes Werk der Versöhnung in der DDR. Sie waren die ersten, die sich nach dem Zweiten Weltkrieg in Richtung Polen gewandt haben:

> Damals [Ende der fünfziger Jahre – R.U.] sprach keiner von der deutsch-polnischen Versöhnung. Und sie [G. Särchen und L. Kreyssig – R.U.] haben als erste aus dem noch nicht definitiv geteilten Berlin die Hand zur Versöhnung gereicht. Die Geste nahmen Anna Morawska und Tadeusz Mazowiecki an. Sie haben es einfach in Gang gesetzt. Wer hat den vor 1958 begonnen?[499]

Die große Bedeutung der Särchenschen Arbeit für die deutsch-polnische Versöhnung wurde also in Polen in vollem Umfang angesehen, auch wenn kritische Töne ebenfalls anklingen. Trotzdem kann von polnischer Seite aus gesagt werden, daß Günter Särchen den Titel „Patron der Versöhnung" verdient, da er einer der ersten war, die sich für Polen einsetzten und dies über Jahrzehnte, auch nach dem Fall der Berliner Mauer, weiterführten.

In Deutschland dagegen war seine Arbeit nicht von solch einer breiten Zustimmung begleitet, obwohl diejenigen, die mit ihm zusammengearbeitet haben, die Bedeutung der Arbeit völlig anerkennen, ohne sie zu verklären. So sagt Theo Mechtenberg, ein langjähriger Mitarbeiter Särchens:

> Die Breitenwirkung wird gering gewesen sein. Da braucht man keine Illusionen haben. Aber der Zeugnischarakter, der ist ziemlich hoch zu veranschlagen. So kann man das vielleicht sehen. [...] Was die DDR betrifft, ist er nach meiner Meinung die hervorragendste Persönlichkeit der deutsch-polnischen Versöhnung.[500]

---

499 Ebenda.
500 Interview des Autors mit Theo Mechtenberg am 23.03.2006 [Aufnahme im Besitz des Autors].

Dabei weiß Mechtenberg aber, mit welchen Problemen sich Särchen innerhalb der katholischen Kirche auseinandersetzen mußte:

> Kirchenpolitisch war das zu heiß, Kontakte zu haben mit den Bischöfen in den ehemals deutschen Ostgebieten. Das war das eigentliche Problem. Zu den anderen Gebieten wäre das nicht so problematisch gewesen, aber weil das alles zusammenhing, war man ausgesprochen vorsichtig. Man wußte auch, daß die DDR solche Kontakte nicht wünschte, man wollte also keinen Ärger mit der DDR. Also kirchenpolitisch war das nicht opportun und insofern, wenn man das überschritten hat durch solche Aktionen wie Glockenspende oder Sühnefahrten, dann war das gegen die Linie, die von Bengsch verfolgt wurde, das war konfliktträchtig. Und wenn man das also machte, dann ging man ein persönliches Risiko ein, man mußte also Konflikte durchstehen. Insofern würde ich also meinen, daß das also Bedeutung hat ... Und, ohne daß ich die Wirkung überschätzen will – das kann man schlecht abmessen und Erfolg ist sowieso keiner der Namen Gottes – ... Man muß in dieser Situation tun, was auf die Zukunft hin gerichtet ist und das hat er getan.[501]

Eine ähnliche Meinung vertritt Ludwig Mehlhorn, der vor allem in den achtziger Jahren im Anna-Morawska-Seminar mit Günter Särchen zusammengearbeitet hat. So sagt er über die Arbeit Särchens: „Das, was er geleistet hat, ist absolut unbestritten und davor habe ich großen Respekt. Er hat mich wahnsinnig geprägt."[502] Darüberhinaus bezeichnet er die jahrzehntelange Arbeit als zentral für die DDR und fügt hinzu:

> In der DDR hat er absolut Pionierarbeit geleistet. Es ist seine Lebensaufgabe gewesen. Er hat das als seine Lebensaufgabe gesehen, als ganz junger Mensch schon, in Görlitz halt Ende der 40er Jahre und ist dieser Aufgabe treu geblieben. Das nötigt mir hohen Respekt ab. Er hat da wenig Unterstützung gehabt in seiner eigenen Kirche, er ist Einzelkämpfer gewesen. [...] Er hat dadurch Wege gebahnt für Leute aus der jüngeren Generation, wie mich, aber auch hunderte wenn nicht tausende andere. [...] daß das nicht nur eine Geschichte zwischen Polen und Westdeutschland

---

501 Ebenda.
502 Interview des Autors mit Ludwig Mehlhorn am 24.03.2006 [Aufnahme im Besitz des Autors].

war, sondern daß man da auch eine ostdeutsche Komponente bedenken muß, daß wir da unseren Platz haben. Auch das, was ich später getan habe und was über seinen Ansatz hinausging in der Politisierung dann, auch das wäre nicht möglich, wenn er nicht die Erstkontakte gehabt hätte. Also das fußt alles auf der Saat, die er gesät hat. Insofern bin ich sein Kind.[503]

Die große Bedeutung der Arbeit Günter Särchens für die Versöhnung zwischen Polen und Deutschen ist unbestreitbar, auch wenn die Initiativen nicht kritiklos angenommen werden. Trotzdem war er eine der wichtigsten Personen der Versöhnung in der DDR und gehörte zu denjenigen, die den späteren Oppositionellen im Arbeiter- und Bauernstaat den Weg ebneten und ihnen, möglicherweise in einem solchen Sinn nicht beabsichtigt, Kontakte zu polnischen Regimekritikern und Oppositionellen vermittelten. Damit steigt seine Bedeutung noch mehr, auch wenn man an dieser Stelle nicht sagen kann, daß Särchen selbst für eine Befreiung der DDR vom Sozialismus stritt.

Ein Zeitungsartikel über Günter Särchen trug den treffenden Titel „Leiser als Adenauer und de Gaulle, aber mindestens so mutig"[504]. Sein entschiedenes Engagement für die Versöhnung – das möglicherweise einigen zu weit ging, letztlich aber nötig war, um im Sozialismus und innerhalb einer kritisch eingestellten katholischen Kirche das Ziel, die Versöhnung zwischen früheren Feinden, zu erreichen – ist höher zu bewerten als die nicht erreichte Breitenwirkung. Es ist jedoch zu bedauern, daß das Werk und die Person Särchens in den letzten Jahren in Vergessenheit geraten sind. Es bleibt zu hoffen, daß mit dem wiederauflebenden Interesse an der DDR-Geschichte sowohl in Deutschland als auch in Polen die Versöhnungsarbeit Günter Särchens breite Beachtung findet. Damit wird seine Arbeit bewahrt und er als Patron der deutsch-polnischen Versöhnung eine angemessene Anerkennung finden.

---

503 Ebenda.
504 Ludwig, Michael: Leiser als Adenauer und de Gaulle, aber mindestens so mutig. Die diesjährigen Träger des deutsch-polnischen Preises und die Einheit Europas, Frankfurter Allgemeine Zeitung, 12.09.1998, S. 6.

9. Quellen- und Literaturverzeichnis

9.1. Ungedruckte Quellen

9.1.1. Archive

Archiwum Jerzego Turowicza (AJT), Kraków: Korrespondenzmappe: Günter Särchen;
Bischöfliches Archiv Görlitz (BAG): Chronik der Diözese Görlitz-Cottbus, Band 1 und 2; Ordinariatsarchiv, Abt. VI, Nr. 137 (Polenseelsorge);
Ordinariatsarchiv, Abt. VI, Nr. 117 (Jugendseelsorge 1954–1976);
Ordinariatsarchiv, Abt. VI, Nr. 119 (Jugendseelsorge 1955–1971);
Państwowe Muzeum Auschwitz-Birkenau: Fotografien unter dem Titel: „Odkrywanie fundamentów pierwszej komory gazowej, tzw. ‚białego domku' przez uczestników akcji ‚Znak Pokuty' z NRD" (Ausgrabung der Fundamente der ersten Gaskammer, des sog. „weißen Häuschens" durch die Teilnehmer der Aktion „Sühnezeichen" aus der DDR);
Państwowe Muzeum na Majdanku: Archivmappen „Aktion Sühnezeichen", Signaturen: 67/1–67/12;
Ratsarchiv der Stadt Görlitz (RSG): Archivnummer 969 – Rat der Stadt Görlitz, Abt. Volksbildung, Zusammenarbeit und Klärung von auftretenden Problemen zwischen Schule und Kirche 1945–53; Archivnummer 1076 – Rat der Stadt Görlitz, Abt. Inneres/Kirchenfragen;
Zentralarchiv des Bischöflichen Ordinariates Magdeburg (ZBOM): Der Nachlaß Günter Särchens;

9.1.2. Privatarchive

Material Christian Schenker, Wittichenau;
Material Günter Särchen;
Material Prof. Kazimierz Czapliński, Wrocław;
Material Pfarrer Wolfgang Globisch, Kolonowskie/Opole;

9.2. Zeitzeugengespräche

Czapliński, Prof. Kazimierz und Wanda, 21.1.2005;
Globisch, Pfr. Wolfgang, 3.2.2005;
Gnatzy, Christa, 27.10.2005;
Here, Elisabeth, 27.8.2005;

Mechtenberg, Dr. Theo, 23.3.2006;
Mehlhorn, Ludwig, 24.3.2006;
Unger, Dr. Ewa, 12.4.2005;
Wenzel, Heribert, 27.10.2005;
Wyzgol, Claudia, 27.8.2005.

9.3. Texte Günter Särchens

Angst im Krieg! – Angst im Frieden? Reflexionen zur 50. Wiederkehr des Kriegsendes, Manuskript 1995;

Brücken der Versöhnung 1. Golgotha im Osten, Manuskript o. J.;

Brücken der Versöhnung 2. Schritte zur Versöhnung zwischen Deutschen aus der DDR und Polen unter den Bedingungen staatlicher und kirchlicher Begrenzungen, Manuskript 1995;

Brücken der Versöhnung 3. Schritte zur Versöhnung zwischen Deutschen aus der DDR und Polen. Chronik, Manuskript 1998;

Brücken der Versöhnung 4. Schritte zur Versöhnung zwischen Deutschen aus der DDR und Polen. Niederschlag der Magdeburger Deutsch-Polnischen Aktivitäten in den Aufzeichnungen des Ministeriums für Staatssicherheit der DDR, Manuskript 1998;

Brücken der Versöhnung 5. Vergessene Schritte der Völkerverständigung? Ein Gespräch einer Abiturklasse mit Günter Särchen, Manuskript 1999;

Der Graue. „Eselein" im Dienst des Ewigen. Ein autobiographisches Essay, Manuskript o. J.;

Deutschland nach 1945. Der Teil Deutschlands aus dessen „Sowjetischer Besatzungszone" die DDR entstanden ist, Manuskript 1997;

Ende mit Schrecken ... für die Zukunft lernen. Kriegstagebuch, Manuskript o. J.;

Für uns liegt Gogotha im Osten. Persönliche Reflexionen nach 25 Jahren eines „offenkundigen Durcheinanders" zur Konstellation Lothar Kreyssig – Günter Särchen, Aktion Sühnezeichen/DDR-Polenseminar/Seelsorgeamt Magdeburg, Manuskript 1995;

Hallo Nachbar, dort ist dort, ich lebe hier!, Manuskript 1985;

Halme – Balken – Brücken, Manuskript o. J.;

Ich freue mich, daß ich dabei war!, in: Börger, Bernd; Kröselberg, Michael (Hrsg.): Die Kraft wuchs im Verborgenen. Katholische Jugend zwischen Elbe und Oder 1945–1990, Verlag Haus Altenberg, Düsseldorf 1993, S. 289–294;

Mahnmal – Klagemauer – Ort der Sendung. Erinnerungen an Besuche im Dom zu Magdeburg 1989/1961/1982, Manuskript o.J.;

Mein Leben in dieser Zeit (1940–1958), Band 1, Manuskript o. J.;

Mein Leben in dieser Zeit (1958–1973), Band 2, Manuskript o. J.;

Mein Leben in dieser Zeit (1973–1987), Band 3, Manuskript o. J.;

Mein Leben in dieser Zeit (1992–1999), Band 4, Manuskript o. J.;

Memento Mori. Laienbrevier für den Nach(t)tisch, Manuskript o. J.;

Quellen- und Literaturverzeichnis 271

Polnisch-deutscher Briefwechsel 1965. Nur bischöfliche Dokumente?, Manuskript 1995;

Schellenkappe. Der Narr und sein Herr & Gebieter. Aus dem Notizbuch eines Hofnarren, Manuskript o. J.;

Unsere Heimat, Manuskript, Manuskript o. J.;

Wer ermordete Edith Stein und Gefährten, Manuskript 1972;

9.4. Medienberichte (Auswahl)

Aus Politik und Zeitgeschichte, Nr. 5–6/2005, 31.1.2005;

Altmann, Franz: Ökumenischer Dialog, Dialog Nr. 61, 2002;

Dapp, Klaus: Sommerlager – das Fundament der Sühnezeichenarbeit in der DDR, in: http://www.asf-ev.de/zeichen/98–1–08.shtml, 2.5.2006;

Dresdner, Joachim; Mehlhorn, Steffi: „Agent" der Versöhnung, Hörfunk-Feature, Mitteldeutscher Rundfunk, 2.6.2001;

Erdmann, Dietrich: Selbst geschriebene Einladungen nach Polen. Die Anfänge der Sommerlager in der DDR, in: http://www.asf-ev.de/zeichen/02–1–04.shtml, 2.5.2006;

Hennelowa, Józefa: Cienie, Tygodnik Powszechny Nr. 31, 01.08.2004, in: http://tygodnik.onet.pl/1539,1178619,dzial.html, 10.12.2005;

Klein, Christiane: Der Patron der Versöhnung, Lausitzer Rundschau, 7.11.2003;

Kröbel, Olaf: Anna Morawska lebt hier in Magdeburg, Volksstimme, 9.05.1992;

Krzemiński, Adam: Ein Hofnarr war ich bis zum Schluß. Mit Günter Särchen, dem Begründer des Anna-Morawska-Seminars, spricht Adam Krzemiński, Dialog Nr. 2, 1997;

Ludwig, Michael: Leiser als Adenauer und deGaulle, aber mindestens so mutig. Die diesjährigen Träger des deutsch-polnischen Preises und die Einheit Europas, FAZ, 12.9.1998;

Magirius, Friedrich: Ausbruch aus der Enge des Systems. Die Sommerlager in den 1970er und 1980er Jahren, in: http://www.asf-ev.de/zeichen/92–1–06.shtml, 02.05.2006;

Mazowiecki, Tadeusz: Przyjaciel, Tygodnik Powszechny Nr. 32, 08.08.2004, in: http://tygodnik.onet.pl/1547,1179094,dzial.html, 10.12.2005;

Mechtenberg, Theo: Christliches Engagement, Dialog Nr. 61, 2002;

Neumann, Matthias: Polnische Nachhilfe. Über die Reiseerfahrungen junger DDR-Bürger im weitaus freieren Nachbarland, in: Die Zeit, 11.11.1999;

Olschowsky, Burkhard: Wegbereiter der Aussöhnung. Ein Nachruf auf Günter Särchen, Dialog Nr. 68, 2005;

Pięciak, Wojciech: Na grobie moim „Parton" napiszcie, Tygodnik Powszechny Nr. 32, 08.08.2004, in: http://tygodnik.onet.pl/1547,1179095,dzial.html, 10.12.2005;

Pięciak, Wojciech: Niemodne słowo pojednanie, Gazeta Wyborcza, 15.–16.1.2005;

Rintelen, Friedrich Maria: Magdeburgs Kirche wagte die ersten Schritte, Kirche gestern und heute, St. Benno-Verlag, Leipzg 1984;

Ruchniewicz, Krzysztof: Ideologische Gemeinschaft. Die Beziehungen zwischen Polen und der DDR 1949–1970, Dialog Nr. 57, 2001;

Schenker, Christian: Höchster polnischer Orden für Wittichenauer, Wittichenauer Wochenblatt, 29.01.1991;

Schlesien Aktuell [Radio Opole], 13.12.2005 [Porträt Günter Särchens];

Seltmann, Uwe von: Golgatha im Osten, Schlesische Oberlausitz, 7.12.2003;

Weiß, Konrad: Die SED-Propaganda wirkt noch nach. Deutsch-polnische Erfahrungen: Die persönlichen Kontakte haben Brücken gebaut, FAZ, 13.7.1996;

Weiß, Konrad: Begegnungen in Polen. Erinnerungen eines Ostdeutschen, Dialog Nr. 57, 2001;

Weiß, Konrad: Günter Särchen. Schuld tragen und Versöhnung leben, Sächsische Zeitung, 23.7.2004;

Weiß, Konrad: Wegbereiter einer neuen Zukunft, Publik-Forum Nr. 24, 2003;

NN: Völkerverständigung scheint fast Sisyphus-Mühen vergleichbar, Magdeburger Zeitung, 21.8.1991;

9.5. Literatur (Auswahl)

Bahlke, Joachim (Hrsg.): Geschichte der Oberlausitz, Leipziger Universitätsverlag Leipzig 2001;

Barbian, Jan-Pieter; Zybura, Marek (Hrsg.): Erlebte Nachbarschaft. Aspekte der deutsch-polnischen Beziehungen im 20. Jahrhundert, Harrassowitz Verlag, Wiesbaden 1998;

Bartoszewski, Władysław: Und reiß uns den Hass aus der Seele. Die schwierige Aussöhnung von Polen und Deutschen, Deutsch-Polnischer Verlag, Warszawa 2005;

Bensussan, Agnes; Dakowska, Dorota; Beaupre, Nicolas (Hrsg.): Die Überlieferung der Diktaturen. Beiträge zum Umgang mit Archiven der Geheimpolizeien in Polen und Deutschland nach 1989, Klartext Verlag, Essen 2004;

Benz, Wolfgang: Deutschland seit 1945. Chronik, Dokumente, Bilder, Verlag Moos&Partner, München 1990;

Blaschke, Karlheinz: Beiträge zur Geschichte der Oberlausitz. Gesammelte Aufsätze, Verlag Günter Oettel, Görlitz – Zittau 2000;

Bingen, Dieter: Die DDR und Polen in der Perestrojka. Eine schwierige Nachbarschaft in der Mitte Europas, in: DDR-Report, Nr. 8, 1988;

Borodziej, Włodzimierz; Ziemer, Klaus (Hrsg.): Deutsch-polnische Beziehungen 1939–1945–1949. Eine Einführung, Fibre Verlag, Osnabrück 2000;

Börger, Bernd; Kröselberg, Michael (Hrsg.): Die Kraft wuchs im Verborgenen. Katholische Jugend zwischen Elbe und Oder 1945–1990, Verlag Haus Altenberg, Düsseldorf 1993;

Braun, Johannes: Volk und Kirche in der Dämmerung, Benno Verlag, Leipzig 1992;

Braun, Johannes: Mein Leben mit den Sozialisten, Verlag Mecke, Duderstadt 1996;

Braun, Johannes: Ich lebe, weil Du es willst. Des Magdeburger Bischofs Tagebuch aus dunklen Tagen 1970–1990. Berichte, Deutungen, Ergebnisse, Verlag Mecke, Duderstadt 1999;

Bundeszentrale für politische Bildung (Hrsg.): Schlaglichter der Weltgeschichte, Bibliographisches Institut & F.A. Brockhaus AG, Mannheim 1992;

Cziomer, Erhard: Brüder oder Rivalen? Die Außenpolitik der DDR gegenüber Polen 1949–1989, in: Haus der Geschichte der Bundesrepublik Deutschland (Hrsg.): Polen und Deutsche 1945–1995. Annäherungen – Zbliżenia, Droste Verlag, Düsseldorf 1996;

Dähn, Horst (Hg.): Die Rolle der Kirchen in der DDR. Eine erste Bilanz, Olzog Verlag, München 1993;

Dähn, Horst; Gotschlich, Helga (Hrsg.): „Und führe uns nicht in Versuchung ..." Jugend im Spannungsfeld von Staat und Kirche in der SBZ/DDR 1945 bis 1989, Metropol-Verlag, Berlin 1998,

Deutscher Bundestag (Hrsg.): Materialien der Enquete Kommission „Aufarbeitung von Geschichte und Folgen der SED-Diktatur in Deutschland", Bd. VI / 1–2. Rolle und Selbstverständnis der Kirchen in den verschiedenen Phasen der SED-Diktatur, Bd. VII / 1–2. Möglichkeiten und Formen abweichenden und widerständigen Verhaltens und oppositionellem Handelns, Nomos-Verl.-Ges., Baden-Baden 1995;

Eberwein, Wolf-Dieter; Kerski, Basil (Hrsg.): Die deutsch-polnischen Beziehungen 1945–2000. Eine Werte- und Interessengemeinschaft?, Leske+Budrich, Opladen 2001;

Fehr, Helmut: Unabhängige Öffentlichkeit und soziale Bewegung. Fallstudien über Bürgerbewegungen in Polen und der DDR, Leske & Budrich, Opladen 1996;

Fiedor, Karol; Stadtmüller, Elżbieta: Wybrane problemy historii Polski i Niemiec XIX i XX wieku, Wydawnictwo Uniwersytetu Wrocławskiego, Wrocław 1998;

Fischer, Alexander (Hrsg.): Die DDR. Daten – Fakten – Analysen, Komet Verlag GmbH, Köln o.J.;

Franzke, Joachim: Przyjaźń narodów, czy przyjaźń zalecona? Stosunki między NRD a PRL, Instytut Zachodni, Poznań 2001;

Freyberger, Harald J.; Frommer, Jörg; Maercker, Andreas; Steil, Regina: Gesundheitliche Folgen politischer Haft in der DDR, Konferenz der Landesbeauftragten für die Unterlagen des Staatssicherheitsdienstes der ehemaligen DDR, Dresden 2003;

Fricke, Karl Wilhelm: Die DDR-Staatssicherheit, Verlag Wissenschaft und Politik, Köln 1989;

Gönner, Johannes: Die Stunde der Wahrheit. Eine pastoraltheologische Bilanz der Auseinandersetzung zwischen den Kirchen und dem kommunistischen System in Polen, der DDR, der Tschechoslowakei und Ungarn, Peter Lang GmbH, Frankfurt/Main 1995;

Grajewski, Andrzej: Kompleks Judasza. Kościół zraniony. Chrześcijanie w Europie środkowowschodniej między oporem a kolaboracją, Wydawnictwo W Drodze, Poznań 1999;

Grande, Dieter; Schäfer, Bernd: Kirche im Visier. SED, Staatssicherheit und katholische Kirche in der DDR, Benno Verlag, Leipzig 1998;

Grütz, Reinhard: Katholizismus in der DDR. Gesellschaft 1960–1990. Katholische Leitbilder, theologische Deutungen und lebensweltliche Praxis im Wandel, Ferdinand Schöningh, Paderborn – München – Wien – Zürich 2004;

Hanns-Seidel-Stiftung (Hg.): Die Lage der Kirchen in der DDR, Akademie für Politik und Zeitgeschehen 1995;

Hehl, Ulrich von; Hockerts, Hans Günter (Hrsg.): Der Katholizismus. Gesamtdeutsche Klammer in den Jahrzehnten der Teilung?, Ferdinand Schöningh, Paderborn – München – Wien – Zürich 1996;

Heinecke, Herbert: Konfession und Politik in der DDR. Das Wechselverhältnis von Kirche und Staat im Vergleich zwischen evangelischer und katholischer Kirche, Evangelische Verlagsanstalt, Leipzig 2002;

Heller, Edith: Macht Kirche Politik. Der Briefwechsel zwischen den polnischen und deutschen Bischöfen im Jahre 1965, Ost-West-Verlag, Köln 1992;

Helwig, Gisela (Hrsg.): Rückblicke auf die DDR, Edition Deutschland Archiv, Köln 1995;

Henke, Klaus-Dietmar; Steinbach, Peter; Tuchel, Johannes (Hrsg.): Widerstand und Opposition in der DDR, Böhlau Verlag, Köln – Weimar – Wien 1999;

Höllen, Martin: Loyale Distanz? Katholizismus und Kirchenpolitik in SBZ und DDR – ein historischer Überblick in Dokumenten, Bd. 1–3, Selbstverlag, Berlin 1994–1999;

Huhn, Bernhard: Einige Gedanken zum Leben der katholischen Kirche in der DDR und zum Bemühen um Verständigung mit unserer polnischen Nachbarkirche, in: Hirschfeld, Michael; Trautmann, Ansgar (Hrsg.): Via Silesia. Beiträge der gdpv zur deutsch-polnischen Verständigung, Jahrbuch 1997, Münster 1998;

Jagiełło, Krystyna: Anioł przemówił po Niemiecku, Ikar, Warszawa 1993;

Kalicki, Włodzimierz: Ostatni jeniec wielkiej wojny. Polacy i Niemcy po 1945 roku, Wydawnictwo W.A.B., Warszawa 2002;

Kerski, Basil: Die Rolle nichtstaatlicher Akteure in den deutsch-polnischen Beziehungen, Wissenschaftszentrum Berlin für Sozialforschung, Januar 1999;

Kerski, Basil; Kotula, Andrzej; Wóycicki, Kazimierz (Hrsg.): Zwangsverordnete Freundschaft? Die Beziehungen zwischen der DDR und Polen 1949–1990, Fibre Verlag, Osnabrück 2003;

Kerski, Basil; Kycia, Thomas; Zurek, Robert: „Wir vergeben und bitten um Vergebung". Der Briefwechsel der polnischen und deutschen Bischöfe von 1965 und seine Wirkung, Fibre Verlag, Osnabrück 2006;

Kobylińska, Ewa; Lawaty, Andreas; Stephan, Rüdiger (Hrsg.): Deutsche und Polen. 100 Schlüsselbegriffe, Serie Piper, München 1992;

Koćwin, Lesław: Polityczne determinanty polsko-wschodnioniemieckich stosunków przygranicznych 1949–1990, Wydawnictwo Uniwersytetu Wrocławskiego, Wrocław 1993;

Kowalczuk, Ilko-Sascha: Das bewegte Jahrzehnt. Geschichte der DDR von 1949 bis 1961, Bundeszentrale für politische Bildung, Bonn 2003;

Kowalczuk, Ilko-Sascha (Hrsg.): Freiheit und Öffentlichkeit. Politischer Samisdat in der DDR 1985–1989, Robert-Havemann-Gesellschaft, Berlin 2002;

Kowalczuk, Ilko-Sascha; Sello, Tom (Hrsg.): Für ein freies Land mit freien Menschen. Opposition und Widerstand in Biographien und Fotos, Robert-Havemann-Gesellschaft, Berlin 2006;

Köbsch, Tabea: Aktion Sühnezeichen in der DDR. Eine inhaltliche Analyse der Sommerlagerarbeit der ASZ im Zeitraum 1981– 1989, in: http://tabea.koebsch.net/dok/AktionS_1983–1989.html, 02.05.2006;

König, Winfried (Hrsg.): Erbe und Auftrag der schlesischen Kirche. 1000 Jahre Bistum Breslau, Lauman-Verlag, Dülmen 2001;

Krakuski, Jerzy: Historia Niemiec, Zakład Narodowy im. Ossolińskich, Wrocław 1998;

Kretschmar, Georg: Die „Vergangenheitsbewältigung" in den deutschen Kirchen nach 1945, in: Nicolaisen, Carsten (Hg.): Nordische und deutsche Kirchen im 20. Jahrhundert. Referate auf der Internationalen Arbeitstagung in Sandbjerg/Dänemark 1981, Vandenhoeck & Ruprecht, Göttingen 1982, S. 122–149

Krzemiński, Adam: Deutsch-Polnische Nachbarschaft als Gewinn und gegenseitige Befruchtung, in: NN: Polen und Deutschland: Nachbarn in Europa, Wochenschau Verlag, Schwalbach/Ts. 1996;

Krzemiński, Adam: Polen im 20. Jahrhundert. Ein historischer Essay, Verlag C. H. Beck, München 1993;

Lawaty, Andreas; Orłowski, Hubert (Hrsg.): Polacy i Niemcy. Historia – Kultura – Polityka, Wydawnictwo Poznańskie, Poznań 2003;

Lipski, Jan Jozef: Wir müssen uns alles sagen ... Essays zur deutsch-polnischen Nachbarschaft, Verlag „Wokół nas" & Deutsch-Polnischer Verlag, Gliwice – Warszawa 1996;

Ludewig, Werner (Red.): Das 20. Jahrhundert. Die 40er Jahre, Coron Verlagsgesellschaft, Stuttgart 2004;

Ludewig, Werner (Red.): Das 20. Jahrhundert. Die 50er Jahre, Coron Verlagsgesellschaft, Stuttgart 2004;

Ludewig, Werner (Red.): Das 20. Jahrhundert. Die 60er Jahre, Coron Verlagsgesellschaft, Stuttgart 2004;

Ludewig, Werner (Red.): Das 20. Jahrhundert. Die 70er Jahre, Coron Verlagsgesellschaft, Stuttgart 2004;

Ludewig, Werner; Schwind, Margarete (Red.): Das 20. Jahrhundert. Die achtziger Jahre, Coron Verlagsgesellschaft, Stuttgart 2004;

Gudemann, Wolf-Eckhard (Red.): Das 20. Jahrhundert. Die 90er Jahre, Coron Verlagsgesellschaft, Stuttgart 2004;

Mann, Golo: Deutsche Geschichte des 19. und 20. Jahrhunderts, Fischer Taschenbuchverlag, Frankfurt am Main 1992;

Marschall, Werner: Geschichte des Bistums Breslau, Konrad Theiss Verlag, Stuttgart 1980;

Marschall, Werner: Bistum Breslau. Von 1945 bis zur Jahrtausendwende, Echo-Buchverlags-GmbH, Kehl 1999;

Mazowiecki, Tadeusz (Hrsg.): Ludzie Lasek, Biblioteka „Więzi", Warszawa 2000;

Mählert, Ulrich: Kleine Geschichte der DDR, Verlag C.H. Beck, München 2001;

Mechtenberg, Theo: Anna Morawska 1922–1972, Seelsorgeamt Magdeburg, 1994;

Mechtenberg, Theo: Engagement gegen Widerstände. Der Beitrag der katholischen Kirche in der DDR zur Versöhnung mit Polen, Benno Verlag, Leipzig 1999;

Mechtenberg, Theo: 30 Jahre Zielperson des MfS. Eine Fallstudie zu Aufklärung und Simulation der Stasi, Reihe: Betroffene erinnern sich, Teil. 13, Die Landesbeauftragte für die Unterlagen des Staatssicherheitsdienstes der ehemaligen DDR in Sachsen-Anhalt, Magdeburg 2001;

Neubert, Ehrhart: Geschichte der Opposition in der DDR 1949–1989, Bundeszentrale für politische Bildung, Bonn 1997;

Niemcy Wschodnie. Kraj nieznany, Więź, Nr. 11 (505), 2000;

Pailer, Wolfgang: Na przekór wrogości. Stanisław Stomma i stosunki polsko-niemieckie, Wydawnictwo Polsko-Niemieckie, Warszawa1998;

Pilvousek, Josef: Kirchliches Leben im totalitären Staat. Seelsorge in der SBZ/DDR 1945–1976. Quellentexte aus den Ordinariaten und Bischöflichen Kommissariaten, Bd. 1, Benno, Hildesheim 1994;

Pilvousek, Josef: Kirchliches Leben im totalitären Staat. Quellentexte aus den Ordinariaten 1977–1989, Bd. 2, Benno Verlag, Leipzig 1998;

Pflüger, Friedbert; Lipscher, Manfred (Hrsg.): Feinde werden Freunde. Von den Schwierigkeiten der deutsch-polnischen Nachbarschaft, Bouvier Verlag, Bonn 1993;

Pollack, Detlef (Hg.): Die Legitimität der Freiheit. Politisch alternative Gruppen in der DDR unter dem Dach der Kirche, Lang, Frankfurt am Main [u.a.] 1990;

Poppe, Ulrike; Eckert, Rainer; Kowalczuk, Ilko-Sascha (Hrsg.): Zwischen Selbstbehauptung und Anpassung. Formen des Widerstandes und der Opposition in der DDR, Ch. Links Verlag, Berlin 1995;

Rau, Johannes: Politische, wirtschaftliche und geistig-kulturelle „Rückkehr Polens nach Europa". Festschrift von Bundespräsident Johannes Rau anläßlich der Verleihung des Erich-Brost-Preises an die Forschungsstelle des Osteuropa-Institutes der Universität Brelem, Bulletin der Bundesregierung – 15.12.1999;

Riechers, Albrecht; Schröter, Christian; Kerski, Basil (Hrsg.): Dialog der Bürger. Die gesellschaftliche Ebene der deutsch-polnischen Nachbarschaft, Fibre Verlag, Osnabrück 2005;

Rintelen, Friedrich Maria: Erinnerungen ohne Tagebuch, Bonifatius Verlag, Paderborn 1982;

Roszkowski, Wojciech: Najnowsza historia Polski. 1945–1980, Band 2, Świat książki, Warszawa 2003;

Roszkowski, Wojciech: Najnowsza historia Polski. 1980 – 2002, Band 3, Świat książki, Warszawa 2003;

Roth, Heidi: Der 17. Juni 1953 in Sachsen, Böhlau Verlag, Köln – Weimar – Wien 1999;

Roth, Klaus (Hrsg.): Nachbarschaft. Interkulturelle Beziehungen zwischen Deutschen, Polen und Tschechen, Münchner Beiträge zur Interkulturellen Kommunikation, Münster 2001;

Ruchniewicz, Krzysztof: Warszawa – Berlin – Bonn. Stosunki polityczne 1949–1958, Wydawnictwo Uniwersytetu Wrocławskiego, Wrocław 2003;

Ruchniewicz, Krzysztof: Günter Särchen (1927–2004) – Unser Golgatha liegt im Osten, in: Ruchniewicz, Krzysztof; Zybura, Marek (Hrsg.): „Mein Polen ...". Deutsche Polenfreunde in Porträts, Thelem, Dresden 2005;

Ruchniewicz, Krzysztof: Polskie zabiegi o odszkodowania niemieckie w latach 1944/45–1975, Wydawnictwo Uniwersytetu Wrocławskiego, Wrocław 2007;

Rupieper, Hermann-Josef: Die friedliche Revolution 1989/90 in Sachsen-Anhalt, Mitteldeutscher Verlag, Halle (Saale) 2004;

Schäfer, Bernd: Staat und katholische Kirche in der DDR, Böhlau Verlag, Köln – Weimar – Wien 1998;

Schneider, Claudia: Konkurrenz der Konzepte? Die Arbeit der Aktion Sühnezeichen in der DDR zwischen christlichem Schuldverständnis und offiziellem Antifaschismus, Warsztaty Centrum im. Willy Brandta Nr. 7, Oficyna Wydawnicza Atut, Wrocław 2007;

Schroeder, Klaus: Der DDR-Staat. Geschichte und Strukturen der DDR, Bayerische Landeszentrale für politische Bildung, München 1998;

Schwartz, Michael: Vertriebene und „Umsiedlungspolitik". Integrationskonflikte in den deutschen Nachkriegs-Gesellschaften und die Assimilationsstrategien in der SBZ/DDR 1945–1961, Oldenbourg Wissenschaftsverlag, München 2004;

Seibold, Alexander: Katholische Filmarbeit in der DDR, LIT-Verlag, Münster 2003;

Stadtmüller, Elżbieta (Hrsg.): Niemcy. Naród – państwo 1961–1996, Towarzystwo Naukowe Katolickiego Uniwersytetu Lubelskiego, Lublin 1998;

Stomma, Stanisław: Pościg za nadzieją, Editiones du dialogue, Paris 1991;

Ther, Philipp: Deutsche und polnische Vertriebene. Gesellschaft und Vertriebenenpolitik in der SBZ/DDR und in Polen 1945–1956, Vandenhoeck & Ruprecht, Göttingen 1998;

Tischner, Wolfgang: Katholische Kirche in der SBZ/DDR 1945–1951. Die Formierung einer Subgesellschaft im entstehenden sozialistischen Staat, Ferdinand Schöningh, Paderborn – München – Wien – Zürich 2001;

Tomala, Mieczyslaw: Deutschland – von Polen gesehen. Zu den deutsch-polnischen Beziehungen 1945–1990, Schüren Verlag, Marburg 2000;

Weber, Hermann: Geschichte der DDR, area Verlag, Erftstadt 2003;

Weiß, Konrad: Lothar Kreyssig. Prophet der Versöhnung, Bleicher Verlag, Gerlingen 1998;

Wille, Manfred (Hrsg.): Die Vertriebenen in der SBZ/DDR. Dokumente, Bd. 1–3, Harrassowitz Verlag, Wiesbaden 1996–2003;

Wolff-Powęska, Anna: Między Renem a Bugiem w Europie, Oficyna Wydawnicza ATUT, Wrocław 2004;

Wolff-Powęska, Anna: Oswojona rewolucja. Europa środkowo-wschodnia w procesie demokratyzacji, Instytut Zachodni, Poznań 1998;

Woyke, Wichard (Hrsg.): Handbuch Internationale Politik, Leske + Budrich, Opladen 2000;

Zariczny, Piotr: Oppositionelle Intellektuelle in DDR und in der Volksrepublik Polen. Ihre Gegenseitige Perzeption und Kontakte, Wydawnictwo Adam Marszałek, Toruń 2004;

Zieliński, Zygmunt: Niemcy. Zarys dziejów, Wydawnictwo Unia, Katowice 1998;

Zieliński, Zygmunt (Hrsg.): Polacy, Niemcy. Przeszłość, Teraźniejszość, Przyszłość, Wydawnictwo Unia, Katowice 1995.

10. „Patron". Życie i dzieło Güntera Särchena dla pojednania niemiecko-polskiego (Zusammenfassung in polnischer Sprache)

Mówiąc o stosunkach polsko-niemieckich po roku 1945, ma się najczęściej na myśli kontakty między Polską a Republiką Federalną Niemiec. O wiele mniejszym zainteresowaniem cieszyły się do niedawna stosunki między PRL a NRD, choć to właśnie to socjalistyczne państwo niemieckie miało być bliskim partnerem Polski w ramach Układu Warszawskiego. Takie dość jednostronne ukierunkowanie w stronę Niemiec Zachodnich było jednak zrozumiałe, gdyż to właśnie od RFN domagano się odszkodowań za zbrodnie nazistowskie, a ponadto znacząca część społeczeństwa polskiego uważała ten kraj za „lepsze" Niemcy, choć naturalnie oficjalna propaganda peerelowska lansowała NRD jako „bratni naród".

W ostatnich latach stosunki między PRL a NRD przeżywają pewnego rodzaju renesans, przy czym naukowcy i dziennikarze kładą mniejszy nacisk na oficjalne kontakty między Berlinem Wschodnim a Warszawą do roku 1990, a koncentrują się raczej na inicjatywach osób prywatnych i małych grup z NRD, które chciały zapoczątkować współpracę z Polakami poza oficjalnymi ramami. Nie chodzi tutaj jednak tylko o opozycję enerdowską, którą inspirowały a później zmobilizowały do działania wystąpienia antysystemowe w Polsce, a raczej o kontakty zapoczątkowane już dużo wcześniej. Do takich osób należał m.in. Lothar Kreyssig, twórca „Akcji Znak Pokuty", która powstała w roku 1958 i od początku istnienia była ukierunkowana m.in. w stronę Polski. Kreyssigowi chodziło o zadośćuczynienie za zbrodnie nazistowskie, za które odpowiedzialność ponoszą wszyscy Niemcy, oraz o pojednanie między obu narodami.

Z takimi celami zgadzał się także Günter Särchen, którego życie i praca zostały opisane w niniejszej rozprawie doktorskiej. Główną tezą pracy jest stwierdzenie, iż Särchen był jednym z pierwszych obywateli NRD, którzy zaangażowali się w pojednanie polsko-niemieckie, przez co zasługuje na miano jego „patrona". Aby udowodnić tą tezę, zostały sformułowane cztery pytania badawcze:

Po pierwsze wyjaśnić należy genezę zaangażowania się Särchena w pojednanie niemiecko-polskie. Wychodzę z założenia, że powody te były różnorakie, a należy do nich m.in. pochodzenie serbołużyckie Särchena, a więc doświadczenia dyskryminacji tej słowiańskiej mniejszości przez narodowych socjalistów, która choć była o wiele mniejsza w porównaniu z okupowaniem Polski, jednak mogła wskazać Särchenowi pewne zbieżności. Poza tym ważnym powodem są zbrodnie niemieckie w czasie II wojny światowej, o których Särchen dowiedział się w obozie jenieckim i po powrocie na Łużyce. W pewnym sensie także pomoc Serbołużyczan dla wschodnioeuropejskich robotników przymusowych mogła być powodem historycznej refleksji oraz późniejszego zaangażowania Särchena w niemiecko-polskie pojednanie, gdyż byłoby to przedłużeniem tej zapoczątkowanej przez jego ziomków pomocy w okresie wojennym. W końcu również okres zgorzelecki Güntera Särchena odgrywa ważną rolę dla jego późniejszej pracy, gdyż w tym mieście granicznym doświadczył on bezpośrednio konfliktu polsko-niemieckiego, tzn. sytuacji wysiedlonych Niemców oraz obaw Polaków przed kolejnym przesunięciem granic na ich niekorzyść. Ten stosunkowo krótki okres przebywania w Görlitz pokazał Särchenowi ostatecznie potrzebę pojednania między obu narodami.

Kolejnym pytaniem, na które ma odpowiedzieć praca jest: jak wyglądało to zaangażowanie Särchena na rzecz zadośćuczynienia i późniejszego pojednania między Polakami i Niemcami? Celem jest opisanie możliwie wszystkich inicjatyw, które Särchen powołał do życia od lat sześćdziesiątych. Były to różne przedsięwzięcia, adresowane do szerokiej grupy ludzi, których jednak łączyło zainteresowanie Polską. Do inicjatyw opisywanych należą tzw. Pielgrzymki do Polski, „Seminaria Polskie" oraz publikacja zeszytów informacyjnych (tzw. Handreichungen) na temat wschodniego sąsiada. Poza tym zostaną krótko opisane także mniej znane inicjatywy Särchena, jak zbiórki pieniądzy, stworzenie duszpasterstwa dla Polaków w NRD i organizacja kursów językowych dla polskich studentów.

Następnie kwestią musi być rozstrzygnięcie zagadnienia, na ile pracę Günter Särchena można wpisać w kategorię opozycji systemowej, co nie jest łatwe, gdyż on sam nie definiował jej jako działalności opozycyjnej wobec ustroju NRD, a jedynie jako zaangażowanie na rzecz pojednania sąsiadujących ze sobą narodów. Wyjść należy oczywiście od tego, że działalności swojej nie mógł w panujących warunkach ustrojowych otwarcie deklarować jako opozycyjnej. Inicjatywy jego były jednak de facto przejawem sprzeciwu wobec polityki władz, bądź, co najmniej przekazywały treści niezgodne z oficjalną linią polityczną NRD. Wskazywały np. na winę wszystkich Niemców za zbrodnie narodowego socjalizmu, w tym także Niemców z NRD, które to państwo od początku swego istnienia budowało mit tradycji antyfaszystowskiej, zaliczając się do zwycięzców II wojny światowej. Dekonstrukcja tego mitu i stojącej za nim oficjalnej polityki enerdowskiej doprowadziły do tego, że Särchen został przez organa bezpieczeństwa państwa sklasyfikowany jako opozycjonista, co pociągnęło za sobą objęcie go działaniami operacyjnymi tychże organów, t.j. poddaniem go rozmaitej dyskryminacji.

Ostatnim zagadnieniem, jakie stawia przed sobą przedkładana praca, jest próba odpowiedzi na pytanie, jakie efekty przyniosła długoletnia praca Särchena na rzecz pojednania niemiecko-polskiego. W szczególności chodzi tutaj o wykazanie pionierskiego charakteru jego inicjatyw. Nie można oczywiście statystycznie wykazać, jak wielką populacją Niemców i Polaków objęła działalność Särchena. Można jednak wyjść z założenia, że jest ona świadectwem, iż również w NRD istniała świadomość potrzeby wysiłków na rzecz wzajemnego pojednania, a Günter Särchen był jednym ze stymulatorów tej świadomości.

Rozprawa powstała na podstawie różnorodnych źródeł oraz literatury przedmiotu, zajmującej się stosunkami polsko-niemieckimi. Publikacje z lat ostatnich są jednak na tyle ogólne, że stwarzają jedynie podstawę do dalszych badań.

Najważniejszym źródłem jest zbiór archiwaliów G. Särchena, zdeponowany w archiwum kurii w Magdeburgu (Zentralarchiv des Bischöflichen Ordinariates Magdeburg). Znajdują się tam teksty takie jak: referaty, listy, pamiętniki do dziś niepublikowane, które pozwalają nakreślić szczegółowy obraz pracy Särchena. Poza tym do zbioru należą fotografie, które po części zostaną wykorzystane w rozprawie. Kolejną kategorią źródeł są teksty G. Särchena z jego prywatnego archiwum, które autor zebrał i opublikował w małym nakładzie (w kilku egzemplarzach na potrzeby własne oraz dla przyjaciół). Chociaż jest to kategoria źródeł subiektywnych, to częściowe zawarte w nich komentarze pozwalają zorientować się, jak Särchen sam oceniał swoją pracę. Poza zbiorami w Magdeburgu wykorzystano także dokumenty znajdujące się w posiadaniu osób prywatnych, które współpracowały z Särchenem. Należą do nich m.in. prof. Kazimierz Czapliński, ks. Wolfgang Globisch i Christian Schenker.

Następną kategorią źródeł są zasoby archiwalne enerdowskiego ministerstwa bezpieczeństwa państwa (MfS). Interesujące informacje zawierają też wykorzystane przez mnie Archiwum Jerzego Turowicza w Krakowie, archiwum kurii biskupiej w Görlitz, archiwum miasta Görlitz i Instytut Serbołużycki w Budziszynie. Ostatnim źródłem informacji są rozmowy z współpracownikami i przyjaciółmi G. Särchena z różnych okresów jego życia. Tymi osobami są: po stronie polskiej – dr Ewa Unger, prof. Kazimierz Czapliński, Wanda Czaplińska, ks. Wolfgang Globisch; po stronie niemieckiej – Elizabeth Here i Claudia Wyzgol (córki Särchena), Herbert Wenzel, Christa Gnatzy, dr Theo Mechtenberg, Ludwig Mehlhorn.

Günter Särchen urodził się 14 grudnia 1927 roku w małym łużyckim miasteczku Wittichenau. Wychował się w głęboko katolickiej, niemiecko-serbołużyckiej rodzinie, przez co był powiązany zarówno z słowiańskim jak i niemieckim kręgiem kulturowym. Takie pochodzenie i socjalizacja ukształtowały z jednej strony jego późniejsze zaangażowanie w kościele katolickim, z drugiej jednak przysporzyły mu problemów w okresie narodowego socjalizmu, kiedy to katolickich Serbołużyczan z tego miasta nazywano „Żydami z Wittichenau", a więc dyskryminowano wszystko, co nie było jednoznacznie niemieckie. Te wczesne doznania mogły być dla Särchena podstawą jego późniejszego zaangażowania przeciwko dyskryminacji, widocznej w NRD np. podczas kolejnych fal antypolskiej propagandy.

Późniejsze zaangażowanie Särchena spowodowane było jednak również innymi zjawiskami z lat dzieciństwa i wczesnej dorosłości. Należy do nich m.in. możliwa wiedza o pomocy Serbołużyczan dla polskich robotników przymusowych, czego nie można jednoznacznie udowodnić, jednak rozmiar tej pomocy nie był mały, przez co tego typu zjawiska były znane wśród mieszkańców Wittichenau. Nie podlega natomiast wątpliwości, że doświadczenia wojenne, okres pobytu w obozie jenieckim w Bad Kreuznach i późniejsze informacje na temat zbrodni narodowych socjalistów stanowiły jedno z głównych powodów zaangażowania Särchena w pracę na rzecz zadośćuczynienia, z czego w późniejszych dziesięcioleciach miało rozwinąć się zaangażowanie w pojednanie między Niemcami a Polakami. Bezsprzecznie można stwierdzić, że bez tych pierwszych doświadczeń nie rozwinęłaby się u niego tak jednoznaczna postawa, która doprowadziła do tego, iż dziś można o nim mówić jako o patronie pojednania niemiecko-polskiego.

Ważnym okresem w życiu Särchena w związku z późniejszą jego pracą na rzecz współpracy z Polakami był także pobyt w granicznym Görlitz, w którym widział on niechęć obu narodów do siebie, gdyż po jednej stronie żyły polskie ofiary narodowego socjalizmu, a po drugiej przesiedleni, w Niemczech nazywani wypędzonymi, Ślązacy uznający siebie również za ofiary II wojny światowej. W Görlitz rozpoczęło się więc intensywne zainteresowanie Särchena Polską oraz stosunkami między obu narodami, do których należał także los przesiedlonych Ślązaków. Zdaniem Särchena byli oni jak najbardziej ofiarami historii, ich tragedia powinna jednak być uznana za ofiarę za zbrodnie narodowego socjalizmu, o co zabiegał w rozmowach z nimi. Särchen był również świadkiem niechęci przesiedlonych w związku z podpisaniem traktatu granicznego w Zgorzelcu w roku 1950 i zauważył, że jedynie intensywna praca na rzecz zadośćuczynienia ze strony Niemców może doprowadzić do pojednania ze wschodnim sąsiadem. Doznania Särchena w Görlitz można uznać za ostateczne stymulatory jego intensywnego zainteresowania się Polską, co zaowocowało w efekcie końcowym tym, że praca na rzecz pojednania stała się jego życiowym wyzwaniem.

Görlitz było poza tym ważnym okresem w życiu Guntera Särchena, gdyż w tym czasie podjął on pracę w i dla kościoła katolickiego w NRD, w ramach którego mógł przez dziesięciolecia realizować swe projekty dla Polski, będąc jednocześnie względnie bezpiecznym przed represjami aparatu państwowego. To bezpieczeństwo jednak skończyło się w połowie lat osiemdziesiątych, kiedy przestał być pracownikiem kurii magdeburskiej, dokąd przeprowadził się po powstaniu w NRD w 1953, w którym wziął czynny udział m.in. jako kurier między strajkującymi pracownikami fabryk w Görlitz.

Jeszcze przed utworzeniem „Pracowni pomocy pastoralnych" (Arbeitsstelle für pastorale Hilfsmittel), którą Särchen powołał w 1958 roku w ramach urzędu ds. duszpasterstwa w kurii w Magdeburgu (Seelsorgeamt), nawiązał on pierwsze kontakty z Polakami. Początkowo zawężały się one jednak jedynie do korespondencji listownej, bądź wysyłania do różnych instytucji w Polsce informacji i mniejszych paczek z książkami. Dopiero w roku 1960 Günter Särchen po raz pierwszy pojechał do Polski, gdzie spotkał swoich późniejszych przyjaciół Jerzego Turowicza i Annę Morawską. Podczas tej pierwszej wizyty jak i późniejszych doszło również do rozmów z hierarchami kościoła katolickiego w Polsce, do których należeli arcybiskup Kominek we Wrocławiu, biskup Wojtyła w Krakowie oraz szereg ordynariuszy z różnych części Polski, od Górnego Śląska po Gdańsk.

W tym samym czasie Günter Särchen spotkań się po raz pierwszy z Lotharem Kreyssigiem, twórcą „Akcji Znak Pokuty", z którym później, w latach sześćdziesiątych zainicjował pierwsze konkretne projekty skierowane w stronę Polski. Należała do nich m.in. zbiórka pieniądzy dla jednego z kościołów w Polsce, który miał otrzymać nowe dzwony, jako ofiarę od byłych agresorów. Tak też się stało.

Jednak dzwony te nie zostały przekazane kościołowi w Poznaniu, jak przewidywał to plan, a zostały przewiezione do Gdańska, co wynikało z postanowień polskich organów państwowych. W roku 1962 doszły również obozy letnie dla młodzieży enerdowskiej, które początkowo organizowano na terenie NRD, a ich celem było przybliżenie tej młodzieży najnowszej historii Niemiec. Podczas pierwszego obozu w Magdeburgu grupa młodzieży odgruzowywała dwa kościoły, co stanowiło pewnego rodzaju wstęp do późniejszych pielgrzymek młodzieży do Polski, gdzie uczestnicy również zajmowali się pracami na terenie byłych obozów koncentracyjnych (Auschwitz i Majdanek). To właśnie te obozy letnie w Polsce były pierwszymi wielkimi sukcesami pracy Güntera Särchena i Lothara Kreyssiga na rzecz pojednania, choć odbyły się tylko dwa razy, w latach 1965 i 1966. Organizatorzy nie otrzymali oficjalnego pozwolenia na te wyjazdy, jednak odbyły się one za wiedzą strony polskiej i we współpracy z tamtejszym kościołem katolickim. Po drugiej pielgrzymce strona niemiecka zabroniła jednak dalszych wyjazdów, więc inicjatywa ta musiała zostać przerwana, choć w latach siedemdziesiątych została podjęta na nowo przez „Akcję Znak Pokuty".

Poza wspólnymi inicjatywami w latach sześćdziesiątych „Akcja" Lothara Kreyssiga była jeszcze z innego względu ważna dla Särchena: Mógł on oczekiwać pomocy ze strony tej organizacji, która była mu szczególnie potrzebna w latach osiemdziesiątych, kiedy to nie otrzymywał już wsparcia ze strony „swojego" kościoła katolickiego. Dzięki współpracy z protestantem Kreyssigiem Särchen od początku żył i pracował niejako w ekumenie, która miała stać się ważnym tematem w kościele katolickim dopiero kilka lat później, a poza tym nauczył się on wiele od ewangelickiego świeckiego, który już w latach narodowego socjalizmu przyjął wobec tej dyktatury postawę jednoznacznie krytyczną.

Kiedy pielgrzymki młodzieży do Polski nie mogły się dalej odbywać, Särchen musiał znaleźć inną formę przekazywania obywatelom NRD swojej idei pojednania z Polską. I tak w drugiej połowie lat sześćdziesiątych powstały ważne inicjatywy, które przez kolejne dziesięciolecia były swego rodzaju reklamą Polski i zbliżały mieszkańców obu państw. Projekty, które Särchen powołał do życia, organizowane były w ramach kościoła katolickiego w Magdeburgu, a dokładnie w ramach pracy tamtejszego urzędu ds. duszpasterstwa, przez co ta komórka miała wielki wkład w prace na rzecz pojednania ze wschodnim sąsiadem. A ponieważ „Akcja Znak Pokuty" pozostawała dla Särchena również partnerem, było to powodem krytyki ze strony niektórych biskupów. Jedynym prawdziwym orędownikiem tej kooperacji katolicko-ewangelickiej okazał się ówczesny biskup w Magdeburgu Friedrich Maria Rintelen, błogosławiąc i chronićc wszelkie poczynania na rzecz pojednania niemiecko-polskiego.

W tym miejscu winno się wskazać na szereg mniejszych projektów, do których należały dary książkowe dla różnych instytucji w Polsce (m.in. seminaria duchowne, biblioteki uniwersyteckie), organizacja kursów językowych dla polskich studentów w NRD, czy wspomaganie ośrodka dla niewidomych w Laskach koło Warszawy, gdzie nie tylko pracowali członkowie „Akcji Znak Pokuty", ale także Särchen z rodziną, który aktywnie wspomagał ośrodek poprzez częste przekazywanie potrzebnych urządzeń, np. maszyn do pisania dla niewidomych, które kupował na terenie NRD i często nielegalnie przewoził przez granicę. Särchen wygłaszał również szereg referatów na temat Polski, które miały szczególne znaczenie w stanie wojennym, gdyż przedstawiał on Polskę nie tak, jak wymagała tego oficjalna propaganda NRD, a starał się pokazać faktyczny stan kraju. W tym samym czasie motywował on obywateli NRD, aby wysyłali paczki do Polski, by w ten sposób pomóc wschodniemu sąsiadowi. Nie chodziło tutaj jednak o wspieranie państwowych akcji, które miały jednoznacznie polityczne zabarwienie, a o praktykowanie prawdziwej, chrześcijańskiej miłości bliźniego.

Nie można również zapomnieć, iż Günter Särchen był inicjatorem tzw. duszpasterstwa dla Polaków, które zapoczątkowano w Magdeburgu. Chodziło o stworzenie Polakom pracującym w NRD możliwości uczestnictwa w polskojęzycznych mszach św., co częściowo się udało. Po kilku problemach w okresie początkowym i widocznej niechęci niektórych proboszczów, można było odprawiać regularnie nabożeństwa dla Polaków, w czym Särchenowi pomógł głównie biskup Friedrich Rintelen. Särchen aktywnie propagował wśród Polaków pracujących w okolicach Magdeburga polskojęzyczne msze, udostępniał polskie modlitewniki i wspierał wiernych, którzy chcieli zorganizować polskie pielgrzymki do Huysburg (klasztor i sanktuarium maryjne), czy stworzyć polską radę parafialną. Dopiero w kilka lat po pierwszych inicjatywach Särchena sprawą polskiego duszpasterstwa zajął się episkopat w NRD. Program ten rozszerzono na cały kraj i skoordynowano duszpasterstwo ze stroną polską. W tej ogólnoenerdowskiej pracy Särchen nie brał już jednak udziału, gdyż jego zaangażowanie zostało negatywnie ocenione przez niektórych duchownych, którzy wyparli jego z pracy na rzecz polskiego duszpasterstwa w całej NRD. Särchen jednak dalej angażował się w duszpasterstwo polskie w Magdeburgu i czuwał nad tym, aby nie zostało ono przerwane w tej diecezji.

Od roku 1968 odbywały się tzw. seminaria polskie, które Särchen organizował w ramach urzędu ds. duszpasterstwa w Magdeburgu, i które miały stać się sztandarowym przedsięwzięciem pojednawczym, znanym wśród niektórych kręgów Niemców i Polaków do dziś. Dwa razy w roku spotykali się ludzie zainteresowani Polską, aby w weekend poznać wybrane aspekty historii i teraźniejszości tego kraju oraz jego kościoła katolickiego. Uczestnikami tych seminariów byli przedstawiciele różnych grup społecznych, ale także przesiedleni. Nie można jednak jednoznacznie określić liczby przedstawicieli tych poszczególnych grup, gdyż z różnych powodów nie prowadzono ewidencji. Särchen nie tylko organizował te seminaria, ale wygłaszał w ich trakcie także referaty na różne tematy: od historii kościoła katolickiego w Polsce, aż po obraz Polaków w literaturze niemieckiej. Poza tym podczas seminariów referaty wygłaszali goście z Polski, którzy przekazywali uczestnikom prawdziwy obraz Polski. Gośćmi byli m.in. prof. Stanisław Stomma, Tadeusz Mazowiecki, Józefa Hennelowa, czy Wanda i Kazimierz Czaplńscy. Do najważniejszych referentów należał Mieczysław Pszon, który na początku lat osiemdziesiątych mówił o aktualnych wydarzeniach w Polsce, co można określić jako jednoznacznie polityczne wydarzenie. Poza referatami Särchen organizował w trakcie seminariów projekcje filmowe (np. „Wesele", czy filmy informacyjne) i prezentacje slajdowe o Polsce.

Od roku 1970 Särchen organizował również pielgrzymki do Polski, które były dodatkową atrakcją do seminariów. W sumie zorganizowano dziesięć takich pielgrzymek do różnych polskich miast: Warszawy, Krakowa, Oświęcimia, a także Katowic i Trzebnicy. Nie chodziło Särchenowi przy tym jedynie o to, aby pokazać obywatelom NRD kraj i najważniejsze atrakcje. Ważnym elementem tych pielgrzymek były spotkania z przedstawicielami kościelnych, krytycznych ustrojowo kręgów społecznych. I tak poszczególne Kluby Inteligencji Katolickiej stały się ważnymi miejscami spotkań podczas pielgrzymek do Polski. W roku 1979 odbyła się ostatnia podróż do Polski, gdyż potem granice między „bratnimi narodami" zostały przez NRD zamknięte w obawie przed przedostaniem się idei Solidarności na teren niemieckiego „państwa robotników i chłopów".

Ostatnią ważną inicjatywą Güntera Särchena było wydawanie od lat sześćdziesiątych zeszytów informacyjnych, tzw. Handreichungen, które ukazywały się jako „druki do użytku wewnątrzkościelnego", przez co nie przechodziły przez państwową cenzurę. Tematyka tych publikacji była podobnie zróżnicowana, jak seminaria: od historii Polski i innych narodów (tutaj szczególnie żydów), aż po teksty na tematy kościelne, które jednak również związane były ze wschodnim sąsiadem. Od 1970 informacje te ukazywały się cyklicznie raz w roku. Poza tym Särchen wydawał mniejsze teksty na temat aktualnych wydarzeń, jak np. portret Jana Pawła II po jego wyborze na papieża, który powstał przy współpracy Theo Mechtenberga i Jerzego Turowicza. Tekst ten jednak nie został pozytywnie przyjęty przez ówczesnego biskupa w Magdeburgu Johannesa Brauna.

W ramach tzw. Handreichungen powstało w roku 1982 szczególne wydanie poświęcone w całości Solidarności w Polsce. Tytuł brzmiał „Pojednanie – Zadanie kościoła", jednak tekst ten nie był apolityczny, jak można by wnioskować po tytule, a zawierał materiały, które chociaż ukazały się w publicznych mediach w Polsce, jednak nabrały w NRD szczególnego politycznego charakteru po wprowadzeniu stanu wojennego. Należały do nich wypowiedzi polskich polityków oraz hierarchów kościoła, jak i żądania strajkujących w Gdańsku. Zbiór takich tekstów w czasie wzmożonej antypolskiej propagandy w NRD musiał wzbudzić zainteresowanie enerdowskiej służby bezpieczeństwa (Ministerium für Staatssicherheit, Stasi), przez co tekst ten nie stał się tylko zagrożeniem dla samego Särchena, ale całego kościoła katolickiego w NRD. Dlatego też Episkopat w Berlinie zdystansował się od przedsięwzięć Särchena i stwierdził, iż magdeburski biskup Johannes Braun nie dopełnił obowiązku nadzoru. Znaczyło to, iż od tego momentu Särchen nie mógł liczyć na jakąkolwiek pomoc ze strony oficjalnych władz kościelnych. Także służba bezpieczeństwa zwiększyła swe zainteresowanie osobą Särchena, choć nie wywierała w tej sprawie bezpośredniej presji na niego.

Wydanie tzw. Solidarność-Handreichung i z tym związane problemy z kościołem i organami państwowymi stanowiły punkt kulminacyjny konfliktów, które rozpoczęły się de facto w latach sześćdziesiątych. Wraz z początkiem współpracy Särchena z „Akcją Znak Pokuty", jak i zainicjowaniem własnych projektów organizowanych w ramach urzędu ds. duszpasterstwa kurii magdeburskiej, można zaobserwować w enerdowskim kościele katolickim zwiększający się dystans do tej pracy. Poza niektórymi biskupami (Rintelen, Theissing, Hubrich) Särchen nie mógł liczyć na większą pomoc ze strony hierarchów kościelnych, co miało kilka powodów: Biskupi odrzucali upolitycznianie działalności w ramach kościoła katolickiego, aby w ten sposób chronić się przed represjami ze strony państwa; ważnym powodem był jednak również brak zainteresowania hierarchów pracą Särchena na rzecz pojednania z Polską, jak i osobiste antypatie biskupów przeciwko jego osobie.

Szczególnie krytyczną postawę przyjął magdeburski biskup Johannes Braun, który początkowo wszak nie przeciwstawiał się inicjatywie pojednawczej Särchena, choć jej nie pochwalał. Jednak od początku lat osiemdziesiątych zmienił swoje nastawienie. Nie tylko utrudniał pracę i ją prawie całkowicie zatrzymał po publikacji tzw. Solidarność-Handreichung, ale rozpoczął intensywne próby dyskredytacji Güntera Särchena, aby w ten sposób całkowicie zamknąć kwestię pracy na rzecz pojednania polsko-niemieckiego w ramach kościoła katolickiego w Magdeburgu. Särchen opuścił więc kościół katolicki jako współpracownik i skoncentrował się na kontaktach z „Akcj? Znak Pokuty", która od początku popierała jego inicjatywy. Tam też organizowano dalej seminaria polskie, którym nadano jednak nową nazwę – „Seminarium im. Anny Morawskiej".

Szczególnie ze względu na konflikt z bpem Johannesem Braunem i odejściem Särchena z pracy w kościele katolickim stał się on „łatwą ofiarą?" dla enerdowskiej służby bezpieczeństwa, choć trzeba przyznać, że Stasi zainteresowało się nim już dużo wcześniej. W latach sześćdziesiątych przesłuchiwano go pod różnym pretekstem, zainstalowano później podsłuchy w jego mieszkaniu i obserwowano jego rodzinę. Także szereg tajnych współpracowników sporządzało informacje na jego temat, które w znakomitej większości były nieprawdziwe. Te operacje skierowane przeciwko niemu nie stanowiły w tym czasie realnego niebezpieczeństwa dla jego inicjatyw pojednawczych, choć musiał on się liczyć z tym, że praca ta jest bacznie obserwowana. Dopiero w latach osiemdziesiątych nacisk na Güntera Särchena zwiększył się znacząco, co było związane z brakiem ochrony ze strony kościoła. Przesłuchania stały się bardziej męczące i spowodowały pogorszenie jego stanu zdrowia, przez co skarżąc się na problemy z sercem Särchen kilkakrotnie został przewieziony do szpitala, a w efekcie końcowym musiał poddać się zabiegowi chirurgicznemu. Poza tym zarzucano Särchenowni w latach osiemdziesiątych szereg innych „przestępstw": m.in. szpiegostwo na rzecz wrogich służb wywiadowczych, przemyt dewiz i wrogość wobec NRD, co spowodowało, że próbowano „rozpracować" go w akcji pod pseudonimem „Patron". Zarzutów nie dało się udowodnić, zaprzestano więc intensyfikacji akcji przeciwko niemu. Jednak dalej obserwowano jego pracę na rzecz Polski. Wyniki obserwacji nie są znane, gdyż ostatnie roczniki akt Stasi Särchena (lata 1988 i 1989) zostały zniszczone.

Enerdowska służba bezpieczeństwa uznawała pracę Güntera Särchena jednoznacznie za działalność opozycyjną, którą trzeba było zlikwidować. Inaczej swoją rolę widział sam Särchen: Nie miał on na uwadze opozycyjności, a jedynie pojednanie między Polakami a Niemcami na płaszczyźnie międzyludzkiej. Dlatego też znakomita większość inicjatyw nie miała podtekstów politycznych oraz nie była ukierunkowana przeciwko ustrojowi NRD. Särchen sam nie był również członkiem żadnej grupy opozycyjnej, gdyż wiedział, że osobiste zaangażowanie polityczne mogłoby zburzyć jego działalność pojednawczą. Można jednak wykazać w jego działalności pewne cechy opozycyjności, choć należy stwierdzić, iż Särchen mógł nie definiować ich jako takich. Zaproszeni goście z Polski mieli jednoznacznie krytyczne nastawienie do aktualnego ustroju w bloku wschodnim, a mówiąc o wydarzeniach w swoim kraju (szczególnie w latach osiemdziesiątych), burzyli negatywny mit o Polsce budowany przez propagandę enerdowską. Tym samym przedmiotem seminariów nie tylko było pojednanie, ale również kwestie polityczne, o których nie można było rozmawiać w innych okolicznościach. Także pielgrzymki do Polski dawały uczestnikom możliwość wypowiadania swego zdania na różne tematy bez obawy przed cenzurą i propagandą enerdowską. W końcu należy zaznaczyć po raz kolejny publikację, tzw. Solidarność-Handreichung, która ukazała się w roku 1982 i przekazywała szereg informacji o tym polskim związku zawodowym, co było wobec NRD aktem subwersywnym.

Można więc stwierdzić, że w pewnym sensie działalność Güntera Särchena była opozycyjna, choć ściśle rzecz ujmując należy powiedzieć, że stworzył on raczej pewnego rodzaju podstawę dla twórców ruchu oporu w NRD, nie będą aktywnym opozycjonistą.

Także po upadku muru berlińskiego i przystąpieniu NRD do Republiki Federalnej Särchen był aktywny, choć musiał zmniejszyć intensywność swej pracy ze względów zdrowotnych. Uczestniczył on jednak w procesie tworzenia „Towarzystwa im. Anny Morawskiej", które powstało na bazie dotychczasowych seminariów. Pod tym samym patronatem, angażował się początkowo w pracach fundacji „Krzyżowa" i przedstawiał w referatach długoletnią pracę na rzecz pojednania z Polską. Jego stan zdrowia pogarszał się jednak coraz bardziej, co spowodowało, że kilka lat później musiał zaprzestać jakiejkolwiek pracy. Günter Särchen zmarł 19 lipca 2004 w swym rodzinnym mieście Wittichenau, dokąd przeprowadził się na początku lat dziewiśćdziesiątych.

Analizują działalność Güntera Särchena na rzecz pojednania między Polakami a Niemcami należy zapytać, czy była ona sukcesem, a więc, czy zmieniła podejście Polaków do swych zachodnich sąsiadów i odwrotnie. Trudno byłoby statystycznie mierzyć jego pracę, choćby dlatego, że nie jest możliwe stworzenie obiektywnej statystyki ze względu na brak konkretnych danych liczbowych. Można jednak stwierdzić, że poszczególne inicjatywy były ważne dla procesu pojednania, choć nie przebiły się do świadomości ogółu społeczeństw w Polsce i NRD. Argumentem przemawiającym za uznaniem pracy Särchena jest choćby liczba uczestników pierwszych pielgrzymek młodzieży do Polski w latach 1965 i 1966. W sumie wzięło w nich udział około 115 ludzi, co jest znamienne, gdyż inicjatywa ta nie miała znaczącej tradycji, a państwo enerdowskie mocno angażowało się w ideowe przejęcie młodej generacji. Także w seminariach brało zazwyczaj udział około 30–40 osób, choć nie można jednoznacznie określić liczby ze względu na brak danych, których nie gromadzono w obawie przed przejęciem ich przez enerdowską służbę bezpieczeństwa. Kolejne inicjatywy również osiągnęły pokaźną liczbę obywateli NRD. W każdej z pielgrzymek do Polski w latach siedemdziesiątych brało udział ok. 60 osób, a zeszyty informacyjne wydawane były zazwyczaj w nakładzie ok. 1000 egzemplarzy. Przyjmując, że de facto liczby te nie są wysokie, należy stwierdzić, że jednak inicjatywy Särchena dotarły do pewnej grupy ludzi, którzy mogli poznać wschodniego sąsiada bez wcześniejszej cenzury ze strony władz państwowych i przekazać te informacje dalej, rozpowszechniając je wśród swoich znajomych. Można więc przyjąć, że działalność G. Särchena była ważna dla polepszenia stosunków między obu narodami, co sankcjonują również przyznane mu później nagrody: Krzyż Komandorski (1990), Federalny Krzyż Zasługi (1992), Nagroda Polsko-Niemiecka (1998), Nagroda Pokojowa im. Lothara Kreyssiga (2002).

Podobnie na temat znaczenia pracy Güntera Särchena wypowiadają się jego współpracownicy oraz przyjaciele, którzy jednoznacznie określają go jako jedną z najważniejszych postaci procesu pojednania polsko-niemieckiego.

Na koniec należy zaznaczyć, że wielką szkodą było puszczenie w niepamięć osiągnięć Särchena w ostatnich latach, co wiązało się z większym zainteresowaniem badaczy stosunkami polsko-zachodnioniemieckimi. Pozostaje nadzieja, że wraz z odżywającym zainteresowaniem NRD, zarówno w Niemczech jak i w Polsce, także praca Särchena na rzecz pojednania zyska większy rozgłos. Tym samym zachowa się pamięć o tej działalności, a sam Günter Särchen zostanie dowartościowany jako patron pojednania między Polakami a Niemcami, nie tylko z NRD.

Personenregister

Adenauer, Konrad 117
Aufderbeck, Hugo 97, 119
Bahlcke, Joachim 31f., 53
Baraniak, Antoni, 131ff
Bartoszek, Michael 219, 231
Bartoszewski, Władysław 168, 226, 234
Bednorz, Herbert 142
Behrens, Heinrich 139
Belkot, Viktor 34f.
Bengsch, Alfred 111f.
Benz, Wolfgang 74
Bernert, Gerold 238
Bertram, Adolf Kardinal 53
Besier, Gerhard 198
Biermann, Wolf 8
Bismarck, Otto von 56
Blachnicki, Franciszek 164
Borodziej, Włodzimierz 9f.
Börger, Bernd 84
Brandt, Willy 20, 209
Braun, Johannes 26, 99, 162, 170, 177ff., 183ff., 208f., 216f., 221, 245, 261f., 287f.
Brinkmann, Josef 88, 91, 93
Brückner, Maik 237
„Busse, Joachim" IM 207f.
Bürger, Wolfram 231
Cygański, Mirosław 31

Cyrankiewicz, Józef 74
Czapliński, Kazimierz 15, 27, 29, 110, 134, 162f., 166, 260, 266, 281f., 286
Czapliński, Wanda 15, 29, 110, 162f., 166, 260, 265, 282, 286
Cziomer, Erhard 9, 19
Dapp, Klaus 127
Dähn, Horst 56
Dertinger, Georg 104
Dobberphul, Armin 217f., 220
Dresdner, Joachim 237
Dümmel, Karsten 198
Dziwisz, Stanisław 195
Filoda, Jan 34
Freiburg, A. 62
Fricke, Karl Wilhelm 78, 198
Gall, Herbert 203
Gawor, Józef 141
Geremek, Bronisław 245f.
Gerlach, Helmut von 64
Gierek, Edward 20
Gieseke, Jens 198
Gill, David 198
Glaubitz, Hannes 81
Glemp, Józef 176
Globisch, Wolfgang 15, 27, 29, 105, 107f., 141, 146f., 149, 184f., 238f., 264, 281f.

Gnatzy, Christa 15, 29, 68ff., 73, 282
Gomuła, Władysław 106
Gomułka, Władysław 20
Górajek, Anna 10
Göbels, Hubert 37
Gönner, Johannes 54, 56
Grothewohl, Otto 74, 80
Gülden, Josef 103, 167
Hammerstein-Equord, Franz Freiherr von 247
Hamm-Brücher, Hildegard 247
Hanke, Michael 37
Hartstock, Erhard 33f.
Heldt, Thomas 125
Heller, Edith 134
Henke, Klaus-Dietmar 251
Hennelowa, Józefa 164, 260, 286
Here Elizabeth, geb. Särchen 15, 29, 94f., 105, 159, 210, 240, 251, 253, 282
Herold, Claus 93
Hitler, Adolf 37, 43, 113
Hlond, August 55
Hoffmann, Dierk 50
Holzer, Jerzy 226
Honecker, Erich 20f., 61f.
Höllen, Martin 62, 72
Hubrich, Theodor 111, 184, 188,193, 262, 287
„Hübner, Bernd" IM 211f.
Huhn, Bernhard 55, 223
Jander, Martin 149, 153
Jaruzelski, Wojciech 168
Jaskułowski, Tytus 10
Jatzko, Helmut 87
Jäger, Heinrich 109, 204

Jop, Franciszek 108, 147, 154
Kalb, Hermann 177
Kalicki, Włodzimierz 119, 134, 143, 145
Kamiński, Łukasz 10
Kaspar, Martin 31, 33
Kerski, Basil 10, 20, 104, 114, 125, 134, 147
Kinkel, Klaus 246
Klepikow, Gardeobert 86
Kochanowski, Jerzy 9f
Kohl, Helmut 152
Kolping, Adolph 37
Kominek, Bolesław 108, 148, 258, 283
Kopernikus, Nikolaus 102
Kotula, Andrzej 10, 20, 104, 114
Kowalczuk, Ilko-Sascha 17, 50
Köbsch, Tabea 113, 118, 125,129
König, Winfried 53, 55
Krall, Hanna 226
Krauss, Marita 50
Kreyssig, Lothar 113ff., 119f., 123, 130f., 135f., 142, 145, 150f., 153ff., 157, 160, 235, 247, 252, 258f., 266, 279, 283f.
Kreyssig, Peter 248
Krösel, Michael 84
Krzemiński, Adam 39, 74, 94, 103, 106f., 134, 242
Kubasch, Maria 34
Kunze, Peter 31f.
Kycia, Thomas 134, 147
Lawaty, Andreas 18
Leszczyński, Rafał 31
Liedtke, Werner 170, 190, 225
Lisura, Wilhelm 136
Ludwig, Michael 268

Personenregister

Mahard, C. 62
Maizière, Lothar de 22
Mann, Golo 18
Marschall, Werner 53
Mazowiecki, Tadeusz 119, 152, 164, 168, 172, 226, 234, 247f., 260, 286
Mählert, Ulrich 12, 80, 123
Mechtenberg, Theo 15, 29, 111, 132ff., 136f., 140, 142, 153, 157, 161, 163f., 174ff., 178, 185, 211, 222, 261, 266f., 282, 287
Mehlhorn, Ludwig 15, 29, 161, 219, 223ff., 230f., 267, 282
Mehlhorn, Steffi 237
Meisner, Joachim 171, 177, 189f., 195f.
Michaelis (Ordensschwester) 37f.
Miłosz, Czesław 226
Moltke, Helmuth James von 43
Morawska, Anna 108, 151f., 164, 258, 283
Müller-Gangloff, Erich 113
Müller, Wolfgang 53, 55
Neubert, Ehrhart 129, 237, 251, 253
Nevermann, Hans-Richard 247
Nossol, Alfons 238
Nowak, Leo 140, 162, 188
Olschowsky, Burkhard 112, 176ff.
Orłowski, Hubert 18
Pailer, Wolfgang 106
Patalong, Piotr 105
Pięciak, Wojciech 41, 63, 169, 237
Pilvousek, Josef 56, 59
Piłsudski, Józef 104, 173
Piontek, Ferdinand 53f., 59, 69, 82
Popella, Udo 238
Preysing, Konrad Graf von 54, 59

Pszon, Mieczysław 151, 164f., 186, 234f., 254, 260, 286
Quiter, Eduard 93, 111
Rakowski, Mieczysław 21
Rempe, Theo 37
Riechers, Albrecht 125
Rintelen, Friedrich Maria 96, 98f., 111, 113ff., 119, 128,132ff., 137ff., 142, 154, 162, 183, 204, 259f., 262, 285, 287
Roszkowski, Wojciech 19
Roth, Heidi 78, 80, 83, 85ff.
Ruchniewicz, Krzysztof 10f., 15, 18f., 20f., 64, 103f., 117
Särchen, Alwin 36
Särchen, Auguste, geb. Franke 36
Särchen, Brigitte, geb. Lawiak 94, 234
Särchen, Christa, geb. Schäfer 72f., 88, 91ff.
Särchen, Maria, geb. Pollack 36,
Särchen, Nikolaus 93, 214, 247
Särchen, Norbert 93
Schaffran, Gerhard 132
Schäfer, Alfons 111, 162, 212
Schäfer, Bernd 58, 112, 198, 237
Schenker, Christian 27, 51, 281
Schliebitz, Otto 34
Schmidt, Christian 136
Schmitz, Christian 198
Schmyrew, Generalmajor 86
Schneider, Claudia 13, 118
Scholze, Dietrich 16
Schröter, Christian 125
Schwartz, Michael 50
Seibold, Alexander 97, 100, 102, 237
Skala, Petr 34

Soden, Oskar von 104
Solbach, Heinrich 133, 203
Stalin, Josef 53
Steinbach, Peter 251
Steinke, Paul 37
Steinlein, Stephan 231
Stomma, Stanisław 106f., 164, 168, 172, 234, 260, 286
Stoß, Veit 102
Suckut, Siegfried 198
Surynt, Izabela 16
Süß, Walter 198
Szumowski, Tadeusz 10
Theissing, Heinrich 52, 65, 68, 70f., 73, 82, 85, 88, 93, 177f., 188f., 196, 262, 287
Ther, Philipp 50
Thum, Gregor 53
Tomala, Mieczysław 10
Trilling, Wolfgang 103
Tuchel, Johannes 251
Turowicz, Jerzy 108, 174, 195, 226 245, 258, 261, 283, 287
Ulbricht, Walter 20
Ullmann, Wolfgang 231

Unger, Ewa 15, 29, 110, 231, 265, 282
Urban, Rudolf 10ff., 127
Weber, Hermann 79, 88, 123
Wenzel, Heribert 15, 29, 66, 282
Weiß, Konrad 104, 113f., 116, 118, 124, 128f., 131, 142, 145ff., 149, 151f.
Weskamm, Wilhelm 59, 114
Wieczorek, Wojciech 232, 240
Wielki, Aloes 138
Wienken, Heinrich 58
Wille, Manfred 51
Winkler, Heinrich August 12
Wojtaszyn, Dariusz 10
Wojtyła, Karol, Johannes Paul II. 108, 131, 154, 174, 184f., 195, 258, 261, 283, 287
Wóycicki, Kazimierz 10, 20, 104, 114
Wyszyński, Stefan 139, 143, 175
Wyzgol, Claudia, geb. Särchen 15, 29, 94f., 159, 211, 240, 251, 282
Zariczny, Piotr 19, 160, 163, 237
Zieleński, Zygmunt 38
Zinke, Johannes 65
Zurek, Robert 134, 147
Zybura, Marek 11f., 15, 103